다인

일러두기

1. 본문 중의 인명과 지명은 독자들의 친숙함을 고려하여 한자음 그대로 표기하였습니다.
   다만 일부 현대 인물은 중국어 발음에 따랐습니다.
2. 본문 중의 괄호 안에 뜻을 풀이한 것은 모두 옮긴이의 설명입니다.

다인 茶人

② 남방의 차나무

왕쉬펑 장편소설 | 홍순도 옮김

더봄

차례

제19장

항주 역사의 한 페이지를 기록한 그날 밤이 거의 끝날 무렵 항천취는 마차에 실려 봉기군 총지휘부로 향했다. 말발굽이 석판 길에 부딪치는 소리가 정적 속에서 유난히 크게 울렸다. 총소리와 대포소리가 여전히 띄엄띄엄 들려왔다. 옆으로 스쳐지나가는, 석회 칠을 한 담벼락은 마치 상복을 입고 잔뜩 인상을 쓰고 있는 혼령 같았다.

휙, 쾅!

요란한 굉음과 함께 허공에 화광이 충천했다. 항천취는 흠칫 몸을 떨었다. 좁고 긴 골목길이 마치 마차에 탄 사람을 옥죄는 감옥처럼 느껴졌다.

'한 치 앞도 예측할 수 없는 이 밤, 이 마차는 나를 어디로 데리고 가는 것일까?'

항천취는 궁금하고도 두려웠다.

항천취는 목적지에 도착하고 나서야 봉기군 장군 동보훤童保暄이 스스로 '임시 도독都督'을 자칭했다는 사실을 알았다. 그리고 심록촌을 시켜 항천취를 불러오게 한 이유가 '안민고시'安民告示(민심을 안정시키는 공고)를 게시하기 위함임을 알았다. 항천취가 몰래 심록촌에게 귓속말을 했다.

"이게 웬일이오? 저 사람이 도독이라니?"

심록촌도 항천취의 귀에 대고 말했다.

"뭐가 급해? 반나절 동안 실컷 좋아하라지 뭐."

심록촌이 그리고는 항천취를 향해 교활하게 눈을 찡긋했다.

항천취는 기분이 언짢았다. 심록촌의 속을 알 수 없는 표정과 교활하게 눈을 찡긋거리는 행동이 마음에 들지 않았다. 하지만 '끌려온' 이상 별 수 없었다. 그가 할 수 있는 일이라고는 종이를 펴놓고 먹을 갈고 '안민고시' 내용을 구상하는 것이었다.

멍하니 생각을 가다듬는 항천취의 눈앞에 '너와 더불어 공존하리라'는 문구가 새겨진 만생호가 불쑥 나타났다. 고개를 들어보니 아내 심록애가 온통 피투성이가 된 채 서 있었다. 항천취는 깜짝 놀라 벌떡 일어났다. 심록애가 비명을 지르려는 남편을 가볍게 눌러 앉혔다.

"걱정하지 말아요. 부상자들을 돌보다 피가 묻은 것뿐이에요."

심록애는 조그마한 주석 항아리를 기울여 만생호에 찻잎을 쏟았다. 둥글게 말린 형태에 검푸른 빛의 잎이었다. 항천취가 말했다.

"내가 주차를 마시지 않는 걸 당신도 알잖아. 맛이 너무 진해. 용정차로 바꿔줘."

심록애는 들은 척도 않고 만생호에 뜨거운 물을 부었다.

"용정차를 마시고 이 밤을 버텨낼 수 있겠어요? 모두들 평수 주차를 마셨어요. 이걸 마시고 정신이 번쩍 들라고요. 그러니 잔말 말고 마시세요."

항천취는 마누라가 마치 낯선 사람 같았다. 할 수 없이 인상을 쓰면서 억지로 차를 한 모금 마셨다. 주차는 역시 향과 맛이 너무 진했다. 다행히 차를 마시고 나니 머리가 맑아지기는 했다. 그가 고개를 숙인 채 다시 문안을 구상하고 있을 때였다. 이번에는 눈앞에 번쩍거리는 금속 물체가 나타났다. 항천취는 혼비백산할 만큼 놀랐다. 심록애가 날이 시퍼렇게 선 가위를 흔들고 있었다.

"변발을 자르려고? 내가 할게."

항천취가 붓을 내려놓고 말했다.

"제가 하겠어요. 당신은 글이나 써요."

심록애의 말이 떨어지기 무섭게 항천취의 볼에 따갑고 화끈한 느낌이 전해졌다. 동시에 잘려지고 남은 머리카락들이 얼굴을 덮었다. 심록애는 구석에 있는 바구니에 변발을 집어던졌다.

무겁던 머리가 가벼워지니 영감이 마구 솟았다. 항천취는 붓을 들어 춤추듯 글을 써내려가기 시작했다.

시민들에게 고하노라.

본 도독은 오랑캐를 몰아내고 폭정을 없애기 위해 의사義事를 거행했도다. 혹시라도 민가를 파괴하거나 시민들에게 피해를 주는 일이 생기면 조사해 배상할 것이니 시민들은 안심하라. 혼란을 틈타 식량을 사재기하거나 치안을 교란하는 자는 법에 따라 엄하게 처벌할 것이다. 쌀장수들은 즉각 쌀 가격을 평소 가격 수준으로 회복시켜라. 우리 절강 사람들은 예로부터 대의명분을 지키기로 유명하다. 대세는 이미 정해졌으니 서로 권해 대의를 따르도록 하라. 이에 특별히 고시하는 바이다.

항천취는 고개를 들고 창밖을 쳐다봤다. 희끄무레하게 동이 트고 있었다.

'여느 때와 다른 아침이 시작되려나 보군.'

항천취는 손이 가는 대로 창문을 열어젖혔다. 어둑어둑한 하늘에 점점이 빛이 스며들었다. 11월 늦가을, 여물어가는 낟알 냄새에 섞여 지금까지 맡아보지 못했던 포탄 냄새가 알싸하게 코끝을 스쳤다. 항천취는 자기도 모르게 부르르 몸을 떨었다. 붓을 쥔 손이 덜덜 떨렸다. 도대체 무엇 때문에 몸이 떨리는지 스스로도 알 수 없었다.

날이 밝아오면서 낯익은 도시가 점차 모습을 드러내기 시작했다. 처음에는 푸르스름하니 어둡게만 보이던 것이 점차 분명해지고 뚜렷해졌다. 그럼에도 항천취의 눈에는 마당 반쪽과 하늘 반쪽밖에는 보이지 않았다. 노란 국화 두 무더기가 고개를 푹 숙이고 있었다. 푸드덕거리는 소리와 함께 비둘기 한 무리가 날갯짓을 하면서 허공으로 솟아올랐다.

항천취는 정신을 가다듬고 '안민고시'에 날짜를 표시했다.

황제黃帝 기원 4609년 9월 15일

비슷한 시각, 어리숙하고 순박한 옹가산 사람 촬착은 성안으로 들어갈 준비를 하고 있었다. 그는 전날 "차나무 꽃이 다 폈어요. 저 혼자서는 도저히 감당이 안 돼요. 비료도 줘야 할 것 같아요"라는 아내의 전갈을 받고 옹가산 집에 왔었다. 평생 찻잎밥을 먹어온 항씨 부인은 차밭을 가꾸는 일이 얼마나 힘든지를 잘 알기에 순순히 촬착을 집으로 보내주었다. 이렇게 해서 힘쓰는 일이라면 누구에게도 뒤지지 않는 촬착은 낮 동안은 쉬지 않고 일하고 밤에는 누가 업어 가도 모를 정도로 깊은 잠에 빠졌다. 날이 거의 밝아올 무렵이었다. 촬착의 마누라가 그를 흔들어 깨웠다.

"어젯밤에 시끄러운 소리 못 들었어요?"

"나는 세상모르게 자느라 아무 소리도 못 들었어."

"마치 전쟁이 일어난 것처럼 탕탕, 쾅쾅 하는 소리가 들렸어요."

"허튼소리 하지 마. 당신이 전쟁하는 꿈을 꿨나 보지."

침대에서 일어난 촬착은 묵은 밥으로 대충 요기를 한 다음 멜대를 메고 길을 떠나려 했다. 멜대 끝에 매단 것은 그의 마누라가 항천취에게 주려고 햅쌀로 만든 찰떡이었다. 항천취는 촬착의 마누라가 만든 찰떡을 각별히 좋아했다. 머리채가 거치적거리자 촬착의 마누라는 그것을 목에 두 바퀴 감아주면서 말했다.

"폐하께서 머리채를 잘라도 된다고 어명을 내리셨다면서요?"

"당신은 그따위 소문을 다 믿어?"

촬착도 마누라 앞에서만큼은 가부장적인 권위를 내세우는 여느 가장과 다를 바 없었다.

"요즘 세월에 성지聖旨를 사칭해 요상한 소문을 퍼뜨리는 사람이 얼마나 많은데? 도련님도 아직 변발을 그대로 유지하고 계시는데 아낙네가 뭘 안다고 나대고 그래?"

촬착은 청파문 아래에 이르러서야 어젯밤에 성안에서 정말로 큰 싸움이 일어났다는 걸 알았다. 평소 보지 못한 이상한 광경도 볼 수 있었다. 팔에 흰 띠를 두르고 손에 큰 가위를 든 병사들이 성문을 막고 오고가는 농민들의 머리채를 자르고 있었다. 구석에 있는 대나무 광주리에는 잘린 머리채가 이미 절반 넘게 채워져 있었다.

글을 아는 사람들은 성벽에 붙은 '안민고시'를 읽고 있었다. 글을 모르는 촬착이 얼굴을 들이밀고 물었다.

"뭐라고 적혀 있는 거요?"

질문을 받은 사람이 눈을 흘기면서 퉁명스럽게 말했다.

"광복이 됐다잖소. 그것도 몰랐소?"

"광복이 뭐요?"

"아무린阿木林(상해 방언으로 '바보'를 의미함). '광복'이 뭔지도 모르다니, 어젯밤 큰 싸움이 벌어졌는데 아무 소리도 못 들었소?"

"못 들었소."

촬착이 솔직하게 대답했다.

"어제 하루 종일 차밭에서 힘들게 일했더니 밤에 세상모르고 잤소."

"어쩌면 이렇게나 세상물정에 어두울까. 누가 농부 아니랄까봐, 쯧쯧."

사내가 대놓고 촬착을 비웃었다.

"황제가 용좌에서 쫓겨났다오. 이제 무슨 말인지 알겠소?"

"아, 선통제 말이오? 알지, 알고말고. 아직 연치는 어리시지만 새 황제는 안강安康하시오?"

"새 황제라니? 이제 새 황제는 없소."

촬착은 멜대를 내려놓았다. 도무지 이해가 안 돼 황당하고 얼떨떨한 표정이었다.

'새 황제가 없다니 이게 무슨 말인가? 도련님도 옆에 없으니 누구에게 물어볼 수도 없고 참.'

촬착이 궁금해 하던 차에 누군가 두 손으로 그의 어깨를 내리눌렀다. 고개를 돌려보니 성문을 지키는 병사 둘이었다.

"왜 그러세요?"

"왜라니? 성안으로 들어갈 거요, 말 거요?"

"들어가야지요."

"그럼 변발을 자르시오."

"싫어요, 나를 그냥 보내줘요."

촬착은 필사적으로 몸부림을 쳤다.

"싫어요, 나를 그냥 보내줘요……."

어린아이들이 촬착의 뒤에서 바보 흉내를 내면서 까르르 웃음을 터트렸다. 두 병사도 킥킥 웃으면서 촬착의 팔을 잡고 머리를 내리눌렀다. 촬착은 당황스럽기도 하고 수치스럽기도 해서 더 세게 몸부림을 치면서 소리를 질렀다.

"나 안 갈래요. 돌아갈래요."

화가 난 병사 한 명이 다짜고짜 촬착을 바닥에 넘어뜨렸다. 그러자 다른 병사가 날이 번뜩이는 가위를 들고 다가왔다. 혼비백산한 촬착이 고함을 질렀다.

"나 안 자를래요. 저리 가요!"

말이 끝나기도 전에 촬착은 머리가 한결 가벼워진 느낌을 받았다. 머리채가 싹뚝 잘려진 것이었다. 병사는 촬착의 목에 두 바퀴 감겨진 머리채를 휙 벗겨내 광주리에 던져버렸다. 머리채의 끄트머리가 볼을 스치는 까칠까칠한 느낌을 끝으로 촬착은 변발과 영원한 작별을 고하고 말았다.

촬착은 바닥에 엎드린 채 머리를 감싸쥐고 통곡했다. 태어나서 이렇게 크게 울어본 적이 없을 정도였다.

'이 몰골을 해가지고 어떻게 성안으로 들어가지? 어떻게 망우저택에 들어가지? 변발을 잃고 어떻게 도련님과 주인집 사람들의 얼굴을 보

지?'

촬착은 울면서 생각하고, 생각하면서 또 울었다.

병사는 촬착의 울음소리가 귀찮았던지 억지로 그를 성문 안으로 밀어 넣었다. 그리고는 다 낡아빠진 밀짚모자를 촬착에게 던져주면서 으름장을 놓았다.

"그만 울어. 자꾸 울면 간첩으로 몰려 잡혀갈 거야."

촬착은 '간첩'이 무엇인지, 잡혀가면 어떤 고초를 당하게 되는지도 몰랐다. 다만 머리를 가릴 밀짚모자라도 생긴 것이 다행이라는 생각을 했다. 그는 찰떡 짐을 다시 메고 양패두 쪽으로 걸어갔다. 멀쩡한 중년 사내가 머리를 잘리고 눈물을 훔치면서 사람 많은 곳을 피해 머뭇머뭇 걸어가는 모습은 누가 봐도 안쓰러웠다.

망우차장은 문을 닫고 장사를 하지 않았다. 망우저택도 하룻밤 사이에 난장판이 됐다. 아침에 기상한 임우초는 마당에 나왔다가 그 광경을 보고는 기겁을 했다. 대문이 활짝 열려 있었을 뿐 아니라 마당에는 돗자리와 화로 등이 나뒹굴고 있었다. 마치 도둑맞은 집처럼 풀과 꽃은 쓰러지고 발자국이 어수선하게 찍혀져 있었다. 임우초는 황급히 항천취의 방으로 달려 들어갔다. 벽장 문이 열려져 있을 뿐 다행히 도둑맞은 물건은 없는 것 같았다.

임우초는 무심코 고개를 돌렸다. 그러다 또 한 번 화들짝 놀랐다. 일본인 차림을 한 남자가 항천취의 침대에 누워 자고 있었던 것이다.

마당으로 달려 나온 임우초는 목이 터져라 아들과 며느리를 불렀다. 이윽고 소차가 봉두난발에 신발을 질질 끌면서 사랑채에서 달려나왔다. 임우초가 불쾌한 표정으로 추궁했다.

"해가 중천에 떴는데, 다들 어디 갔느냐?"

"혁명하러 갔어요. 온밤 내내 난리가 났었는걸요. 애들도 방금 잠들었어요."

"천취 방에서 자고 있는 남자는 누구냐?"

소차가 이마를 짚었다.

"아, 하네다 선생이에요. 도련님의 친구죠. 어젯밤에 딸을 데리고 놀러 왔다가 밖에서 싸움이 벌어지는 바람에 돌아가지 못했어요."

"천취는 지금 어디 있느냐?"

"애들 외삼촌이 계시는 주보항으로 모셔갔다고 들었어요."

임우초는 뜨거운 솥 위의 개미처럼 안절부절못했다. 이때 하네다가 방에서 나왔다.

"죄송합니다, 정말 죄송합니다. 큰 폐를 끼쳤습니다."

소차가 말했다.

"하네다 선생, 지금 바깥 상황이 어떤지 모르겠어요. 우리 여인네들은 나가볼 수도 없고 걱정스러워요."

"제가 나가보겠습니다. 제가 나가보겠습니다."

하네다는 말을 마치기 무섭게 몇 걸음을 내디뎠다. 그러다 다시 되돌아와서는 임우초와 소차에게 허리를 깊이 숙이며 인사를 했다.

"요코는 잠시 두 분께 맡기겠습니다."

"요코라니요?"

임우초가 물었다.

"제 딸입니다."

"걱정 마세요. 선생의 딸은 우리가 돌봐드리겠습니다."

하네다가 나간 지 얼마 지나지 않아 세 남자가 들어왔다. 찰착과 그를 끌고 들어온 오승, 염소수염을 쓰다듬는 오차청이었다.

임우초가 오차청에게 하소연을 했다.

"어떻게 셋이 함께 왔어요? 바깥 상황은 어떤가요? 여기는 지금 난리가 났어요. 아들이고 며느리고 죄다 혁명하러 가고 우리만 남았어요. 세상이 어떻게 돌아가려고 이러는지, 원."

임우초의 말이 끝나기 무섭게 촬착이 밀짚모자를 벗어던지고 울면서 그녀의 발밑에 꿇어 엎드렸다.

"마님, 마님. 쇤네는 이 모양 이 꼴로 마님 얼굴을 뵐 수가 없어요."

촬착은 머리채가 없어진 데다 남아 있는 머리카락도 쥐가 뜯어먹은 것처럼 삐쭉삐쭉 솟아 산발을 하고 있었다. 소차는 촬착의 모습이 너무나 우스꽝스러워 웃음을 참느라 혼이 나갈 지경이었다.

오차청이 천천히 입을 열었다.

"자네들이 걱정돼 와 봤소. 오승이 부득부득 따라나섰소. 예전의 순무아문은 이미 잿더미가 돼 버렸소. 방금 지나오면서 들으니 순무 증온增韞은 뒷산으로 도망갔다가 잡혀서 지금 복건회관에 갇혀 있다고 하오. 촬착은 담 밑에 쭈그리고 앉아 한사코 들어오지 않겠다는 걸 오승이 억지로 끌고 들어온 거요. 뭐, 변발이 잘려나갔다고 부끄러워 얼굴을 못 들겠다나? 멍청한 인간 같으니라고."

오차청은 말이 끝나자마자 소차에게 분부했다.

"가위를 가져오게."

임우초가 놀란 표정으로 물었다.

"당신도 변발을 자르려고요?"

오차청이 가볍게 웃었다.

"다들 혁명을 한다는데 나라고 못하란 법 있소?"

오차청은 팔을 뒤로 돌려 머리채를 잡더니 주저없이 가위로 싹둑 잘랐다. 이어 주위를 재빨리 둘러보고 남들이 주의하지 않는 틈을 타서 머리채를 임우초에게 넘겼다.

"부인이 처리해주시오."

임우초는 희끗희끗한 머리채를 받아들고 눈물을 글썽거렸다.

"차청, 내가 죗값을 받나 봐요. 집안 꼴이 말이 아니에요. 며느리가 부도婦道를 지키지 않고 밖에서 설치고 다니는 것도 모자라서 차장 주인이라는 천취도 이 판국에 집을 돌보지 않고 나가버렸으니 나더러 어떻게 하라는 건지 모르겠어요. 천취는 지금 무사히 살아 있기나 한지 모르겠어요."

임우초의 말에 소차가 훌쩍거리기 시작했다. 그러자 임우초가 큰 소리로 야단을 쳤다.

"당장 그치지 못해! 너는 우는 거 외에 할 줄 아는 게 뭐 있어?"

오차청이 미간을 찌푸리면서 소차를 달랬다.

"가서 아이들을 챙기고 있어. 나머지 일은 내가 처리할게."

오차청은 말을 마치고는 항천취의 소식을 탐문하러 주보항으로 가려 했다. 그러자 오승이 따라 나섰다. 오차청은 촬착에게 이런저런 당부를 했다. 임우초가 말했다.

"걱정 말고 다녀오세요. 여기는 제가 있잖아요."

오차청이 한숨을 쉬면서 말했다.

"솔직히 당신이 제일 걱정이오. 언제 어디서든 자꾸 강한 척을 하니 말이오."

임우초도 눈에 눈물이 글썽해졌다.

"길 다닐 때 조심하세요. 오승, 어르신 뒤에 꼭 붙어있어야 해. 어르신은 걸음이 빨라."

"분부대로 하겠습니다."

"그 원수 같은 아이들을 만나면 얼른 집으로 들어오라고 전해 줘
요."

임우초가 신신당부를 했다. 이때까지만 해도 그녀를 비롯한 망우차
장 사람들은 이렇게 나갔던 오차청이 들것에 실려 돌아오게 될 줄은 꿈
에도 생각하지 못했다.

항천취는 총사령부에 갇혀 공지, 삐라와 표어 따위의 문안을 작성
하느라 잠시도 쉴 틈이 없었다. 너무 피곤하면 잠깐 엎드려 눈을 붙였다
가 다시 일어나 계속 글을 썼다. 사람들은 긴급회의에 참가할 때도 같이
가자고 그를 부르지 않았다. 심지어 조기객이 탕수잠을 만나러 상해에
갔다 온 일도 그는 전혀 모르고 있었다. 얼마나 지났을까, 상해에서 돌
아온 조기객이 그를 찾아왔다. 조기객은 다짜고짜 만생호를 들어 꿀꺽
꿀꺽 몇 모금 들이키고 나서 항천취의 머리를 툭툭 쳤다.

"시원하게 잘랐군."

항천취도 조기객의 머리를 툭툭 쳤다.

"피차일반이야. 근데 기영旗營을 아직 함락시키지 못해서 어쩌나? 혹
시라도 혁명이 성공하지 못하면 자네가 변발을 자른 보람이 없잖아."

조기객이 주먹으로 책상을 탕! 쳤다.

"까짓것 대포를 성황산城隍山에 끌고 올라가서 장군서將軍署를 향해
한바탕 포격을 하면 놈들이 투항 안 하고 배길 것 같아?"

이때 누가 들어와서 보고를 했다.

"항 선생을 찾아온 분이 계십니다."

누굴까, 하고 다들 궁금해 하는데 오차청이 오승을 앞세우고 들어왔다.

항천취와 조기객은 깜짝 놀라 자리에서 벌떡 일어났다. 백발이 성성한 오차청 아저씨가 변발을 자른 것도 놀라운데 혁명의 대본영까지 직접 찾아올 줄은 둘 다 생각도 못했던 것이다. 항천취가 다급히 물었다.

"차청 아저씨, 여기는 어쩐 일이세요? 혹시 집에 무슨 일이라도 생겼어요?"

"네 어머니가 네가 관아에 잡혀간 줄 알고 집에서 울고 계신다. 그래서 내가 가보고 오겠다고 했지."

"차청 어르신을 혼자 보내려니 안심이 안 돼서 저도 따라왔어요. 바깥이 뒤숭숭하기 짝이 없어요."

"무서울 게 뭐가 있어? 기껏해야 '태평천국의 난'이 한 번 더 벌어진 거지. 장모^{長毛} 반란 말이야."

그제야 사람들은 오차청이 태평천국 시대의 영웅이었음을 기억해 냈다. 항천취는 오차청의 슬하에서 자라다시피 했으나 그가 이토록 흥분하는 모습은 처음 보았다. 긴 눈썹 아래 영채가 도는 두 눈, 약간 마르긴 했지만 꼿꼿하게 편 허리…… . 아직도 젊은이 못지않은 패기가 엿보였다.

반세기 이전의 영웅을 마주한 젊은이들은 자기도 모르게 숙연한 마음이 들어 자세를 공손히 했다. 조기객이 먼저 진지한 표정으로 입을 열었다.

"차청 아저씨, 혹시 그때 당시 상황이 기억나세요?"

노인이 손바닥으로 찻잔을 덮고 다른 손으로 벽에 걸려 있는 지도를 가리켰다. 이어 얘기 보따리를 풀었다.

……지금으로부터 50년 전인 1861년 11월, 이수성李秀成은 태평천국군 장군들을 거느리고 항주를 포위했다. 당시 갓 스무 살을 넘긴 오차청은 이수성 경호대 호위병이었다. 12월 29일, 태평천국군은 망강罔江, 후조, 봉산, 청파 등 네 개의 성문을 통해 항주 외성으로 쳐들어갔다. 당시 절강순무였던 왕유령王有齡은 목을 매 자결하고 말았다.

"이수성도 지금의 민군民軍 지도자들처럼 백성들에게 피해가 가지 않도록 일을 크게 키우지 않았다네. 그래서 친필 서신을 항주 장군 서창瑞昌에게 보내 항복을 권유했지. 백성들이 무고한 목숨을 잃지 않도록 화의를 권한 내용이었어 또 기인旗人들이 자발적으로 항주를 떠나겠다고 하면 배를 제공해 주겠다고 했지. '재물이 있는 자는 재물을 가지고 가도 된다. 돈이 없는 자에게는 진강鎭江까지 가는 노자를 대주겠다'라고도 했지."

"차청 아저씨 기억력이 대단하시네요."

오차청은 담담하게 차를 한 모금 마시고 말을 이었다.

"그때 이수성의 편지를 전해준 사람이 나였다네."

자리에 앉아 있던 사람들이 모두 벌떡 일어났다. 다들 자신의 귀를 믿기 어렵다는 표정이었다. 특히 항천취는 입을 반쯤 벌린 채 넋 나간 표정을 짓고 있다가 간신히 입을 열었다.

"설마 태평천국군의 혼령이 우리들에게 빙의된 건 아니겠죠? 어쩌면 하는 일마다 이렇게 똑같을 수가 있죠?"

항천취는 미리 작성해놓은 '도독부 포고문'을 오차청에게 보여줬다.

이미 무기를 바치고 항복한 기인들은 군부軍府의 보호를 받고 있다. 우리는 '공화주의'共和主義를 선포한 이상 사람의 도리를 저버리지 않을 것이다. 혼란을 틈타 뜬소문을 조장하고 백성들을 미혹시키는 자는 즉각 잡아들여 군법에 따라 엄하게 처벌할 것이다. 다시 한 번 명령하노니, 기영은 즉시 총과 포를 바치고 항복하라. 주둔부대의 모든 기인들은 일률적으로 민적民籍에 편입될 것이다. 그러면 앞으로 다 같이 태평성세를 누리게 될 것이다. 또 전쟁은 영원히 종식될 것이다. 농업, 공업, 상업 종사자들은 안심하고 각자 생업에 전념하도록 하라.

오차청은 포고문 내용을 쓱 훑어보고 고개를 가로저었다.

"소용없네. 그때 당시 서창도 우리 말을 듣지 않았어. 그리고 이틀 뒤 이수성은 군사를 거느리고 기영으로 쳐들어갔지."

"서창은 나중에 어떻게 됐어요?"

"자결했어."

"그럼 어르신 생각에는 귀림貴林(항주 주둔부대 장군)도 자결할 것 같아요?"

심록애의 질문에 오차청이 천천히 대답했다.

"지금은 옛날과 비할 바가 아니야. 대청국大淸國도 50년 전의 대청국이 아니지. 한마디로 '산산이' 부서졌어. 그때 왕유령이 자결하자 이수성은 그의 시체를 호화롭게 염습해 고향으로 돌려보냈어. 친병 500명이 호송하고 배 열다섯 척에 은 3000냥을 함께 실어 보냈지. 지금의 순무 증온을 보게. 늙은 어미를 데리고 뒷산으로 도망가다가 잡혔잖아. 이리저리 끌려다니고 시키는 대로 항복 권유서나 쓰는 꼴을 보니 기개나 지조 따위는 눈 씻고 찾아봐도 없는 놈이야. 이런 놈을 요직에 앉혀 놓은 대청국은 망했어."

항천취는 낯선 사람 보듯 오차청을 쳐다봤다. 얼굴이 붉게 상기돼 종소리처럼 우렁찬 소리로 열변을 토하는 이 사람이 과연 자신이 아는 오차청 아저씨가 맞나 싶었다.

"우리 오씨 가문은 청병들에게 멸족을 당했었네. 내 아내와 아이들도 전부 죽임을 당했지. 나는 혈혈단신으로 수십 년 동안 타향을 떠돌았네. 옛말에 '군자의 복수는 10년이 걸려도 늦지 않다'고 했네. 나는 가문의 복수를 하는데 장장 50년을 기다렸네."

오차청이 말을 마치고는 하하하하! 하고 미친 듯이 웃음을 터트렸다.

오차청의 웃음소리가 멎기도 전에 심록촌이 봉두난발로 구르듯 달려 들어왔다. 평소에 온화하고 교양 있는 모습만 보여주던 사람이 그답지 않게 흥분해서 허둥댔다.

"증온이 또 편지를 써서 귀림에게 보냈다오. 지난번에 보낸 편지가 귀림에게 제대로 전달됐는지 알 방법이 없소. 여기 기영 사람들은 무한武漢 등지에서 기인들이 무차별 학살을 당했다는 뜬소문을 듣고 성 위에 대포를 내걸었다오. 이판사판, 너 죽고 나죽자는 거지. 제일 좋은 방법은 한 사람이 그쪽으로 가서 이치를 따져가면서 차근차근 설득하는 것인데, 믿음직하고 그곳 지형에도 익숙한 사람을 찾으려니 쉽지 않구면. 그리고 기객 자네는 성황산에 오를 준비를 하게. 정 안 되면 까짓것 대포로 다 부숴버려."

짧은 정적이 흘렀다. 사람들의 시선은 마치 약속이라도 한 듯 일제히 오차청을 향했다.

하늘을 향해 앙천대소하던 노인은 태연자약하게 책상 위에 있는 흰 띠를 집어 들었다. 그러나 팔에 두르지 않고 허리에 맨 다음 띠의 끝자락을 허리춤에 끼워 넣었다.

"내가 제대로 찾아온 것 같네. 이런 일은 나밖에 할 사람이 없지. 암, 그렇고말고."

조기객이 조심스럽게 반대의견을 내놓았다.

"굳이 위험한 곳에 사람을 보낼 필요가 있을까요? 대포 몇 방이면 끝인데. 어르신 연세도 적지 않으시고……."

"괜찮네. 그냥 갔다 오는 건데 뭘."

오차청은 편지를 품속에 잘 간수하고 신을 신었다. 이어 문어귀까지 걸어간 다음 돌아서서 두 손을 맞잡으면서 말했다.

"이 늙은이가 혹시 돌아오지 못한다고 해도 너무 슬퍼하지 말게. 시체를 찾으면 아무 차나무 밑에나 묻어주면 되네."

갑자기 항천취가 붓을 내던지고 오차청에게 다가갔다.

"차청 아저씨, 제가 아저씨를 모시고 가겠어요."

항천취는 자기 입에서 튀어나온 말에 스스로도 깜짝 놀랐다. 심록 애는 너무 놀라 하마터면 비명을 지를 뻔했다.

오차청이 고개를 숙인 채 억지웃음을 지었다. 그러나 눈빛은 형형했다. 곧 오차청의 입에서 아무도 이해할 수 없는 뜻밖의 말이 튀어나왔다.

"네가 어려운 결정을 했구나."

항천취는 갑자기 귀가 먹먹해지고 눈앞이 흐릿해졌다. 두 다리가 후들후들 떨리고 속도 메슥거렸다. 가슴속 깊이 알 수 없는 아픔이 차오르는데 그것이 무엇 때문인지 항천취는 알 수가 없었다. 그는 입술을 덜덜 떨면서 평수 주차를 꿀꺽꿀꺽 마셨다. 이어 사람들에게 손을 흔들어보이고는 결연한 표정으로 걸음을 옮겼다.

"정말 따라갈 거냐?"

"네!"

그때 말 한마디 없이 잠자코 있던 오승이 별안간 항천취의 앞을 막아서면서 일갈했다.

"저리 비켜요. 이 일은 당신과는 상관없는 일이오. 내가 갈 거요."

오승이 오차청의 눈을 보면서 말했다.

"외톨이 둘이면 충분하겠죠?"

오차청의 눈시울이 붉어졌다.

"오승, 너는 아직 젊어."

"살만큼 다 살았어요."

노인이 천천히 입을 열었다.

"역시 우리 오씨 가문의 사람이구나."

말을 마친 오차청이 가볍게 몸을 솟구치더니 어느새 대문 밖에 사뿐히 내려섰다. 그리고는 다시 한 번 공중제비를 돌더니 사람들의 시야에서 사라져버렸다.

가화와 가평은 오차청 할아버지의 전기적 색채가 짙은 얘기를 귀에 못이 박히도록 들었다. 심록애는 그날 자신이 직접 목격한 것을 그럴듯하게 부풀려서 아이들에게 몇 번이나 들려줬다. 오차청 할아버지의 얘기는 두 아이의 어린 시절 기억 속에서 중요한 자리를 차지했다.

심록애가 했던 얘기를 또 시작했다.

"이틀보다 더 길게 느껴진 두 시간이 지났어. 그러나 아무리 기다려도 차청 어르신은 돌아오지 않으셨어. 너희들의 조 아저씨는 나쁜 놈들을 모조리 포격해버리겠다고 씩씩거렸지. 너희들의 아빠도 차청 어르신이 변을 당하신 게 틀림없다면서 눈물을 뚝뚝 흘리셨어. 너희들도 잘 알겠지만 이 어미는 질질 짜는 남자를 제일 싫어해. 당시에는 너희들의 아빠가 우는 것이 그렇게 꼴 보기 싫었어. 너희들의 아빠가 무언가 불길한 예감을 느끼고 눈물을 흘리는 것도 모르고 말이야. 이 어미와 너희들의 외삼촌은 조 아저씨와 너희들의 아빠가 허튼 짓을 못하도록 꽉 붙잡고 있었지. 이때 문이 벌컥 열리면서 온몸에 피투성이가 된 사람이 달려 들어왔어."

"오승!"

어린 두 형제는 이구동성으로 외쳤다.

"그래, 오승이었어. 오승은 등에 차청 어르신을 업고 있었지. 어르신은 등에 총을 맞고 온몸이 피투성이였어. 그때까지도 숨이 끊어지지는 않았어. 어르신은 우리를 보고 '편지를 전했네'라는 한마디를 남기고 정신을 잃으셨어. 차청 어르신이 귀림에게 무슨 말을 했는지는 아무도 몰라. 그리고 그들이 무엇 때문에 이미 기영을 벗어난 차청 어르신의 등에 총을 쐈는지도 몰라. 차청 어르신은 청병은 믿을 만한 자들이 못 된다는 걸 죽음으로 우리에게 가르쳐 주셨어."

민군 지도자들은 총사령부에서 긴급 군정회의를 열었다. 조기객은 군복도 갈아입지 않은 채 밤새도록 달려 상해에 있는 탕수잠 관저로 향했다.

그 시각, 탕수잠은 한 무리의 막료들과 함께 남통南通의 장건張謇(청나라 말기에서 중화민국 초기의 실업가, 정치가)으로부터 받은 편지에 대해 토의하고 있었다. 편지 내용은 다음과 같았다.

"포격이 시작되면 항주성의 백성 6만 가구는 전부 목숨을 잃게 됩니다. 그대는 강 건너 불 보듯 구경만 하실 겁니까?"

장건이 이렇게 편지를 보낸 데는 그럴 만한 이유가 있었다. 고문古文을 유달리 좋아한 귀림은 원래 탕수잠을 스승으로 모시고 몇 년 동안 고문을 배웠다. 얼마 전에도 "탕 선생의 투항 권유만 받겠다. 그렇지 않으면 끝까지 저항할 것이다"라고 큰소리를 쳤었다. 한마디로 현재 상황에서 귀림을 항복시킬 수 있는 사람은 탕수잠 외에는 없다는 뜻이었다.

탕수잠과 막료들은 불쑥 뛰어든 조기객을 보고 황급히 경계태세를 취했다.

"기객, 자네가 여기는 웬일인가?"

조기객은 들고 있던 흰 비단 띠를 좌르륵 펼치면서 말했다.

"민군은 긴급 정령政令을 통과시켜 탕 선생을 절강 도독으로 천거했습니다."

탕수잠의 두 손이 보일락 말락 떨리기 시작했다. 이윽고 그가 청화개완 찻잔을 들어 차를 한 모금 마셨다.

"나하고 같이 일하게 될 사람은 누구누구인가?"

"82표標 표통標統 주승담周承菼을 절강군 총사령, 저보성褚輔成을 민정장民政長, 심균유沈鈞儒를 항주 지부로 천거했습니다."

탕수잠이 자리에서 일어났다. 이어 조기객의 뒤에 늘어서 있는 완전무장한 군인들을 휙 둘러보고 나서 손을 내저으면서 말했다.

"나 탕수잠은 여원홍黎元洪이 아니네. 침대 밑에 숨어 있다가 억지로 등 떠밀려 총통總統을 맡는 꼴불견은 연출하지 않을 거네."

좌중의 사람들이 모두 웃음을 터트렸다. 조기객이 웃음 띤 얼굴로 손을 내저었다. 그러자 경호병들이 모두 총을 거뒀다.

"탕 선생에게 오늘 같은 날이 올 줄 알았습니다."

"나도 기객 자네가 혁명당인 줄 알았네. 이리 주게."

탕수잠이 손을 내밀었다. 조기객은 들고 있던 흰 비단 띠를 탕수잠에게 건네줬다.

피범벅이 된 오차청은 들것에 실려 망우저택에 도착했다. 요코를 비롯한 여자아이들은 비명을 지르면서 울음을 터트렸다. 항씨 부인 임우초는 비틀거리다가 눈을 까뒤집고 뒤로 넘어갔다.

오차청은 깨어났다, 정신을 잃었다 반복하면서 며칠을 더 버텼다. 의원 조기황이 오차청의 옆을 지켰다. 오차청은 임종을 앞두고 아무도 이해하지 못할 손짓을 했다. 손가락으로 자신의 심장을 가리키고, 다시 임우초의 심장을 가리킨 다음 또 항천취의 심장을 가리키고 나서 손가락을 쑥 치켜세웠다. 항씨 부인 임우초는 오차청과 항천취를 번갈아 보다가 손수건으로 입을 틀어막고 흐느꼈다.

기묘한 손짓을 마친 오차청은 눈 하나 깜빡하지 않고 항천취만 바라봤다. 다른 사람들도 오차청의 시선을 따라 항천취를 아래위로 훑어봤다. 항천취는 마치 큰 잘못이라도 저지른 것 같아 놀라고 당황한 채 어찌할 바를 몰랐다.

'왜 다들 나만 바라보지? 내가 울지 않는다고 그러는 건가?'

오차청의 유언은 항씨 가문의 운명을 바꾸는 데 결정적인 역할을 했다. 물론 옳고 그름은 밖에서 평가할 문제가 아니었다. 설령 오차청 본인이 유언을 말할 때 정신이 흐린 상태였다고 해도 말이다. 아무튼 오차청은 힘겹게 눈을 뜨고 항천취와 오승을 한참 번갈아보다가 손가락으로 오승을 가리켰다. 이어 잘 나오지 않는 목소리로 띄엄띄엄 말했다.

"차…… 차행茶行은…… 오승……."

오승이 풀썩 무릎을 꿇었다. 너무 긴장해 심장이 밖으로 튀어나올 것 같았다. 목구멍에서 비명도 아니고 울음도 아닌 괴상한 소리가 흘러나왔다.

오차청이 이번에는 항천취를 보면서 더듬거렸다.

"오승……, 오승은…… 나를…… 나를 구해줬어……."

항천취는 이미 이성적인 판단을 상실한 상태였다. 그는 아무 생각 없이 죽어라 고개만 끄덕였다.

오차청은 아이들 쪽으로 시선을 옮겼다. 가화와 가평은 오차청의 시선을 피하지 않았다. 의연하게 마주 바라봤다. 아직 어린 가교와 가초는 무서워서 울음을 터트렸다. 완라가 두 아이를 데리고 자리를 피했다.

"차……."

오차청의 입에서 미약하게나마 나오던 목소리는 더 이상 나오지 않았다. 그저 입술이 벌어졌다 다물어졌다 하는 것만 보일뿐이었다.

"차…… 차…… 차……."

항천취는 허둥지둥 차를 가지러 달려갔다. 임우초가 낮은 소리로 항천취의 뒤에 대고 말했다.

"모봉毛峰이야……."

임우초가 모봉차를 담은 만생호를 들고 입으로 후후 불었다.

"조금만 기다려요, 조금만 기다리면 돼요."

그러나 오차청은 기다리지 못했다. 임우초가 오차청의 입에 흘려 넣은 모봉차는 한 방울도 목구멍으로 넘어가지 못하고 그대로 입 밖으로 흘러 나왔다.

임우초가 윽! 소리와 함께 앞으로 꼬꾸라졌다. 오차청의 몸에 떨어진 만생호는 맞은편에 꿇어앉아 있는 심록애 앞으로 데굴데굴 굴러갔다.

오승이 갑자기 짐승의 울음소리를 방불케 하는 소리로 울부짖기 시작했다. 그것이 신호라도 되는 듯 다른 사람들도 일제히 목을 놓아 곡을 하기 시작했다. 멋모르는 가화, 가평과 요코도 어른들을 따라 큰 소리로 울었다.

까무러쳤던 임우초가 정신을 차리고 천천히 몸을 일으켰다. 그녀는 더 이상 눈물을 흘리지 않았다. 다만 같은 말만 몇 번이고 반복할 뿐이었다.

"나리가 살아생전에 분부하셨어. 차청 어르신을 항씨네 무덤에 묻으라고 하셨어. 관을 정문으로 내보내야 돼. 관을 정문으로 내보내야 돼. 나리가 살아생전에 분부하셨어……."

이때 장교 차림을 한 웬 사람이 봉두난발을 하고 마당에 뛰어 들어왔다. 그가 총을 휘두르면서 사람들을 향해 고함을 질렀다.

"대청왕조는 끝났어요. 내가 탕수잠을 상해에서 이리로 모셔왔어요. 탕수잠이 곧 총독을 맡아요. 내 말 들려요? 다들 표정이 왜 그래요? 천취, 탕 선생이 너를 찾아. 빨리 가자……."

사람들은 벌게진 눈으로 불쑥 뛰어든 불청객을 바라봤다. 그러나 남자의 벌어졌다 다물어졌다 하는 입만 보일 뿐 도대체 뭐라고 지껄이는지 한마디도 귀에 들어오지 않았다. 순간 짝, 하는 소리와 함께 봉두난발한 사내 조기객의 눈에서 불꽃이 번쩍 튀었다. 조기황이 아들의 따귀를 때린 것이었다.

"미친 놈, 사람이 죽었는데 눈치 없이 무슨 짓이냐?"

조기황은 아들을 꾸짖고 다시 고개를 돌려 엉엉 큰 소리로 울기 시작했다. 항씨네 사람들은 그제야 다시 꿇어 엎드려 곡을 했다. 유독 항천취만 멍하니 서서 방금 따귀를 얻어맞은 조기객을 멀거니 바라봤다. 순간 그는 가슴이 꽉 막힌 듯 답답하고 숨 쉬기가 힘들었다. 오차청 아저씨가 죽었는데 탕 총독이라는 사람이 왜 갑자기 튀어나온 것인가? 그는 도대체 뭐가 뭔지 상황 판단이 되지 않았다. 그렇게 넋 놓고 서 있는 항천취를 깨우기라도 하듯 한쪽에서 오승의 절절한 곡소리가 터져 나왔다.

"아버지, 어찌 한마디 말씀도 없이 이렇게 가실 수 있습니까? 아버지, 그날 기영으로 가시는 길에 이제부터 당신은 제 친아버지, 저는 당신의 친아들이라고 말씀하셨잖아요. 네 것 내 것 없이 오씨 가문의 번창을 위해 함께 분투하자고 하셨잖아요. 아버지, 아버지를 구하지 못한 이 불효자는 죽어 마땅합니다……."

오승이 쿵쿵 소리 나게 바닥에 머리를 찧었다. 그러더니 피투성이가 된 얼굴로 그대로 실신해버렸다.

오승의 통곡소리는 항씨네 사람들을 또 한 번 깜짝 놀라게 하기에 충분했다. 죽은 사람은 항씨 가문의 실질적 '가장' 노릇을 해온 오차청인데, 난데없는 오승이 불쑥 튀어나와 "아버지!"라고 불러댔으니 그럴 만도 했다. 그 사이에 정신을 차린 항천취는 급히 사람을 불러 오승에게 물을 먹이게 했다. 임우초와 심록애 두 여자는 약속이나 한 듯 눈물범벅이 된 얼굴을 들어 서로를 마주봤다. 이 많은 사람들 중에서 슬픔을 이겨내고 냉정하게 눈으로 대화할 수 있는 사람은 이 두 여자밖에 없었다.

비통에 잠긴 어른들 틈에 끼어 있던 가화는 처음에는 깜짝 놀랐다가 서서히 평온한 표정으로 바뀌었다. 어느새 해가 저물고 있었다. 그러나 저무는 해 따위에 주의를 기울이는 사람은 가화밖에 없었다. 영상靈床(염을 하기 전 시체를 두는 곳)에 누워 얼굴에 흰 천이 덮여 있는 오차청의 몸 위로 저녁 어스름이 내려앉고 있었다. 그의 몸은 여전히 검처럼 얇았다. 그냥 검이라기보다는 한 차례 혈투를 거쳐 얼룩덜룩 피가 묻은 의로운 검을 방불케 했다. 50년 전의 그는 담벼락을 뛰어넘어 망우차장에 들어왔었다. 그리고 50년이 지난 지금 그는 드디어 당당하게 정문으로 들려 나갈 자격을 갖게 된 것이다. 눈 하나 깜짝 않고 오차청을 보던 가화의 얼굴에 놀란 듯 두려워하는 표정이 떠올랐다. 아이는 황급히 주먹으로 자신의 입을 틀어막고 소리 없는 비명을 질렀다. 오차청의 얼굴에 덮여 있는 도화지桃花紙(명청 시기에 많이 사용된, 붉게 염색한 종이)가 나풀나풀 움직였다.

제20장

　시신은 입관됐다. 오차청이 누워 있는 관은 한 사람이 더 누워도 될 정도로 널찍했다. 그의 왼쪽 어깨 위에는 황산 모봉차, 오른쪽 어깨 위에는 항주 용정차가 각각 한 봉지씩 놓여 있었다. 관습대로라면 망자의 입에 동전을 한 닢 물려야 했다. 그러나 항씨 부인 임우초의 결사적인 반대 때문에 동전 대신 연근가루를 한 술 넣었다. 오차청이 살아생전에 돈 보기를 돌 보듯 하고 연근가루를 즐겨 먹었다는 이유 때문이었다. 조문객들은 항씨네 안주인이 정신이 이상해진 거 아니냐면서 뒤에서 수군거렸다.

　이뿐만이 아니었다. 원래 동전이 깔려 있어야 할 관 바닥에는 찻잎이 두툼하게 깔려 있었다. 또 관습대로라면 입관할 때 장남이 망자의 머리를 들고 차남이 망자의 발을 들어야 마땅하나 모두의 예상을 깨고 오승이 망자의 머리, 항천취가 망자의 발을 들었다. 외톨이로 반평생을 망우차장에서 살아왔으니 이치대로라면 항천취가 오차청의 장남 행세를 해야 마땅했는데도 그랬다.

"오승, 저 사람 참 계산적이네요."

심록애가 남편 항천취에게 말했다.

"차청 어르신의 옷과 신발, 양말까지 몽땅 가져갔어요. 마치 자신이 친아들이기라도 한 것처럼 우물가에서 지전紙錢(돈 모양으로 오린 종이. 죽은 사람이 저승으로 가면서 쓰라고 관 속에 넣음)까지 태웠다니까요……."

"무슨 말을 하는 거야? 지금은 별것도 아닌 걸 가지고 가타부타 따질 때가 아니야."

"천취, 당신도 뭘 하는 시늉이라도 좀 해봐요. 소차도 숨이 넘어갈 것처럼 곡을 하는데 당신만 아무것도 안 하고 옆에서 어슬렁대니 보기가 좀 그러네요."

"내가 아무것도 안 한다고? 내가? 당신들이 내 심정을 알아? 당신들이 뭘 알아? 하……!"

관장棺匠(관을 짜는 장인)이 관 뚜껑을 닫았다. 사람들은 또 곡을 시작했다. 관장이 도끼로 관에 못을 박기 시작했다. 중국에는 시신 입관 후 관에 못을 일곱 개 박는 풍습이 있었다. 이를 '자손정'子孫釘이라고 해서 잘 박아야 나중에 후손들이 잘 된다는 설이 있었다. 관장이 도끼를 쳐들자 사람들은 임우초의 얼굴을 흘끗흘끗 훔쳐봤다. 여느 아낙네라면 이때쯤이면 관을 끌어안고 "나도 당신을 따라가겠소"라고 오열을 터트리면서 몸부림을 쳤을 터였다. 이런 광경은 가히 장례식의 클라이맥스라고 해도 좋았다. 그러나 임우초는 울지도, 몸부림치지도 않았다. 그저 멍청한 표정으로 며느리가 부축하는 대로 이쪽저쪽으로 움직일 뿐이었다. 마치 오차청의 죽음이 그녀와 아무런 관계도 없는 것처럼 보였다. 아니 어쩌면 너무 큰 충격을 받고 정신이 잘못된 것인지도 몰랐다.

하늘이 무너져라 대성통곡하는 사람은 오승이었다. 그리고 오승의 옆에서 오열하는 사람은 소차였다. 두 사람은 마치 부부처럼 호흡이 척척 잘도 맞았다.

관장이 관 위쪽 중앙에 첫 번째 못을 박으면서 노래를 불렀다.

"천성성天星星, 지성성地星星, 달 할머니 똑똑히 보세요. 노반魯班(중국 노魯나라 때의 유명한 목수)이 못을 박는답니다……."

이어 관장이 관 아래쪽 중앙에 두 번째 못을 박으면서 노래를 불렀다.

"새 못을 바르게 박으니 연꽃을 밟고 물 위를 노닐 듯 자손들이 발전에 발전을 거듭할 것이요……."

항천취의 귀에 오승이 옆 사람과 말하는 소리가 들렸다.

"이 관장은 내가 힘들게 모셔온 분이오. 봐봐, 도끼질 서너 번에 못이 쑥쑥 들어가잖아."

사람들의 박수갈채에 한껏 으쓱해진 관장은 망자의 왼발 중간 부위에 세 번째 못을 박으면서 노래를 불렀다.

"새 못을 왼발에 박으니 자손들이 천년 동안 다 못 먹고 다 못 쓸 부를 축적할 것이요……."

관장은 쉬지 않고 오른발 중간 부위에 네 번째 못을 박았다.

"이번에는 오른쪽이니 황금꽃이 한가득 피었구나. 차장, 찻집에 자손만당子孫滿堂할 것이니 적은 밑천으로 큰 이윤을 남기리라."

항천취는 갑자기 슬픔이 북받쳐오는 기분을 느꼈다.

'결국 누구나 다 다른 사람의 이름을 빌어 자신의 삶을 사는 거구나. 누군가의 죽음이 또 다른 누군가에게는 자신의 재능을 과시하는 도구로 이용되는구나.'

사실 오승이 자기를 내세우려고 애써 슬픈 척 연기를 한다는 것은 누구나 다 아는 일이었다. 그러나 항천취는 온순하고 고지식한 소차마저 사람들 앞에서 연기를 할 줄은 꿈에도 생각 못했다.

　'록애, 당신은 처음부터 끝까지 진중하고 침착한 모습을 잃지 않는구려. 사람들은 당신이 대갓집 여자답게 행동거지가 격에 맞고 우아하다고 칭찬하지. 그러나 진정한 슬픔은 억지로 참으려고 한다고 해서 참아지지 않는 법. 당신이 애써 슬픔을 절제하는 듯 연기할 수 있는 건 결국 별로 슬프지 않다는 말이지.'

　항천취는 심록애를 힐끗 쳐다보면서 속으로 중얼거린 다음 어머니 임우초에게 시선을 옮겼다.

　'어머니, 지금 가슴이 미어질 것처럼 아프시죠? 죽고 싶을 정도로 비통하시죠? 그런데 안 슬픈 척 연기를 하려니 참 힘드시죠? 이 아들은 다 알고 있습니다. 어머니와 차청 아저씨가 보통 관계가 아니라는 것을 저는 어릴 때부터 알고 있었어요. 다만 알면서도 모르는 척했을 뿐입니다. 어머니는 그것도 모르고 애써 슬픔을 참고 계시죠? 어머니가 연기할 때 다른 사람들도 똑같이 연기하고 있다는 사실을 알고 계십니까……'

　관장이 오른쪽 어깨 부위에 다섯 번째 못질을 시작했다.

　"어깨 위에 못질을 하니 부귀영화가 만만년 동안 이어지리라. 물고기, 닭고기, 오리고기가 때마다 끊이지 않고 능라주단이 온몸을 휘감으리……"

　이어 관장이 허리 부위에 못을 박으면서 노래를 불렀다.

　"새 못을 허리에 박으니 남극선옹南極仙翁 부럽지 않게 장수하리. 왕모王母의 반도蟠桃 부럽지 않으니 자손들 대대손손 장원고壯元糕를 먹으리."

좌중의 잔뜩 흥분한 사람들이 여기저기서 떠들어댔다.

"못질하다가 못이 부러지면 따귀를 맞고, 못이 곧고 바르게 박히면 삯을 두 배로 받을 수 있다고 했네. 이 마지막 못질이 관건이구면."

관 뚜껑을 덮고 못질을 할 때 못이 구부러지거나 부러지면 재수없다는 설이 있었다. 이런 경우 상가와 관장 사이에 말다툼은 기본이고, 심하면 칼부림이 나는 경우도 있었다.

관장은 뭇사람들의 기대를 저버리지 않고 왼쪽 어깨 부위의 마지막 못도 곧고 단단하게 박아 넣었다.

"못 일곱 개를 다 박았으니 남녀노소 큰 집 짓고 누각 위에 황금꽃을 심으리."

항천취는 환호하는 사람들 뒤에 서서 소리 없이 눈물을 흘렸다. 방금 전까지 한 방울도 나오지 않던 눈물이 갑자기 봇물처럼 쏟아져 나왔다. 아무것도 모른 채 관속에 누워 있는 오차청 아저씨가 불쌍해서 견딜 수가 없었다.

'까짓 못 일곱 개가 뭔데 사람들이 이토록 기뻐하고 즐거워하는 건가? 사람이라는 것이 무슨 물건인가? 나는 도대체 어떤 물건인가?'

항씨네 선산은 쌍봉촌雙峰村 계룡산雞籠山에 있었다. 이곳은 원래 차밭이었다. 차밭 외곽에는 울울창창한 대나무 숲이 있었다. 늦가을 햇살은 그 대나무 숲을 뚫고 새로 만들어진 봉분에 짙푸른 대나무 그림자를 드리웠다.

어디선가 새소리가 들려왔다. 자세히 살펴보니 하얗게 핀 차나무 꽃에 새가 있었다. 항천취는 새 무덤을 보면서 혼잣말로 중얼거렸다.

'이것은 커다란 차나무야. 차청 아저씨는 차나무 꽃 사이에 누워 있는 새야.'

새는 마치 태어나서 지금까지 한 번도 울어보지 못한 것처럼 차나무 꽃 사이에 숨어 피를 토하듯 울음소리를 토해내고 있었다. 항천취는 손으로 가슴을 부여잡았다. 순간 마치 오차청 아저씨가 누런 흙을 뚫고 길고 가는 손가락을 내미는 것 같은 환각이 보였다. 그는 문득 몇 년 전에 꿨던 꿈을 떠올렸다. 꿈속에서 '그 사람'의 뒷모습은 온통 피투성이였었다. 그렇다면 몇 년 전에 꾼 꿈은 예지몽이었다는 말인가? 오차청 아저씨의 죽음은 이미 예정돼 있었다는 말인가? 항천취는 느닷없이 떠오른 생각에 깜짝 놀라 온몸을 부들부들 떨었다. 깃털처럼 하얗고 투명한 띠풀이 무덤 위에서 한들거렸다. 띠풀을 바라보는 항천취의 마음도 흔들렸다.

항천취가 촬착에게 물었다.

"선친께서 차청 아저씨를 항씨네 선산에 묻으라는 유언을 남긴 이유를 자네는 아는가?"

촬착이 순하게 생긴 눈을 크게 뜨고 한참 생각하더니 대답했다.

"나리께서는 마음이 고우신 분이니 차청 어르신이 밖에서 외롭게 늙어 죽는 것을 원하지 않으셨겠죠."

항천취는 한숨을 쉬면서 일어섰다. 이어 오차청의 무덤에 흙을 몇 삽 얹고는 고개를 돌렸다. 그는 방금 전 느닷없이 떠오른 무서운 생각을 아무에게도 말할 수 없었다.

'나는 어쩌면 오차청의 아들일 수 있다. 그리고 내 허울뿐인 아버지는 이 사실을 처음부터 알고 계셨다. 그래서 차청 아저씨를 항씨네 무덤에 묻으라는 유언을 남기셨을 것이다. 그 이유는 차청 아저씨가 항씨네

망우차장을 위해 우마牛馬처럼 일한 사람이라는 명분을 죽어서까지도 간직하게 하고 싶어서였을 것이다.'

항천취는 얼토당토않은 생각을 털어버리려는 듯 고개를 세차게 흔들었다.

조기객은 오차청의 장례가 끝난 뒤 도착했다. 그가 타고 온 말은 온몸이 땀범벅이 돼 숨을 헐떡거리고 있었다. 조기객의 머리카락은 땀에 흠뻑 젖어 바람에 날리는 모습이 마치 사자의 갈기 같았다.

조기객은 오차청의 무덤에 절을 하지 않았다. 그냥 허리를 깊이 숙여 인사를 했다. 항천취와 조기객 두 사람 사이에 짧은 침묵이 흘렀다. 조기객은 침묵이 달갑지 않은 표정이었다. 그는 항천취에게 해주고 싶은 말이 많았다. 항천취가 손에 차나무 꽃 한 송이를 들고 말했다.

"길게 설명 안 해도 돼. 네가 정말 바쁜 사람이라는 걸 알아. 안 그러면 오지 않을 리 없지. 나 무덤 앞에 조용히 앉아 있고 싶어. 잠깐이면 돼. 하루 종일 힘들었어. 이제 좀 조용히 있고 싶어……."

조기객은 그러나 항천취에게 조용히 앉아 있을 틈을 주지 않았다. 손에 채찍을 든 채 붕대를 감은 발로 쉴 새 없이 왔다 갔다 하면서 주절주절 떠들어댔다.

"나 정말 바빴어. 너무 바빴어. 너 탕수잠이 절강 군정부 도독이 된 걸 아니? 그리고 저보성이 정사부장政事部長을 맡았어. 너 진한제陳漢弟 알지? 민정부장을 맡으라고 하니 싫다고 거절했어. 그래서 왕만봉汪曼峰이 민정부장을 맡았어. 장숭보莊崧甫도 마찬가지야. 재정부장에 천거했더니 거부했어. 결국 고자백高子白 좋은 일만 시켜줬지. 너, 듣고 있어? 듣고 싶지 않아도 들어야 해. 네가 요즘 장례 때문에 바쁜 건 나도 알아. '산속에서의 하루가 속세의 천년'이라는 말도 있잖아. 탕이화湯爾和는 외교부장, 부수령傳修齡은 교통부장에 임명됐어. 이밖에 심균유는 항주 지부가 됐어. 너, 왜 그래? 갑자기 왜 고개를 숙이는데? 너무 상심하지 마. 죽은 사람은 죽은 사람이고, 산 사람은 계속 분투해야 할 거 아니야……."

"너, 그렇게 왔다 갔다 하지 않으면 안 되겠어? 어지러워……. 휴, 마음대로 해. 아무튼 차청 아저씨는 시끄러워하지 않으실 거니깐. 차청 아저씨는 네가 뭘 하든 항상 좋게 봐주셨어. 겉으로 내색하지는 않으셨지만 말이야. 나는 아무것도 아니야. 그분의 눈에 나는 아무것도 아니었어……. 내가 방금 무슨 말을 했지? 아, 맞다! 너, 방금 누가 무슨 부장을 맡고 그런 말을 했었지? 근데 우리 처남에 대한 말은 왜 없어? 그 사람은 누구보다도 벼슬에 환장한 사람인데……."

조기객이 항천취 맞은편 차나무 옆에 털썩 앉았다.

"너를 불편하게 만들었다면 미안하다. 안 그래도 힘든 네 앞에서 쓸데없는 말만 했구나. 네 처남 심록촌은 상해로 갔어. 진기미가 상해에 있잖아. 하하, 다들 기댈 데가 있다 이거지. 나만 혈혈단신이네?"

항천취가 고개를 들고 옛 친구를 바라봤다.

"말 속에 가시가 있는 것 같은데?"

"이 얘기는 그만하자. 나는 예전에 중산 선생 앞에서 맹세를 했어. 공을 세운 후 물러나서 명예를 지키겠다고 말이야. 아직 혁명이 성공하지 못했으니 퇴장하기에는 일러. 나는 주서朱瑞, 여공망呂公望 부대를 따라 남경南京 공략전에 참가하기로 했어. 곧 떠나게 될 거야."

항천취는 그제야 조기객이 작별인사를 하러 왔다는 것을 알았다.

"천취, 이번에는 같이 가자는 말을 안 하련다. 지금까지 나하고 뜻을 같이 하느라 고생이 많았어. 그리고 망우차장은 네가 없으면 안 돼. 차청 아저씨도 안 계시니 앞으로 잘 처리하기 바란다."

항천취가 무릎을 감싸 안은 채 한참 생각하더니 불쑥 물었다.

"록애에게는 작별인사 안 해?"

조기객의 눈썹이 꿈틀했다. 그가 손을 저으면서 말했다.

"필요 없어. 살아생전에 인걸人傑이었고 죽은 뒤에 귀웅鬼雄이 된 차청 아저씨도 번거로운 건 딱 질색이셨잖아."

바람이 심해졌다. 계룡산의 마른 대나무와 띠풀은 강풍에 일제히 쓰러졌다. 이름 모를 새 한 마리가 항천취 맞은편의 늙은 차나무 뿌리에 내려앉으려다가 발을 헛디뎌 넘어질 듯 말 듯 휘청거렸다. 새는 당황한 눈빛으로 주위를 둘러보다가 멍청하니 앉아 있는 항천취와 시선이 딱 마주쳤다. 사람과 새는 숨소리도 내지 않고 한참 동안 서로를 바라봤다. 이윽고 새는 찢어질 듯한 소리를 지르며 허공으로 날아올랐다. 새의 날갯짓에 대나무 잎들이 우수수 요란하게 떨어져 내렸다.

항천취는 무덤 앞에 납작 꿇어 엎드렸다. 두 팔을 뻗어 무덤 위 황토에 얼굴을 가져다 댔다. 긴장한 듯 온몸을 부들부들 떠는 항천취의 입에서 떨리는 한마디가 흘러나왔다.

"기객, 죽으면 안 돼!"

순간 조기객의 눈빛이 암담해졌다. 가슴이 찡한 모양이었다. 그가 항천취의 어깨를 툭툭 치면서 말했다.

"너는 다 좋은데 마음이 너무 여린 것이 흠이야. 사는 게 피곤하지도 않냐, 바보 같으니라고. 내가 오래 살면 어떻고 내일 죽으면 어떠냐. 대장부는 삶과 죽음에 연연하지 않거늘 죽음 이외의 다른 것이랴."

덜덜 떨리는 팔로 무덤을 꼭 끌어안은 항천취가 말을 더듬기 시작했다.

"삶…… 삶이 어찌 소중…… 소중하지 않을 수 있겠어? 죽음……

죽음이 어찌 두렵지 않을 수 있겠어? 차청…… 차청 아저씨는 왜…… 왜 죽었어? 무엇…… 무엇을 위해 죽었는데? 네…… 네…… 네가 말한 혁명은 도대체 어디에 있어? 이분…… 이분은 혁명을 위해 죽었는데 혁…… 혁명을 한다는 사람…… 사람들은 아무…… 아무도 마지막…… 마지막 길을 배웅하러 오지 않았어. 너…… 너도 늦었어. 왜…… 왜…… 왜? 그 사람들에게 관직을 주느라고? 그…… 그 사람들이…… 우리와 무슨 관계가 있는데? 나…… 나는 아무리 생각해도 이해…… 이해할 수 없어. 사람…… 사람…… 사람이 죽어서 땅 밑에 누워 있는데, 너는 내 앞에서 호언장담이나 하면서…… 영웅 행세를 하지. 가…… 가라. 남경으로 가서…… 큰 공을 세워라. 그러나…… 죽지…… 죽지는 마. 네가 만약…… 죽는다면…… 나는 너를……용서하지 않을 거야……."

항천취는 급기야 펑펑 눈물을 쏟아냈다. 두 손에는 누런 흙이 잔뜩 묻어 있었다. 조기객은 그런 항천취를 보면서 가슴이 아프고 화가 났으나 어찌할 도리가 없었다.

항씨 부인 임우초는 보이지 않는 거대한 아픔 앞에 무너지지 않았다. 비록 극도의 슬픔 때문에 영혼이 너덜거리고 가슴속에서 피가 철철 흐르고 있었으나 적어도 겉으로 보기에는 정신이 멀쩡하고 머리가 맑아 보였다. 그녀는 거실 팔선상 앞에 있는 안락의자에 앉아 입을 꾹 다물고 있었다.

오승은 오차청이 눈을 감는 그 순간, 자신의 운명에 거대한 변화가 생겼다는 사실을 실감했다. 그리고 망우저택의 거실에서 임우초의 증오 어린 눈빛을 마주했을 때는 속에서 뜨거운 피가 끓어올랐다. 지금껏 한 번도 느껴보지 못했던 묘한 도전의식이 타올랐다.

그는 임우초의 추궁하는 듯한 질문이 하나도 두렵지 않았다. "오차청이 오승을 양자로 삼았다"는 소문은 벌써 항주성 안에 쫙 퍼졌다. 오승이 찻집에서 있는 말 없는 말 섞어가면서 한껏 부풀려 자랑한 덕분이었다. 임우초가 인삼탕을 한 모금 마시고 입을 열었다.

"오승, 자네가 이제는 하다하다 우리 망우차장까지 농락하려고 드는가? 아주 간이 배 밖으로 나왔나 보지?"

오승이 그러자 대수롭지 않게 받아쳤다.

"간이 배 밖으로 나오다니요? 설마 남에게 말할 수 없는 은밀한 비밀이 망우차장에 숨겨져 있는 건 아니겠죠? 몸이 바르면 그림자가 기울어지는 것을 두려워하지 않는 법이죠."

오승이 허투루 내뱉은 말이 아니었다. 심사숙고를 거쳐 신중하게 한 말이었다. 아니나다를까, 임우초의 안색이 눈에 띄게 창백해졌다. 그녀는 자리에서 일어나 대접을 든 채 한참 멍하니 서 있더니 숟가락으로 오승을 가리키면서 말을 더듬었다.

"자, 자, 자네 그게 무슨 말인가?"

"위선 좀 그만 떠세요. 망우차장의 공공연한 비밀은 항주성에서 모르는 사람이 없어요."

솔직히 오승은 망우차장이나 임우초에게 어떤 말 못할 비밀이 있는지 아는 것이 없었다. 다만 항천취가 오차청을 많이 닮았다는 소문이 예전부터 무성했다는 것만 알고 있었다. 오승은 뜬소문은 뜬소문일 뿐 사실일 것이라고 생각하지 않았다. 오늘도 그냥 입에서 나가는 대로 한 마디 지껄였을 뿐이었다. 그 말에는 "나는 더 이상 항씨네 노복이 아니니 앞으로 위세 작작 떨어"라는 경고의 의미가 담겨져 있었다. 그런데 뜻밖에도 임우초가 이다지도 과한 반응을 보일 줄이야! 임우초는 믿기 어렵다는 눈으로 오승을 응시하면서 입술을 덜덜 떨었다.

"자네, 방금 뭐라고 했나?"

"나는 아무 말도 하지 않았어요. 밖에서 주워들은 말을 곧이곧대로 전했을 뿐이죠."

"밖에서 뭐라고들 하던가? 어서 말하지 못해?"

임우초의 낯빛이 시퍼렇게 굳어졌다. 그녀가 손바닥으로 홍목 책상을 힘껏 두드리자 인삼탕 대접이 바닥에 떨어지더니 그만 산산조각이 났다.

오승은 흠칫 놀랐으나 애써 놀란 기색을 감췄다. 그리고는 쭈그리고 앉아 깨진 그릇조각을 주워 책상 위에 올려놓았다. 그런 행동은 가게 말단 점원의 습관이 몸에 밴 것이었으나 말투는 서늘하고 당당했다.

"마님, 화내지 마십시오. '양심에 부끄러운 일을 하지 않으면 한밤중에 귀신이 문을 두드려도 겁날 것이 없다'고 했습니다. 당신들이 부정한 짓을 저지르건 말건 나와는 상관없는 일입니다. 설령 소문이 돌아도 나는 한 귀로 듣고 한 귀로 흘려버릴 겁니다. 그리고 내가 망우차행 점주가 된 것은 차청 어르신의 유언에 따른 것이니 당신은 번복하고 싶어도 번복할 수 없어요. 당신이 내쫓지 않아도 언젠가 망우차행을 떠날 것이니 너무 걱정 안 해도 돼요. 그러나 지금은 아닙니다. 지금은 나에게 차행이 필요하고 차행도 나를 필요로 하니까요."

할말을 다 한 오승이 조용히 걸어 나갔다.

아무것도 모르는 소차는 자신이 왜 시어머니에게 혼이 나야 하는지 몰라 어안이 벙벙하기만 했다. 그녀가 부름을 받고 왔을 때 시어머니 임우초는 얼굴이 새파랗게 질려 씩씩거리고 있었다.

"네 입으로 말해봐. 너, 오승 그 자식하고 언제부터 아는 사이였어?"

"……아마 일고여덟 살 때부터였을 거예요."

소차가 미간을 찌푸리면서 애써 기억을 더듬어냈다.

"너희들이 차행에서 허드렛일을 할 때 그 자식이 너를 좋아했었다면서? 그게 사실이야?"

"……"

소차가 놀란 눈으로 시어머니를 바라봤다. 그녀는 시어머니가 갑자기 왜 이런 질문을 하는지 몰라 몸 둘 바를 몰랐다.

"너는 그 자식에게 무슨 말을 했어?"

"아무 말도 안 했어요……"

소차는 억울하기 그지없었다.

"아예 말을 섞지도 않았는걸요."

"말도 안 섞은 사이라면서 장례식 때는 어떻게 쿵짝이 그리도 잘 맞았다냐? 둘이 아주 부부처럼 곡을 해대더구나. 오승 그 자식이 양아들을 사칭하는 걸 보고 왜 너도 양며느리가 탐나더냐? 뻔뻔스러운 년, 항씨 가문에 먹칠한 가증스러운 년!"

소차가 털썩 무릎을 꿇더니 울음을 터트렸다.

"어머니, 저한테 왜 그러세요? 어머니, 저는 정말 아무 말도 안 했어요, 정말이에요……"

임우초는 오승 때문에 화가 나고 두렵고 걱정이 돼 제정신이 아니었다. 그래서 망우차장에서 제일 만만한 사람인 소차에게 분풀이를 하는 것이었다.

"네년이 무슨 말을 했는지는 네년 스스로 더 잘 알 거 아니냐. 잘 들어, 네년은 오승과 엮여봤자 그 자식에게 이용만 당해. 그 자식이 먼저 돼지고 말 거야. 차청, 차청, 왜 소인배와 엮였나요? 그 자식은 우리 항씨 가문을 피를 말려 없애려고 작정한 놈이에요……. 꺼져! 당장 오산 원동문으로 돌아가. 다시는 내 눈앞에 나타나지 마!"

임우초는 발작하듯이 소리를 질렀다. 소차는 겁에 질려 감히 일어날 엄두를 못 냈다. 그러나 조용히 중얼거리는 것은 잊지 않았다.

"어머님이 슬픔을 못 이겨 실성하신 것이 틀림없어."

"너 안 가? 당장 안 나가?"

소차는 또다시 울음을 터트렸다.

"어머니! 어머니, 저도 항씨 집안 사람이에요. 저도 항씨네를 위해 아들딸을 낳아드렸잖아요……."

소차의 말이 아픈 상처를 후벼 판 듯 임우초가 흠칫 놀라더니 고래고래 소리를 질렀다.

"뭐라고? 네년이 항씨 집안 사람이라고? 아니야, 내가 항씨 가문 사람이야. 꽃가마에 앉아 항씨네 집에 시집 온 사람은 나란 말이야. 내가 없었다면 항씨네는 벌써 대가 끊어졌어. 지나가는 사람을 아무나 붙잡고 물어봐. 나 임우초가 없었다면 항씨 가문과 망우차장은 오늘까지 버텨내지 못했어. 네년이 알기는 뭘 안다고 그래!"

소차는 시어머니가 무엇 때문에 이러는지 도무지 이해할 수가 없었다. 솔직히 그녀는 시어머니와 오차청 아저씨의 불륜설에 대해서는 한 번도 들어본 적이 없었다. 다만 임우초의 아들인 항천취와 손자 가화가 오차청을 많이 닮았다는 소문을 들은 적은 있었다.

'남들이 뭐라고 하는 게 나하고 무슨 상관이야? 내가 소문을 퍼뜨린 것도 아닌데 왜 나한테만 뭐라는 거야? 혹시 큰집이 어머니 앞에서 내 험담을 한 건 아니겠지?'

소차는 엉엉 울면서 밖으로 걸어 나갔다. 그리고는 또 중얼거렸다.

"까짓것 가면 되잖아. 이유도 모른 채 여기서 천대를 받을 거면 첩이라 손가락질당하더라도 오산 원동문에서 조용히 사는 게 낫겠다."

오산으로 돌아간다는 말에 어린 가초는 눈물을 터트렸다. 아이는 가화의 목을 꼭 끌어안고 오산으로 안 가겠다고 앙탈을 부렸다. 가초의 쌍둥이 오빠 가교는 화가 나서 길게 째진 눈으로 여동생을 흘겨봤다. 그래도 가초가 말을 듣지 않자 급기야 주먹으로 여동생의 엉덩이를 때리면서 선언하듯 말했다.

"돌아가자! 돌아가자! 돌아가자!"

가평과 요코는 가교가 여동생을 때리는 것을 보고 이맛살을 찌푸렸다. 그동안 중국어 수준이 일취월장한 요코가 참지 못하고 그예 한마디했다.

"가교, 여동생을 때리면 안 돼요."

가교가 발을 구르면서 요코에게 침을 퉤! 뱉었다.

"일본 놈은 입 닥쳐, 꺼져!"

가평은 아직 말도 제대로 못하는 아이가 욕부터 배운 것을 보고 단단히 화가 났다. 게다가 요코가 울먹이는 것을 보고 더 화가 났다.

"가교, 너 이리 와."

가교는 분위기가 심상치 않은 것을 눈치채고 걸음아 나 살려라 하고 도망가면서 목청껏 소리를 질렀다.

"엄마, 엄마! 둘째형이 나를 때려요."

가평은 원래 가교를 때릴 생각이 없었다. 그저 한바탕 으름장을 놓고 풀어줄 생각이었었다. 그런데 가교가 소리를 지르면서 도망가는 걸 보니 슬그머니 약이 올랐다. 도망가는 아이와 잡으려는 아이가 소란스럽게 마당을 휘젓고 다니자 심록애와 소차가 밖으로 나왔다. 가교가 가평에게 거의 잡히려는 찰나 소차가 반사적으로 팔을 내밀어 가평을 밀쳤다. 가평은 넘어질 듯 휘청거리다가 심록애의 품에 쓰러졌다. 방귀 뀐 놈이 성낸다고 가교가 요란하게 울음을 터트렸다. 가평은 떨떠름한 표정으로 동생을 바라봤다. 심록애와 소차는 각자 아이를 하나씩 끌어안고 잡아먹을 듯한 눈으로 서로를 노려봤다. 며칠 동안 서로 참고 양보하면서 잡음 없이 지내왔던 사람들이 맞나 싶었다.

두 여인의 팽팽한 기싸움은 당연히 심록애의 승리로 막을 내렸다. 소차는 기가 센 심록애의 상대가 못 됐다. 고개를 숙인 소차가 흑흑, 흐느끼면서 가교를 꼭 끌어안았다. 그리고 울먹이는 소리로 아이를 달랬다.

"가교, 많이 아파? 엄마가 호 해줄게."

망우저택에서 한바탕 소동이 벌어진 그 시각, 항천취는 아무것도 모른 채 거리를 돌아다니고 있었다. 길가의 집에는 알록달록한 채색 깃발들이 내걸려 있었다. '공화옹호'共和擁護, '반청복명'反淸復明, '천하위공'天下爲公 따위의 문구를 적은 현수막도 간간이 보였다. "토지권을 똑같이 나누자"는 글도 있었다. 거리를 오가는 남자들 중 열에 아홉은 변발을 잘라 남자도 여자도 아닌 요상한 머리를 하고 있었다. 그 외에 혁명이 가져다 준 변화는 별로 없었다. 적어도 항천취의 눈에는 그렇게 보였다.

하방가河坊街의 대표 음식점 '왕반아'王飯兒는 여전히 문전성시를 이루고 있었다. 문 옆에 있는 의자는 다리 두 개가 길고 두 개가 짧았다. 가게 안에 있는 큰 무쇠 솥은 모락모락 김을 내뿜고 있었다. 안쪽 솥에는 새하얀 쌀밥이 탑처럼 쌓여 있었다. 바깥쪽 솥에는 돼지 내장, 오리와 닭의 머리와 발, 죽순, 잡뼈, 청경채, 두부, 무 등 갖은 고기와 야채를 함께 끓인 잡탕이 구수한 냄새를 풍기면서 펄펄 끓고 있었다.

항천취는 낯익은 얼굴을 발견하고 걸음을 멈췄다. 오승이 문지방에 걸터앉아 밥그릇에 얼굴을 들이밀고 밥을 먹고 있었던 것이다. 항천취는 가까이 다가가서 오승의 어깨를 툭툭 쳤다.

"자네 아직도 고봉밥을 먹나?"

오승이 잠깐 멍한 표정을 짓다가 대답했다.

"천한 일을 하는 사람이 고봉밥을 안 먹으면 뭘 먹어요?"

항천취가 위층을 가리키면서 말했다.

"올라가자고. 내가 두부물고기 요리로 한턱 내겠네."

위층에도 손님이 많았다. 장삼을 입은 점잖은 손님도 있었고 회색 옷차림을 한 군인들도 보였다. 허리에 가죽 띠를 차고 챙이 큰 모자를 쓴 군인들은 삼삼오오 무리를 지어 벌주놀이를 하고 있었다. 종업원이 항천취를 알아보고는 얼굴에 웃음을 발랐다.

항천취는 죽순가물치찜, 장어튀김, 새우살볶음, 사자두獅子頭(뚝배기에 배추와 고기 완자를 넣고 끓인 중국 요리), 밀즙화방蜜汁火方(절강 금화金華 화퇴火腿(중국식 햄)로 만든 요리), 자라찜, 하해蝦蟹(게살튀김) 등 '왕반아'의 간판요리들을 한 상 가득 주문했다. 장삼 차림을 한 사람과 간편한 옷차림을 한 사람 단둘이 먹는 것치고는 지나치게 호화롭고 푸짐한 상이었다. 다른 손님들 모두가 눈이 휘둥그레졌다. 항주성에서 유명한 항씨 도련님이 무슨 생각으로 저러는 건지 모르겠다는 표정들이었다.

오승도 놀라기는 마찬가지였다. 그러나 그는 마음을 편히 가지기로 했다.

'까짓것, 나중 일은 나중에 걱정하고 일단 먹고 보자.'

항천취는 여러 해 묵은 술을 잔에 부었다. 그러나 오승은 술은 입에도 대지 않았다. 술을 마시고 자칫 미각을 잃기라도 하면 나중에 차의 맛을 구분할 수 없다는 이유였다. 항천취는 혼자 횟술을 마실 수밖에 없었다.

이윽고 오승이 벌겋게 취기가 오른 항천취를 향해 뭔가를 캐보려는 듯 물었다.

"사장님, 오늘은 무슨 바람이 불어 저한테 한턱을 내시는 겁니까?"

항천취가 껄껄 웃었다.

"자네가 차청 어르신의 양아들이 됐다면서? 축하하네. 우리 가문과 차청 어르신은 여간 돈독한 관계가 아니라네. 이제부터 자네는 아무 걱정 말고 차행 주인장 노릇을 해도 되네."

영리한 오승이 항천취의 말속에 숨은 가시를 눈치채지 못할 리 없었다. 그는 술을 한 잔 마시는 시늉을 하면서 일부러 취한 척 말했다.

"양아들이 아무리 좋아봤자 친아들을 당하겠어요. 제가 만약 차청 어르신의 친아들이었다면 아마 벌써 항주 차 업계에서 큰 건수를 몇 개 터트렸을 겁니다."

"허! 무대에 오르기도 전에 공중제비를 돌 생각부터 하다니. 이 소흥주를 한 잔 받게. 자네 고견을 경청하고 싶네."

"장사를 잘 하려면 우선 물건 품질이 좋아야 하고, 두 번째로 마음이 독해야 합니다. 그리고 양보할 건 적당히 양보하되 본인 실속은 챙겨야죠. 차청 어르신은 수십 년 동안 차 업계의 권위자로 군림해오셨으나 제가 보기에는 아직 이런저런 미숙한 점이 많이 있습니다. 항주성에 차행이 어디 한두 집입니까? 산객들이 그 많은 가게를 놔두고 하필 망우차행에 차를 넘기는 이유가 무엇입니까? 그리고 수객들 역시 그 많은 가게를 놔두고 하필 망우차행의 차를 사는 이유가 무엇입니까? 바로 '망우차행'이라는 이 간판 덕분입니다. 그렇지만 현실에 안주하면 안 됩니다. 인지도를 꾸준히 유지하려면 끊임없이 새로운 것을 개발해야 합니다. 일례로 차행의 일부 규정을 고치는 것이 있습니다. 이를테면 견본차를 한 봉지에서 한 줌씩 빼내던 것을 세 봉지 당 한 줌으로 바꾸고, 다른 차행에서 백분의 2~3씩 받는 수수료를 1만 받는 것입니다. 조금 손해 보는 것을 두려워하지 않아야 큰 이익을 얻을 수 있습니다……. 그리고 대부분의 차행은 옥석을 가리지 않고 아무 차나 다 받는데 이것도 개선해야 할 부분입니다. 차행에서 좋은 차만 골라서 받아야 차 재배농들도 좋은 차를 생산할 게 아닙니까. 용정산에 망우차장 소유의 차밭이 수백 무 있죠? 겨우내 묵혀두기에는 참 아까운데 아무도 그쪽에는 신경을 안 쓰는 것 같더군요……."

오승은 신이 난 듯 침방울을 튀기면서 열변을 토했다. 그러나 이미 만취한 항천취의 귀에는 오승의 말이 한마디도 들어오지 않았다. 항천취는 속으로 딴 생각을 하고 있었다.

'그래도…… 술이…… 차보다…… 좋구나. 오승 이 사람……, 차청 아저씨…… 얼마 전에……. 아, 맞다! 차청 아저씨는 얼마 전에…… 그분이 생전에 쓰시던…… 주산은…….'

항천취의 입에서 웃음이 비실비실 새어나왔다. 오승은 하던 말을 멈추고 항천취를 바라봤다. 항천취가 연신 손을 저으면서 말했다.

"자네를 비웃은 게 아니네, 자네를 비웃은 게 아니야. 나는 혁명을 비웃은 거네. 어째서 혁명을 했는데도 바뀐 것이 없을까? 차청 아저씨는 혁명을 위해 목숨까지 잃었는데 왜 아무 일도 일어나지 않은 것 같을까? 자네도 여전히 변함없이 장사에 대해 논하고 있잖은가……."

"그러면…… 혁명이 끝난 뒤에는 무엇이 어떻게 바뀌었어야 하는 걸까요?"

솔직히 오승은 이 문제에 대해서는 생각해 본 적이 없었다. 그저 즉석에서 생각나는 대로 한 말이었다.

"나는…… 우리 모두가 한집 식구가 되어…… 네 것 내 것 없이…… 차가 필요한 사람은 우리 차장에 와서 돈을 내지 않고 차를 가져가도 되고……. 나도 이곳 '왕반아' 식당에서 돈을 내지 않고 밥을 먹어도 되는 줄 알았지……. 말짱 헛짓이었어! 다 헛짓이었어!"

악을 쓰면서 고개를 젓는 항천취의 눈에 어느새 눈물이 가득 고였다. 오승은 방금 전까지 비실비실 웃던 사람이 갑자기 눈물을 흘리자 적이 당황해 젓가락을 든 채 아무 말도 하지 못했다. 그는 이토록 변덕이 많은 사람은 솔직히 처음 봤다.

항천취가 껄껄거리면서 말을 이었다.

"차청 아저씨 생각만 하면…… 가슴이 터질 것처럼 아파. 차청 아저씨는…… 아무리 힘들어도…… 힘든 내색을 하지 않고…… 혼자 끙끙 앓으셨어. 이런 말…… 자네에게 해도…… 구천에 계신 차청 아저씨는…… 뭐라고 안 하실 거야. 차청 아저씨는 자네를 신뢰하셨어……. 나도 알아……. 나는 어릴 때…… 차청 아저씨가 빗속에 혼자 앉아 계신 걸 봤어. 등에서 피가 줄줄 흘러내렸어……."

"그게 언제였어요?"

"밤에…… 꿈에……."

오승은 어이가 없어서 실소를 뱉었다. 마음이 여리고 무능한 항씨 도련님을 동정해야 할지 아니면 멸시해야 할지 갈피를 잡기 힘들었다. 예전에 모욕당했던 일을 생각하면 수단과 방법을 가리지 않고 항씨네 집안을 망하게 하고 싶지만 또 차청 어르신을 생각하면 불난 집에 부채질하는 짓은 차마 해서는 안 될 것 같았다. 술에 잔뜩 취해 혀까지 꼬부라진 항천취를 보면 소차를 빼앗긴 일이 떠올라 괘씸하기 그지없었으나 다른 한편으로는 까짓 여자 때문에 망우차장과 척을 진다면 득보다 실이 더 많다는 생각도 들었다. 순간 오승의 머리에 번개처럼 스쳐지나가는 생각이 있었다.

'혹시 항천취가 차청 어르신의 친아들이 아닐까? 그렇다면······.'

두서없는 생각을 거듭하던 오승은 큰 결심이라도 한 듯 벌떡 몸을 일으켰다. 이어 항천취에게 말했다.

"사장, 우리 술은 이만하고 다른 데 갑시다. 온갖 시름을 다 잊게 만드는 좋은 곳으로 모시죠."

오승이 항천취를 데리고 간 곳은 왕반아 식당에서 멀지 않은 곳에 있는 연관煙館(아편방)이었다. 항천취는 태어나서 지금까지 아편은 처음이었다. 오승은 이쑤시개처럼 가는 꼬챙이로 아편을 조금 떼어내 태곡등太谷燈에 놓고 불을 붙였다. 누런 색깔의 큼직한 연포煙泡가 순식간에 만들어졌다. 오승은 연포를 담뱃대에 담아 놀란 눈으로 지켜보고 있는 항천취의 손에 쥐어줬다.

"처음 봐요?"

"본 적이 있어. 그런데 자네도 이걸 하는 줄은 몰랐네."

"저는 아닙니다. 저는 이런 걸 사 피울 돈도 없어요. 이건 도련님 드리려고 솜씨를 부려본 겁니다."

오승이 웃으면서 말했다.

기분 좋게 술을 마시고 아편까지 한 항천취가 집에 도착했을 때 항씨 집안의 내분은 아직 끝나지 않은 상태였다. 한쪽에서는 어미와 아들이 서로 부둥켜안고 눈물을 펑펑 흘리고 있었다. 다른 한쪽에서는 '큰댁'이 눈을 부릅뜨고 '작은댁'을 노려보고 있었다. 안 그래도 세상이 콩알만 해 보이던 항천취는 심록애가 소차를 괴롭힌 것으로 대충 짐작하고 호기롭게 소리를 질렀다.

"가교, 누가 너를 때렸어?"

"둘째형이 때렸어요……."

가교가 고자질을 했다. 화가 불끈 난 항천취는 앞뒤 가리지 않고 바로 가평의 따귀를 날렸다. 난데없이 봉변을 당한 가평은 너무 놀라서 아무 말도 못했다. 요코가 얼굴을 감싸쥐고 울음을 터트렸다.

자존심이 하늘을 찌르는 심록애가 가만있을 리 만무했다.

"당신……, 당신…… 어찌 친자식을 때릴 수 있어요?"

"맞아도 싸!"

항천취가 고함을 질렀다.

"이제부터는 내 눈에 거슬리는 건 죄다 때릴 거야. 기분이 풀릴 때까지 실컷 때릴 거야."

그제야 제정신을 차린 가평이 큰 소리로 항의했다.

"저는 가교를 때리지 않았어요. 가교가 가초를 때렸어요. 못 믿겠으면 큰형에게 물어봐요."

사람들의 시선이 일제히 가화를 향했다. 가화가 두 동생과 소차를 번갈아보더니 입을 열었다.

"셋째동생이 여동생을 때렸어요. 둘째동생이 셋째동생을 훈계하려고 하는데 작은어머니가 둘째동생을 밀쳐버렸어요."

요코가 연신 고개를 끄덕였다.

"맞아요, 맞아요."

화가 머리끝까지 치밀어 오른 항천취가 무서운 얼굴로 소차에게 다가갔다. 혼비백산한 가교는 어미의 품을 파고들었다. 항천취는 다짜고짜 소차의 따귀를 갈기면서 내뱉듯 말했다.

"아들 교육 잘 시켰다!"

소차는 말뚝처럼 그 자리에 굳어져버렸다. 도무지 믿을 수 없다는 눈빛이었다. 이윽고 소차가 가교를 잡아끌더니 마당 대문 오른쪽에 있는 마른 우물가로 달려갔다. 눈치 빠른 가화는 여동생을 내려놓고 소차에게 달려갔다. 심록애와 가평도 황급히 소차를 말렸다.

소차는 너무 분하고 억울한 듯 말도 제대로 하지 못했다. 흑흑 흐느끼면서 한마디만 되풀이했다.

"당신이…… 나에게…… 어떻게…… 이럴 수 있어요? 당신이…… 어떻게……?"

가평이 소차를 잡아끌면서 말했다.

"작은어머니, 아빠가 저도 때렸어요. 저도 맞았어요. 우리 둘 다 한 대씩 맞았으니 같은 처지예요."

심록애도 말했다.

"소차, 그만하게. 아이들 앞에서 이게 무슨 짓인가?"

그러나 마음을 독하게 먹은 소차는 한사코 우물가로 향하면서 심록애를 향해 소리를 질렀다.

"당신이 뭔데 나한테 이래라 저래라야? 나는 당신이 미워요!"

"자네가 나를 미워한다는 걸 알고 있네. 나도 자네를 미워하고 싶지만 그럴 여유가 없네. 내 한마디만 하겠네. 세 살 적 버릇이 여든까지 간다고, 자네는 가교 교육에 신경 좀 써야겠네. 어쨌든 항씨네 사람 아닌가."

"내가 낳은 아이 내가 어떻게 키우든 상관하지 말아요. 당신은 당신 아이나 잘 키우세요. 나와 가교는 항씨네 집안에 있으나마나한 사람이니 이참에 깨끗하게 죽어버리는 게 낫겠어요."

다들 바락바락 악을 쓰는 소차를 말리느라 진땀을 빼는 와중에 언제 나왔는지 임우초의 고함소리가 들려왔다.

"내버려 둬! 죽든지 살든지 알아서 하라고 해!"

사람들은 소차를 잡았던 손을 놓았다. 소차도 임우초의 위세에 눌려 그 자리에 멈춰 섰다. 사람들 앞에 모습을 드러낸 임우초는 하룻밤 사이에 십년은 더 늙은 것 같았다.

마당에는 숨 막힐 것 같은 정적이 감돌았다. 항천취는 옹기종기 모여 서 있는 가족들을 보면서 엉뚱한 생각을 했다.

'옛날에 이곳은 백화가 만발한 꽃밭이었는데……'

항천취의 시선은 봉두난발에 신발까지 한 짝 잃어버린 소차에게 꽂혔다.

'이 여자가 정녕 한때 내 모든 열정을 불태우게 하고 나를 진정한 남자로 거듭나게 했던 그 여자란 말인가? 이 무슨 운명의 장난인가?'

그렇다고 소차에게 뭐라고 할 수는 없었다. 항천취는 공연히 심록애에게 화풀이를 했다.

"당신은 당신의 '보물단지'나 잘 간수해. 싱겁게 남한테 훈계하지 말고 말이야."

심록애의 눈이 화등잔처럼 커졌다. 마치 쇠방망이로 머리를 얻어맞은 듯했다. 그녀는 평소에 유약하던 남편이 오늘따라 이 사람 저 사람에게 트집을 잡고 역정을 내는 까닭을 알 것 같았다. 남편은 그녀가 조기객의 만생호에 손을 댔다고 화가 난 것 같았다. 그녀가 얼굴을 붉히면서

흥! 하고 냉소를 터트렸다.

"항천취, 그가 그렇게 걱정되면 따라가지 그랬어요? 애꿎은 여자와 아이들에게 화풀이할 필요는 없잖아요?"

항천취가 펄쩍 뛰면서 고함을 질렀다.

"내가 어딜 가건 당신이 상관할 바 아니야. 촬착, 촬착! 얼른 차를 대 놓게. 나 오산 원동문으로 갈 거야."

항천취가 또 발을 구르면서 소차에게 명령했다.

"얼른 짐을 싸지 않고 뭐해?"

항천취는 한밤중에 살그머니 자리에서 일어났다. 그는 이미 저녁 무렵에 편지 세 통을 써두었다. 심록애, 소차와 어머니 임우초에게 남긴 편지였다. 이번에 그는 아무에게도 계획을 발설하지 않았다. 10년 전의 교훈을 잊지 않았던 것이다. 심지어 조기객에게도 말하지 않았다. 조기객을 깜짝 놀라게 하고 싶었던 것이다.

조기객의 집은 피시항皮市巷에 있었다. 오산 원동문에서 그리 멀지 않았다. 항천취는 간편한 옷차림을 하고 호주머니에 은전 몇 개만 넣었다. 다리에 각반도 찼다. 이제 정말 모든 것을 버리고 떠난다고 생각하니 흥분되면서도 기분이 묘했다. 항천취가 속으로 중얼거렸다.

'진작에 이랬어야 했어. 혁명이 새로운 변화를 가져다 줬건 말건 관계없이 어제가 오늘 같고, 오늘이 내일 같은 정체된 삶은 바뀌어야 해. 이제부터 차장이고 차행이고 나와는 아무 상관없어. 나는 진정한 자유인이 된 거야. 차청 아저씨처럼 총에 맞아 죽은들 뭐 어때, 사람은 어차피 한 번은 죽게 마련인데.'

항천취의 머릿속에 문득 조기객의 말이 떠올랐다.

'오래 살면 어떻고 내일 죽으면 어떠냐. 대장부는 삶과 죽음에 연연하지 않거늘 죽음 이외의 다른 것임에랴.'

항천취는 그 말을 곱씹으며 중얼거렸다.

"그래, 맞는 말이야."

항천취는 자신의 가슴팍을 툭툭 힘 있게 두드렸다. 마치 비겁하게 죽음을 두려워하던 옛날의 자신과 작별인사를 하는 것 같았다.

밖은 여전히 캄캄했다. 달도 없고, 별도 없고, 지나다니는 행인도 없는 밤이었다. 감옥을 연상케 하는 높다란 담벼락은 어렵사리 결심을 한 유약한 차상인에게 겁을 주기에 충분했다. 그러나 항천취는 겁나지 않았다. '나만 가 버리면 모든 것이 끝'이라는 도리를 깨친 이상 더 이상 두려울 것이 없었다.

'내가 없어도 그 사람들은 잘 살아갈 거야.'

항천취는 아이들이 은근히 마음에 걸렸다.

'아이들은?'

그러나 이내 생각을 고쳐먹었다.

'공융孔融(동한東漢 말기 뛰어난 문학가)이 말하길, 어머니는 병甁이고 자녀는 병에서 쏟아낸 물건일 뿐이라고 했어……'

항천취의 가슴은 새로운 꿈과 희망으로 부풀었다. 그냥 숨만 쉬고 있어도 뜨거운 열기가 주체할 수 없이 밖으로 새어나오는 것 같았다. 바깥의 공기는 차가왔으나 항천취의 얼굴은 벌겋게 달아올랐다. 자신의 발걸음소리가 이렇게 결연하고 호쾌하고 씩씩한 적은 없었던 것 같았다.

항천취가 양패두를 거의 벗어날 때였다. 건너편에서 맹인 악사가 이호二胡(중국 근대의 현악기)를 켜면서 다가오는 것이 보였다.

"안녕! 이호처럼 좁다란 반경을 왔다 갔다 하던 성가신 삶이여, 안녕."

항천취는 그렇게 중얼거리고는 주머니의 돈을 모두 꺼내 불쌍한 맹인에게 건네줬다. 맹인의 처연하고 외로운 모습을 보노라니 순간적으로 마음이 약해지려고 했으나 이를 악물고 버텨냈다. 그는 일부러 가슴을 쑥 내밀고 활개를 치면서 맹인 악사를 스쳐 지나갔다.

곡이 끝나자 사람은 보이지 않고,
강가의 두어 봉우리 푸르기만 하구나.

항천취는 평소 종종 입에 올리던 구절을 중얼거리면서 조기객의 집에 거의 다다랐다. 너무 흥분되고 긴장했는지 심장이 튀어나올 것 같았다. 바로 그때 끼익, 하는 소리와 함께 조씨네 대문이 열렸다. 항천취는 반사적으로 한쪽으로 몸을 피했다. 항천취의 눈에 띈 것은 뜻밖에도 그가 잘 아는 두 사람이었다.

두 사람은 작별인사를 나누는 듯했다.

"그만 돌아가오. 화내지 말고. 화내도 소용없다는 걸 잘 알잖소. 추근이라면 몰라도 당신은 안 되오."

"추근은 되고 나는 안 되는 이유라도 있나요? 나도 이번에 당신을 따라 남경으로 갈래요. 그러면 추근과 똑같잖아요."

남자는 껄껄 웃음을 터트렸다. 그리고 항천취가 한 번도 들어보지 못한 다정한 말투로 여자에게 말했다.

"바보 같은 소리. 망우차장은 당신이 없으면 안 되오. 차청 어르신도 안 계시지, 천취는 사업에 소질이 없지, 당신의 시어머니도 이제는 늙었소. 당신은 추근이 되고 싶어도 될 수 없소."

여자는 검은색 외투로 온몸을 꽁꽁 감싸고 있었다. 그녀의 머리에서 은빛 장신구가 반짝반짝 빛을 뿜었다. 항천취는 여자의 가지런하고 새하얀 치아를 눈앞에 떠올렸다.

"진짜 이유는 그게 아니잖아요. 저도 알아요. 제가 천취의 여자이기 때문에 당신이 망설이고 있다는 것을. 하지만 당신도 잘 알잖아요, 제가 천취에게 어떤 존재인지…….."

조기객의 억센 손이 금방이라도 울음이 터져 나올 것 같은 여자의 입을 틀어막았다. 항천취는 머리가 어지럽고 눈앞이 캄캄해졌다. 그는 두 사람이 지금 어떤 모습을 하고 있을지 상상해 보았다. 그러자 온몸에 힘이 빠지고 다리가 후들거려 제대로 서 있기도 힘들었다.

"그만 울어, 뚝! 오늘 너무 많이 울었소. 모르는 사람이 들으면 초상난 줄 알겠네. 나는 내일 새벽에 부대를 따라 남경으로 출발할 거요."

"저를 상해까지만 데려다줘요, 제발요. 상해에 도착하면 제가 알아서 오빠를 찾아갈 거예요. 당신은 걱정 안 해도 돼요!"

"안 돼! 나는 군인이오. 생사를 넘나들면서 싸우는 사람이 거추장스럽게 여인네를 달고 다닌다는 건 말도 안 돼. 당신에게만 하는 말인데, 나는 사실 일본에 여자와 아들이 있소. 내가 귀국할 때 울며불며 따라오겠다고 하는 걸 돈 몇 푼 쥐어주고 무마시켰소. 더구나 당신은 친구의 아내…….."

짝! 짝!

항천취는 너무 놀라 반사적으로 자기의 입을 막았다.

'저 여자가 미쳤나? 남자의 따귀를 두 대나 때리다니! 다른 사람도 아닌 조기객을 때리다니, 미친 게 틀림없어.'

항천취는 담 모퉁이에 몸을 바짝 붙였다. 남자의 따귀를 때린 여자는 고개를 빳빳이 쳐든 채 항천취의 옆을 지나갔다. 곧이어 마구간에서 말을 끌고 나오는 소리가 들렸다. 검은 외투로 온몸을 감싼 여자의 늘씬한 뒷모습이 막 어두운 골목으로 사라지려 하고 있었다.

'맙소사, 원래 저런 여자였구나. 원래 저런 여자였어. 오만하고 도도하고 아무도 범접할 수 없이 뭐든 다 제멋대로 하는 그런 여자였어. 아무리 그래도 이러면 안 되지. 여자가 어찌 감히 남자의 따귀를……'

그때 무언가가 바람처럼 눈앞을 휙 스쳐지나가면서 항천취의 생각을 뚝 끊어버렸다. 조기객의 백마였다. 말을 달려 여자 가까이로 간 조기객은 마치 비적처럼 한 손으로 고삐를 바짝 당기고 다른 손으로 여자를 훌쩍 들어 말 잔등에 올려놓았다. 백마는 마치 주인에게 불만을 표하듯 크게 투레질을 하면서 뒷발굽으로 땅을 파헤쳤다. 항천취는 서로 꼭 끌어안고 있는 두 사람을 보면서 그저 얼떨떨하기만 했다. 두 사람이 왜 저러고 있는지 이해가 가지 않았다. 충동적으로 말 잔등에 올라탄 두 사람도 자신들이 도대체 무슨 짓을 하고 있는지 모르는 듯했다. 이윽고 조기객이 결심을 한 듯 고삐를 늦췄다. 두 사람을 실은 말은 네 발굽을 모으고 냅다 달리기 시작했다.

항천취는 눈앞이 가물가물해졌다. 눈앞에 있는 모든 것이 꿈속에서 봤던 '그 사람'의 뒷모습처럼 보였다. 무수히 많은 뒷모습이 그를 덮치는 것 같았다. 항천취는 힘껏 머리를 흔들면서 눈을 깜빡였다. 귓가에 말발굽소리가 들리는가 싶더니 눈앞이 캄캄해지면서 아무것도 보이지 않았다……

항천취는 날이 어떻게 밝았는지, 날이 밝을 때까지 자신이 무엇을 했는지 하나도 생각나지 않았다. 다만 다리가 너무 저리고 아파서 걸음을 옮기기 힘들었다는 것과 처음부터 끝까지 맹인 악사의 이호 소리가 귓가를 맴돌았다는 것만 기억날 뿐이었다. 촬착에게 들은 바에 의하면, 소차가 이른 새벽에 울고불고하면서 세 통의 편지를 망우저택에 가져왔고, 촬착은 차를 끌고 온 항주성을 누볐다고 했다. 촬착은 혹시나 하는 마음에 부대가 집결한 기차역에도 가봤으나 항천취를 찾지 못했다. 그러다 나중에 기영의 담벼락 아래에서 이호를 켜는 맹인과 함께 있는 항천취를 발견했다.

맹인의 말에 따르면, 항천취는 날이 밝을 때까지 아무 말도 하지 않고 맹인의 뒤를 그림자처럼 졸졸 따라다녔다고 했다. 맹인이 앉으면 따라서 앉고, 맹인이 뛰면 따라서 뛰면서 한시도 떨어지지 않았다고 했다. 맹인은 촬착에게 설명을 하면서 나중에는 "무서워서 혼이 났다"고 덧붙였다.

무서워 혼이 난 사람은 맹인뿐이 아니었다. 머리를 싸매고 침대에 누워 있던 임우초는 아들이 돌아왔다는 말을 듣고 애써 몸을 일으켰다. 그녀는 사람들을 다 물리치고 아들의 손을 덥석 잡았다. 그리고는 눈물을 줄줄 흘리면서 아들에게 귀엣말을 했다.

"아들아, 사실은 네 성은 오톳씨란다……."

항천취는 아무 반응도 없었다. 임우초는 아들을 살펴보고 덧붙였다.

"그러니 너는 집을 떠나면 안 돼. 알겠느냐, 너는 성이 오씨야……."

항천취가 자리에서 일어서면서 귀찮다는 듯이 대꾸했다.

"오씨면 오씨지 그게 뭐 대단하다고 그래요? 굳이 말 안 해줘도 알수 있는 걸……."

혼비백산한 임우초가 황급히 말을 바꿨다.

"아니야, 아니야. 너는 항씨야. 너는 항씨야, 항씨."

항천취가 한숨을 쉬면서 어머니를 침대에 뉘었다.

"알았어요, 알겠다고요. 저는 항씨예요, 항씨. 이제 됐죠?"

항천취가 침실에 들어섰을 때 심록애는 만생호를 닦고 있었다. 녹색 저고리를 입은 그녀는 어젯밤과는 사뭇 다른 요염하고 속물스러운 분위기를 풍기고 있었다. 어젯밤에 검은 외투로 온몸을 꽁꽁 감쌌던 도도하고 신비스러운 그 여자가 맞나 싶었다. 항천취는 눈을 비비고 다시 그녀를 바라봤다.

'설마 내가 잘못 본 건 아니겠지?'

두 사람의 시선이 허공에서 부딪쳤다. 두 사람은 상대의 놀란 눈빛을 통해 서로의 마음을 읽을 수 있었다.

'당신은 왜 떠나지 않고 여기 있지?'

곧이어 만생호에 새겨진 글자가 항천취의 눈에 들어왔다.

"안으로 청명하고 밖으로 직방하니, 너와 더불어 공존하리라."

하하하하!

항천취가 크게 웃으면서 손가락으로 만생호를 가리켰다.

"너…… 너와 더불어 공존한대. 하하하하. 웃…… 웃기고 자빠졌군……."

숨이 넘어갈 것처럼 웃던 항천취가 침대에 털썩 주저앉았다. 눈에 눈물이 가득 고이고 온몸이 불어터진 국숫발처럼 축 처지는 것 같았다.

기적소리가 들려왔다. 가슴을 칼로 에는 듯 애절한 소리였다. 항천취는 용수철처럼 튕겨 일어났다. 그러나 문어귀까지 달려갔다가 이내 돌아왔다.

그는 만생호에 차를 넣고 다시 침대에 누웠다. 개가죽 담요로 다리와 발을 꽁꽁 감싸고는 조용히 귀를 기울였다. 우르릉 쿵쿵! 기차 바퀴가 굴러가는 소리에 유리창이 덜덜 떨리고 공기 속의 먼지가 아래위로 요동쳤다. 시간이 얼마나 흘렀을까, 드디어 모든 것이 평온을 되찾았다. 항천취는 만생호를 꼭 끌어안고 여자를 향해 느릿느릿 말했다.

"그는 갔어……."

제21장

이듬해 청명, 강남은 어느덧 봄기운이 완연해졌다. 초목에는 울긋불긋 물이 들고 꾀꼬리는 나뭇가지 사이를 날아다니며 아름다운 목청을 뽑았다. 올해 항주에는 봄이 일찍 찾아왔다. 찻잎 따는 처녀들은 차밭을 누비면서 참새 혀 같은 새순을 골라 따고 수확한 찻잎을 선별하느라 바빴다.

남천축南天竺과 지척에 있는 계롱산에도 차나무가 무성하게 싹을 틔웠다. 오차청의 무덤도 신록으로 덮였다. 가지런히 잘려진 늙은 차나무 뿌리에서는 새 가지들이 가득 자라났다. 3년 전에 심은 묘목들도 새싹을 잔뜩 틔웠다. 이제 1년만 더 지나면 찻잎을 채집하게 될 것들이라 망우차장 사람들은 각별히 조심스럽게 보살피고 있었다. 사람의 발길이 닿지 않은 어린 차나무들은 무덤에 나지막한 그늘을 드리우면서 삶과 죽음을 대비시키고 묘하게 조화를 이루고 있었다.

후조문에서 망우차행을 경영하는 청년 차상인 오승은 성묘 대열에 끼어 산에 올랐다가 소차와 우연히 마주쳤다. 소차는 짙은 화장에 요란한 옷차림을 하고 있었다.

소차는 작은아들 가교만 데리고 산에 올랐다. 맏아들 가화는 태어나자마자 양패두에 있는 본가로 가서 자랐다. 그러니 어머니라 하더라도 첩실인 소차와는 신분과 지위가 달랐다. 게다가 오차청이 죽고 나서 망우저택의 안주인 임우초가 병석에서 일어나지 못하다 보니 큰손자인 가화는 집을 떠날 수가 없었다. 하필이면 가초도 갑자기 앓아누웠다. 그러다 보니 가교만 소차를 따라나선 것이다.

장난꾸러기 가교는 한시도 가만히 있지 못했다. 산에 오르자마자 소차가 준비해간 청명단자淸明團子를 비롯한 성묘음식을 마구 집어먹었다. 소차는 항씨네 조상들에게 차례로 성묘하고 나서 맨 마지막으로 오차청의 무덤에 흙을 몇 삽 떠놓고 푸른 대나무가지를 꽂았다. 이어 대나무가지 끝에 흰 천을 달고 향촉에 불을 붙인 다음 지전을 태웠다. 그런데 눈물을 흘리면서 절을 하고 일어난 소차의 두 눈이 휘둥그레졌다. 말썽꾸러기 가교가 어느 틈에 대나무가지를 뽑아들고 이리 뛰고 저리 뛰고 차나무 묘목들을 마구 짓밟으면서 장난을 치고 있었기 때문이었다. 소차는 흙바닥에 풀썩 주저앉았다. 손에 흙이 잔뜩 묻었다.

"가교, 이 원숭이 같은 놈아, 조상들 앞에서 버릇없이 이게 무슨 짓이냐? 아유, 기막혀라."

흰 천을 매단 대나무가지를 휙휙 신나게 휘두르던 가교는 화가 나서 달려오는 어머니를 보고는 화들짝 놀랐다. 아이는 대나무가지를 내팽개치고 쥐새끼처럼 허둥지둥 도망가다가 한 남자의 품에 얼굴을 들이박았다. 아이가 황급히 소리를 질렀다.

"저리 비켜요. 엄마한테 잡히면 맞아 죽는단 말이에요."

그러자 남자가 가교를 번쩍 안아 올리면서 말했다.

"괜찮아. 내가 있잖아. 네 엄마는 나를 무서워한단다."

가평의 마음속 '영웅'이 조기객이라면 가교 마음속의 '구세주'는 오승이었다. 적어도 이 순간만큼은 그랬다. 세상에 이유 없는 사랑은 없다고 했던가? 가교가 두 팔을 활짝 벌려 오승의 품에 안기고 고사리 같은 두 손으로 그의 목을 꼭 끌어안은 그 순간, 오승의 눈에 뜨거운 눈물이 고였다.

'이 아이는 원래 내 아이였어야 했어.'

휘주 시골에 마누라와 자식을 남겨두고 홀로 항주로 올라온 오승은 참으로 오랜만에 애틋한 부성애가 솟아나는 것을 느낄 수 있었다. 반면 차나무 밭에서 오승과 대면하게 된 소차는 당황해 어찌할 바를 몰랐다. 오승의 눈빛은 욕정으로 가득차 번들거렸다. 벌건 대낮만 아니라면 당장이라도 소차를 덮칠 것 같은 무서운 눈빛이었다. 소차는 쿵쾅쿵쾅 뛰는 심장을 진정시키기 위해 고개를 숙이고 눈을 감았다. 남편의 술에 취한 듯 게슴츠레한 눈을 떠올리려고도 애를 써 봤다. 그러나 눈앞에 떠오르는 것은 언제부턴가 차갑고 흐리멍덩하게 변해버린 눈빛뿐이었다.

'어서 여기를 떠나야 해, 지금 안 가면 큰일나.'

소차는 눈앞에 서 있는 남자의 뜨거운 눈빛이 부담스럽고 싫었다. 어서 빨리 이곳을 떠나야 한다는 생각이 들었다. 그녀가 다급하게 아들을 불렀다.

"가교, 이리 와. 집에 가자!"

오승이 불콰해진 얼굴로 앞질러 말했다.

"안 가!"

가교가 앵무새처럼 오승의 말투를 흉내냈다.

"안 가!"

오승이 가교를 내려놓고 엉덩이를 툭툭 두드리면서 말했다.

"저리 가서 놀아!"

아이는 어느새 다람쥐처럼 멀리 뛰어갔다. 소차는 아이를 잡으려고 손을 내밀었으나 아무 소득 없이 허공만 갈랐다. 오히려 오승이 소차의 손목을 덥석 잡고 주위를 힐끔 살폈다. 오승의 까맣고 가느다란 턱수염에 땀방울이 대롱대롱 맺혀 있었다. 그는 어금니를 꽉 물고 일부러 무서운 표정을 지어보였다. 적어도 소차 앞에서만은 제멋대로 할 수 있다는 자신감이 묻어나고 있었다.

소차는 잡힌 손목을 빼려고 안간힘을 썼다. 황급히 주위를 둘러보는 눈에는 두려움이 가득했다.

"왜 이래요?"

당연히 하나마나한 질문이었다. 그러나 순간 다른 말은 떠오르지도 않았다. 10년 넘게 항천취의 첩으로 살면서 소심하고 기를 펴지 못하는 소차의 성격은 하나도 변하지 않았다.

"너하고 자야겠다!"

오승이 이를 갈면서 대답했다. 험상궂게 일그러진 얼굴에 자신감에다 묘한 희열이 흘렀다. 가게 점원으로 일할 때는 볼 수 없던 표정이었다. 그를 이렇게 만든 것은 무덤 속에 누워 있는 노인의 공이 크다고 해도 좋았다. 노인은 살아생전에 자신감이 넘치고 여유만만했다. 처세에도 능해서 가만히 있을 때는 얌전한 서생 같았지만 움직이면 그물을 벗어난 토끼처럼 행동이 민첩했다. 그런 노인의 모든 면은 오승이 배우려고 노력한 부분이기도 했다.

백주대낮의 거리낌 없는 만행은 오승의 남자다운 야성미를 보여주기에 충분했다. 그는 죽 대접에 절인 오리 알을 얹어주던 그 옛날의 오승이 아니었다. 또 주인집 아씨의 발이 이만큼이나 크다고 손짓으로 말하던 그때의 서투른 오승도 아니었다. 그는 환골탈태했다고 할 만큼 많이 달라졌다. 하지만 소차는 예전보다 더 마르고 더 유약해졌다. 그녀는 오승에게 잡힌 손목이 아파도 감히 소리 지를 엄두도 못 내고 울상을 한 채 가볍게 욕만 할 뿐이었다.

"이거 놔요, 무뢰배 같으니라고. 자꾸 이러면 천취에게 이를 거예요."

오승은 소차의 반항에는 눈썹 하나 까딱하지 않고 여자의 손목을 비틀었다. 소차는 맥없이 차나무 숲으로 나가떨어졌다. 두 사람의 모습은 사람 키 절반쯤 자란 차나무에 가려 보이지 않았다. 소차는 악을 쓰고 몸부림을 쳤다. 오승은 자신을 밀어내는 소차의 손을 짓눌렀다. 네개의 손, 스무 개의 손가락이 한데 얽혀 흙바닥에서 요동쳤다.

"이거 놔요, 도대체 왜 이래요?"

소차가 그예 울음을 터트렸다. 그녀가 울자 오승이 웃었다.

"너하고 자야겠어. 그래야 분이 풀릴 것 같아."

"천취에게 이를 거예요. 그가 알면 당신은 사장 자리에서 쫓겨날 거예요."

오승이 큰 소리로 웃음을 터트렸다.

"하하하하, 누가 누구를 쫓아내? 우리 차행에 망우차장의 지분이 얼마나 남아 있을 것 같아? 네 남정네가 거의 다 탕진했어. 아편에 빠져서 말이야. 그리고 너, 오늘 일부러 요란하게 꾸미고 온 거지? 그렇지 않으면 아편중독자라는 걸 사람들이 다 알아차릴 테니까. 하하하하!"

소차는 서럽게 울었다. 우는 와중에도 연신 나른한 하품이 나왔다.

오승의 말은 틀린 말이 아니었다. 항천취와 소차는 이제 꼼짝없이 오승에게 잡힌 몸이 됐다. 소차는 남편의 아편 시중을 들면서 야금야금 손을 댄 것이 자기도 모르게 빠져나올 수 없는 구렁텅이로 빠지고 말았다.

소차의 눈물은 오승의 분노를 더욱 부채질했다. 오승의 입에서 험한 말이 쏟아져 나왔다.

"화냥년, 더러운 갈보년. 네년의 남정네가 너에게 어떻게 해주더냐? 내가 열배, 백배로 더 잘해줄까? 네년이 내 배 아래에서 살려달라고 비명을 지를 때까지 힘껏 찔러줘볼까? 그래야 이 오승이 얼마나 대단한 남자인지 알 것 아니냐. 나는 십몇 년 동안 오늘만 기다려왔어. 네년과 살을 섞으려고 말이야. 너는 원래 내 거였어. 더러운 화냥년, 오늘 진정한 남자의 맛을 보여 주마. 네년이 지금까지 얼마나 부실한 남자하고 살을 섞어왔는지 오늘 제대로 깨우치게 해주마. 제기랄……."

짝! 짝!

상쾌한 소리와 함께 오승의 얼굴에 누런 흙 손자국이 났다. 소차의 손은 오승의 따귀를 때리고는 허공에서 그대로 굳었다. 기고만장하던 오승도 멍해졌다. 뺨에서 욱신거리는 통증이 전해졌다.

'이년이 감히 나에게 손을 대다니!'

오승은 분노보다 놀라움이 앞서 소차를 쳐다봤다. 마냥 나약한 줄만 알았던 그녀에게 이런 면이 있을 줄은 꿈에도 생각 못했던 것이다. 음담패설을 섞어가며 욕설을 퍼붓던 그의 기세는 온데간데없이 사라져 버렸다.

소차도 방금 전 자신의 행동에 스스로 소스라치게 놀란 듯 입을 반쯤 벌린 채 아무 말도 하지 못했다. 눈물도 쏙 들어갔다. 꿀벌 한 마리가 윙윙 소리를 내면서 차나무가지 사이를 날아다니고 있었다.

바로 그때 고요하던 산모퉁이에서 아이의 새된 비명소리가 들려왔다.

"엄마, 엄……."

누가 아이의 입을 틀어막은 것처럼 두 번째 '엄마' 소리는 허공에서 뚝 끊어졌다.

"가교!"

소차가 비명을 지르면서 오승을 밀쳐버리고 뛰어갔다. 그녀에게 따귀를 얻어맞고 멍해 있던 오승도 화살처럼 튀어나갔다. 걸음이 빠른 그는 몇 걸음 만에 소차를 멀찌감치 떨어뜨려 놓았다. 소차가 사고현장에 도착했을 때 오승은 똥구덩이에서 오물을 잔뜩 뒤집어쓴 가교를 건져 올리고 있었다. 소차가 아이의 꼴을 보고 발을 구르면서 잔소리를 하려고 했다. 오승이 그 모습을 보고 먼저 꽥 소리를 질렀다.

"빨리 받지 않고 뭐해?"

소차가 입을 다물고 가교를 받아서 풀밭에 내려놓았다. 그녀는 또 비죽비죽 울려고 했다. 그러자 오승이 버럭 소리를 질렀다.

"빨리 잡아당기지 않고 뭐해?"

소차는 다시 입을 다물고 오승의 손을 잡았다. 똥구덩이에서 나온 그의 몸에서는 악취가 진동했다. 그는 온몸에 똥을 뒤집어쓴 가교를 안고 계곡으로 달려갔다. 가는 길에 손에 잡히는 대로 찻잎을 훑어서 입에 넣고 질근질근 씹었다. 오승은 다짜고짜 아이를 거꾸로 쳐들고 물에 넣으려고 했다. 가교가 울먹이는 얼굴로 소차를 쳐다봤다. 소차가 소리를 질렀다.

"안 돼요. 물이 너무 차요."

오승이 귀찮은 듯 말했다.

"저리 비켜! 옷 좀 벗어야겠어."

오승이 잠방이 하나만 걸치고 물에 뛰어들었다. 물속에서 첨벙대는 모습이 마치 크게 재치기를 하는 소를 방불케 했다. 오승의 모습을 홀린 듯 바라보던 가교가 고개를 들어 찌는 듯한 태양을 보고는 연신 재채기를 해댔다.

"웩, 구려…… 구려 죽겠어……"

오승은 마른 찻잎을 질근질근 씹으면서 가마에 앉아 집으로 돌아가는 소차와 가교를 눈으로 배웅했다. 그는 얇은 잠방이 하나만 걸치고 있었다. 나머지 옷은 차나무에 널어 말리고 있었다. 작열하는 햇볕에 등이 따가웠다. 차가운 물에서 나와 따뜻한 햇살을 받고 있으니 몸이 나른해졌다. 동시에 재채기가 연신 터져 나왔다. 그는 풀밭 위에 대자로 편안하게 드러누웠다. 햇빛 때문에 눈을 뜨기 힘들었다. 기분이 상쾌하고 후련했다. 마치 방금 전에 똥구덩이에 빠진 아이를 구한 것이 아니라 오래전부터 탐내왔던 소차와 질펀하게 운우지정을 즐기고 난 것 같은 느낌이었다. 온몸의 갈증이 다 해갈되고 수년 간의 원한도 눈 녹듯 사라지고 있었다.

그는 누운 채로 〈요오경〉鬧五更이라는 노래를 큰 소리로 부르기 시작했다.

일경一更에는 정든 님 오시려나,

나는 왜 짝이 없을까,

더벅머리 총각 밤마다 꿈을 꾸네……

목소리는 점점 낮아졌다. 갑자기 잠이 쏟아졌다. 꿈속에서 오승은 혼사를 치르고 있었다. 새 신부는 당연히 소차였다. 오승은 예전에도 똑같은 꿈을 꾼 적이 여러 번 있었다. 예전의 꿈속에서 소차는 행복한 듯 활짝 웃고 있었다. 그러나 이번에는 달랐다. 소차는 마치 뭍으로 나온 물고기처럼 입을 반쯤 벌린 채 소리 없이 눈물만 흘리고 있었다.

오승은 잠에서 깨어난 후에도 한동안 멍하니 앉아 있었다. 날이 어두워지고 있었다. 에취! 그가 요란하게 재채기를 했다. 싱그러운 풀내음이 폴폴 풍겨왔다. 차나무에 널어 놓은 속옷은 이미 다 말라 있었다. 하지만 조끼는 아직 축축했다. 오승은 단정하게 차려입고 오차청의 무덤 앞에 무릎을 꿇었다.

"양아버지, 양아버지!"

오차청이 오승을 양아들로 인정했는지 여부는 중요하지 않았다. 어찌됐든 그는 오차청의 아들, 유일한 아들이 되기로 결심했기 때문이었다.

"아버지, 저는 반드시 항주성 최고의 행관行館이 될 겁니다. 그리고 아내와 아이들을 항주로 데려올 겁니다."

항천취가 아편에 깊이 빠진 그해 오승은 악을 쓰고 분발해 나름 성공을 거뒀다. 같은 해 조기객은 황흥黃興을 따라 남경에서 반원反袁(원세개袁世凱를 반대함) 독립을 은밀하게 모의하고 있었다. 항주가 광복을 맞이한 지도 2년이 지났다. 시국은 정체기에 들어섰다. 물론 이 와중에 송교인宋敎仁이 원세개에게 암살당하는 등 굵직굵직한 사건이 터지기도 했다. 항천취의 두 아들은 어느덧 열두 살이 됐다. 쌍둥이 남매도 다섯 살이 됐다.

조기객은 2년 동안 완전히 감감무소식이었다. 항천취는 그동안 오승과 친밀해졌다. 어쩌다 이렇게 됐는지 항천취 자신도 잘 알 수가 없었다. 오승은 누구든 만나면 항천취의 무용담을 늘어놓았다. 주인집 도련님이 신해辛亥 봉기 때 어떠어떠하게 용감했다고 입에 침이 마르도록 자랑했다. 항천취는 처음에는 흐뭇하게 듣다가 쑥스러워했으나 나중에는 시들해졌다. 오승은 항천취가 어떻게 생각하든 신경 쓰지 않았다. 사흘이 멀다 하고 오산 원동문에도 뻔질나게 드나들었다. 항천취는 그런 오승을 경멸하면서도 또 그 없이는 살 수 없는 처지가 돼버렸다.

소차는 오승에 대한 경계를 풀지 않았다. 다만 남편인 항천취에게 오승에 대한 험담은 하지 않았다. 그리고 오승이 고향에 있던 마누라와 아이들을 데려온 이후부터는 성격이 단순한 그녀답게 한시름을 놓았다. 가정도 있고 자기 사업도 있고 사회적 명망도 어느 정도 갖춘 남자가 또다시 이상한 짓을 하지는 않을 것이라 생각했던 것이다. 항천취와 소차는 오승이 정기적으로 가져다주는 아편을 피우는 재미에 푹 빠져버렸다.

가교는 오승을 많이 좋아하고 따랐다. 오승과 같은 인력거를 타고 후조문에 있는 망우차행에 '출근'하는 일이 잦았다. 가끔은 차행에서 자고 오기도 했다. 한번은 오승이 흔들리는 인력거 안에서 가교에게 물었다.

"가교, 너 내 양아들 할래?"

가교는 1초도 망설이지 않고 냉큼 대답했다.

"네, 양아버지!"

이 말을 전해들은 소차는 잠깐 멍해 있다가 긴 한숨을 내쉬었다. 항천취가 건성으로 한마디했다.

"흠, 마누라도 제대로 구할 수 없는 사람이 양자라도 있으면 좋은 거지 뭐."

소차가 제풀에 놀라 얼굴이 해쓱해지더니 입술을 떨었다.

"저……, 그 사람하고…… 아무 사이도 아니었어요."

항천취가 소차의 맹한 모습을 보고는 짜증이 치미는지 툭 내쏘았다.

"아니면 아닌 거지 불쌍한 척 좀 그만 해. 민며느리도 아니고 그냥 확! 십몇 년 전으로 돌아갈 수만 있다면 오승 그 자식이 탐낼 때 양보했을 텐데……."

소차가 항천취의 말에 크게 놀란 듯 온몸을 사시나무 떨듯 와들와들 떨었다. 울음소리를 내지 않으려고 주먹으로 입을 틀어막는 바람에 목구멍에서는 껵껵대는 소리가 났다. 소차가 농담을 이렇듯 진지하게 받아들일 줄 몰랐던 항천취는 적잖이 당황했다. 그가 소차의 등을 토닥이면서 좋은 말로 달랬다.

"그만해, 농담이야."

소차가 항천취의 손을 홱 밀쳐냈다. 참았던 눈물이 걷잡을 수 없이 쏟아져 나왔다. 급기야 그녀는 침대에 엎드려 꺼이꺼이 울었다.

"농담…… 농담을 그렇게…… 그렇게 하는 법이…… 어디 있어요?"

"누가 뭐라고 했어? 가교가 오승의 양아들이 된 것도 다 자기 팔자고 운명이야. 당신하고는 상관없는 일이야. 하필이면 그때 똥구덩이에 빠질 건 뭐야?"

말을 마친 항천취는 누가 부르기라도 한 것처럼 바로 아편굴로 달려갔다.

항천취가 망우저택으로 돌아오자 심록애가 푸르딩딩한 얼굴을 한 채 욕설을 퍼부었다.

"하루 종일 그놈의 아편, 아편. 차장은 이대로 내팽개칠 건가요?"

"당신은 아편이 얼마나 좋은 물건인지 몰라서 그래. 마치 구름 위를 걷는 기분이야. 하늘만큼 큰일도 겨자씨처럼 하찮게 느껴지지. 인생은 꿈과 같고 담배 연기 속에 부질없는 세월도 날아가는구나."

심록애는 빠드득 이를 갈았다. 말이 남편이지 원수가 따로 없었다. 게다가 시어머니라는 여자는 침상에 누워 골골대면서도 허리춤의 열쇠 꾸러미를 내놓을 생각은 없는 듯 사사건건 '수렴청정'을 하고 있었다. 결국 심록애 혼자서 이 큰 차장의 대소사를 모두 처리해야 했다. 요즘 들어서는 일이 부쩍 힘에 부쳤다.

항천취가 켕기는 마음에 한마디했다.

"아니면 내가 이리로 옮겨올까? 사실 옮겨온다고 해도 딱히 뭘 해야 할지는 모르겠지만 말이야."

"아편을 끊지 않고서는 이 집에 들어오겠다는 건 꿈도 꾸지 말아요."

"그렇다면 할 수 없지 뭐."

항천취가 어깨를 으쓱하면서 두 손을 펼쳐보였다.

"차라리 오승에게 지배인 자리를 주는 게 어떨까? 예전에 차청 아저씨가 하시던 일을 하게 말이야."

"아예 망우차장을 통째로 그놈에게 넘겨주지 그래요? 애초에 그놈이 꼬드겨서 당신이 아편에 중독된 거잖아요."

항천취는 또 말문이 막혔다. 항천취가 아편에 손을 댄 이후부터 심록애는 항천취의 돈줄을 뚝 끊어버렸다. 항천취는 차장의 돈을 한 푼도 꺼내 쓸 수 없게 되자 아내 모르게 집안의 서화작품을 내다 팔았다. 당연히 그것으로는 역부족이었다. 결국 항천취는 보유하고 있던 망우차행의 지분을 야금야금 팔기 시작했다. 그렇게 봄비에 얼음 녹듯 망우차행의 지분은 이제 얼마 남지 않았다.

"아니면 소차를 불러올까? 당신도 바쁜데 집안 일손도 도울 수 있고 살림을 하나로 합치면 돈도 절약되잖아."

마침 하교하고 들어오던 두 아이가 항천취의 말을 들었다. 가화가 아버지 쪽은 거들떠보지도 않고 심록애를 보면서 말했다.

"어머니, 작은어머니를 불러들이면 안 돼요. 작은어머니도 아편을 피워요."

"뭐라고?"

심록애가 튕기듯 벌떡 일어났다가 맥없이 다시 주저앉았다. 갑자기 귀에서 윙하는 소리가 울렸다.

"제가 오산 원동문에 갔다가 두 눈으로 직접 봤어요. 작은어머니가 아버지에게 연포를 만들어주면서 몇 모금 빠는 걸 봤어요."

심록애는 멍하니 앉아 아무 말도 하지 못했다. 앞이 막막했다. 그녀가 남편에게 실망하고 포기한 지는 이미 오래 전의 일이었다. 그래도 소차에게 가 있으니 한편으로는 안심이었다. 그런데 이제는 아무 데도 의지할 곳이 없었다. 그녀는 멍한 표정으로 주위를 둘러봤다. 그러다 가화와 눈이 마주쳤다. 결국 힘껏 발을 구르면서 울음을 터트렸다.

"가화야, 네 어미를 어쩌면 좋니?"

항천취의 셋째아들 가교는 껌딱지처럼 양아버지 오승에게 붙어다녔다. 이날 가교는 양아버지의 무릎에 앉아 어른들의 말다툼을 구경하고 있었다. 말다툼이라고 하지만 오승은 아무 말도 하지 않고 듣고만 있었다. 혼자서 목청을 높여 떠들고 있는 이는 용정산에서 온 산객이었다.

오승은 어느덧 후조문 일대에서 몇 손가락 안에 꼽히는 차행 점주 겸 행관行倌으로 성장했다.

'행관'은 '평차인'評茶人, 즉 찻잎의 품질을 평가하는 전문가를 뜻했다. 차행의 주요 업무는 파는 사람과 사는 사람의 거래를 중개하는 것이었다. 햇차가 나오면 산객은 견본을 차행에 가져다 행관에게 보여줬다. 행관이 등급과 가격을 정하고 그에 산객과 수객 쌍방이 동의하면 거래가 성사됐다. 또는 차행에서 가격을 정해 산객으로부터 물건을 사들인 후 나중에 수객에게 파는 경우도 있었다.

물론 산객과 수객 쌍방이 거래에 동의했다고 다 끝난 것은 아니었다. 행관은 산객이 가져온 물건을 견본과 비교해 문제가 없으면 저울로 무게를 달고 구매자에게 넘겨주었다. 차행이 산객에게 받는 수수료는 8%였다. 수객도 차행에 수수료를 지불해야 했다. 명목상으로는 5%였으나 환급금 형태로 돌려받는 것이 있기 때문에 실제 수수료율은 2~3% 정도였다.

차행은 가외수입도 챙겼다. 산객이 찻잎 견본을 가져오면 '선물'이라는 명목으로 차행의 지배인, 행관, 회계선생, 점원 심지어 견습공에게도 조금씩 나눠주는 것이 있기 때문이었다.

이렇게 이것저것 챙기다 보면 수입이 꽤 짭짤했다. 망우차행 부근에 있는 공순公順차행의 경우 해마다 견본에서 조금씩 떼어내는 찻잎만 1만 근이 넘었다.

오승은 망우차행을 인계받은 후 점주와 행관을 겸했다. 그는 행관이 결코 쉬운 직업이 아닐 뿐더러 차행의 운명에 결정적 역할을 한다는 사실을 잘 알고 있었다.

중국인들은 20세기 전반까지 1000년 동안 차의 품질을 평가하고 등급을 매길 때 순전히 감각에 의지했다. 우선 육안으로 마른 찻잎의 형태와 색깔, 찻물 색깔의 명암明暗과 청탁淸濁, 찻잎이 가라앉은 정도, 찻잎의 부서진 정도 등을 관찰하는데 이를 '간차'看茶라고 했다. 다음은 후각과 미각에 근거해 차의 향을 감별하는데 이를 '문차품차'聞茶品茶라고 했다. 이 밖에 촉각에 근거해 찻잎의 늙고 여린 정도, 무게, 수분 함량 등을 가늠하고 손으로 비비거나 이빨로 씹어서 품질을 감별했다.

일명 '평차인'으로도 불리는 행관은 대다수가 술, 담배를 하지 않고 비리거나 자극성 있는 음식을 먹지 않았다. 당연히 향수나 화장품도 사용하지 않았다. 이들은 1000분의 1로 희석시킨 맛도 감별할 수 있고 수만 분의 1로 희석시킨 향도 맡을 수 있었다. 천성적으로 남보다 예민한 감각기관을 가져야 하기 때문에 일반인들은 도전하기 어려운 직업이라고 할 수 있었다.

오승은 자신의 직업에 자부심이 있는 데다 자신이 이런 지위에 오른 것을 자랑스러워했다. 그는 오차청의 가르침에 따라 술, 담배를 배우지 않았다. 항천취를 꾀어 아편에 손을 대게 했음에도 불구하고 그 자신은 아편을 피우지 않았다. 유능한 행관은 평차評茶 능력이 뛰어나야 할 뿐만 아니라 찻잎 관련 지식을 두루 섭렵하고 시세도 예측할 수 있어야 했다. 이는 오승도 잘 알고 있는 기본 상식이었다.

당시 항주 시중의 견본 차는 대체로 홍청烘靑, 대방大方, 황탕黃湯(건덕建德과 분수分水에서 생산된 것), 청탕靑湯(동양東陽, 의오義烏, 무의武義 등지에서 생산된 것) 등 네 종류가 있었다. 오승은 이 네 종류에 대해 여느 전문가 뺨칠 정도로 잘 알고 있었다.

오승의 평차방評茶房은 위층의 남향 방이었다. 이 방은 햇빛이 부드럽게 비치고 바닥은 먼지 한 점 없이 깨끗했다. 방에 들어올 때는 밖에서 신던 신발을 벗고 실내용으로 바꿔 신었다. 또 직사광선을 피하기 위해 창문마다 검은색 차단막을 달았다.

방안에는 평차용 테이블이 두 개 있었다. 창가 쪽의 검은 칠을 한 테이블은 건차乾茶 평가용, 흰색을 칠한 테이블은 습차濕茶 평가용이었다. 흰색 테이블 위에는 다완을 비롯해 찻잔이 놓여 있었다.

평차방과 평차용 테이블은 모두 오차청이 쓰던 것을 그대로 사용했기에 별로 신기할 것도 없었다. 사람들을 깜짝 놀라게 한 것은 오승이 단행한 두 가지 개혁이었다. 첫째는 한 봉지에서 한줌씩 꺼내던 견본 차를 세 봉지당 한줌으로 줄인 것이었다. 두 번째는 수객들로부터 2~3% 씩 받던 수수료율을 1.5%로 하향 조정한 것이었다.

산객과 수객들 사이에 소문이 쫙 퍼지면서 망우차행은 문전성시를 이뤘다. 결론부터 말하면 오승의 '박리다매' 전략은 큰 성공을 거뒀다. 겉으로 보기에는 손해를 보는 것 같았으나 실속을 톡톡히 챙겼다. 분노한 동종업자들이 급기야 들고 일어났다. 오승이 업계 규칙을 깼다면서 차칠회관에서 회의를 열어 성토하려고 했다. 그러나 오승은 코웃음을 쳤다.

"회의 좋아하고 있네. 실컷 열라고 해. 당신들이 회의를 열 동안 이 어르신은 남은 물건이나 다 팔아버리련다."

차칠회관의 권유는 막무가내로 나오는 '무뢰한 점주'에게 씨알도 먹히지 않았다. 동종업자들은 별수없이 망우차장을 찾아갔다. 소포장 업무 때문에 눈코 뜰 새 없이 바쁜 심록애는 항천취의 의견을 물었다. 항천취가 손사래를 쳤다.

"마음대로 하라고 해. 산객이고 수객이고 다들 살기 힘든데 서로 돕고 살면 좀 좋아."

그러나 항천취는 자신이 곧 오승의 또 다른 얼굴을 보게 될 줄은 꿈에도 생각지 못했다.

이날 항천취는 망우차행에 들어서다 침을 튀기며 떠들어대는 산객과 맞닥뜨렸다. 산객은 오승에게 욕설을 퍼붓고 있었다.

"나쁜 인간 같으니라고. 다른 사람은 속일 수 있을지 몰라도 나는 못 속여. 당신은 차청 어르신의 발뒤꿈치도 못 따라가. 차청 어르신이 이 자리에 계셨더라면 1등급 용정차를 2등급으로 매도하는 짓은 안 하셨을 거야."

가교를 안고 있던 오승이 손에 쥐고 있던 찻잎 줄기를 들이밀면서 물었다.

"그럼 이 줄기는 어디서 난 거요?"

"그건 물건을 깎아내리려고 당신이 몰래 넣은 거잖아."

"말도 안 되는 소리. 이 아이에게 물어보오. 아이는 거짓말을 안 하니깐."

가교가 눈을 깜빡거리면서 앳된 소리로 대답했다.

"양아버지가 차 무더기에서 집어냈어요."

"에이, 가지고 온 물건이 변변치 않으면 순순히 2등급을 받아들일 일이지 이런 적반하장이 있나. 사람 참 못됐네."

좌중의 사람들은 한목소리로 산객을 비난했다. 입이 열 개라도 할 말이 없게 된 산객은 억울하고 분한지 입술만 덜덜 떨었다. 산객의 차는 충분히 1등급을 받아도 될 만큼 품질 면에서 나무랄 데 없었다. 어쩌다 운 나쁘게 찻잎 속에 줄기가 하나 섞여 있었던 것이 문제였다. 줄기 하나 때문에 1등급에서 2등급으로 강등됐으니 억울하고 분하지 않을 수 있겠는가.

보다 못한 항천취가 중재를 시도했다.

"그만들 하게. 내 생각에는 1등급 반으로 하면 좋겠네. 1등급으로 하면 차행이 손해보고 2등급으로 하면 산객이 손해를 보니 1등급 반이 좋겠네."

오승이 아이를 내려놓고 냉소를 지었다.

"항 사장의 얼굴을 봐서 내가 좀 손해를 보더라도 양보하겠네. 그렇게 하세."

산객은 여전히 불만스러운 표정이었으나 그렇다고 달리 방법이 없었다. 결국 지금 팔지 않으면 나중에 1등급 반도 받을 수 없을 것 같다고 생각한 듯 한숨을 푹푹 쉬면서 차를 넘겼다.

산객과 구경꾼들이 문밖으로 나가자 가교가 발딱 일어서서 오승의 목을 끌어안고 어리광을 부렸다.

"양아버지, 제가 대답 잘했죠?"

오승이 흐뭇한 표정으로 아이를 칭찬했다.

"그래, 그래. 이 양아비가 오늘 한턱 쏜다. 먹고 싶은 걸 말해봐, 다 사줄게."

그 말에 가교의 친아버지인 항천취가 어리둥절해서 물었다.

"두 사람 도대체 무슨 말을 하는 거요?"

순진한 아이가 거리낌없이 털어놓았다.

"아까 그 찻잎 줄기는 양아버지가 손가락 사이에 숨겼다가 꺼낸 거예요. 다른 사람은 몰라요. 저만 알아요."

맙소사!

항천취는 정수리에 얼음물을 뒤집어 쓴 기분이었다. 자기도 모르게 아이의 얼굴에 손바닥을 날렸다.

"덜 된 놈, 누가 그런 못된 짓을 배우라고 했어?"

가교가 비명을 지르면서 오승의 품으로 파고들었다. 오승이 버럭 화를 냈다.

"여기가 어디라고 감히 거들먹거려? 당장 꺼져!"

항천취는 자신의 귀를 의심했다. 태어나서 지금까지 살아오면서 "꺼져!"라는 말은 단 한 번도 들어본 적이 없었던 것이다. 더구나 천한 불량배에게 이런 수모를 받다니! 기가 막혀 웃음이 다 나왔다.

"네놈이 어따 대고 큰소리야? 여기 주인은 나야. 너나 꺼져!"

오승이 크게 웃으며 장부를 항천취의 얼굴에 집어던졌다.

"눈 크게 뜨고 잘 봐. 여기 당신 지분이 어디 한 푼이라도 남아 있나. 잘 확인해 봐! '망우차행'이라는 간판은 한 달 전에 벌써 내렸어야 했어. 지금 여기 최대 주주는 나 오승이야. 당신이 아편 사는 데 쓰는 돈도 다 내가 빌려준 거야. 이 아이의 얼굴을 봐서 오늘만 참는다. 안 그러면 당장 쫓아냈을 거야, 제기랄."

항천취는 눈앞이 뿌옇게 흐려지고 머릿속이 텅 빈 느낌이었다.

'소인배가 득세했구나, 소인배가 득세했어. 소인배가 득세하면 이렇게 설치는구나.'

항천취는 멍한 표정을 한 채 주위를 둘러봤다. 모든 것이 낯설게 보였다. 심지어 친아들인 가교도 낯선 사람처럼 느껴졌다.

"가교, 집에 가자."

그러나 가교는 항천취의 말을 한마디로 거절했다.

"싫어요!"

항천취는 혼자 터덜터덜 방에서 나왔다. 비틀비틀 계단을 내려와 밖으로 나왔다. 이제 어디로 가지? 머릿속이 흐리멍덩하니 아무 생각도 나지 않았다. 그러나 이런 느낌이 오히려 편안했다. 시간이 얼마나 흘렀을까, 촬착이 인력거를 끌고 헐떡거리면서 쫓아왔다. 그가 주머니에서 은전 몇 닢을 꺼내 항천취에게 주면서 말했다.

"오승이 그러는데 이제는 돈을 안 주겠대요. 지분이 하나도 없대요."

말을 마친 촬착이 인력거 앞에 쭈그리고 앉더니 싯누런 이를 드러내고 엉엉 울기 시작했다. 그리고는 울먹이면서도 평소 잘 부르던 노래를 불렀다.

> 정월 초하루에는 참새가 날아가고 용등龍燈을 구경하고요,
> 2월 2일에는 떡을 찌고 콩을 볶아요.
> 3월 3일에는 조산竈山(복건성에 있는 산)에 냉이꽃이 피고요,
> 4월 4일에는 닭을 잡아 조왕竈王(부뚜막 신)께 제사 지내요.
> 5월 5일에는 종자粽子를 만들어 단오절을 쇠고요,
> 6월 6일에는 강아지와 고양이하고 목욕을 해요.
> 7월 7일에는 과일을 마음껏 따먹고요,
> 8월 8일에는 보살님께 치성을 드려요.
> ……

눈 깜짝할 새에 동지가 다가왔다. 항주 사람들은 동지를 '작은 설'이라고 해서 설날처럼 명절을 쇠는 풍습이 있었다. 심록애도 보름 전부터 배추를 사다 썰고 말리고 절이느라 바삐 돌아다녔다. 아이들도 그런 그녀를 돕기 위해 나섰다. 세숫비누로 발을 깨끗하게 씻고 뜨거운 물로

헹군 다음 커다란 독에 들어서서 소금을 뿌린 배추를 잘근잘근 밟았다. 이렇게 절인 배추는 동짓날 꺼내 고기를 넣고 볶아서 제사상에 올리는 것이 풍습이었다.

임우초는 여전히 병석에 누워 아무 일도 못했다. 심록애는 동짓날에 시어머니에게 드릴 신발과 버선을 만들었다.

동짓날 저녁, 임우초는 며느리가 가져온 신발과 버선을 물끄러미 보면서 말했다.

"아무리 생각해도 너에게 제일 미안하구나……."

동짓날인데도 코빼기도 안 보이는 소차에 대한 불만이었다. 심록애는 시어머니의 마음을 이해할 수 있었다. 그러나 한편으로는 시어머니가 원망스럽기도 했다. 애초에 시어머니가 아들을 부추겨 소차를 첩실로 들인 것이 아닌가.

"소차는 몸이 불편해서 못 왔어요. 마음은 착한 사람이에요."

"네가 군이 말 안 해도 다 알아. 네 시아비 그 영감탱이가 살아생전에 앓던 병을 저 원수덩어리들도 똑같이 앓고 있는 거겠지."

시어머니 임우초는 방안에 누워있으면서도 알 건 다 알고 있었다. 심록애는 입을 다물 수밖에 없었다. 임우초가 컹컹 기침을 몇 번 하고 며느리에게 물었다.

"제사음식은 다 준비됐느냐?"

"네."

"무엇 무엇이냐."

"돼지 창자, 고기 완자, 물고기 완자, 마른 생선, 채 썬 고기를 넣고 돌돌 만 춘병春餅, 콩나물, 땅콩, 마름 열매, 연근, 대추를 준비했어요. 어떤 걸 더 준비할까요?"

"그 정도면 됐다."

임우초가 천천히 몸을 일으켰다. 이어 며느리가 준 새 버선과 새 신발을 신고는 며느리의 도움을 받아 머리를 빗었다. 그리고는 베개 밑에서 열쇠꾸러미를 꺼냈다. 심록애가 걱정스럽게 말했다.

"어머니, 나가시려고요? 날이 어두워요."

임우초가 길게 숨을 내쉬고서 말했다.

"촛대를 들고 너 혼자만 따라오너라."

밖으로 나온 임우초는 온몸을 심하게 떨었다. 심록애가 든 촛불은 어둠 속에서 도깨비불처럼 요란하게 흔들렸다. 두 사람 다 말이 없었다. 커다란 목련나무 아래에 이르자 임우초가 걸음을 멈추고 천천히 고개를 들었다. 심록애도 촛대를 높이 들어 담벼락을 비췄다. 투두둑! 누가 건드리지도 않았는데 담벼락에서 흙먼지가 떨어졌다. 바람은 더 세졌다.

두 사람은 말없이 목련나무 아래에 한참 서 있었다. 이윽고 임우초가 다섯 개의 마당을 차례로 돌기 시작했다. 이어 마당 문을 하나씩 열고 열쇠를 며느리에게 주었다. 며느리가 돌려주려고 하자 임우초가 고개를 저었다.

"네가 가져라."

심록애는 한편으로 설레면서도 다른 한편으로는 가슴이 답답했다. 그녀는 예전부터 마당 다섯 개짜리 커다란 저택을 자기 손안에 넣고 좌지우지하고 싶다는 생각과 집안일에서 완전히 손을 놓고 아무것도 상관하고 싶지 않다는 모순된 생각을 같이 가지고 있었다. 그러나 이제는 고민할 필요가 없어졌다. 그녀의 의지와 상관없이 열쇠꾸러미가 점점 더 무거워지고 있었기 때문이었다. 얼마나 걸었을까, 심록애는 망우저택에 방이 이렇게 많은 줄 몰랐다. 그러나 분명한 것은 이 많은 방들 중에서 몇 개는 시어머니에게 매우 특별한 공간이라는 사실이었다. 그런 방에서 시어머니는 아쉬움이 담뿍 담긴 애틋한 표정으로 사방을 오래도록 둘러보곤 했다. 때때로 눈앞에 보이는 모든 것을 기억 속에 고이 간직해 가지고 가려는 듯 두 눈을 꼭 감기도 했다.

두 사람은 망우저택을 구석구석까지 한 바퀴 다 돌았다. 이제는 대청으로 돌아가서 제사를 지내야 했다. 그런데 뜻밖에도 임우초는 대청으로 돌아가지 않고 쪽문을 열었다. 쪽문 너머는 차장이었다.

뒤뜰은 넓고 휑뎅그렁했다. 양 옆에는 널판자를 잔뜩 펴놓았다. 예전에는 봄이 되면 이곳에 여자들이 많게는 100명까지 앉아서 찻잎을 선별했었다. 그러나 언제부턴가 사람이 점점 줄어들었고 나중에는 한 명도 남지 않았다. 들보에 얽혀 있는 거미줄이 처량했다. 임우초는 뒤뜰을 가로질러 체를 쌓아놓은 창고로 들어갔다. 그녀는 체를 들고 마치 처음 보는 물건처럼 한참을 이리저리 살폈다.

'어머니는 왜 이곳에 들어오셨을까? 어머니는 무엇을 보고 계시는 걸까? 어머니는 무엇을 보셨을까?'

심록애는 궁금했으나 묻지 않았다. 한참 그러고 서 있던 임우초는 이윽고 뒷마당을 나와 앞에 있는 가게로 향했다. 심록애가 조심스럽게 물었다.

"어머니, 업계 관습상 여자들은 가게로 나가면 안 되잖아요?"

임우초는 심록애의 질문에는 대답하지 않고 문을 열었다. 두 여자는 태어나서 처음으로 가게에 발을 들여놓았다.

두 사람은 촛불을 들고 가게 안을 한 바퀴 빙 돌았다. 그녀들이 낮에 뒷마당에서 매만졌던 다관과 다합들이 계산대에 가지런히 쌓여 있었다. 두 사람은 커다란 평차용 탁자 주위를 한 걸음 한 걸음 천천히 돌았다. 차갑고 딱딱한 대리석 상판 위로 촛대와 두 여자의 그림자가 드리워졌다…….

'차장은 크기도 크구나. 정말 대단해! 여기 대청은 넓기도 넓구나. 가게 안이 이렇게 생겼었구나…….'

심록애는 소리 없이 감탄사를 발했다.

두 사람은 드디어 대청으로 돌아왔다. 조상들의 영정과 위패 앞에는 제물이 푸짐하게 차려져 있었다. 임우초가 하나씩 쓸어보더니 미간을 찌푸리면서 말했다.

"사발과 젓가락이 부족하구나."

완라가 그럴 리 없다는 표정으로 대답했다.

"그럴 리가요. 다 있어요."

심록애가 완라에게 눈짓을 했다. 눈치 빠른 완라가 재빨리 사발과 젓가락을 하나씩 더 가져왔다.

임우초는 친히 용정차를 한 잔씩 따라서 조상들의 위패 옆에 올렸다. 위패가 없이 사발과 젓가락만 있는 곳에는 황산 모봉차를 한 잔 올렸다. 사람들은 더 말하지 않아도 누구의 제사인지 알 수 있었다. 다들 항천취를 찾느라 두리번거렸다. 그러나 항천취의 모습은 보이지 않았다.

가화는 할머니 옆에 서서 할머니와 함께 절을 했다. 가화가 절을 하고 일어났을 때 할머니는 꿇어 엎드린 채로 있었다. 가화가 잠깐 서 있다가 다시 절을 했다. 절을 마치고 일어났을 때도 할머니는 여전히 엎드린 자세를 취하고 있었다. 가화가 어색하게 서 있다가 또 절을 했다. 이번에도 할머니는 엎드린 채 일어나지 않았다. 지금까지 느껴보지 못한 공포가 느닷없이 엄습했다. 가화가 쪼그리고 앉으면서 할머니를 흔들었다.

"할머니, 할머니!"

임우초는 머리를 땅에 댄 채 가화가 흔드는데도 아무 반응이 없었다. 고개를 든 가화의 눈에 차 한 잔과 희끗희끗한 머리채가 들어왔다. 가화가 더 큰 소리로 할머니를 불렀다.

"할머니, 할머니!"

임우초가 부러진 나무토막처럼 툭, 하고 옆으로 넘어졌다. 머리와 무릎이 부딪히고 두 손은 활짝 벌린 채였다. 할머니의 표정은 매우 경건했다.

"할머니, 할머니, 할머니!"

가화의 처절한 비명소리가 망우저택 전체에 울려 퍼졌다.

가화의 아버지와 친어머니는 망우차장의 한 시대를 종식시키는 아이의 비명소리를 듣지 못했다. 임우초가 항씨 가문을 지켜달라고 경건한 자세로 조상들께 빌면서 죽어갈 때 임우초의 아들 항천취는 망우차행에서 마지막으로 받아온 은전으로 아편을 사서 구름 위를 걷는 것 같은 황홀한 기분을 만끽하고 있었다.

제22장

항씨 가문의 장자 가화는 시니컬하고 심드렁하면서도 깐깐하고 빈틈없는 성격의 소유자였다. 가화의 아버지와 할아버지에게서는 찾아볼 수 없는 면모였다. 항씨 가문에 대해 잘 알고 기억력이 좋은 사람들은 예전의 오차청이 이와 비슷한 성격이었다고 했다.

가화는 말수가 적었다. 몸은 너무 말라서 얇은 검과도 같았다. 특별히 아픈 곳이 없음에도 중병을 앓는 환자처럼 늘 얼굴을 찡그리고 있었다. 사람들은 가화가 장자이지만 서출인 신분 때문에 기를 펴지 못하는 것이라고 제멋대로 해석했다. 정작 가화 본인은 다른 사람들이 뭐라고 하든 전혀 개의치 않았다.

가화는 하교하면 제일 먼저 어머니 심록애를 찾아가서 문안인사를 드리고 도울 일이 없느냐고 물었다. 그는 어른들보다 훨씬 붓글씨를 잘 썼다. 차용증이나 영수증 따위를 쓰는 것은 일도 아니었다.

항천취의 둘째아들 가평은 가화와 성격이 정반대였다. 구속받기 싫어하고 자신이 생각하는 것은 전혀 거리낌없이 말했다. 또 매사에 쾌활하고 긍정적이었다. 그는 뭐든 직접 해보기를 좋아했다. 움직이기를 지나치게 좋아해 사람이 진중하지 못하다는 평가를 받을 때도 있었다. 그는 일 년 사시사철 밖으로 나가야 하는 수백 가지 이유를 가지고 있었다. 특히 여름이면 더욱 그랬다.

이제는 거의 가족같이 돼버린 요코는 큰오빠와 둘째오빠를 따라 밖으로 나가기를 좋아했다. 세 사람은 가끔씩 아침햇살이 희미할 때 단교斷橋를 가로질러 서령교西泠橋로 가고는 했다. 그곳에는 소소소蘇小小의 무덤이 있었다. 요코는 소소소가 고대 중국의 예기藝妓였다는 사실을 알고 있었다. 이곳에는 또 처사處士 임화정林和靖의 무덤도 있었다.

"처사가 뭐예요?"

요코의 질문에 가화가 대답했다.

"벼슬을 하지 않고 초야에 묻혀 산 선비를 처사라고 해."

"벼슬도 하지 않은 사람을 왜 기려요? 천군만마를 거느린 대영웅, 대원수 악비岳飛 정도는 돼야죠."

세 사람은 악왕묘岳王廟에도 자주 갔다. 악왕묘는 서령교 맞은편에 있었다. 악비는 헐렁한 조포朝袍를 입고 손에 골패를 들고 있는 모습이 장군 같지 않았다. 이 때문에 가평은 은근히 실망을 했다. 그래서인지 악왕묘보다 추근의 묘를 더 좋아했다. 그는 몇 번이나 그 묘에 대해 요코에게 설명을 해주었다.

"이 여자는 조 아저씨하고 잘 아는 사이였어. 한 번에 술을 다섯 근씩 마셨대. 남장을 하고 손에 칼을 들고 백마에 올라타면 참으로 위풍이 늠름했대. 봐봐, 묘비에 글자가 있어."

요코가 새벽빛을 빌어 힘겹게 한 글자씩 읽어 내려갔다. 추근이 죽기 전에 남긴 절명시絶命詩였다.

"'추풍추우수살인'秋風秋雨愁煞人이라……. 가을바람, 가을비에 왜 수심이 깊어진다고 했죠?"

"글쎄, 왜일까?"

가평이 가화를 쳐다봤다. 왠지 가화는 답을 알고 있을 것 같았던 것이다.

가화가 한참 생각하더니 말했다.

"슬프잖아. 가을은 슬픔의 계절이라고 했어."

가평과 요코가 고개를 갸웃했다. 뭐가 슬프다는 건지, 가을이 왜 슬픔의 계절이라고 하는 건지 이해할 수 없었다. 지금은 한여름이 아닌가. 여름은 향기롭고 희망 넘치는 계절이 아닌가. 여름철 서호에는 연꽃이 장관을 이루었다. 요코는 조그마한 찻잎봉지를 비단주머니에 넣어 연꽃잎 중앙에 놓았다. 그리고 가는 명주실로 연꽃잎들을 오므려 묶었다.

그새 날이 훤히 밝았다. 여기까지 오느라 지친 세 아이는 방학정放鶴亭 아래에 있는 등나무 의자에 몸을 뉘었다. 가까운 가게 점주가 아이들을 알아보고 물을 탄 연근가루와 새로 우린 용정차를 대접했다. 연근가루는 삼가촌에서 생산한 것이고, 용정차는 망우차장에서 구매한 것이었다. 배불리 먹고 마신 아이들은 어느새 깜빡 잠이 들었다.

가평은 잠이 많았다. 먼저 깨어난 가화와 요코는 호숫가로 가서 연꽃잎에 묻어뒀던 찻잎봉지를 꺼냈다. 미풍에 살랑살랑 춤을 추는 붉고 흰 연꽃은 마치 물속에서 솟아나온 선녀 같았다. 찻잎 봉지를 꺼내는 요코를 지켜보던 가화는 가슴속이 간질거리고 기분이 뭐라 표현할 수 없이 공기 중으로 떠오르는 듯했다. 요코가 조용히 물었다.

"찻잎을 연꽃에 묻어두는 이유가 뭐죠? 오빠앙⋯⋯."

항주 사투리가 아직 서툰 요코는 혀가 잘 굴려지지 않아 '오빠'를 '오빠앙'이라고 불렀다. 가화는 '오빠앙' 소리를 들을 때마다 속이 근질근질하고 기분이 이상했다.

"차는 냄새를 쉽게 흡수한단다. 차를 연꽃잎 사이에 묻어두면 연꽃향이 찻잎에 배어들어 향긋한 화차花茶가 되는 거지."

두 사람이 다정하게 얘기를 주고받는 사이에 연꽃이 하나둘씩 피기 시작했다. 가화는 아름다운 연꽃 구경에 정신이 팔려 그만 발을 헛디뎌 호수에 풍덩 빠지고 말았다. 요코가 놀라서 비명을 질렀다.

가화는 얼른 일어나 허리까지 오는 물에 서서 의연하게 말했다.

"괜찮아, 괜찮아. 전당강의 조수보다 훨씬 낮아."

요코가 온몸이 흠뻑 젖은 가화를 재촉했다.

"얼른 나와요. 아주머니가 아시면 저를 나무라실 거예요."

요코는 하루 종일 열쇠꾸러미를 들고 바쁘게 왔다 갔다 하는 심록애를 무척이나 무서워했다. 물론 아무에게도 그런 말을 하지는 않았다.

'중국 사람들은 남자가 여자보다 더 친절하고 상냥해. 천취 아저씨는 아편을 피우기는 하지만 부지런하고 날쌘 록애 아주머니보다 훨씬 더 자상한 걸.'

요코는 이런 생각을 하면서 손을 내밀었다. 그러나 가화는 요코의 손을 잡지 않고 가볍게 훌쩍 뛰어올라왔다.

연 따는 처녀들이 작은 배를 저어 두 사람 가까이로 왔다. 한 처녀가 파란 연잎에 싼 썰어놓은 연근을 가화에게 보여주면서 말했다.

"이것 좀 봐요. 연뿌리는 끊어져도 연사蓮絲는 이어져 있다는 말이 어떤 뜻인지 알겠죠? 그러니 여자 친구 선물로 딱 좋죠. 연근을 다 먹고 연잎을 머리에 쓰면 시원하고 예쁜 모자가 된답니다."

가화는 자신의 용돈으로 연근을 사서 요코에게 주었다. 연 따는 처녀가 생글생글 웃으면서 말했다.

"아유, 어린 신랑이 색시가 예뻐서 어쩔 줄 몰라 하네. 자기는 안 먹고 색시한테 주는 것 좀 봐."

가화는 부끄러워서 귀뿌리까지 벌게졌다. 요코는 '신랑'과 '색시'가 무엇을 의미하는지 정확하게 몰랐다. 그러나 대충 뜻을 짐작하고는 수줍게 얼굴을 붉혔다. 두 사람이 어찌할 바를 모르고 있을 때 가평이 연잎을 들고 호들갑을 떨면서 헐레벌떡 뛰어왔다. 연잎 위에는 연근 구멍에 찹쌀을 넣고 쪄서 보기 좋게 썰어낸 연근 찹쌀찜이 담겨져 있었다. 하얀 설탕이 솔솔 뿌려져 있어 보기에도 먹음직스러웠다. 가화가 물었다.

"너도 샀어?"

"사기는 뭘 사? 점주가 준 거야. 얼른 먹어."

가평이 연잎을 요코의 코앞에 들이댔다.

"냄새 맡아봐, 향기롭지?"

요코가 한손에 하나씩 연잎을 들고 행복하게 웃었다. 연 따는 처녀가 부러운 듯 웃으며 말했다.

"넌 참 복도 많구나."

심록애가 자신과는 혈연관계가 전혀 없는 항씨네 장자 가화에게 처음으로 친밀한 감정을 느낀 것은 그해 초겨울의 어느 날 오후였다. 여느 때처럼 그녀가 부르는 회계장부를 받아 적던 가화가 갑자기 눈물을 흘리기 시작했다. 잠깐 사이에 장부가 눈물에 흠뻑 젖었다. 깜짝 놀란 심록애가 물었다.

"왜 그러니?"

"요코가…… 곧 죽을 것…… 같아요……."

가화의 얼굴에서 눈물이 주르륵 흘러내렸다. 아이의 표정이 슬프기 그지없었다.

심록애는 안락의자에 몸을 묻은 채 망연하게 물었다.

"그게 무슨 말이냐? 멀쩡하던 애가 갑자기 왜……?"

"피가 멈추지 않고 나와요. 배가 너무 아프대요. 얼마 못 살 것 같다고 요코가 그랬어요……."

심록애가 굳어진 얼굴을 펴면서 어이없는 실소를 지었다.

"왜 나에게 먼저 말하지 않았대?"

"무섭기도 하고 어머니에게 폐를 끼치기 싫었대요."

"누가 그래?"

심록애가 섭섭한 기색을 지었다.

"요코가 그랬어요."

가화가 붓을 놓고 심록애를 힐끗 보더니 한마디 덧붙였다.

"저도 그렇게 생각해요."

심록애는 지그시 아이를 바라봤다. 아이의 마음을 이해할 것 같았다.

'저와 요코는 둘 다 어머니의 친자식이 아니에요. 우리들은 주제와 분수를 알고 있어요.'

평소에 내색은 하지 않았으나 아이는 그렇게 생각하고 있을 것이다. 심록애는 가만히 한숨을 내쉬었다. 마음이 못내 괴로웠다. 그녀가 안락의자에서 일어나면서 물었다.

"요코는 지금 어디 있느냐?"

"방에 누워 있어요. 가평이 운남백약雲南白(지혈제)를 먹이고 있어요."

"뭐라고?"

심록애가 펄쩍 뛰었다.

"아이고, 이 철부지들이 사람 잡겠네. 그건 여자들이면 다 하는 달거리야. 아무 약이나 먹으면 안 돼."

가화가 종종걸음으로 심록애를 뒤쫓아 가면서 또 물었다.

"어머니, 요코가 설마 죽는 건 아니겠죠?"

"안 죽어. 나중에 어른이 되면 너희들하고 결혼할 거니까 쓸데없는 걱정하지 마."

심록애는 기가 막히기도 하고 우습기도 해서 가화의 등짝을 철썩 때렸다. 가화는 더 이상 묻지 못하고 얼굴을 붉혔다.

그날 밤, 가화와 가평은 한 침대에 누웠다. 여체의 신비로움에 대한 원초적인 호기심이 동했다고 할까. 두 형제는 궁금하기도 하고 흥분되기도 해서 도무지 잠을 이루지 못했다.

"형, 나는 그렇게 많은 피는 처음 봤어. 비린내도 엄청 심했어, 정말이야."

"어떻게 알았어?"

"형이 회계실에 간 다음 요코가 나에게 보여줬어."

가화가 이불속에서 상체를 벌떡 일으켰다. 자기도 모르게 말도 더듬었다.

"너, 너, 너 뭘 봤어?"

놀란 가화를 멍하니 바라보던 가평은 뭔가를 깨달은 듯 발로 가화를 힘껏 차면서 말했다.

"형, 무슨 상상을 하는 거야? 형, 저질이야."

가화가 얼굴이 벌게져서 중얼거렸다.

"나는 또……, 나는 또……."

가평은 형이야 무슨 생각을 하든 상관없다는 듯 또 발로 형을 차면서 잔뜩 들뜬 소리로 말했다.

"형, 형. 이건 형에게만 알려주는 건데 다른 사람에게 말하면 안 돼. 약속?"

두 아이는 이불 밖으로 손을 내밀어 새끼손가락을 걸었다.

"한번은 요코의 방을 지나다가 창문 틈으로 요코가 목욕하는 걸 봤어."

가화가 꿀꺽 소리 나게 침을 삼켰다. 너무 긴장했는지 온몸이 굳어지고 호흡이 가빠지는 듯했다.

"등을 봤는데 희고 매끄러운 것이 부들부채 같았어."

"다른 건 못 봤어?"

"볼 게 뭐 있다고."

가평이 건성으로 대답하면서 길게 기지개를 켰다.

"공자도 '예禮가 아닌 것은 보지 말라'고 했잖아."

"너도 공자를 알아?"

"왜 몰라? 공자는 '여자와 소인은 다루기 어렵다'는 말씀도 하셨어. 요코만 봐도 그래. 난데없이 웬 피를 그렇게 많이 흘려? 어머니는 피가 다 나와야 한다면서 약도 먹지 못하게 하셨어."

"네가 뭘 알아? 그건 여자들의 달거리라는 거래."

"달거리고 사거리고 간에 피가 흐르는데도 약을 먹지 않으면 죽을 거 아니야."

"안 죽을 거야."

가화가 동생을 위로했다.

"어머니가 그러는데 요코는 어른이 되면 우리하고 결혼할 거래."

가평은 요코가 죽지 않을 것이라는 말에 한시름 덜었다는 듯 나른하게 하품을 했다. 그러더니 갑자기 벌떡 일어나면서 말했다.

"요코는 나하고 결혼할 거야."

"왜?"

"그래야 나를 데리고 일본으로 가지. 나는 예전부터 일본에 가고 싶었어. 큰 배를 타고 갈 거야."

"그럼 나는?"

가화가 화를 냈다.

"나도 큰 배를 타고 일본으로 가고 싶어."

가평이 한숨을 푸욱 내쉬더니 손을 내밀었다.

"그럼 우리 가위바위보로 정하자."

'가위바위보' 게임은 두 형제의 '분쟁' 해결방식이었다. 가평은 이 게임에서 진 적이 없었다. 이번도 예외가 아니었다. 가평은 세 판 가운데 두 판을 먼저 이겨 미래의 일본인 아내를 미리 차지하게 됐다. 가평은 흐뭇한 표정으로 자리에 누웠다. 얼마 지나지 않아 가볍게 코 고는 소리가 들렸다.

그러나 가화는 길고도 긴 밤 내내 잠을 이루지 못했다. 조숙한 소년은 부들부채처럼 매끄러운 소녀의 등을 상상하면서 이리 뒤척 저리 뒤척 하다가 새벽녘에야 겨우 잠이 들었다. 그는 기모노를 입고 부들부채를 쥔 소녀가 자신을 향해 생글생글 웃으면서 다가오다가 갑자기 획 사라지는 꿈을 꿨다.

이튿날부터 요코를 보는 가화의 눈빛은 달라졌다. 예전처럼 요코에게 다정하게 말도 걸지 않았다. 그녀가 고개를 숙일 때마다 드러나는 목덜미 솜털, 그녀의 잠자리 날개처럼 얇고 투명한 귓바퀴, 그녀가 그릇에 밥을 담을 때 무의식적으로 치켜드는 새끼손가락, 그녀가 말을 할 때 입가에 파이는 조그마한 보조개, 심지어 한 달에 며칠씩 그녀의 몸에서 희미하게 나는 비린내까지 그녀의 일거수일투족은 사춘기에 접어든 소년을 이유 없이 흥분시키고 두근거리게 만들기에 충분했다.

요코는 가화의 변화를 눈치채지 못했다. 여전히 예전과 다름없이 두 형제를 대했다. 다만 그녀의 의지와 상관없이 그녀의 몸은 점점 더 어른으로 바뀌었다. 몸에 굴곡이 생기고 얼굴도 꽃처럼 예쁘게 피어났다. 그리고 어느 날, 드디어 요코는 큰오빠 가화가 예전과 다르다는 것을 알아차렸다. 차분하고 온화하던 사람이 냉담하고 신경질적으로 변한 것이었다.

두 사람의 사이는 급격하게 서먹서먹해졌다. 그맘때 소년, 소녀들이 그러하듯 어색하고 부자연스러운 사이가 됐다. 가화와 요코가 이렇게 어른이 돼갈 때 가평은 여전히 홀로 아동기에 머물러 있었다.

비슷한 시기 대서양 반대편에서는 중대한 역사적 사건이 발생했다. 1914년 태평양과 대서양을 잇는 해상통로인 파나마운하가 개통된 것이다. 이 사건은 동방에 살고 있는 항씨 가문 사람들의 운명에도 지대한 영향을 끼쳤다. 미국 정부는 파나마운하의 준공을 경축하기 위해 이듬해 5월에 샌프란시스코에서 '국제박람회'를 개최할 계획을 세웠고, 당연히 중국도 대회 초청장을 받았다. 국민정부는 '국제박람회사무국'을 설립해 대회 참가 준비를 맡게 했다. 사무국장은 진기陳琪라는 사람으로,

절강성 청전靑田 태생이었다. 그는 절강성 동향인 심록촌을 콕 집어 대회 참석자로 지명했다. 심록촌은 이렇게 해서 20명으로 구성된 중국 대표단 단원이 됐다.

대회 규정에 따르면 전시품 평가기준은 품질과 수량이 우선이었다. 그래서 한 개 품목당 대상은 오로지 하나뿐이었다.

중국이 내보낸 수많은 물품 중에서 제일 승산이 있는 것은 비단과 차였다. 하지만 비단의 경우 품질은 나무랄 데 없으나 제품 디자인이 프랑스나 이탈리아 제품보다 정교하지도 아름답지도 못했다. 결국 '세계 으뜸'으로 불리는 차가 대상을 안을 가능성이 컸다.

비단상인 가문에서 태어나 정계에 진출한 심록촌은 이렇게 또다시 항주 망우차장의 문을 두드리게 됐다.

심록촌은 자신의 감정을 극도로 절제할 줄 아는 사람이었다. 그를 잘 아는 사람들 중 아무도 그가 크게 기뻐하거나 화를 내는 모습을 보지 못했을 정도였다. 심지어 그가 흥분하거나 낙담하는 모습도 본 사람이 없었다. 그러했으니 그는 청 정부를 뒤엎는 세기의 혁명에도 미리 치밀한 계산을 거쳐 참가했었다.

'청 정부가 망하는 것은 이미 정해진 수순이다. 중화민국은 반드시 부흥할 것이다. 그렇다면 청 정부를 버리고 중화민국을 따르는 것은 당연한 선택 아닌가. 한마디로 혁명을 지원하면 적은 자본으로 큰 이익을 얻을 수 있는 것이다. 큰돈을 투자해서 크게 버는 것이 장사꾼의 기본 원칙이 아니던가.'

심록촌의 부친과 조부는 강남 비단업계의 큰 별로 불리던 사람이었다. 심씨 가문의 장손으로 태어난 심록촌은 가업을 계승하는 것 외에 다른 선택이 없었다.

심록촌도 어렸을 때는 사서오경을 읽고 당시송사^{唐詩宋詞}를 외우면서 공부를 했다. 그러나 그는 유능하고 이해타산에 밝은 천성 때문에 조기객 같은 '협객'이나 항천취 같은 '도골'^{道骨}(도인의 풍모)이 될 수 없는 사람이었다. 한마디로 그는 타고난 '장사꾼'이었다.

그는 프랑스 유학을 다녀오고 손중산 휘하에도 몇 년이나 있었다. 평소에 양복, 넥타이 차림에 금테안경을 쓴 채 서양식 지팡이를 들고 다니기를 즐겼다. 영어, 프랑스어와 일본어를 두루 할 줄 알았으나 문화적인 지식은 그에게 별로 중요하지 않았다. 그는 의지가 굳고 속마음을 겉으로 드러내지 않는 성격이었다. 또 온화하고 교양이 있었다. 한편으로는 뻔뻔스럽고 파렴치한 면도 있었다. 중요한 것은 그것이 좋은 면이건 나쁜 면이건 자신의 본모습을 사람들 앞에 일절 드러내지 않는다는 사실이었다.

이렇게 되니 심록촌에게 '속을 알 수 없는 사람', '재미없는 사람'이라는 낙인이 찍히는 것은 당연한 일이었다. 그는 아편을 하지 않았다. 술도 마시지 않았다. 심심풀이 책도 읽지 않고 여색도 가까이하지 않았다. 그가 집착하는 것은 돈과 권력 단 두 가지뿐이었다.

그가 원세개 휘하에 들어갔을 때 사람들은 모두들 깜짝 놀랐다. 그러나 그는 깜짝 놀라는 사람들을 오히려 속으로 비웃었다. 그는 세상에는 장사꾼과 장사꾼이 아닌 사람 두 부류밖에 없다고 믿었다. 장사꾼은 다른 사람의 뒤에 숨겨져 있는 이익의 그림자를 찾아내 능동적으로 움직일 수 있으나 장사꾼이 아닌 사람은 장님이 코끼리 만지듯 지엽적인 것밖에 모르고 결국 운명의 지배를 받게 된다는 것이 그의 평소 지론이었다.

타고난 장사꾼인 그는 장사꾼이 아닌 사람들을 경멸하고 무시하면서 또 동정했다. 그가 여태까지 항천취와 조기객에게 단 한 번도 화를 내지 않은 이유도 바로 이 때문이었다. 그가 보기에 항천취는 머리로 생각할 줄 모르고 가슴으로 생각하는 겁쟁이였다. 또 조기객은 머리와 가슴속에 아무 때건 폭발할 수 있는 폭탄을 안고 사는 단순무식한 사람이었다.

심록촌은 여동생 심록애 때문에 화를 낸 적은 있었다. 아무래도 같은 피를 나눈 남매이니 골육의 정이 눈곱만큼도 없다면 거짓말일 터였다. 그러나 그의 눈에 여동생은 변덕 많고 신경질적인 여자일 뿐이었다.

심록촌은 이들이 모두 힘을 합쳐도 자신의 상대가 되지 못한다고 생각하고 있었다. 그래서 북경에서 항주로 올 때도 전혀 긴장하거나 불안하지 않았다. 마음은 평소처럼 평온하고 태연자약했다.

그는 항주에 도착한 다음 먼저 주보항에 있는 거처에 들러 씻고 점심을 먹었다. 이어 하인을 시켜 선물을 준비하게 하고 낮잠을 잤다. 잠에서 깬 뒤에는 회색 가죽장포를 걸치고 검은 예모를 썼다. 그리고는 금테안경까지 쓰고 느긋하게 회중시계를 꺼내 봤다. 두 시 반이었다. 그제야 그는 인력거를 불러 여유만만하게 양패두로 출발했다.

심록촌은 여동생을 만나고 속으로 깜짝 놀랐다. 지난번에 헤어진 지 고작 3년밖에 지나지 않았는데, 심록애의 얼굴에는 고생을 한 흔적이 역력했다. 심씨 가문은 자녀가 많았다. 따라서 일개 첩실의 딸인 심록애를 호화롭게 시집보낸 것만으로도 할 만큼 했다고 볼 수 있었다. 그런 이유로 심씨네는 출가외인인 심록애에 대한 물질적 지원을 완전히 끊어버렸다.

심록촌이 보기에 항씨네도 집안 형편이 꽤 부유했다. 그런데 부유한 집에서 살림만 하는 여자가 고생을 하면 얼마나 했다고 인생을 다 산 것 같은 얼굴로 친정 오라비를 맞이한다는 말인가. 심록촌은 아무리 생각해도 이해가 되지 않아 단도직입적으로 물었다.

"몇 년 새에 무슨 일이 있었던 거냐?"

심록애가 퉁명스럽게 대답했다.

"집안이 다 망하게 생겼어요."

"거 농담도 참!"

심록촌이 어이없다는 듯 허허 웃었다.

"농담 아니에요. 망우차장의 쥐꼬리만 한 수입에서 절반은 혁명 자금을 지원하고 나머지 절반은 아편을 사는 데 탕진하니 저도 뭘 더 어떻게 했으면 좋을지 모르겠어요. 지금도 겨우겨우 버티는 중이에요."

그제야 심록촌은 항천취와 소차가 아편에 중독됐다는 사실을 알았다. 여태껏 상상도 못했던 일이었다. 평소 좀처럼 속내를 드러내지 않는 심록촌의 얼굴에 노여운 기색이 서렸다.

"당장 원동문에 사람을 보내 매제를 불러와. 내가 따끔하게 한마디 해야겠다."

심록애가 냉소를 지으며 말했다.

"불러와도 소용없어요. 오빠가 원세개에게 빌붙어 벼슬을 한다고 사람 취급도 안 하는 걸요."

심록촌은 기가 막힌 듯 멍하니 심록애를 바라보다가 찾아온 용건을 간단하게 설명하고 마지막에 몇 마디를 덧붙였다.

"대회까지 아직 반년 남았어. 천취가 그동안 아편을 끊고 좋은 차를 구해놓는다면 내가 반드시 대회에 데리고 갈 것을 약속한다."

심록애는 오빠의 말에 귀가 솔깃해졌다. 은근히 마음도 흔들렸다. 하지만 장작개비처럼 비쩍 마른 아편중독자 남편을 떠올리니 자신감이 싹 사라졌다. 그녀가 자신 없는 말투로 말했다.

"저는 그이를 설득한 자신이 없어요. 오빠가 직접 설득한다면 또 모를까."

심록촌이 탄식하면서 고개를 흔들었다.

"너희 둘은 안 맞아도 너무 안 맞아. 나도 뭐라고 할말이 없구나."

심록촌이 자리에서 일어나 나가려는데 언제 왔는지 가화가 앞을 가로막았다. 이어 심록촌에게 공손하게 허리 숙여 인사를 하더니 말했다.

"큰외삼촌, 여기서 조금만 기다려주실래요? 제가 지금 오산으로 가서 아버지를 모셔오겠어요."

가화는 1년 사이에 키가 많이 컸다. 열세 살밖에 안 됐지만 벌써 어른 티가 났다. 심록촌이 가화의 어깨를 두드리면서 말했다.

"착하구나. 공부는 열심히 하고 있느냐?"

"1년이 지나면 사범학교에 지원할 수 있어요."

"교사가 될 것도 아닌데 왜 사범학교에 가려는 거냐?"

"사범학교는 등록금이 없어요. 가평에게도 말했어요."

심록촌이 탄식을 내뱉었다.

"거 참, 어린 나이에 돈 걱정이 웬 말이냐? 너희 집에서 돈을 대주지 못하면 이 외삼촌이 지원해줄 수 있다."

가화가 고개를 푹 숙였다. 자기도 모르게 얼굴이 빨개졌다. 그는 부지불식간에 '돈' 얘기를 꺼낸 자신을 속으로 원망했다. 그래서인지 말투가 방금 전보다 딱딱해졌다.

"가평과도 의논이 다 된 일이에요. 우리 집 일은 우리들이 알아서 하겠어요."

가화가 밖으로 달려 나가면서 심록애에게 말했다.

"어머니, 걱정 마세요, 제가 반드시 아버지를 모셔올게요."

가평은 이때 문밖 석판길에서 획획 바람소리를 내면서 삼절곤을 신명나게 휘두르고 있었다. 요코가 마당에 있는 등나무 의자에 앉아 가평에게 박수를 보내고 있었다.

심록촌이 가평에게 물었다.

"가평, 너는 왜 형님하고 같이 아버지를 모시러 가지 않았느냐? 둘이 가면 아버지를 더 잘 설득할 수 있을 텐데."

가평이 삼절곤을 거둬들이더니 정색을 하고는 뜻밖의 말을 했다.

"아버지를 모셔와 봤자 무슨 소용이 있어요? 이 큰 중국에 아편에 중독된 사람이 아버지 한 사람뿐인가요? 이 문제를 해결하려면 근본적인 대책이 필요해요."

심록촌은 어린아이의 입에서 시국을 논하는 야무진 말이 흘러나올 줄은 생각도 못했다.

"너는 그럼 임칙서林則徐의 '호문소연'虎門銷煙(호문에서 아편을 불태움. 이로 인해 중국과 영국 간 아편전쟁이 발발)을 본받고 싶어?"

"그건 70년 전의 일이에요. 저는 황흥黃興과 이열균李烈鈞을 본받아 원세개를 무너뜨리고 손중산을 총통으로 만들고 싶어요. 국가가 강대해져야 열강들도 감히 아편을 수출하지 못하죠. 아편이 없으면 제 아버지 같은 아편중독자들도 아편을 끊을 수밖에 없어요."

"그럼 언제까지 기다려야 하느냐?"

심록애가 믿지 않게 아들을 흘겼다. 평소에 덜렁대고 멍청해 보이던 아들의 머릿속에 영감이 들어 앉아 있었던 것이다. 심록애는 순간 그런 아들이 자랑스럽고 대견한 눈치였다. 반면 심록촌은 미간을 찌푸렸다.

"너 어디서 그런 말을 들었어? 네가 다니는 학당에서 그렇게 가르치더냐?"

"아니요, 저 혼자 생각해낸 거예요."

가평은 말을 마치자마자 요코를 끌고 가버렸다. 심록촌이 여동생에게 말했다.

"너, 아들 교육 잘 시켜야겠다. 나중에 큰 사달을 일으킬 놈이야."

심록애가 하다 만 뜨개질을 계속 하면서 기운 없이 말했다.

"경황이 없어요. 그럴 기분도 아니고요. 하루 종일 머릿속에 온통 동쪽 벽을 허물어 서쪽 벽을 보충할 생각뿐인 걸요."

심록촌이 자리에서 일어났다. 처음 이 집에 오면서 생각해 뒀던 계획이 전부 물거품이 된 마당에 더 이상 앉아 있을 이유가 없었다. 망우차장에서는 더 건질 것이 없었다. 그는 손에 들고 있던 흰 장갑을 툭툭 털면서 말했다.

"록애, 정 버티기 힘들면 아이를 데리고 친정으로 가거라."

심록촌이 잠깐 생각하더니 몇 마디 덧붙였다.

"차라리 차장을 파는 게 낫겠다. 그리고 친정으로 들어가게 되면 가화도 데리고 가거라. 내가 보기에 나중에 가평보다 가화가 너에게 더 도움이 될 것 같다."

"그이를 안 기다리실 거예요?"

"너도 못 믿는 사람을 내가 어떻게 믿겠느냐?"

심록촌은 밖으로 나오면서 속으로 탄식했다.

'여동생은 시집을 잘못 보냈어. 아버지의 이 투자는 실패야.'

오산 원동문에 도착한 가화는 기절초풍할 광경을 목격했다. 어린 가초가 담벼락에 등을 붙인 채 두 발을 모으고 두 팔을 앞으로 뻗은 자세로 서서 엉엉 울고 있었던 것이다. 가초의 손등에는 작은 술잔, 머리 위에는 큼직한 도자기 다완이 놓여 있었다. 손에 술병을 든 가교가 앉은뱅이 의자에 서서는 가초 머리 위의 다완에 물을 따르고 있었다. 물이 넘쳐서 얼굴을 타고 흘러내리는데도 가초는 눈물만 흘릴 뿐 움직일 엄두를 못 내고 있었다. 가교가 여동생을 윽박지르는 소리가 들려왔다.

"울지 마, 울면 안 돼!"

큰오빠를 발견한 가초는 더 크게 울면서 팔을 내렸다. 술잔이 툭 하고 땅에 떨어졌다. 그러자 가교가 가초의 귀를 비틀면서 매섭게 욕을 퍼부었다.

"뚝 그치지 못할까, 초상이라도 났냐? 화냥년이 싸지른 망할 년 같으니라고."

가화는 자신의 귀를 의심했다. 입에 담기도 힘든 상스러운 말이 동생의 입에서 나왔다는 것이 믿어지지 않았다. 가초는 겁에 질려 움직일 엄두를 못 내고 입술만 달싹거리고 있었다. 가화를 바라보는 눈빛이 애처롭기 그지없었다.

화가 치밀어 오른 가화는 발로 앉은뱅이 의자를 차버리고 자빠진 가교의 멱살을 잡아 일으켰다. 이어 가교의 엉덩이를 찰싹찰싹 때리면서 욕을 했다.

"누가 여동생을 괴롭히라고 했어? 누가 그랬어?"

가교는 엉엉 울면서 바로 용서를 빌었다.

"아파요, 다시는 안 그럴게요. 다시는 안 그럴게요."

"누가 그런 나쁜 짓을 가르쳤어? 빨리 말해."

"양아버지 차행에서 배웠어요."

가초가 다완을 내던지고는 가화의 품에 와락 안겼다.

"큰오빠, 작은오빠한테 딱밤 맞았어. 여기 아파요."

가화는 가초의 머리를 만져봤다. 과연 머리 군데군데가 딱밤 자국으로 벌겋게 부어 있었다. 화가 난 가화가 가교를 때리려고 손을 들었다. 약삭빠른 가교는 어느새 멀찌감치 도망가면서 나불댔다.

"형, 다시는 안 그럴게. 다시는 안 그런다고."

가초가 또 고자질을 했다.

"큰오빠, 작은오빠가 제 머리카락도 잘랐어요."

가화가 가초의 머리를 다시 자세히 살펴봤다. 아니나 다를까, 뒤통수 쪽 머리카락이 한줌이나 뭉텅 잘려져 있었다. 가화는 또 손을 쳐들수밖에 없었다. 그러자 가교가 뒤뜰로 도망가면서 고함을 질렀다.

"엄마, 엄마, 큰형이 나 때려요."

가화는 가초를 안고 가교를 따라갔다. 곧 비스듬히 열린 사랑채 문사이로 침대에 앉아 황홀한 표정을 짓고 있는 항천취와 소차가 보였다. 두 사람은 아편을 피우는 중이었다.

가교가 소차의 발을 잡아당기면서 말했다.

"엄마, 큰형이 나 때리러 왔어요. 엄마!"

머리를 산발한 채 느릿느릿 침대에서 일어난 소차가 잠깐 멍한 표정을 짓더니 항천취에게 말했다.

"이봐요, 아비인 당신이 좀 말려요."

"때리라고 해. 나도 몰라."

가초를 안고 들어온 가화가 소차를 향해 소리를 질렀다.

"엄마라는 사람이 이게 뭐예요? 쟤가 여동생을 괴롭히잖아요."

아편을 피우고 배짱이 커진 소차가 맞받아 소리를 질렀다.

"너, 그게 어디서 배운 버르장머리냐? 나는 네 친어머니야."

"그게 어머니라는 사람이 할 말인가요? 그렇다면 부끄러운 줄 좀 아세요!"

말문이 막힌 소차는 바로 울음을 터트렸다.

"아이고, 내 팔자야. 친아들에게 욕을 듣다니 지지리 복도 없지……."

"어디 보자……."

딸아이의 머리를 살펴보던 항천취가 화를 못 이기겠다는 듯 가교의 엉덩이를 냅다 발로 찼다. 호되게 얻어맞은 가교가 엉엉 울면서 어미의 품을 찾았다. 두 모자는 서로 부둥켜안고 눈물을 쏟아냈다.

항천취는 그제야 큰아들에게 무슨 일로 왔는지 물었다. 심록촌이 내년에 찻잎을 가지고 함께 미국으로 가자고 하더라는 말을 듣고도 항천취는 심드렁하게 한마디를 내뱉을 뿐이었다.

"미국 가면 아편을 준대?"

가화는 고집스럽게 버티고 서서 움직이지 않았다. 항천취가 화를 내면서 말했다.

"나는 네 큰외삼촌을 만날 생각이 없어. 얼른 돌아가서 전하지 않고 뭘 하느냐?"

가화는 여전히 요지부동이었다. 그러자 항천취가 아들에게 으름장을 놓았다.

"얼른 돌아가. 날이 어두워지면 나쁜 놈들에게 잡혀갈 수 있어."

가화가 털썩 무릎을 꿇더니 울먹이며 애원했다.

"아버지, 집으로 가요. 제가 이렇게 빌어요."

항천취가 깜짝 놀라 황급히 아들을 일으켜 세웠다. 가화의 얼굴에서는 어느새 눈물이 걷잡을 수 없이 흘러내리고 있었다. 항천취는 가화를 한참 동안 말없이 바라보다가 뒤돌아섰다.

"아들아, 이 아비는 이제 글렀어. 너는 절대 나처럼 되지 마라."

가화는 먼지가 잔뜩 쌓이고 연기로 가득 찬 방안을 둘러보면서 기가 차서 말이 나오지 않았다. 결국 아무 말 없이 가초를 안고 밖으로 나왔다.

그러자 소차는 어쩔 줄을 몰라 하며 항천취에게 소리를 질렀다.

"천취, 천취. 가화가 가초를 데리고 가요. 얼른 따라가 봐요……."

어른들의 다툼 소리에 놀란 가교가 소차의 두 다리를 꼭 붙잡고 요란하게 울음을 터트렸다. 항천취는 그제야 느릿느릿 일어나 신을 신고 휘청거리면서 밖으로 나갔다.

망우저택에서 항천취를 기다린 사람은 그가 싫어하는 심록촌이 아니라 뜻밖에도 일본인 하네다였다.

처음 만났을 때처럼 저녁 어스름이 내려앉은 초겨울의 어느 날이었다. 하네다는 서양인들처럼 양복에 넥타이를 매고 콧수염도 멋지게 기르고 있었다. 단정하게 빗어 올린 머리카락은 기름을 발라 반짝반짝 빛이 났다. 둘은 나이로는 하네다가 훨씬 위였다. 그러나 지금 겉모습을 봐서는 항천취가 훨씬 더 나이 들어보였다. 하네다는 얼굴이 누렇게 뜨고 몸이 겨릅대처럼 비쩍 마른 항천취를 보고 깜짝 놀랐다. 그러나 이내 까닭을 알아차렸다.

오랜만에 옛 친구를 만난 항천취는 반가워서 어쩔 줄 몰랐다. 더욱

이 방금 전에 아편을 실컷 피우고 난 터라 의식도 맑고 눈빛도 초롱초롱 빛났다. 그가 하네다의 손을 잡고 말했다.

"아유, 일본 친구. 이게 얼마만입니까? 그동안 딸을 두고 혼자 어디를 다녀왔어요? 편지를 받고 선생이 도쿄의 우라센케^{裏千家} 이에모토^{家元}(종가)에서 다도를 배운다는 것을 알았습니다. 그놈의 다도를 배우느라 이제야 돌아온 것입니까? '다도는 물을 끓여 차를 우리는 것이지 별것 아니다'라고 한 슈코 법사의 말씀을 잊으셨습니까?"

하네다가 예의바르게 안락의자에 앉으면서 미소를 지었다.

"항 선생, 물을 끓이고 차를 우리는 일은 다들 자주 하는 흔한 일이죠. 그러나 평상심을 가지고 꾸준히 하기는 쉽지 않답니다. 사람은 평범하게 사는 일이 제일 어렵죠."

하네다는 아무 생각 없이 툭 내뱉었을지 모르나 켕기는 구석이 있는 항천취로서는 기분이 좋을 턱이 없었다. 그렇다고 기분 나쁜 내색을 할 수도 없었다.

잠깐 침묵하던 그가 어색하게 화제를 돌렸다.

"이번에는 어쩐 일로 오셨습니까? 사진관을 다시 하시려고요?"

하네다의 얼굴이 흐려졌다.

"항 선생의 질문은 제 아픈 곳을 건드렸습니다."

"그게 무슨 말입니까?"

"공신교 일본 조계의 상황에 대해 들어본 적이 없습니까?"

"상가들이 장사도 잘 되고 아주 북적거린다고 들었습니다."

"너무 북적거려서 문제죠. 아편방과 유곽이 제 사진관 코앞까지 쳐들어왔습니다. 더 웃기는 게 뭔지 아십니까? 매춘부들이 손님이 없는 날이면 사진관에 들어와 저를 희롱한답니다. 한심해서 말이 안 나와요."

항천취가 허허 웃고 나서 농담을 건넸다.

"이번 기회에 요코에게도 새어머니를 만들어주면 좋지 않겠어요?"

하네다가 고개를 저었다.

"계모 슬하에서 자라면 아이가 고생입니다. 이건 조선이나 중국이나 다 마찬가지죠. 저는 재혼 같은 건 절대 안 할 겁니다. 이번에 중국에 온 것도 딸을 데려가기 위해서입니다. 요코를 도쿄로 데리고 가서 제 가업을 계승시킬 겁니다."

항천취는 적잖이 놀랐다.

"요코를 데려간다고요? 여기가 불편하대요?"

"중국 속담에 '양원梁園이 아무리 좋아도 오래 머물 곳이 못 된다'라고 했습니다. 더구나 항 선생네도 형편이 많이 어려워졌잖아요."

항천취가 쑥스럽게 웃었다.

"듣고 보니 그러네요. 자기 자식도 제대로 키우지 못하는 사람이 무슨 남의 자식을 거둬줄 자격이 있겠어요?"

"아닙니다."

하네다가 일어서서는 허리를 깊숙이 숙였다.

"저야말로 지금까지 부모 노릇을 제대로 못했습니다. 참으로 부끄럽습니다."

항천취와 하네다 두 사람 사이에 어색한 침묵이 흘렀다. 둘 다 속으로 부모 노릇을 제대로 못했다는 자책에 빠져 있는 것이 분명했다. 그때 눈치 빠른 완라가 화로에 숯불을 지폈다. 주전자 물이 끓기 시작했다. 그동안 줄곧 옆에 조용히 서 있던 요코가 검은색 찻잔을 받쳐 들었다. 항천취와 하네다가 이구동성으로 외쳤다.

"토호잔이로구나!"

항천취와 하네다의 뇌리에는 수년전 토호잔으로 차를 마시면서 다도와 혁명에 대해 얘기를 나누던 정경이 생생하게 떠올랐다. 그것이 꼭 어제 일 같은데 어느새 세월이 흘러 또 한 번의 이별을 앞두고 있었다. 항천취와 하네다는 벅차오르는 감정을 애써 눌렀다.

가화, 가평과 요코는 문 앞에 앉아 있었다. 가평은 습관처럼 쉴 새 없이 손으로 삼절곤을 탁탁 쳤다.

"요코, 너 정말 가니?"

요코가 고개를 끄덕였다. 당장이라도 눈물을 터트릴 것 같은 표정이었다. 가화가 가평에게 화를 냈다.

"그만 두드려! 정신 사납다."

가평과 요코는 갑작스런 가화의 말에 적이 놀랐다. 그가 누군가의 잘못을 나무라는 모습은 오늘 처음 보았던 것이다. 요코가 잠깐 생각하더니 입을 열었다.

"토호잔은 여러분에게 선물할게요."

"누구? 아버지, 가평 아니면 나?"

가화가 퉁명스럽게 물었다. 그러자 가평이 슬쩍 제안했다.

"우리 '가위바위보' 게임으로 정하자."

가화가 자리에서 일어났다. 시원하게 대답하지 않는 요코가 원망스러웠다. 그는 곧 요코와 헤어져야 한다는 사실이 뭐라 형언할 수 없을 정도로 슬펐다.

거실에서는 두 남자가 잠깐의 침묵을 뒤로 하고 대화를 이어가고 있었다. 항천취가 입을 열었다.

"내년에 샌프란시스코에서 만국박람회를 연다는데 혹시 들으셨습니까?"

하네다가 자기도 모르게 벌떡 일어나면서 되물었다.

"항 선생도 아시는군요?"

"심록촌이 찾아왔더군요. 좋은 차를 구해 함께 미국으로 가자면서……."

아직 남아 있는 허영심 때문일까, 항천취의 말투는 시큰둥했다.

"와! 그럼 우리 내년 5월에 샌프란시스코에서 또 만날 수 있겠군요?"

하네다의 얼굴이 활짝 펴졌다.

"저도 일본 대표단의 일원으로 일본 다도를 소개하러 대회에 참가하게 됐답니다. 항 선생과 저의 한판 승부가 불가피하게 됐군요."

하네다는 웃고 있었으나 말투는 무척 조심스러웠다.

"글쎄요, 무력을 따진다면 중국은 귀국의 상대가 안 되죠. 그러나 차와 비단은 중국이 훨씬 낫지 않겠습니까."

"꼭 그렇다고 할 수는 없죠."

하네다의 눈빛이 진지해졌다.

"일본차의 미국 수출량은 세계 1위랍니다. 다 그럴 만한 이유가 있겠죠."

항천취도 정색을 했다.

"만국박람회는 미국 국내 대회가 아닙니다. 미국 기준으로 평가해서는 안 되죠. 중국은 4억 인구가 차를 즐겨 마시고 중국차는 멀리 유럽과 미국에 수출되고 있습니다. 중국차의 생산량과 수출량은 타국의 추종을 불허하죠."

"중국차 수출이 엄청난 건 인정합니다. 그러나 수출 품목을 따지자면 중국은 홍차, 일본은 녹차가 주를 이루죠. 따라서 이번 대회에서 녹차 부문의 대상은 틀림없이 우리 일본이 차지할 것입니다."

하네다는 저도 모르게 상대가 반박할 여지도 두지 않고 단정짓듯 말하고 있었다. 그 말에 욱한 항천취가 언성을 높였다.

"당치도 않은 소리! 중국에서도 여러 종류의 녹차가 생산되고 있습니다. 손바닥만 한 일본 땅에서 생산된 녹차가 대상을 받아야 하는 당연한 이유라도 있습니까? 그것이야말로 강도의 논리가 따로 없군요."

하네다가 자리에서 벌떡 일어났다. 미소를 머금고 있던 얼굴이 딱딱하게 굳었다. '손바닥만 한 땅', '강도 논리'라는 말에 순간적으로 격한 마음이 불끈 일어났던 것이다.

'힘도 없고 무능한 사람이 지금 누구더러 강도라고 하는 겁니까? 죽음을 무서워하는 비겁한 사람이 창랑滄浪의 물을 논할 자격이 있습니까? 자포자기에 빠진 사람이 분발하는 사람을 비웃을 자격이 있다고 생각합니까? 당신네 중국인은 일본인을 평가할 자격이 없습니다.'

하네다는 욱하는 마음에 그렇게 속에서 올라오는 말을 다 쏟아내려고 했다. 그러다 토호잔을 들고 당황한 표정으로 서 있는 요코를 보고는 목구멍까지 올라온 말들을 꾹 참았다. 그가 찌푸렸던 미간을 펴고 중국식으로 읍을 하면서 말했다.

"항 선생, 말씀이 좀 지나치군요. 말씀이 지나쳤어요. '손바닥만 한 땅'이나 '강도 논리'와 같은 말들은 중용, 평화, 정행검덕精行儉德을 받드는 중국 다인의 입에서 나올 말이 아닌 것 같습니다."

사실 항천취도 자기가 토해 놓은 말에 깜짝 놀랐던 터였다. 어쩌다가 자신의 입에서 그처럼 가시 돋친 말이 나왔는지 스스로도 의아했다. 하네다가 화를 안 낸 것만도 다행이라면 다행이었다. 그렇다고 자식들 앞에서 "내가 잘못했소!" 하고 사과하기는 싫었다. 그가 껄껄 웃으면서 말했다.

"하네다 선생, 제가 말이 좀 심했던 것 같습니다. 기분 나쁘게 했다면 미안합니다. 그러나 하네다 선생의 말도 다 옳다고 할 수는 없습니다. 중국 다인들이 누구나 다 중용, 평화와 정행검덕을 받드는 것은 아니니까요. 중국의 다성 육우는 일본의 센노리큐와 다르게 조정의 부름에 응하지 않았습니다. 무명옷에 두건을 쓰고 지팡이로 숲속 나무를 치고 흐르는 냇가에 앉아 흐느끼고 광야에서 소리 높여 우는 삶을 선택했습니다."

"항 선생의 말씀이 무슨 뜻인지 잘 모르겠습니다."

"제 아버지의 말뜻은 중국인이 일본인보다 타협을 싫어한다는 말이에요."

갑자기 가평이 아버지의 대화에 끼어들었다. 하네다가 그런 가평을 힐끗 쳐다보고는 다시 입을 열었다.

"하지만 제가 보기에는 일본인이 중국인보다 평화를 더 사랑하고 실천하는 것 같습니다. 이곳 항주만 봐도 일본인들이 공장을 세우고 약방을 차리고 가게를 열어 경제 발전에 기여하고 평화와 번영을 가져다줬죠. 중국인은 천성적으로 산만하고 단결력과 구심력이 부족해 인정받기 힘듭니다. 차 업종도 마찬가지예요. 중국의 다례茶禮니 다연茶宴 따위의 속물스러운 다도가 한층 고급스럽게 격상된 것도 우리 일본인 덕분이 아니겠습니까. 당신들은 우리 일본이 앞서간다고 질시할 이유가 전혀 없습니다. 우리 야마토 민족大和民族(일본인의 다수를 차지하는 민족)은 평화를 희구하는 민족입니다."

"우리는 당신들의 평화 따위는 필요 없어요. 그 평화를 가지고 얼른 일본으로 가요."

잠자코 듣고 있던 가평이 버럭 소리를 질렀다. 생김새부터 형과 다른 가평은 성격도 다혈질이었다.

방안의 분위기는 순식간에 험악해졌다. 지난 추억을 회상하며 다정하게 얘기를 나누던 두 사람이 갑자기 이렇듯 원수처럼 서로를 향해 으르렁거리게 될 줄은 아무도 예상치 못했다. 아무려나 방금 전까지 마치 그 어떤 국가에도 소속되지 않은 사람들처럼 차에 관해서만 얘기를 나누던 사람들은 어느새 충성심으로 둘째가라면 서러운 애국자로 변해 버렸다. 게다가 항천취와 하네다 두 사람의 쟁점도 '만국박람회'와는 하등 관계가 없는 것이었다.

"우리가 강대해지면 당연히 당신들을 초청해 평화를 설파하게 할 것입니다. 우리가 초청하지도 않았는데 제멋대로 쳐들어와놓고 평화를 논할 자격이 있습니까?"

가평의 말에 하네다가 격노했다.

"당신들이 강대해진다고?"

하네다가 거칠게 요코를 일으켜 세웠다. 이어 요코의 얼굴을 당겨 억지로 항천취를 마주 보게 하고는 말했다.

"아저씨의 얼굴을 잘 봐. 이게 강대해지겠다는 사람의 얼굴이야. 도시나 시골이나 중국 전역에는 이런 얼굴을 가진 사람들뿐이야. 이런 사람들이 어떻게 강대해질 수 있겠어?"

하네다의 말이 끝나기 무섭게 쨍그랑 소리와 함께 토호잔이 두 조각으로 갈라졌다. 화가 폭발한 항천취가 잔을 내던진 것이다. 방안 사람들은 모두들 멍하니 이 난국을 어떻게 수습했으면 좋을지 몰라 서로의 얼굴만 쳐다보고 있었다.

처음부터 끝까지 입을 다물고 있던 요코는 쪼그려 앉아 두 쪽으로 갈라진 찻잔을 집어 들었다. 그리고 '공'栱자가 새겨진 조각은 가화, '어'御자가 새겨진 조각은 가평에게 나눠줬다.

숯불이 새빨갛게 타들어가고 주전자 물이 다시 끓기 시작했다. 뿌옇게 피어오른 수증기가 분노에 찬 얼굴들을 흐릿하게 감쌌다. 원래는 "추운 밤 손님이 오면 차로 술을 대신해 대접한다"는 옛 시구가 무색하지 않게 화기애애한 분위기가 연출됐어야 마땅한 겨울밤이었다. 그러나 모두에게 아무런 득도 안 되는 무의미한 '애국' 설전을 한바탕 치르고 나자 남은 것은 상처뿐이었다.

항천취는 자신이 무엇 때문에 화를 냈는지 딱히 이유를 꼬집어 말할 수가 없었다. 하네다가 중국을 모욕했기 때문일까? 아니면 중국 차를 모욕했기 때문일까? 그것도 아니면 아편에 중독된 그를 모욕했기 때문일까? 아무튼 그가 홧김에 깨버린 토호잔은 다시는 되돌릴 수 없게 되었다.

하네다는 무표정하게 항천취를 힐끗 쳐다봤다. 그 눈빛은 마치 '당신이 깨버린 것은 당신의 물건이오'라고 말하는 것 같았다.

이어진 하네다의 행동에 사람들을 또 한 번 깜짝 놀랐다. 하네다가 요코의 손을 잡고 조금 전까지만 해도 경멸해마지 않던 항천취를 향해 깊이 허리를 숙인 것이다. 지난 몇 년 동안 요코를 키워준 데 대해 사의를 표하는 뜻 같았다. 항천취는 우롱당하는 느낌마저 들었다.

'형식만 중시하는 인간 같으니라고. 사람이 어쩌면 이토록 독하게 자신의 감정을 절제할 수 있을까.'

항천취는 매사에 이성보다 감정을 앞세우는 사람이었다. 그래서 하네다처럼 미움, 멸시, 감사라는 서로 완전히 다른 감정들을 차례로 하나씩 차분하게 꺼내 표현한다는 것은 상상도 할 수 없는 일이었다.

항천취가 그런 생각을 하건 말건 하네다는 어느새 차분한 표정을 되찾았다. 이어 요코의 손을 잡고 밖으로 나가면서 가평에게 한마디 던졌다.

"애야, 너는 아직 어려. 나중에 평화에 대해 다시 논할 기회가 있을 거야."

억지로 하네다를 따라나선 요코의 얼굴에는 싫은 표정이 역력했다. 미처 마음의 준비도 못한 상태였으니 그럴 만도 했다. 심지어 요코는 짐도 싸지 못했다.

그녀가 대문을 나서면서 고개를 뒤로 돌렸다. 어둠속에서 누군가가 그녀를 향해 손을 흔들고 있었다. 얼굴이 보이지 않아 누구인지 알수는 없었으나 그녀는 직감으로 가화라고 판단했다. 그녀가 울먹이면서 말했다.

"아주머니에게 작별 인사도 못했어요."

하네다가 탄식을 내뱉었다.

"됐어, 가자. 언제 어디서든 네가 일본사람이라는 것을 잊으면 안돼."

요코는 그 자리에 우뚝 멈춰 섰다. 닫힐 듯 말 듯한 대문 틈 사이로 두 남자아이의 얼굴이 언뜻 나타났다가 사라졌다. 잠시 후 문틈 사이로 누군가의 얼굴이 다시 나타났다. 요코는 그 사람이 가화라는 것을 알수 있었다.

심록애는 항천취와 하네다의 설전에 참견하지 않았다. 그녀는 다른 데 정신이 팔려 있었다. 그녀는 방금 전 운화雲和(절강성의 도시)에서 발송한 소포를 받았다. 소포 겉면에 적혀 있는 글자는 조기객의 필체 같았다.

심록애는 가위를 가져올 생각도 하지 않고 이빨로 소포를 뜯었다. 소포를 헤치자 찻잎 한 무더기가 책상 위로 와르르 쏟아졌다. 찻잎 무더기 속에 삼각형으로 접은 종이쪽지가 있었다. 심록애는 쪽지를 다 읽고 나서 말없이 찻잎 무더기에 얼굴을 묻었다.

조기객이 보낸 차는 잎이 실하고 색깔이 검푸르면서 누런빛을 띠었다. 잎 전체가 은호銀毫(은빛 나는 털)로 덮여 있었다. 그리고 산속의 화분 향이 그대로 살아 있었다. 심록애는 탐욕스럽게 차향을 맡았다. 다시 얼굴을 든 그녀의 볼, 입과 코에는 찻잎이 잔뜩 붙어 있었다.

조기객이 운화 경녕景寧 혜명사惠明寺에서 보낸 편지는 그리 길지 않았다.

천취 아우, 그간 별일 없으신가. 내가 부대를 따라 남경으로 간 지도 벌써 3년이 지났군. 남경 전투가 끝난 뒤 나는 이열균 휘하에 들어갔다네. 지난해 전투에서 팔을 하나 잃고 지금은 경녕에 머물고 있다네. 이곳 적목산赤木山은 경치가 수려하고 초목이 무성해 산차山茶가 자라기에 매우 적합하다네. 다만 산이 너무 깊어 사람들에게 알려지지 않은 것이 아쉬울 뿐이야. 근래의 〈신보〉申報를 보니 샌프란시스코에서 곧 만국박람회가 열린다더군. 견본 차를 조금 보내니 아우 마음에 들면 이곳으로 와서 함께 서초瑞草에 대해 논했으면 좋겠네. 각설하고 다시 만날 그날을 기다리겠네.

–강해호인江海湖人 기객

편지를 다 읽은 심록애의 눈빛이 뜨겁게 끓어오르기 시작했다. 어

깨에 가문의 중임을 짊어지고 허리춤에 묵직한 열쇠꾸러미를 매단 그
녀다운 눈빛이었다. 그것은 물불을 가리지 않고 원하는 바를 반드시 얻
고야 말리라는 결연한 의지의 표현이기도 했다.

제23장

남성교南星橋에서 출발한 배는 항주만을 벗어나 동해 바다로 들어섰다. 절강성의 황금 해안선이 세 사람의 눈앞에 펼쳐졌다.

세 사람 중에 바다를 본 적이 있는 사람은 심록애뿐이었다. 결혼 전에 상해에서 항주로 돌아올 때 배를 타고 오면서 바다 구경을 한 것이었다. 가화와 가평은 여태껏 바다를 한 번도 보지 못했다. 아버지뻘 되는 어른들한테 바다에 대한 얘기만 들었을 뿐이었다. 두 아이가 꿈속에서 본 바다는 서호를 몇 배로 부풀린 온통 끝없이 새하얀 물빛이었다.

따라서 갑판 위에서 망망대해를 바라보는 두 아이의 마음이 쉽게 진정되지 않는 것은 어쩌면 당연했다. 두 아이는 자신의 마음속 느낌을 말로 시원하게 표현하기에는 아직 어린 나이였다. 바다는 두 아이가 상상했던 것보다 훨씬 더 컸다. 두 아이가 처음 바다를 봤을 때의 느낌을 굳이 말로 표현한다면 "숨 막힐 정도로 깊은 감동을 받았다"고 하면 정확할 터였다.

가화는 내내 침묵을 지키고 있었다. 그는 처음 바다를 봤을 때의 놀라움과 흥분을 깊이 감춘 채 내색하지 않았다. 외로움을 많이 타고 우울하고 사색을 즐기는 아이다웠다. 난간에 엎드려 아비를 꼭 닮은 길게 찢어진 눈으로 바다를 바라보는 모습이 영락없이 애늙은이였다. 이런 눈빛을 가진 아이는 평탄치 않은 삶이 예정돼 있다고 해도 좋았다. 이런 아이는 끊임없는 회의와 의심을 통해 지혜를 얻고 그것이 다중적인 성격으로 이어지게 마련이었다. 또 남들과 다른 삶에 회의를 느끼고 그것을 바꾸려고 노력하지만 거대한 운명의 수레바퀴 앞에서 그 노력이 무용지물이 되는 것을 지켜봐야 할 터였다. 다만 얻는 게 있다면 남들보다 더 고귀한 영혼, 남들은 흉내내기 어려운 강한 인내심을 갖게 되는 것이랄까. 이 같은 기질이 날과 달을 거듭해 쌓일수록 이들의 얼굴은 수난자 특유의 표정으로 바뀌게 될 터였다.

가평은 가화와 전혀 상반되는 부류였다. 털털하고 덜렁거리고 사심이 없었다. 또 성격이 급하고 동에 번쩍 서에 번쩍 돌아다니기를 좋아했다. 또 자원이 풍부한 광산처럼 사람들에게 퍼주기를 좋아했다. 그래서 그의 주위에는 늘 사람들이 끓었다. 그런데 어느 날 갑자기 사람들의 시야에서 감쪽같이 사라지는 것도 그의 특기라고 할 수 있었다. 그럴 때면 그의 주변 사람들은 기약 없는 기다림을 견뎌야 했다. 가평과 같은 부류는 짧은 시간 동안 가까이 지내기에 적합했다. 또 불처럼 뜨거운 하룻밤 연애의 상대로 괜찮았다.

늘 그랬듯 가평은 길지도 짧지도 않은 바다여행에서도 자유분방한 행보를 멈추지 않았다. 그는 위아래 선실과 갑판을 쉴 새 없이 오가면서 온갖 참견을 하고 어중이떠중이들과 다 친해졌다. 입은 잠시도 쉴 틈이 없었다.

"어머니, 갑판 아래 5등실에 있는 아이가 아파요. 약이 없대요. 곽향정기환藿香正氣丸을 좀 갖다줘야겠어요……."

조급해서 침방울까지 튀겨가면서 말하는 모습을 보노라면 앓는 아이를 위해 자신의 심장이라도 꺼내줄 기세였다. 가평 덕분에 5등실의 가난한 아이는 곽향정기환은 말할 것도 없고 덤으로 다른 약까지 한 보따리 얻었다.

가평의 무분별한 동정심이 이쯤에서 수그러들 리 만무했다. 얼마 지나지 않아 그는 가화를 찾아와서 졸라댔다.

"형, 저 앞에서 장님 악사가 이호를 연주하고 있어. 너무 불쌍해 보여. 우리 들으러 가자."

가화는 고개를 저었다.

"나는 안 갈래, 어머니 옆에 있을 거야."

가화는 동생에게 동전을 몇 개 건네줬다. 가평이 어떤 아이인지 잘 알고 있었던 것이다. 사실 그는 가평의 친어머니보다도 가평을 더 잘 알았다. 가평은 음악에 전혀 관심이 없는 사람이었다.

심록애가 말했다.

"가화, 나는 괜찮아. 잠깐 혼자 있으면 되니까 가서 놀아."

가화는 고집스럽게 고개를 저었다. 그는 배에 오른 뒤로 심록애 곁을 한 발자국도 떠나지 않았다. 낙타털로 안감을 댄 진녹색 코르덴 겹저고리를 입고 얇은 나사羅紗 코트를 걸친 심록애는 귀티가 흘렀다. 배 안에 귀부인들이 여럿 있었으나 그중에서도 미모가 단연 돋보였다. 당연히 심록애에게 집적대는 사람이 끊이지 않았다. 두 아이는 누가 시키지 않았는데도 아름다운 어머니의 경호원을 자처했다. 물론 좀처럼 가만히 있지 못하는 가평은 자꾸 다른 곳으로 샜다.

석양이 지고 있었다. 갑판 위에 있던 사람들은 모두들 식사하러 선실로 돌아갔다. 바닷바람은 차가웠으나 살을 엘 정도는 아니었다. 심록애는 말수 적은 큰아들과 얘기를 좀 해야겠다는 생각을 했다. 뜻밖에도 가화가 먼저 입을 열었다.

"혜명차惠明茶는 도대체 어떤 차일까요? 혜명차를 가지고 가면 중국이 우승할까요? 혜명차를 구하기만 하면 아버지도 아편을 끊을 수 있을까요. 그리고 작은어머니는? 작은어머니도 아편을 끊을 수 있을까요? 그리고 가교는? 오승 아저씨가 가교를 데려갔어요. 제가 지난번에 가교를 때린 게 지금 많이 후회돼요. 가교가 여동생을 괴롭히는 것을 보고 그만……."

심록애가 가화의 어깨를 잡았다.

"가화, 너는 생각이 너무 많아. 어쩐지 살이 자꾸 빠진다 했어. 아이들은 생각이 너무 많으면 못 써."

"저도 이러는 제가 싫어요."

가화가 고뇌에 빠진 표정으로 말했다.

"어젯밤 꿈에 조 아저씨를 봤어요……."

가화가 잠깐 주저하다가 말을 이었다.

"조 아저씨는 온몸이 피투성이였어요. 그리고…… 팔 하나가 없었어요……."

가화가 진지한 표정으로 심록애를 바라봤다. 심록애는 눈을 감았다. 이어 다시 눈을 뜨면서 말했다.

"네가 너무 생각을 많이 해서 그런 거야. 가평 좀 봐, 쓸데없는 생각을 안 하니 그런 꿈도 안 꾸잖아."

가화는 고개를 갸우뚱했다. 교복을 입고 학생 모자를 쓴 그는 제법 어른 티가 나고 있었다.

"저는 어릴 때부터 제가 가평과 다르다는 걸 알았어요."

가화는 바다로 시선을 옮겼다.

"처음 작은어머니를 봤을 때 억울하고 서러웠어요. 무엇 때문에 그런 마음이 들었는지 저도 몰라요. 할머니 말씀에 따르면 그날 제가 많이 울었대요. 할머니 앞에서는 기억 안 난다고 했지만 저……, 사실 다 기억하고 있어요."

"가화, 이 어머니가 너에게 잘 대해주지 않았어?"

심록애가 두 팔로 가화를 꼭 끌어안았다. 가화의 입에서 더 안 좋은 소리가 나올까봐 걱정이 되었다.

"아니에요, 어머니는 저에게 잘해줘요. 어머니는 저를 불쌍하게 생각해요. 작은어머니를 무시하는 것만큼 저를 동정해요. 사실 저도…… 작은어머니가 한심해 보여요. 가끔 원망스럽기도 해요. 엄마라는 사람이 자기 친아들도 붙잡아두지 못했으니 말이에요. 그러나 다른 한편으로는 불쌍하기도 해요……."

가화의 시선은 망망한 대해와 수평선 위의 회색 구름을 쫓고 있었다. 석양은 마치 불이 꺼져가는 커다란 등롱처럼 음침한 붉은색이었다. 가화의 눈에 눈물이 고였다.

"예전에는 작은어머니 생각만 하면 짜증이 나고 답답했어요. 그러나 바다와 석양을 보면서 어머니와 얘기를 나누는 지금 갑자기 작은어머니가 불쌍하게 느껴져요. 많이, 많이 보고 싶어요. 저 여태껏…… 단 한 번도 그분을 '어머니'라고 부르지 않았어요……."

가화의 입술이 바들바들 떨렸다. 수려한 얼굴이 어느새 눈물범벅이 됐다. 심록애는 너무 놀라서 하마터면 비명을 지를 뻔했다.

'어쩌면 이렇게 닮을 수가 있지?'

이럴 때의 가화의 모습은 그 아버지 항천취와 판박이였다. 그때 가평이 헤벌쭉 웃으면서 돌아왔다. 주머니에 있던 사탕을 마지막 한 알까지 다 나눠줘서 무척 홀가분한 표정이었다. 이어 눈물범벅이 된 가화를 보고 화들짝 놀라더니 눈을 부릅뜨고 심록애에게 버럭 소리를 질렀다.

"어머니, 형을 야단쳤어요?"

"아니야."

심록애가 한 팔에 하나씩 아이들을 안으면서 말했다.

"네 형은 아버지와 작은어머니 때문에 속이 상해서 운 거란다."

"그건 별일도 아니에요."

가평이 고개를 번쩍 쳐들고 씩씩하게 말했다.

"제가 다 생각해 놨어요. 이번에 집으로 돌아가면 기객 아저씨에게 아빠를 방에 가둬달라고 부탁할 거예요. 밥과 금연 약만 들여보내고 아편에는 일절 손을 못 대게 하면 보름 안으로 해결될 거예요. 아빠가 좋아지면 작은어머니도 똑같은 방법으로 보름 동안 가둬둘 거예요."

"그래서?"

심록애가 아이의 천진한 발상이 귀여운지 얼굴에 웃음을 띠웠다.

"그 다음에는 아빠가 차를 가지고 미국으로 가는 거죠."

가평이 뻔한 것을 왜 묻느냐는 표정을 지었다.

"미국 가서 대상을 받아오기로 다 얘기가 된 거잖아요."

"우리가 우승할 수 있을까?"

가화가 조심스럽게 묻자 가평이 대답했다.

"형, 왜 그래? 우승을 못 할 거면 그 먼 미국으로 왜 가?"

가평이 어두워지는 바다를 향해 목청을 돋우더니 마구 소리를 질렀다.

"하나, 둘, 셋. 중국 우승!"

선실 안에 있던 사람들이 분분히 밖으로 나왔다.

"뭐가 우승이야? 누가 우승이야? 이 아이가 방금 뭐라고 했어?"

온주溫州에서 청전青田까지의 구강甌江 구간은 큰 바람도, 큰 파도도 없었다. 초봄이 지나 강 양안에서는 배나무가 새하얀 꽃을 틔웠다. 겨울을 지낸 밀도 싱싱하게 자라고 있었다. 가화가 대나무 울타리를 두른 초가집들을 보면서 말했다.

"나중에 어른이 되면 돈을 많이 벌어 여기 와서 살 거야. 공기 좋은 곳에서 책을 읽고 차나무를 가꾸면 얼마나 좋을까."

가평이 말했다.

"형은 지주에게 소작료를 바치는 것이 억울하지도 않아? 이 땅들은 모두 지주 소유야. 흉년이 들기라도 하면 농민들은 먹을 것이 없어 아들딸을 내다 파는 일이 다반사라니까."

"네가 그걸 어떻게 알아?"

심록애가 말이 너무 많은 아들의 입을 막을 요량으로 한마디했다.

"제가 왜 몰라요? 채시교菜市橋 쪽에 사람을 사고파는 시장이 있는 걸요. 지난번에 우리 찻집에도 찾아왔어요. 머리에 풀을 꽂은 어린 여자아이를 팔겠다고요. 아빠는 은전 네 닢이면 매우 싼 거라면서 돈을 줬어요."

"너희 아빠가 어린아이를 샀다는 말이냐?"

"아니요, 돈만 줬어요. 아빠 말로는 호주에서 온 사람들이래요. 홍수가 나서 지주에게 땅을 빼앗기고 타지에서 떠돌이생활을 하는 거래요. 아빠는 또 땅을 빼앗은 그 지주가 외할아버지일 가능성이 크다고 하셨어요. 우리가 외할아버지의 죄를 대신 씻어드려야 한다고 하셨어요."

심록애는 기가 막혀 웃음이 나왔다. 그러나 딱히 반박할 말도 떠오르지 않았다.

"지주 노릇은 쉬운 줄 아느냐? 흉년이 든 해면 농민들이 새끼줄로 허리를 질끈 동여매고 우르르 달려 들어와서 부잣집 털이를 하는데 당해낼 재간이 없단다. 관아에 고발해도 소용없어. 뒷돈을 찔러주지 않으면 강 건너 불 보듯 하니깐."

"차라리 잘됐네. 나중에 형이 부자가 되면 나는 새끼줄로 허리를 동이고 형네 집에 쳐들어 갈 거야. 다른 건 다 필요 없고 질 좋은 찻잎을 한 자루 메고 나오면 굶어죽을 걱정은 없겠지?"

가화가 진지하게 말했다.

"털러 올 필요도 없어. 네가 달라는 건 다 줄게. 네가 관아에 잡혀가기라도 하면 내가 더 힘들어져."

심록애가 가볍게 두 아이를 나무랐다.

"말도 안 되는 소리들 그만해. 무슨 할 짓이 없어서 강도짓을 하고 살겠다는 거냐?"

옆에서 듣고 있던 사람이 웃으면서 참견을 했다.

"그건 잘 몰라서 하는 소리요. 여기는 비적과 강도가 많기로 유명한 고장이오. 명나라 때의 왕경삼王景參이나 청나라 초기의 팽지영彭志英 모두 이곳 태생이오. 그리고 태평천국군 장군 석달개石達開와 이세현李世賢도 여기서 활동했었소. 위란魏蘭이라는 광복회 우두머리도 이 고장 태생이오."

가화와 가평 두 아이는 남자의 말에 놀라서 아무 말도 못하고 입만 헤벌리고 있었다.

심록애 일행은 청전에 도착해 하룻밤을 자고 다음날 경녕으로 출발했다. 배는 점점 작아졌다. 처음에 탄 것은 외항선이었다. 이어 강배를 탔으나 이번에 탄 것은 자그마한 대나무 뗏목이었다. 심록애는 슬슬 후회가 되기 시작했다. 이 혼란스러운 시국에 여인네가 겁도 없이 어린아이 둘을 데리고 먼 길을 떠난 것은 누가 봐도 무모한 행동이 아닐 수 없었다. 달도 없고 바람도 세찬 밤에 인적이 드문 시골길에서 강도떼라도 만난다면 꼼짝없이 당할 수밖에 없을 터였다.

심록애는 두 아이를 데리고 적목산으로 가고 있었다. 그녀가 이처럼 위험한 모험을 강행한 데는 나름 충분한 이유가 있었다.

1915년 섣달 29일, 망우차행 점주 오승은 따뜻한 아침햇살을 맞으면서 마차에 앉아 망우차장으로 향했다. 비단옷에 담비가죽 모자를 쓴 호화로운 차림이었다. 덜그럭덜그럭, 청석판 길을 달리는 말발굽소리는 경쾌했다. 오승은 밤색 말의 토실토실한 궁둥이와 달싹달싹 움직이는 꼬리를 보면서 하늘을 나는 것 같았다.

물론 그는 망우차장에 세배하러 가는 길이 아니었다. 그는 망우차장의 실질적 주인인 심록애에게 당당하게 '통보'를 하러 가는 길이었다. 내용은 아주 간단했다. 우선 망우차행의 최대 주주는 '오승'으로 변경됐다, 망우차장이 보유하고 있던 지분은 단 한 푼도 남지 않았다, 내년부터는 차행 상호를 '창승昌昇차행'으로 바꿀 것이다. 대충 이런 내용이었다.

"당신 시어머니가 살아 있을 때 나는 이런 말을 한 적이 있소. 나라고 망우차장과 얽히고 싶어서 얽혀 있는 것이 아니니 때가 되면 당신들이 내쫓지 않아도 떠날 것이라고 말이오. 나는 내가 한 말을 지켰소. 안 그런가, 심 사장?"

심록애는 닭털로 만든 먼지떨이를 만지작거리면서 놀란 표정을 애써 감췄다. 그녀의 말투는 평온했다.

"당신 같은 인간이 언젠가 이런 짓을 할 줄 알았어."

오승이 미소를 지었다.

"그날이 이렇게 빨리 올 줄은 몰랐겠지. 나도 몰랐소."

심록애가 먼지떨이로 오승을 가리켰다.

"오산 원동문을 아편굴로 만든 것이 당신 짓인 줄 다 알아. 나쁜 인간 같으니라고! 당신이 아니었으면 천취도 저 지경이 안 됐을 거야. 여태껏 당신처럼 파렴치하고 악독하고 가증스러운 인간은 못 봤어."

오승은 이깟 비난에 눈 깜짝할 사람이 아니었다. 어릴 때부터 온갖 고생을 해온 그가 어떤 욕인들 못 들어봤겠는가. 까짓것 싸워서 이기면 상대의 머리꼭대기에 올라앉아 웃고, 지면 가랑이 밑에 납작 엎드려 설설 기면 된다는 것이 그의 처세 철학이었다. 그가 히죽 웃으면서 약을 올렸다.

"심 사장, 적반하장도 유분수지 사람이 그러면 못 써요. 당신이 하도 사납게 대하니 당신 남편이 집으로 못 들어오는 거 아니오. 당신 남편과 작은댁이 굶어죽을 지경이 됐는데도 못 본 척하는 당신이야말로 파렴치한 인간 아니겠소? 당신 남편이 나에게 진 빚이 얼만지나 알고 그러오? 내가 착하니 그 거지들에게 쌀을 가져다주고 가교를 우리집에 데려다 설을 쇠게 한 거지 다른 사람 같았으면 어림도 없소."

참고 있던 심록애는 급기야 폭발하고 말았다.

"누가 당신에게 가교를 데려가라고 했어? 아동유괴죄로 고소당하기 전에 당장 아이를 돌려 보내. 설에 옥살이를 하지 못해 안달이 났나?"

"마음대로 해봐요. 쉽지 않을 걸? 나는 이제 예전의 오승이 아니오. 당신들이 제멋대로 부리던 하인이 아니라고! 나는 지금 당당한 '혁명 공신'이오. 관청에서도 마음대로 잡아가지 못해. 고소하려면 당신 남편이나 해. 내가 아들을 안고 가는데도 오히려 '고맙다'고 감지덕지하더군."

심록애는 너무 화가 나서 눈에서 불이 일 것 같았다. 태어나서 이렇게 가증스러운 무뢰한은 듣도 보도 못했다. 그녀는 목소리를 낮춰 계속 으르렁댔다.

"냉큼 꺼져!"

"안 꺼진다면 어쩔 거요?"

오승은 일어날 생각을 하지 않았다. 오히려 태연자약한 표정으로 앉은 채 주위를 휘휘 둘러봤다. 그 모습이 마치 이 집을 사려면 돈이 얼마나 들 것인지 계산해보는 것 같았다. 불량배처럼 건들거리면서 앉아 있던 그가 갑자기 허리를 꼿꼿이 폈다. 눈빛도 많이 점잖아졌다. 언제 왔는지 항천취의 두 아들이 두 눈을 부릅뜨고 그를 노려보고 있었다. 오승이 못 본 사이에 아이들은 많이 자라 있었다. 어른 티가 제법 났다. 특히 항천취의 둘째아들 가평은 고리눈을 부릅뜨고 삼절곤을 꽉 움켜 쥔 품새가 당장이라도 덮칠 것 같았다. 슬슬 겁이 난 오승이 억지웃음을 지으면서 말했다.

"나도 별 뜻은 없소. 이 집 주인장이 나에게 진 빚을 받으러 왔으니 돈만 받으면 갈 거요. '말라 죽은 낙타가 말보다 크다'고, 당신들에게는 푼돈에 불과할 거 아니오. 안 그러면 원금에 이자가 불어 나중에 더 복잡해질 거요. 나도 당신들과 얼굴 붉히고 싶은 생각은 없소."

심록애는 오승을 본체만체하며 먼지 터는 일에 열중했다. 그러자 오승이 읍을 하면서 말했다.

"망우차장이 올해 장사가 잘 안 된 거 다 알고 왔소. 빚 얘기는 없던 걸로 하고 망우차장을 나에게 넘기는 게 어떻겠소? 값을 후하게 쳐드리리다."

심록애가 기가 막히는지 웃음을 터트렸다. 은방울처럼 높고 야무진 웃음소리에 천장의 먼지가 우수수 떨어졌다. 오승은 속으로 경탄했다.

'목소리가 종소리처럼 우렁차구나. 이 여인네는 만만치 않은 상대야.'

실컷 웃고 난 심록애가 먼지떨이로 팔선상을 탁 내리쳤다. 먼지가 풀썩 일었다. 그녀가 먼지떨이로 두 아이를 가리키면서 물었다.

"목후이관沐猴而冠이 무슨 뜻이냐?"

가화, 가평 두 소년이 화려한 차림을 한 오승을 보면서 큰 소리로 웃었다. 가평이 가화를 툭툭 치면서 말했다.

"형, 강론과 설교는 형의 주특기잖아. 형이 대답해."

가화가 일부러 느릿느릿 입을 열었다.

"별거 아니야. 원숭이가 갓을 쓰고 자기가 사람인 척 거들먹거린다는 뜻이야."

오승은 처음에 '목후이관'이 무슨 말인지 몰랐다. 그러다 가화의 설명을 듣고는 잠깐 떨떠름한 표정을 지었다. 그러나 억지로 참고 자리에서 일어섰다.

"웃기는 왜 웃어? 당신들이 잘난 척할 날도 얼마 남지 않았어. 조만간 원숭이처럼 사람들에게 농락당할 거야."

말을 마친 오승은 쓴웃음을 지으면서 밖으로 나갔다.

심록애는 조상들의 위패 앞에 꼼짝 않고 앉았다. 아무 말도 하지 않았다. 가화, 가평 두 아이는 어머니의 심상치 않은 기색을 보고 집에 좋지 않은 일이 생겼다는 사실을 직감할 수 있었다.

심록애가 조기객을 찾아가기로 결심한 것은 이때부터였다. 남들의 뒷공론에 신경 쓸 여유가 없었다. 망우차행은 오승에게 이미 넘어갔다. 또 망우차장도 풍전등화처럼 위태로웠다. 엎친 데 덮친 격으로 항씨 가문에는 쓸 만한 사람이 남아 있지 않았다. 죽을 사람은 죽고 아편을 피우는 사람은 집안일은 뒷전인 채 매일 구름 위를 걷고 있었다.

심록애는 고민 끝에 먼저 조씨네 집에 찾아갔다. 그러나 조기황은 죽고 조씨네 집에 남아 있는 남자들, 즉 조기객의 형제들은 모두 정직하고 고지식하게 사는 사람들이라 그녀에게 아무런 도움도 주지 못했다. 그들은 심지어 친형제인 조기객의 이름을 거론하는 것조차 싫어했다. 어쩌면 심록애에게는 하늘이 준 기회일지도 몰랐다. 결국 그녀는 남편에게도 알리지 않은 채 두 아이를 데리고 멀리 나설 결심을 했다. 다른 사람들에게는 항씨네 계승자들의 안목을 넓히기 위해 여행을 떠난다고 적당히 둘러댔다.

노를 젓는 사람은 나이가 지긋한 촌부였다. 젊었을 때는 도시를 돌면서 행상을 했다고 했다. 사공이 잘 안 되는 표준어에 손짓발짓을 섞어가면서 심록애에게 물었다.

"어디로 가세요?"

사공이 '혜명사'라는 말에 연신 고개를 끄덕였다.

"알아요, 알아요."

사공은 어디서 얻어왔는지 숯검정을 심록애의 얼굴에 발랐다. 이어 심록애에게 고급 나사 외투를 벗도록 했다. 그리고는 깨끗한 천으로 외투를 싼 다음 다 해어진 마대에 넣어 구석에 있는 장작 위에 올려놓았다.

청전에서 경녕에 이르는 수로는 '소계'^{小溪}라고 불렸다. 물을 거슬러 올라가야 하기에 배를 끄는 인부가 필요했다. 노인의 아들 몇몇이 인부를 자청했다. 그중에서 막내인 남근근^{藍根根}은 가화, 가평과 나이가 비슷했다. 눈이 크고 뻐드렁니가 튀어나온 것이 촬착의 아들 소촬착^{小撮着}과 꼭 닮았다. 아이는 형들과 같이 밧줄을 끌다가 더운지 낡은 솜옷을 홀러덩 벗어던졌다.

안으로 들어갈수록 강 양안의 경치는 더 아름다웠다. 소들이 강가의 모래톱을 한가로이 거닐고 거위와 오리들이 물속에 머리를 박고 먹이를 찾고 있었다. 말리느라 널어놓은 침대보는 너덜너덜해서 멀리서 보면 알록달록한 꽃 같았다. 모래톱 위쪽에는 노란 산수유꽃, 새하얀 배꽃, 연분홍 복숭아꽃이 활짝 피어 있었다. 헐렁한 옷을 입고 물을 긷는 여인네들과 허리에 칼을 차고 어깨에 땔감을 멘 남정네들의 모습도 자주 보였다.

강폭이 좁은 곳에 이르자 양안의 경치가 또 바뀌었다. 뾰족한 산봉우리들이 하늘을 찌를 듯 우뚝 솟아 있었다. 서늘한 기운에 몸이 덜덜 떨릴 정도였다. 배를 끄는 인부들은 물위로 드러난 바위에 아슬아슬하게 서서 죽벌^{竹筏}(대나무 뗏목)을 안전하게 통과시켰다. 가평이 그 모습을 보고 말했다.

"나중에 돈을 많이 벌면 이곳에 와서 수로를 넓힐 거야. 기선이 마음대로 다닐 수 있게 말이야."

사공의 막내아들 남근근이 말했다.

"죽벌이 뭐가 어때서? 신기하잖아. 도시 부자들은 일부러 이곳에 와서 죽벌 체험도 해."

"우리는 편안하게 앉아 있지만 당신들은 힘들게 배를 끌잖아요. 보기에 안쓰러워. 다 같은 사람인데 왜 이렇게 불공평할까요?"

가화의 말에 사공이 대답했다.

"그게 팔자라는 거야. 이 풀들을 봐. 무엇 때문에 어떤 것은 척박한 산꼭대기에서 자라고 어떤 것은 비옥한 산자락에서 자라겠느냐."

늙은 사공의 손가락을 따라 시선을 옮기던 가화가 고함을 질렀다.

"어머니, 산비탈에 차나무가 있어요. 어라? 제가 용정산에서 봤던 차나무하고 다르게 생겼어요."

사공이 신이 나서 설명했다.

"너희들 마침 잘 왔어. 적목산의 차는 맛과 향이 뛰어나단다. 차에 대해 알고 싶으면 나에게 물어봐, 내가 적목산 토박이란다."

적목산은 여족畲族(중국 발음으로는 '셔족'임)들이 모여 사는 경녕현에 자리잡고 있었다. 그 산에 있는 절이 혜명사였다. 전설에 의하면, 당나라 대중ᄎ中 연간에 여족 출신의 뇌태조畲太祖라는 노인이 네 명의 자식을 데리고 고향의 기근을 피해 광동에서 북상했다. 일행은 강서와 절강 등지를 유랑하던 중 강서에서 우연히 운유雲遊 스님을 만났다. 두 사람은 마음이 맞아 함께 동행하다가 절강에 이르렀다. 스님은 뇌태조 일행을 자신이 거처하는 절로 데리고 갔다.

이 스님이 바로 적목산 혜명사의 개산조사였다.

이곳은 고목이 울창하고 인적이 없어 떠돌이들이 발붙이고 살기에 적합했다. 뇌씨 일가는 혜명사 주위를 개간해 차를 심었다.

혜명차는 점차 적목산 일대에서 유명해졌다. 혜명차의 주산지는 적목산 동북쪽 중턱에 있는 혜명사 주위와 서남쪽 중턱에 있는 제두산灊頭山이다.

해발 1500미터가 넘는 높은 산의 중턱에서 자라는 혜명차가 차에는 별로 관심도 없는 협객 조기객의 눈에 띈 것은 어쩌면 하늘의 뜻일 수도 있었다.

그해 조기객은 여공망呂公望을 따라 남경으로 갔다. 남경 전투에서 절군浙軍(절강성 군대)은 용맹하게 싸웠다. 적군도 제일 많이 섬멸했다. 전투가 끝난 뒤 조기객은 남경에 남아 육군 총장 황흥을 보좌했다. 조기객은 이때에 이르러서야 신해혁명을 통해 '국부민강'國富民彊을 실현하려던 꿈이 이뤄지지 못했다는 사실을 깨달았다. 혁명은 성공했으나 달라진 것은 없었다. 정치무대에서 두각을 드러내려는 일부 얍삽한 '투기꾼'들만 좋게 해준 꼴이 된 것이었다. 조기객은 문득 항천취를 떠올렸다. 평소에 맥 빠지고 퇴락한 모습만 보여주던 항천취가 사실 세상 이치를 더 투철하게 꿰뚫어본 고수라는 생각이 들었다.

그럼에도 불구하고 타고난 반골인 조기객은 반란의 행보를 멈추지 않았다. 1913년 7월, 이열균이 강서에서 독립을 선포했다. 2차 혁명의 서막이 오른 것이다. 조기객은 강서와 상해 사이를 오가면서 전투에 참가했다. 그리고 상해 시내에 있는 무기고를 탈취하기 위한 한 차례의 전투에서 왼팔을 잃었다. 갓 부상당했을 때의 모습은 신기하게도 가화가 꿈속에서 봤던 '피투성이 조 아저씨'의 그것과 똑같았다.

조기객은 병원에서 반년 동안 치료받은 후 친구의 도움을 받아 적목산으로 거처를 옮겼다. 심록애 일행이 적목산에 도착했을 때 조기객은 혜명사에서 은거한 지 이미 반년이 넘은 때였다.

조기객은 멀리 산길을 따라 올라오는 세 사람을 보고 자신의 눈을 의심했다. 두 남자아이를 데리고 올라오는 여자는 그의 꿈속에 여러 번 나타났던 그 여인이 틀림없었다. 드디어 세 사람이 코앞에 이르렀다. 조기객은 하마터면 기뻐서 펄쩍펄쩍 뛸 뻔했다. 텅 빈 팔소매가 허공에서 나풀거렸다. 두 남자아이 중 목이 길고 가는 아이가 환호성을 질렀다.

"어머니, 저기 아저씨가 있어요!"

머리가 크고 고리눈을 한 아이는 어느새 다람쥐처럼 달려가 조기객의 허리를 와락 끌어안았다.

"기객 아저씨, 우리가 드디어 아저씨를 찾았어요!"

조기객은 놀란 표정을 쉬이 거두지 못했다.

"너희들이 여길 어떻게 왔어? 천취는?"

심록애가 털썩 바위에 주저앉았다. 이어 한참 숨을 고르고 나서 겨우 입을 열었다.

"왜요? 우리는 여기 오면 안 돼요?"

조기객은 그제야 항천취가 몇 년 사이에 아편중독자가 됐다는 사실을 알았다.

세 사람은 혜명사에 짐을 풀고 씻은 다음 한잠 푹 잤다. 조기객이 차나무를 보러 가자고 깨우러 왔을 때 두 아이는 여전히 쿨쿨 자고 있었다. 심록애가 말했다.

"애들은 두고 우리 둘만 가요."

심록애의 말이 끝나기 무섭게 가화가 눈을 번쩍 떴다.

"저도 갈래요."

조기객이 웃으면서 말했다.

"어린 녀석이 잠귀가 밝군."

가화가 얼굴을 들고 조기객을 바라보며 진지하게 말했다.

"저는 차가 좋아요. 차나무는 아름다워요."

혜명사 주위 차밭에서는 들꽃 향이 진동하고 있었다. 심록애는 그제야 알겠다는 듯 무릎을 쳤다.

"당신이 보낸 차에서 웬 꽃향기가 나나 했더니 이곳의 들꽃 향이군요. 어쩐지 말리茉莉 향도, 장미 향도 아닌 것 같았어요."

"'다성이염茶性易染(차는 냄새를 잘 흡수함)이라고 했소."

조기객이 빙그레 웃으면서 덧붙였다.

"망우차장의 용정차에서도 은은한 꽃향기가 나지."

심록애도 웃으면서 말을 받았다.

"기객씨도《다경》을 읽었군요. 저는 기객씨가 혁명밖에 모르는 줄 알았어요."

"허허, 차와 혁명이 고양이와 쥐처럼 양립할 수 없는 사이인 것은 아니잖소. 혁명이 성공하게 되면 다들 걱정 없이 차를 심고 마시게 될 거요. 설령 혁명이 성공하지 못하더라도 혁명을 하면서 차를 심으면 되지."

"아유, 몇 년 못 본 사이에 많이 점잖아졌네요. 예전에는 건들건들 하더니."

"적목산의 물과 흙 덕분이오."

조기객이 길게 숨을 들이쉬었다.

"나중에 돌아가서 꼭 뭔가를 이루고야 말 거요."

조기객은 거무스름한 나사 외투를 입고 체크무늬 목도리를 헐렁하게 두르고 있었다. 풀어헤친 머리카락은 어깨에 닿고 면도를 한 얼굴은 말끔했다.

조기객이 높이가 6, 7자쯤 되는 차나무를 가리키면서 말했다.

"이 나무 좀 보오. 현지인들의 말에 의하면 이런 나무에서 나는 차가 으뜸이라오."

조기객이 나뭇잎을 하나 뜯었다. 어린잎은 길이가 6치, 너비가 2치 반쯤 돼 보였다. 가화가 고개를 들어 나무를 보면서 혀를 홀랑 내밀었다.

"이렇게 큰 차나무는 처음 봐요. 옹가산에서도 못 봤어요."

"이건 아무것도 아니야. 운남 일대에는 높이가 열 장ᵗ이 넘는 나무도 있단다. 차나무도 사람과 마찬가지야. 키다리도 있고 난쟁이도 있고 크지도 작지도 않은 것도 있지. 이 나무는 크지도 작지도 않은 애매한 크기야."

어릴 때부터 '차의 고장'에서 자라온 심록애로서도 처음 듣는 말이었다. 세상에 그렇게 큰 차나무가 있다니! 심록애가 신기하다는 듯 말했다.

"《다경》 첫머리에 '차는 남방의 아름다운 나무, 가목嘉木이다. 한 자, 두 자 내지 수십 자에 이른다. 파산과 협천에는 두 명이 함께 안아야 하는 것이 있다'라고 했어요. 이렇게 큰 나무는 옛날에 멸종된 줄 알았는데 아직도 있군요."

"이곳 토질과 관련이 있겠지."

심록애는 쭈그리고 앉아 흙을 한 줌 집었다. 누런 색깔에 잿빛이 약간 섞인 흙이었다. 그녀는 결혼 전 친정집 차밭에서 뛰어놀던 기억을 떠올리면서 짧게 한숨을 내쉬었다.

조기객은 대엽차^{大葉茶}, 죽엽차^{竹葉茶}, 다아차^{多芽茶}, 백아차^{白芽茶}와 백차 ^{白茶}를 일일이 가리키면서 두 사람에게 설명을 해줬다. 다아차는 잎겨드 랑이에 붙어 있는 숨은 눈들이 한꺼번에 싹을 틔우고 일제히 자라나는 것이 특징이었다. 찻잎은 둥글고 두꺼우면서 파랗고 야들야들한 것이 보기만 해도 상큼한 향이 느껴지는 듯했다.

세 사람이 웃으면서 얘기를 하고 있는데 가평이 잔뜩 억울한 표정 으로 달려오면서 소리를 질렀다.

"다들 너무해요. 아니 어떻게 나만 쏙 빼놓고 놀러 나올 수가 있어 요?"

가화가 대답했다.

"네가 세상모르고 자기에 안 깨웠어."

가평이 얼굴의 물방울을 훔치면서 득의양양하게 말했다.

"쳇, 나도 좋은 곳을 알아냈거든요. 안 알려줄 거야."

조기객이 웃으면서 말했다.

"머리가 축축하게 젖은 걸 보니 말 안 해도 어디 갔다 왔는지 알겠 다. 따라와!"

조기객이 세 사람을 데리고 절에서 멀지 않은 샘터에 이르렀다. 샘 은 그리 크지 않았으나 물이 맑고 감미롭고 청량했다. 조기객이 말했다.

"이 일대에서 제일 유명한 남천수^{南泉水}라는 샘이야. 혜명차를 우리 기에 제격이지."

심록애가 고개를 숙이자 미모의 여인이 물에 비쳤다. 이어 여인의 그림자 옆에 사자 갈기 같은 장발을 드리운 남자의 얼굴이 나타났다. 조 기객이 고개를 숙이면서 목에 둘렀던 목도리가 물에 닿을 듯 아슬아슬 하게 흘러내려왔다. 심록애는 목도리를 잡으려고 반사적으로 손을 내밀었다. 두 사람의 손이 맞닿았다. 심록애가 쑥스럽게 손을 거둬들였다. 내심 싫지 않은 표정이었다. 두 사람의 시선이 물밑에서 얽혔다. 두 남녀가 그렇게 서로 은밀한 눈빛을 주고받을 때 두 아이가 요란하게 고함을 질렀다.

"빨리 와서 봐요. 이리 와서 봐요!"

가화와 가평 두 형제는 사찰 뒤에 있는 부엌에서 호들갑을 떨고 있었다. 그곳에는 커다란 나무말뚝이 한 줄로 쭉 늘어서 있었다. 거짓말을 조금 보태면 두 사람이 함께 안아야 할 정도로 굵은 것들이었다. 말뚝 속을 파내 물을 담을 수 있게 했다. 그동안의 세월을 증명하듯 말뚝 안팎은 시퍼런 이끼로 잔뜩 덮여 있었다. 언뜻 보면 웅크리고 앉아 포효하는 시퍼런 야수를 방불케 했다.

조기객이 입을 열었다.

"나는 이 물통을 보고 천취 생각을 했소. 천취가 이걸 보면 얼마나 좋아할까 하고 말이오."

"산속에 반년 동안 은둔해 있더니 당신도 감성적이 됐군요."

심록애의 말에 조기객이 감개무량한 듯 탄식을 토했다.

"예전에는 신선놀음에 도끼자루 썩는 줄 모르는 한심한 놈이라고 천취를 꾸짖었는데, 이곳에 와 보니 천취의 마음을 알 것 같소. 이렇게 산 좋고 물 좋고 서초瑞草가 자라는 곳에서도 마음이 계속 목석같다면 그건 사람도 아니지."

이때 절에서 스님이 나와서 말했다.

"저쪽에서 다농들이 차를 제조하고 있습니다. 구경하러 가시죠. 손님들이 차를 구매할 의사가 있다는 것을 알고 일부러 제다 고수들을 모셔왔습니다. 지금 만들려는 것은 백모첨白毛尖입니다."

찻잎밥을 먹고 사는 사람들이라면 다들 차 만드는 것을 한두 번 구경한 게 아닐 것이다. 그럼에도 불구하고 심록애는 호기심이 동했다. "십리를 가면 풍속이 다르고, 백리를 가면 습속이 다르다"는 말이 있듯이 제다 방식도 지역별로 천차만별이기 때문이었다.

임시로 쌓은 부뚜막 위에는 번쩍번쩍 윤이 나는 구리 솥이 걸려 있었다. 부뚜막 아래에서는 장작이 고르게 타고 있었다. 곧이어 웬 중년 스님이 싹이 잎보다 긴 일아일엽一芽一葉차를 체에 담아 흔들면서 천천히 솥에 흘려 넣더니 맨손으로 젓기 시작했다. 그렇게 고루고루 저으면서 가열하자 솥에서 풋내가 섞인 수증기가 폴폴 피어오르기 시작했다. 가평이 고개를 돌리면서 손으로 코를 막았다.

"어휴……."

가화가 작은 소리로 동생에게 설명했다.

"이건 살청殺靑이라는 거야. 기억해."

스님이 한참 덖은 찻잎을 솥에서 꺼내 체에 널었다. 심록애가 그런 기술을 어디서 배웠느냐고 묻자 스님이 겸손하게 대답했다.

"이 일대에서 제일 유명한 분은 뇌승녀雷承女라는 분입니다. 우리는 모두 그분에게 이 기술을 배웠습니다."

가평이 이해할 수 없다는 듯 물었다.

"아직 덜 익은 것 같은데 왜 더 덖지 않는 거예요?"

심록애가 가볍게 아들을 나무랐다.

"잘 모르면 입 좀 다물고 있어. 이런 걸 보여주려고 너희들을 데리고 온 거야. 잠깐 식히지 않고 계속 덖으면 다 타서 뭐가 되겠어?"

스님이 차를 다시 솥에 부었다. 이어 손으로 가볍게 비비기 시작했다. 스님의 손끝을 통해 찻잎은 시중에서 파는 것처럼 돌돌 말린 길쭉

한 형태를 갖추기 시작했다.

스님이 이번에는 차를 배롱焙籠(화로에 씌워 놓고 그 위에 젖은 물건을 얹어 말리도록 만든 기구)으로 옮겼다. 가화가 물었다.

"스님, 이건 뭘 하는 거죠?"

"건조시키는 거란다."

"어휴, 뭐가 이렇게 번거로워요? 한꺼번에 다 덖어서 건조시키면 안 되나요?"

가평의 말에 스님이 친절하게 설명했다.

"홍배烘焙(불이나 햇볕에 쐬어 말림)와 초건炒乾(덖어서 말림)은 다르단다. 홍배는 홍배고 초건은 초건이지."

"어떻게 다르죠?"

가화가 꼬치꼬치 캐물었다.

스님은 도시에서 온 소년에게 어떻게 설명했으면 좋을지 몰라 눈만 껌뻑거렸다. 조기객이 그때 가화의 머리를 툭 치면서 말했다.

"이만큼 컸으면 스스로 생각할 줄도 알아야지. 잘 생각해보고 나에게 답을 알려주렴."

스님이 홍배를 마친 찻잎을 다시 솥에 넣어 덖었다. 이 과정을 '정형'整形이라고 했다. 이렇게 모든 제다 과정을 거쳐 나온 차는 희고 보송보송한 은호가 가득 덮여 있고 향기가 코를 찔렀다. 모두가 감탄하는 와중에 가평만 심드렁했다.

가평은 하루 종일 잠시도 가만히 있지 않았다. 풀밭을 뛰어다니면서 완연한 봄기운을 만끽하고 제다 과정도 구경했다. 시원한 남천수를 실컷 마시고 푸른 이끼가 덮인 물통 구경도 했다. 언제 잡았는지 이름 모를 새를 한 마리 잡아 가지고 놀다가 황혼 무렵에는 풀어줬다. 다시 자유를 얻은 작은 새는 금세 푸른 하늘로 사라져 보이지 않았다. 가화는 날아가는 새를 보면서 감상에 젖었으나 가평은 아무렇지도 않았다. 가평은 언제 어디서나 새처럼 즐거웠다.

가평은 저녁에 밥을 두 그릇이나 먹었다. 표고버섯, 꿩, 팽이버섯과 말린 두부로 만든 요리는 그의 입맛에 딱 맞았다. 허겁지겁 먹으면서 연신 감탄사를 내뱉었다.

"맛있어, 정말 맛있어!"

같이 식사하던 사람들은 아이의 본능에 충실한 모습을 보고 모두 웃음을 터트렸다.

가화는 밥을 먹으면서도 '쬐어 말리는 것'과 '덮어서 말리는 것'의 차이를 생각하느라 머릿속이 복잡했다. 똑같이 건조시키기 위한 과정인데 무엇 때문에 어떤 때는 덮고 어떤 때는 불이나 햇볕에 널어서 말리는 걸까? 다른 사람에게 물어보면 쉽게 알 수 있었겠으나 그는 그러고 싶지 않았다. 조 아저씨는 자신의 머리를 쓰다듬으면서 "스스로 생각해서 답을 알아내라"고 하지 않았던가. 그는 예전부터 조 아저씨가 가평을 편애하는 것 같다는 생각을 해왔었다. 그리고 아까 조 아저씨의 태도를 보고 더 확신했다. 그렇다면 도대체 무엇 때문일까? 어쩌면 어머니와 관련됐을지도 모른다. 가화는 무의식적으로 두 어른에게 시선을 옮기다가 그만 화들짝 놀랐다. 조 아저씨가 어머니의 밥그릇에 커다란 표고버섯을 올려주는 것을 봤던 것이다. 누가 봐도 화기애애하게 밥을 먹는 네 사람은 단란한 한 가족의 모습이었다. 가화는 갑자기 마음이 심란해졌다.

'이러면 안 되는데……. 아버지와 작은어머니는? 그리고 가교와 가초는 어떡해?'

"가화. 너도 좀 먹어."

조기객이 큼직한 꿩고기를 집어 가화의 그릇에 놓았다.

"밥 먹을 때는 쓸데없는 생각을 안 하는 거야. 가평 좀 봐. 얼마나 열심히 먹니!"

조기객과 심록애는 사흘 굶은 사람처럼 정신없이 먹는 가평을 보면서 흐뭇하게 웃었다. 가화도 따라 웃었다. 식탁 중앙에 있는 등잔불이 사람들의 얼굴을 부드럽게 비췄다. 아아, 얼마나 화기애애한 정경인가.

가평은 한밤중에 오줌이 마려워 깨어났다. 화장실에 갔다 오니 봄 추위에 으슬으슬 몸이 떨렸다. 가평은 이불속으로 기어들어가려다 말고 가화 쪽으로 고개를 돌렸다. 가화가 코를 훌쩍이고 있었다. 가평이 물었다.

"형, 추워?"

가화가 울먹이는 소리로 대답했다.

"아니."

"그럼 왜 그래?"

가화는 대답이 없었다.

"형, 울어?"

가평이 놀라서 물었다. 가화가 훌쩍거리면서 대답했다.

"가평, 이불 냄새 맡아봐. 무슨 냄새 안 나니?"

"아무 냄새도 안 나."

가화가 일어나서 솜이불을 몸에 둘렀다. 뙤창문을 통해 들어온 달빛이 가화의 몸에 부딪혀 퍼졌다. 가화의 길게 째진 눈은 두 개의 조각달 같았다. 가평이 눈을 크게 뜨고 말했다.

"형, 왜 그래? 형이 갑자기 산속의 달 같아 보여."

"이불에서 햇빛 냄새가 나지 않아? 낮에 볕에 말린 이불이야."

가평이 한참 코를 쿵쿵거리더니 이해할 수 없다는 말투로 물었다.

"햇빛 냄새가 나면 나는 거지 울기는 왜 울어?"

가화가 두 팔로 무릎을 감싸더니 얼굴을 무릎에 묻었다.

"나는 방금 차청 할아버지 생각을 했어. 그분은 여기 와보셨을까? 그분은 총에 맞아 돌아가셨잖아. 이불에서 나는 햇빛 냄새를 영원히 다시 맡을 수 없잖아. 바다도 볼 수 없고, 강 양안의 복숭아꽃과 배꽃도 볼 수 없고, 손으로 찻잎을 딸 수도 없고, 차를 음미할 수도 없게 됐어. 우리처럼 침대에 눕지도 못하고 차가운 땅속에 누워 계셔. 말도 할 수 없어. 입이 없으니까. 이제는 아무도 그분에게 관심이 없어. 차가운 땅속에 홀로 누워 계시는 그분은 영영 잊혀졌어. 영원히, 영원히……."

죽음의 공포에 휩싸인 가화의 얼굴은 백지장처럼 창백했다.

'사람에게는 영혼이 있을까? 영혼이 있다면 차청 할아버지는 다음 생에 무엇으로 환생하실까? 할머니 무덤 앞의 차나무로 환생하실까?'

가화는 마치 세상 이치를 통달한 선지자에게 가르침을 청하듯 뚫어지게 동생을 쳐다봤다. 가평은 멍해졌다. 그는 방금 가화가 말한 것들에 대해서는 한 번도 생각해본 적이 없었다. 가화가 무엇 때문에 갑자기 죽음과 영혼에 대해 고민하는지도 알 수가 없었다.

"글쎄, 사람에게 영혼이 있는지 없는지는 나도 모르겠어. 정말 있다면 다음 생에 또 사람으로 환생하는 게 좋겠지. 안 그래?"

가화가 살며시 자리에 누웠다.

"자자! 차나무로 태어나면 어떻고 차나무 꽃에 앉은 새로 태어나면 또 어때? 이제는 죽음에 대해 더 이상 생각하지 않으련다. 잘 자."

시간이 얼마나 지났을까, 가화는 어렴풋이 잠에서 깼다. 그는 지금

이 몇 시인지, 얼마나 오래 잤는지, 아직도 한밤중인지, 아니면 날이 밝아오고 있는지 알 수가 없었다. 가평은 옆에서 코를 골면서 자고 있었다.

'참 이상하네, 이곳에서는 뭐든 다 평소보다 과장된 것 같아. 산은 더 푸르고, 차나무는 더 크고, 식사량은 더 많아지고, 어쩌면 코 고는 소리도 더 요란해졌네?'

앗!

갑자기 가화가 소리 없는 비명을 질렀다. 순간 잔뜩 찌푸려졌던 그의 미간이 활짝 펴졌다. 그는 펄떡거리는 잉어처럼 자리에서 솟구쳐 일어났다.

'아, 쬐어 말리는 것과 덖어서 말리는 것의 차이를 이제 알겠다. 덖어서 말리면 빨리 마르고 쬐어 말리면 천천히 마르는 거, 바로 그 차이야.'

지나치게 흥분한 가화는 바깥방에서 자던 어머니가 보이지 않는 것도 발견하지 못했다. 그의 머릿속은 온통 낮에 조 아저씨한테 들었던 말뿐이었다. 조 아저씨는 서쪽 사랑채에서 자고 있었다.

가화는 양말도 신지 않은 채 저고리만 달랑 걸치고 마당으로 달려나갔다. 서쪽 사랑채에는 불이 아직 켜져 있었다.

'조 아저씨는 아직 안 주무시나봐.'

그런데 잔뜩 들뜬 가화의 귀에 조 아저씨가 아닌 다른 사람의 익숙한 목소리가 들렸다.

"나는 몰라요. 다른 사람이 뭐라 하건 내가 알 바 아니에요. 나는 당신만 있으면 돼요."

곧이어 들려온 남자의 목소리는 격정적이었다. 말투도 평소와 완전히 달랐다.

"록애, 록애, 내 말 좀 들어봐. 나는 일본에 아내와 아들이 있어……."

"몰라요, 몰라요. 듣고 싶지 않아요. 당신은 나를 원하고 있어요. 당신은 나를 처음 본 순간부터 나를 원했어요. 그렇죠?"

"이러지 마오. 이러지 마……."

흥분되고 당황한 남자의 목소리와 달리 여자의 목소리는 끈적끈적하게 뜨거웠다.

"나는 당신이 나를 원한다는 걸 알고 있어요. 그는 나를 좋아하지 않아요. 당신은 아마 모를 거예요. 그는 나를 싫어해요. 그는 나하고 결혼한 후에도 머릿속은 온통 그 여자 생각뿐이었어요. 그는 그 여자하고 살을 섞을 수는 있어도 나하고는 안 해요……."

"그를 미워하지 마오. 그를 미워하면 안 되오. 그는 겁이 많은 사람이오……."

"내가 못 생겼어요? 내가 어디가 부족해요? 눈 좀 떠봐요. 눈을 뜨고 나를 봐요. 나를 한 번만 봐줘요……."

가화의 심장이 미친 듯이 뛰기 시작했다. 머리가 터질 것 같았다. 온몸이 뜨거워지면서 당장 뒤돌아 도망가고 싶었다. 그러나 발이 움직여지지 않았다. 그의 발은 주인의 의지와는 반대로 빠르게 창가로 향했다. 창문 틈으로 방안의 정경이 적나라하게 보였다.

한 여인이 얼굴을 약간 치켜들고 서 있었다. 새까만 머리카락이 폭포처럼 흘러내려와 풀어헤친 가슴을 반이나마 가리고 있었다. 여자는 마치 죽음을 앞둔 백조처럼 목과 머리를 심하게 떨고 있었다. 여자 앞에 반쯤 꿇어앉은 남자는 얼굴이 보이지 않았다. 그러나 뒷모습만으로도 남자가 온몸을 떨고 있음을 알 수 있었다. 급기야 남자의 얼굴, 손과 입술이 여자의 가슴을 덮쳤다.

방안의 불이 꺼졌다. 곧이어 방안에서는 가화가 여태껏 한 번도 들어보지 못한 이상야릇한 소리가 흘러나왔다. 즐거운 비명 같기도 하고 신음소리 같기도 한 그 소리는 처음에는 마치 깊은 땅속에서 나오는 것처럼 한껏 억눌려 있다가 어느 순간 화산처럼 터져 나왔다. 이어 나른한 잠꼬대를 방불케 하는 부드러운 소리가 이슥하도록 이어졌다. 열네 살 소년은 비틀거리면서 되돌아섰다. 뜨거웠던 몸이 얼음장처럼 차갑게 식었다. 그는 침대로 돌아와 누웠다. 가평은 여전히 코를 드르렁드르렁 골고 있었다.

'모든 것이 달라졌어. 이제 다시는 예전으로 돌아갈 수 없게 됐어.'

달빛이 드리운 방안에서 소년의 얼굴 위로 맑은 눈물이 소리 없이 흘러내렸다.

제24장

항천취는 이제 '항씨 도련님'으로 불리기에는 무색한 나이에 접어들었다. 중년의 그는 가족과 원수에 의해 죽지 못해 사는 막다른 길로 내몰렸다. 음흉한 오승은 갖은 수단을 다 동원해 항천취를 철저한 아편중독자로 만들었다. 또 이른바 가족이라는 소차는 항천취가 벽 틈에 감춰놓은 마지막 한 덩이의 아편연고(생아편을 달여 만든 고약)까지 훔쳐내 피워버렸다. 두 사람은 이 마지막 아편을 서로 차지하기 위해 대판 싸움을 벌였다.

두 사람이 소리를 지르고 물건을 집어던지면서 그렇게 싸움을 벌였음에도 말리는 사람은 아무도 없었다. 그도 그럴 것이 가교는 오승을 따라가고 노복과 몸종들은 다 달아나버렸으니 말이다. 한마디로 이 집안에 사람 몰골을 한 사람은 하나도 없었다. 항천취 자신도 그런 참혹한 정경을 보고는 할말을 잃었다.

'아아, 소차가 변했는가 아니면 내가 변했는가? 왜 이 지경이 됐을

까?'

싸우느라 진을 다 뺀 항천취는 침대에 비스듬히 기대앉은 채 헐떡
거렸다. 귀신같은 몰골을 하고 앉아 있는 소차를 보니 억장이 막혀 눈
물도 나오지 않았다. 그는 가슴을 두드리면서 자기 자신에게 물었다.

'소심하고 나약해 스스로를 인정하기 힘들면 아편을 피워도 되는
건가? 내 성이 항씨가 아니라 오씨이고 장모^{長毛}(태평천국군)의 사생아라
는 사실을 알고 충격을 받았다고 해서 아편을 피워도 되는 건가? 내 마
누라와 내 의형제가 불륜관계라는 것을 알고 분노해 아편을 피우는 것
은 옳은 일인가?'

예전에 항천취는 살다가 감당하기 힘든 일이 생기면 속세를 떠나
심산의 오지를 떠도는 방랑자가 되겠다고 막연하게 생각한 적이 있었
다. 그러나 지금의 그는 충격적인 사건을 연달아 겪으면서 심산의 오지
는커녕 집에 틀어박혀 아편 냄새에 취한 채 타락한 생활을 하고 있었
다.

항천취는 가슴을 두드리고 눈물을 흘리면서 호되게 스스로를 질책
했다. 그러나 이런 자기반성은 아무 의미가 없었다. 그의 머릿속은 어느
새 어떻게 하면 돈을 구해 아편을 사 피울까 하는 생각으로 꽉 찼다. 그
는 집안 구석구석을 샅샅이 훑었다. 곧 그의 시선이 조기객에게 받은 만
생호에 머물렀다. 망할 놈의 여편네는 며칠째 보이지 않았다. 들리는 소
문에 의하면 아이들을 데리고 여행을 떠났다고 했다.

그는 기회는 이때다 싶어 차장과 집에 있는 서화작품을 몇 점 가져
오라고 촬착에게 분부했다. 촬착은 눈물을 흘리며 항천취 앞에 무릎을
꿇었다.

"도련님, 도련님. 차청 어르신이 힘들게 일으켜 세운 차행이 오승에

게 넘어갔어요. 도련님, 오승은 이제 도련님의 목숨까지 노리고 있어요."

항천취는 수십 년 동안 불평 한마디 없이 자신의 곁을 지켜준 노복의 읍소에 마음이 약해졌다. 결국 서화작품을 내다 팔려는 생각을 접었다. 그는 안타까운 표정으로 소차를 바라봤다. 그녀와 마지막으로 대화다운 대화를 나눈 것이 언제였던지 기억이 가물가물했다. 그는 기가 막혔다. 지금 두 사람이 하는 일이라고는 눈만 뜨면 서로 아편을 한 모금이라도 더 피우겠다고 머리 터지게 싸우는 것뿐이니 말이다.

'이렇게 살아서 뭘 해? 차라리 벽에 머리를 박고 죽는 게 낫겠다.'

절망에 빠진 항천취는 있는 힘껏 벽을 향해 돌진했다. 그럼에도 소차의 눈빛은 멍했다. 마치 낯선 사람 보듯 남편을 힐끗 보고는 다시 멍한 모습으로 돌아왔다. 남편이 죽건 말건 아무 관심도 없다는 표정이었다. 항천취는 그런 소차를 보면서 뼛속까지 얼어붙는 것 같았다.

'이제는 끝이야, 완전히 끝이야.'

눈에 불꽃이 일고 머리가 어지러웠다. 그러나 그것이 다였다. 항천취는 죽지 않았다. 몸에 기운이 없어서 세게 부딪치지도 못했던 것이다. 그런데 이때 벽 틈에서 시커먼 무언가가 툭 하고 떨어졌다. 아니, 이런 횡재가 있나! 그것은 언제 감춰놓았는지도 모르는 아편연고 한 덩이었다.

항천취는 언제 체념에 빠졌던 사람인가 싶게 기운을 번쩍 차렸다. 이어 소차에게 뺏길세라 아편연고를 꽉 움켜쥔 채 침대에 걸터앉았다. 뭉게뭉게 피어오르는 연기 속에서 그의 표정은 세상을 다 가진 것처럼 행복한 표정으로 바뀌었다.

이제 어떻게 해야 하지? 일단 급한 불은 껐으나 앞으로가 걱정이었다. 항천취는 수심에 잠겨 한숨만 풀풀 내쉬었다. 이제는 믿을 사람도,

의탁할 사람도 없는 신세가 돼버렸다. 그는 소차를 끌어안고 그녀의 얼굴을 어루만지면서 혼잣말하듯 중얼거렸다.

"소차, 이제 우리는 어떻게 해야 하나? 우리 어떻게 해야 하지?"

소차의 눈에서 탁한 눈물이 주르륵 흘렀다. 귀신같은 몰골을 한 여자의 눈에서 눈물이 흐르니 조금은 사람처럼 보였다. 소차가 입을 열었다.

"가세요, 나는 신경 쓰지 말고 가세요."

항천취의 눈에 눈물이 글썽거렸다. 이 지경으로 타락한 와중에도 소차는 자기 자신보다 함께 지내온 옆지기 생각을 먼저 하고 있었다. 따지고 보면 항천취가 헤어 나올 수 없는 나락으로 빠져 들어갈 때도 소차는 끝까지 그의 곁을 지켜줬다. 그녀의 말에 가슴이 찌르르해진 항천취는 다시 만생호를 뚫어지게 보면서 이를 악물었다.

'다 필요 없어. 죽을 때까지 함께하자던 조기객, 네가 지금 어느 누구를 위해 목숨 걸고 싸우고 있는지 알게 뭐야. 너는 세상을 구하는 큰일을 한답시고 친지와 친구는 안중에도 없어. 하긴 제 발로 찾아와서 품에 안기는 여자도 집으로 돌려보내는 대영웅이니 그럴 만도 하겠지. 내가 지금 혁명을 향한 네 증표를 사수하기 위해 뼈를 깎고 살을 에는 고통을 겪고 있다는 걸 너는 알기나 할까. 알고 있다면 지금까지 편지 한 장 없을 리 없겠지. 네 머릿속은 온통 혁명뿐이야. 나 같은 친구는 잊은 지 옛날이야. 네가 나를 기억하지 못하는데 내가 너를 그리워하고 걱정할 필요가 있을까?'

항천취는 만생호를 들고 소차에게 말했다.

"기다려, 내가 좋은 걸 가져다줄게."

항천취는 휘청거리며 밖으로 나왔다. 하늘에는 은빛 달이 걸려 있었다. 맑은 바람이 살랑살랑 귓전을 간질였다. 버드나무와 백양나무가 바람에 춤을 추고 있었다. 거리는 여느 때와 다름없이 사람들로 북적이고 있었다. 그러나 이 모든 것은 이제 그와 아무 상관없는 풍경이 돼버렸다. 항천취는 마음이 서글퍼졌다.

'나는 왜 혁명이나 장사와 연분이 없는 걸까? 다 필요 없어. 시름을 잊는 데는 그래도 아편이 최고야. 사랑, 미움, 슬픔은 다 겪어봤어. 혁명이란 것도 해봤어. 다 소용없어. 다 필요 없어⋯⋯.'

혼자 생각하면서 걷던 항천취가 걸음을 뚝 멈췄다. 이게 누구야? 조기객 맞나? 한 쪽 팔밖에 없는 이 남자가 진짜 조기객 맞아? 항천취는 멍해졌다.

양패두 망우저택에서 조기객과 마주앉은 항천취는 부끄러워 고개를 들 수가 없었다. 집 안에는 값나가는 물건은 하나도 남아 있지 않았다. 값비싼 침대, 홍목 안락의자, 화리목 책상, 명청 시대의 청화자기 다관, 청옥 관세음보살, 벽에 빼곡하게 걸려 있던 서화작품들까지 전부 다 사라졌다. 항천취의 기억으로 집안 물건을 내다 팔기는 했어도 이 지경으로 싹쓸이해서 판 것 같지는 않았다. 하지만 지은 죄가 있으니 심록애에게 물을 수도 없었다. 결국 둘째아들 가평에게 슬그머니 물을 수밖에 없었다.

"여기 있던 것들은 다 팔았어?"

가평이 대답했다.

"네. 남겨둬 봤자 아버지 좋은 일만 시킨다고 어머니가 그러셨어요."

조기객이 입을 열었다.

"자네는 이 지경이 됐는데도 그 물건들이 탐나나? 강산은 바뀌기

쉬워도 사람의 본성은 바뀌기 어렵다더니, 옛말이 틀린 데가 없군."

심록애가 차 두 잔을 가지고 왔다. 혜명차였다. 탕색湯色은 샛노란 금빛이었다. 항천취는 지그시 눈을 감고 차를 한 모금 머금었다. 맛이 맑고 그윽한 것이 여느 차와 확연히 달랐다. 항천취가 감았던 눈을 뜨고 감탄사를 토했다.

"용정차에 비견할 수 있는 차로 손색이 없군."

심록애가 그러자 반대 의견을 내놓았다.

"글쎄요, 사실 수구水口의 자순야차紫筍野茶, 경산徑山의 향명香茗, 개화開化의 용정龍頂도 차 중의 절품이라고 할 수 있죠. 제 생각에는 그래도 절강에서 나는 차가 더 나은 것 같아요."

"그건 당신이 모르고 하는 소리야. 외국인들은 소고기와 양고기를 많이 먹기에 맛과 향이 진한 차를 선호해. 그들의 입맛에 연한 차는 맹물이나 마찬가지야. 무이武夷 공부홍차와 기문홍차가 외국에서 인기 많은 것도 그 때문이지. 용정차龍井茶처럼 순한 차는 우리처럼 고아한 사람들의 입맛에나 맞는 거야."

조기객은 항천취에게서 부잣집 도련님의 틀거지가 슬슬 나오려는 것을 보고는 그의 말을 뚝 잘랐다.

"그래서 자네 보기에는 이 혜명차가 대회에 나가기 괜찮은 것 같은가?"

"괜찮다마다. 우리 처남이 이미 미국 쪽에 대회 참가 신청을 했다네. 며칠 후에 출발할 거래."

"자네, 그 몸으로 괜찮겠나?"

"괜찮아, 괜찮아."

항천취가 자조하듯 웃었다.

"우리 둘은 하나는 불구가 되고 하나는 타락했으니 동병상련이 따로 없네그려. 나중에 기회가 되면 우리 둘이 미국으로 가보자고. 박람회니 뭐니 상관없이 재미있게 놀다 오자고."

"자네는 반평생을 놀았는데 아직도 더 놀고 싶은가? 아편까지 해봤으면 된 거 아닌가. 이제는 정신을 차릴 때도 된 것 같은데 말이야."

항천취가 읍을 하고 나서 말했다.

"말이 나온 김에 이 아우는 자네의 가르침을 청하고 싶네. 나처럼 아무짝에도 쓸모없는 사람은 도대체 뭘 하면서 살아야 하나? 문文, 무武, 상商, 공工 어느 것 하나 제대로 하는 게 없고 혁명에도 도통 관심이 없으니 살아서 무슨 소용이 있나 싶네. 그리고 지금 세상 돌아가는 꼴 좀 보게. 나라가 나라 같지 않고, 집이 집 같지 않고, 법이 법 같지 않으니 도통 살 재미가 안 나네. 나는 자네 같은 사람들이 이해가 안 되네. 가난뱅이들이 아무리 분투해봤자 심록촌 같은 사람들 좋은 일만 해준 꼴이 되잖았는가. 자네가 팔 한 쪽을 잃었다고 '안방대장군'安邦大將軍에 봉해진 것도 아니고 큰 뜻을 펼칠 기회가 주어진 것도 아니잖은가. 나는 자네 생각만 하면 눈물이 나네. 중국은 자네 같은 열혈남아가 살 곳이 아니야. 하물며 나 같은 폐인은 더 말할 것도 없겠지……."

가화는 문밖에 서서 아버지의 긴 사설을 듣고 있었다. 너무나 가슴이 아프고 슬펐다. 그때 어린 가초가 아버지를 보고 안으로 들어가려고 했다. 가화가 가초를 안으면서 말했다.

"가초야, 우리는 보름 동안 아버지를 방해하지 말아야 해. 아버지는 시험을 받으셔야 한단다."

"무슨 시험이에요?"

"형, 아무것도 모르는 아이에게 그런 말을 하면 어떡해?"

가평이 방안을 힐끗거리면서 형에게 타박을 했다.

"그러다 아버지가 아시게 되면 우리 계획은 물거품이 될 거야."

방안에서는 조기객이 입을 열었다.

"나는 산에 있을 때 곰곰이 생각해봤어. 중국도 서방처럼 정치체제 개혁이 필요해. 이건 아주 중요한 문제야. 마치 사람은 머리가 있어야 하나 두 팔과 두 다리도 꼭 필요한 것처럼 말이야. 국가에서 국민이 '몸통'이고 군대와 사법이 '두 팔'이라고 할 때 '두 다리'의 역할을 하는 것은 무엇일 것 같아?"

"참 신선한 발상이로군. 자네가 말해보게, '두 다리'는 무엇인가?"

"'두 다리' 중 하나는 실업實業이고, 다른 하나는 교육이야."

조기객이 손가락 두 개를 펼쳤다.

"국부민강을 이룬 국가여야만 다른 국가들과 평등한 권리를 누릴 수 있어. 교육을 발전시켜 무지몽매한 국민들을 깨우쳐야 세계 각국과 지혜를 겨룰 수 있다네. 이 두 가지를 빼면 누가 국가 지도자가 되건 아무 소용이 없다네. 백성들은 손중산이 이기든 원세개가 이기든 도통 관심이 없어."

항천취가 의혹이 가시지 않은 표정으로 말했다.

"'교육구국'이니 '실업구국'이니 하는 말은 귀에 못이 박히도록 들었네. 그러나 말만 많고 실천하는 사람이 적으면 텅 빈 공담에 불과하지."

"그러니까 자네나 나 같은 사람이 앞장서서 실천해야 한다는 얘기네."

조기객이 그제야 본론을 끄집어냈다.

"천취, 우리 둘이서 '다리' 하나씩을 맡아서 국가, 국민과 우리 스스로를 위해 분투해보는 게 어떻겠나?"

항천취가 망연한 표정으로 되물었다.

"나 같은 사람이 뭘 할 수 있겠나?"

"그런 말 말게. 아우는 아직 녹슬지 않았네. 능력 있고 열정도 있으니 이제부터라도 정신 차리고 분투한다면 반드시 큰일을 이룰 거야."

항천취의 술에 취한 것처럼 몽롱한 눈이 반짝 빛을 발했다. 조기객의 말에 구미가 동한 모양이었다.

"그럼 자네가 말해보게, 내가 무엇을 해야 하는지 말이야. 자네가 시키는 대로 하겠네."

"사실대로 말할게. 나는 벌써 교육을 선택했네. 그러니 자네는 실업을 책임지면 되겠네. 내가 보기에 자네는 자네 특장을 발휘해 원래대로 차 사업을 하면 될 것 같네."

항천취가 웃으면서 말했다.

"내 짐작이 틀리지 않았군. 빙 에둘러서 얘기를 했지만 결국은 나더러 계속 찻잎밥을 먹으라는 얘기 아닌가."

"왜? 이제는 차가 싫어졌는가?"

"이렇게 살아야 될 운명인데 싫고 좋고 할 게 어디 있나. 그럼 나는 앞으로 몸을 추스를 테니 우리 그때 가서 다시 천천히 신중하게 상의해보세."

항천취의 입에서 걷잡을 수 없이 하품이 터져 나왔다. 아편의 인이 발작한 것이었다. 조기객은 항천취가 오산 원동문으로 돌아가기 위해 핑계를 댄다는 것을 알고 먼저 자리에서 일어나면서 말했다.

"그건 틀린 생각이야. 중국 사람은 걸핏하면 나중으로 미루는 것이 제일 큰 문제야. 자꾸 미루고 미뤄서 5000년이나 미뤄진 것 아닌가."

항천취도 일어섰다.

"좋네, 그럼 자네 말대로 내일부터 바로 상의하기로 하세. 어떤가? 자네는 오늘 밤 여기서 쉬게. 내가 내일 다시 찾아오겠네."

조기객이 재빠르게 항천취의 앞을 가로막았다.

"내일이 지나면 또 내일이 있지. 내일은 많고도 많다네. 내일을 기다리다가 일을 그르친 사람이 얼마나 많은가. 우리 그러지 말고 오늘, 아니 지금 당장 시작하세."

당황한 항천취가 조기객의 손을 덥석 잡았다.

"기객, 자네 왜 이러나? 설마 오늘 밤 나를 여기에 붙잡아두려고 이러는 건가?"

조기객이 정색하고 말했다.

"천취, 여기는 자네 집이네. 주객이 전도되면 안 되지. 나는 이번에 제수씨와 두 아이의 얼굴을 봐서 일부러 하산한 거네. 자네를 도와주려고 말이야. 지금은 누가 가고 누가 머무는가가 중요하지 않네. 나는 자네가 아편을 끊을 때까지 이곳에 머무를 거네."

"자네, 당신…… 당신들 이게 뭐 하는 짓인가? 다들 한통속으로 짜고 나를 괴롭히려고 작정했나?"

위기에 몰린 항천취의 입에서 대갓집 나리다운 호통이 터져 나왔다.

"그래요, 당신을 살리기 위해 우리가 짰어요."

심록애가 간식 한 통을 책상 위에 놓으면서 말했다.

"그래도 이건 아니지. 내가 죄인도 아니고 사람을 이렇게 납치하는 건 아니야. 내가 내일 반드시 다시 올 테니 오늘은 돌아가게 해주게."

조기객이 항천취의 장작개비처럼 마른 팔을 덥석 잡고 말했다.

"천취, 나도 내가 자네를 미워해야 하는지 좋아해야 하는지 모르겠네."

조기객이 만생호를 들고 주위를 휙 둘러봤다. 그러더니 벽 모퉁이에 있는 벽감에 만생호를 놓고 몸을 돌렸다. 항천취가 조기객의 말뜻을 곱씹는 사이 문밖에서 철컥 하는 소리가 들려왔다. 항천취는 그제야 자신이 방에 갇혔다는 사실이 실감났다.

혼자 남은 항천취는 만감이 교차했다. 주위를 둘러보니 침대 하나, 책상 하나와 걸상 두 개밖에 보이지 않았다. 자세히 살펴보니 창문에도 나무오리가 대어져 있었다.

"젠장, 내가 죄수야 뭐야!"

화가 치밀어 오른 항천취가 꽥, 소리를 질렀다.

"록애! 록애, 어디 있어?"

문밖에서 심록애의 목소리가 들렸다.

"여기 있어요. 할말이 있으면 하세요."

항천취는 눈물 콧물 범벅이 된 채 심록애에게 말했다.

"당신에게 빌어도 소용없다는 걸 알아. 당신은 피도 눈물도 없는 여자니깐. 당신이 아니라 소차였더라면 벌써 문을 열어 나를 내보내줬을 거야."

"당신의 마음속에 그 여자밖에 없다는 걸 알아요. 당신이 아편을 끊고 그 여자를 먹여 살릴 능력을 갖추게 되면 그 여자를 도와서 아편을 끊게 하세요. 그리고 이혼장을 작성해 저를 쫓아내세요. 절대 원망 안 할게요."

심록애의 말에 항천취가 발을 탕탕 굴렀다.

"내가 당신을 쫓아내지 못할 걸 잘 알면서 일부러 그런 말을 하는 거지? 이 집에 당신이 없으면 우리는 다 굶어 죽어."

"아직 일말의 양심은 남아 있군요. 저는 당신이 차라리 저를 쫓아냈으면 좋겠어요."

항천취는 아편 인이 제대로 발작해 죽을 맛이었다. 급기야 다 죽어 갈 듯 끙끙 앓는 소리를 내면서 조기객을 불렀다.

"기객! 기객, 무정한 인간 같으니라고. 자네 의형제가 죽어 가고 있어. 나 좀 살려줘, 기객! 자네, 나를 죽일 셈인가?"

조기객의 목소리가 들려왔다.

"천취, 조용히 좀 하게. 주의력을 다른 곳으로 분산시키게. 정 힘들면 바닥을 구르든지 벽에 머리를 박든지 하게. 만생호를 깨뜨리지 않게 조심하게. 자네가 다치는 건 괜찮으나 만생호가 깨지면 우리 사이는 끝이야. 힘들더라도 오늘만 버텨내면 내일 서양의사가 와서 자네를 도와줄 거네. 그리고 사흘만 버티면 반은 성공한 거야."

항천취가 왈칵 울음을 터트렸다.

"나…… 너무 힘들어……. 일분일초도 견디기가 힘드네. 맙소사, 어떻게 사흘을 버텨? 엉엉……."

항천취는 급기야 방안에서 바닥을 구르고 벽에 머리를 박았다. 짐승처럼 울부짖으면서 광기를 부렸다. 그는 그제야 심록애가 방안에 있던 값비싼 물건들을 전부 치워버린 이유를 알 것 같았다.

머리에서 피가 나고 목이 쉬어 목소리가 나오지 않는데도 문은 열리지 않았다. 항천취가 이제 정말 이곳에서 죽어야 하나보다 하고 낙심하고 있을 때 밖에서 누군가의 울음소리가 들려왔다. 곧이어 잔뜩 소리를 죽인 말소리도 들렸다.

"형, 조용히 좀 해. 아버지 들으실라."

목소리를 들어보니 우는 사람은 큰아들 가화이고 옆에서 달래는 사람은 둘째아들 가평이었다. 항천취는 창턱에 엎드려 창틈으로 밖을 내다봤다. 그러나 너무 어두워서 아무것도 보이지 않았다. 그가 쉰 목소리로 아들들을 불렀다.

"가화, 가평! 아비 좀 살려줘. 아비가 죽을 것 같다……."

가화가 숨을 몰아쉬면서 아버지에게 말했다.

"아버지, 조금만 참으세요. 이 고비만 넘기면 괜찮아질 거예요. 아버지, 이게 다 아버지를 위해서예요."

항천취는 목이 너무 쉬어 목소리가 잘 나오지 않았다.

"아들, 문 좀 열어줘. 이 아비가 빌게. 너에게 빌게. 나는 이렇게는 살고 싶지 않아. 나는 이제 끝장이야, 나가서 죽을 테니 제발 문 좀 열어줘……."

가평이 항천취의 말을 뚝 잘랐다.

"아버지, 아버지는 왜 자기밖에 몰라요? 어머니, 우리, 그리고 항씨 가문 생각도 하셔야죠. 아버지가 아편을 끊어야 우리 가문도 다시 일어설 것 아니에요? 아편을 피워서 제명에 못 죽느니 조금 힘들더라도 차라리 지금 끊는 게……."

"개소리 하지 마. 개 같은 자식. 너는 내 아들이 아니다."

항천취의 입에서 무시무시한 욕설이 터져 나왔다. 평소라면 입에 담지도 못할 말들이었다.

"피도 눈물도 없는 더러운 새끼. 너는 사람 새끼가 아니라 돌 원숭이야."

가평은 그러나 전혀 개의치 않았다.

"아버지, 실컷 욕하세요. 그렇게라도 하셔서 아편 생각을 안 하시면 돼요. 기객 아저씨가 그러는데 아버지가 무슨 말을 하건 한쪽 귀로 들고 한쪽 귀로 흘려버리면 된다고 했어요."

항천취가 다시 큰아들에게 빌었다.

"가화, 가화. 착한 아들, 아버지가 너를 사랑하는 거 알지? 너는 착
하고 똑똑한 아들이야. 피도 눈물도 없는 저놈하고는 다르지. 착한 아
들, 얼른 엄마한테 가서 전해 줄래? 나를 내보내주면 망우차장의 재산
을 전부 엄마한테 준다고 전해줘. 아들, 이 아비가 무릎 꿇고 빌게……."

방안에서 쿵쿵 바닥에 머리를 찧는 소리가 들려왔다. 가화는 눈앞
이 아득해지면서 등에서 식은땀이 흐르는 것을 느꼈다.

"형, 형!"

가평의 목소리가 어렴풋이 들리는가 싶었다. 가화는 그 목소리를
놓치지 않으려 했다. 그러나 곧 그 자리에 의식을 잃고 쓰러지고 말았
다. 바깥사랑채에서 꾸벅꾸벅 졸고 있던 심록애와 조기객은 가평의 고
함소리에 허둥지둥 달려왔다. 심록애가 가평을 꾸짖었다.

"이 늦은 시간에 너희들은 여길 왜 온 거야? 틀림없이 네놈이 오자
고 해서 온 거지? 너 때문에 형이 많이 놀랐잖아."

조기객이 심록애를 위로했다.

"괜찮소. 아직 어려서 그런 거요."

가평이 불복하듯 말했다.

"저는 아무렇지도 않은 걸요."

"너는 얘하고 달라."

조기객이 가화를 안고 되돌아섰다. 심록애는 조기객이 간 것을 확
인하고는 문틈으로 항천취에게 말했다.

"천취, 잘 들어요. 제가 당신 앞에 무릎을 꿇었어요. 제가 항씨 가문
에 시집온 지 15년이 넘었는데 오늘 처음으로 당신 앞에 무릎을 꿇었어

요. 당신이 아편만 끊는다면 앞으로 당신 하고 싶은 대로 다 하면서 살게 해드리겠어요. 아편을 끊기 전에는 문을 안 열어줄 테니 그리 알아요. 저는 한번 말하면 말한 대로 하는 사람이에요."

안에서는 아무 응답도 없었다. 심록애는 시큰거리는 다리를 끌면서 사랑채로 돌아왔다. 그녀가 자리에 앉자마자 짐승의 울부짖음을 연상케 하는 고함소리가 터져 나왔다. 그녀는 다시 자리에서 일어났다.

"휴, 그만하자. 구제불능 아편쟁이에게 헛된 희망을 품었던 내가 바보지."

그런데 조기객이 밖으로 나가려는 심록애의 앞을 막아서면서 성난 목소리로 말했다.

"어디를 가려고?"

"저이를 풀어줄래요. 그리고 제가 이 집을 떠나겠어요."

심록애의 말투는 다분히 신경질적이었다. 저쪽에서 조기객을 욕하는 소리가 들려왔다.

"조기객, 나는 자네를 친형제로 생각했는데 자네는 왜 나를 죽이지 못해 안달인가? 자네가 내 마누라에게 눈독 들이는 거 다 알아. 그러니 나를 얼른 내보내란 말이야. 내가 나가서 죽어줄게. 내가 죽은 뒤 너희들끼리 행복하게 살라는 말이야. 자네 속셈은 내가 잘 알아. 하늘은 속일 수 있어도 나는 못 속여. 나를 내보내, 얼른 내보내라고! 너희들은 내가 죽기를 고대하고 있잖아. 너희들이 말 잔등에서 벌인 짓거리를 내가 다 봤어. 짐승 같은 연놈들, 차라리 나를 죽여! 죽이란 말이야……"

심록애가 안색이 확 변하면서 그 자리에 스르르 주저앉았다. 조기객은 성큼성큼 마당을 가로질러 항천취가 있는 방으로 향했다. 이어 망설이지 않고 문을 땄다. 바닥에 엎드려 있던 항천취는 어디서 그런 기운이 났는지 재빠르게 일어나 문 쪽으로 뛰어왔다. 이어 밖으로 나가려는 항천취와 막으려는 조기객 사이에 몸싸움이 시작됐다.

조기객이 한쪽 팔밖에 없음에도 불구하고 항천취는 그의 상대가 못 됐다. 조기객은 한쪽 팔로 항천취를 꼼짝달싹 못하게 꽉 잡았다. 항천취가 아무리 울며불며 사정을 해도 소용이 없었다. 안달이 난 항천취는 급기야 이빨로 조기객의 어깨를 꽉 깨물었다. 항천취의 얼굴과 몸에 시뻘건 피가 잔뜩 튀었다. 그럼에도 조기객은 신음소리 한마디 내지 않았다. 피를 본 항천취는 그만 실신하고 말았다.

서둘러 달려온 심록애와 가평은 조기객의 어깨와 목이 피투성이가 된 것을 보고 어쩔 줄 몰라 하며 쩔쩔맸다. 조기객은 피 섞인 가래를 퉤 뱉어버리고 말했다.

"밧줄을 가져오시오."

제정신이 아닌 두 사람은 여기저기 다니면서 밧줄을 찾았으나 찾지 못했다. 다행히 정신을 잃었던 가화가 깨어나서 밧줄을 가져왔다. 조기객이 항천취를 침대로 끌어다 눕히고 말했다.

"너희들, 아버지 발을 잡아. 침대에 묶어놔야겠다. 안 그러면 또 무슨 짓을 할지 몰라."

가화는 머뭇거리면서 앞으로 나서지 못했다. 성격이 급한 가평이 재빠르게 항천취의 발을 잡았다. 곧 조기객이 항천취를 침대에 꽁꽁 묶어놓았다.

심록애가 사색이 된 얼굴로 물었다.

"이런다고 뭐가 달라질까요?"

조기객이 만생호를 가리키면서 말했다.

"저걸 봐요. 천취는 괴로움을 못 이겨 광기를 부리면서도 저 만생호에는 손도 대지 않았소. 그만큼 내 존재를 의식한다는 의미지. 틀림없이 잘 될 거요."

가화는 항천취가 제정신이 아닌 상태에서 실수로 깨뜨릴까봐 만생호를 들고 나왔다. 조기객이 말했다.

"나는 의사를 부르러 가겠소. 록애 당신은 먹을 걸 가져다 억지로라도 좀 먹이시오. 그리고 너희 둘, 얼른 들어가서 자. 아직 이틀 밤은 더 버텨야 한다."

가화, 가평 두 형제는 무거운 발걸음을 옮겼다. 둘 다 말이 없었다. 이윽고 가평이 가화에게 물었다.

"방금 전에 아버지가 한 말 들었어?"

"무슨 말?"

가화가 여전히 고개를 떨어뜨린 채 조용히 물었다.

"조 아저씨하고 우리 어머니가 어쩌고저쩌고 했다는 말 말이야."

"들었어……."

"형은…… 그 말을 믿어?"

"너는?"

"나는 형이 그 말을 믿을까봐 걱정이야."

"나도 그래."

"안 믿는다면 됐어."

가평이 손바닥을 비비면서 말을 이었다.

"방금 전에 그 말을 듣고 너무 놀라서 식은땀이 쫙 흘렀어. 아버지는 어떻게 그런 말도 안 되는 소리를 할 수 있지? 아편쟁이들은 제정신이 아니라더니 틀린 말이 아니야."

먼저 침대에 누웠던 가화가 멍하니 천장을 보다가 갑자기 벌떡 일어났다. 무서운 것을 본 사람처럼 잔뜩 겁에 질린 표정이었다. 가평도 일어났다.

"형, 왜 그래? 무서운 꿈 꿨어?"

"나 천장을 못 보겠어. 올려다보지 못하겠어. 작은어머니가 들보에 목을 맸어……."

물론 들보에는 아무것도 없었다. 가평이 가화의 어깨를 툭 치면서 말했다.

"형, 아버지 때문에 많이 놀랐구나?"

가화가 온몸을 와들와들 떨었다. 가평이 가화의 어깨를 힘껏 두드리면서 말했다.

"형, 괜찮아! 별일 아니야. 곧 다 좋아질 거야. 아버지는 반드시 아편을 끊을 거야. 나는 아버지를 믿어."

"어떻게 믿어? 누가 너에게 믿으라고 했어?"

가화가 팔을 내밀어 이복동생의 어깨를 끌어안았다.

"여기."

가평이 손으로 자신의 심장을 가리켰다.

"내 심장이 나에게 말해줬어. 나는 내 심장을 믿어. 나는 모든 것이 사람이 생각하는 대로 이뤄진다고 믿어."

가화는 마치 처음 보는 사람을 보듯 놀란 눈으로 동생을 바라봤다. 가평에게는 가화에게 없는 것이 있었다. 그것은 소년 시절부터 그래온 것으로 두 형제의 극명한 차이를 만드는 것이었다.

가화는 옷을 걸치고 침대머리에 앉아 날이 밝기를 기다렸다. 날이 밝는 대로 오산 원동문으로 갈 생각이었다. 그는 지금처럼 간절하게 생모를 그리워한 적이 없었다.

그날부터 가화는 작은어머니 소차를 "어머니!"라고 부르기로 했다. 포근한 아침햇살이 청하방 일대의 가게와 간판, 그리고 거리를 오고가는 행인들의 몸에 내려앉았다. 황금빛 둥근 태양은 상처 입은 영혼을 부드럽게 핥아주는 혓바닥 같았다. 가화는 뼈만 남아 앙상해진 생모 생각을 할 때마다 아픔이 골수에 사무치는 것 같았다. 지난밤 그는 몇 십 년 같은 몇 시간을 보냈다. 그리고는 한 치 앞도 보이지 않는 캄캄한 어둠 속에서 수없이 어머니를 불렀다.

'어머니, 어머니! 그동안 의지할 사람 하나 없이 얼마나 힘드셨어요? 안팎으로 욕을 먹으면서 얼마나 괴로우셨어요?'

아침햇살을 받으면서 오산 원동문으로 향하는 가화는 끝없는 자책감에 괴로워했다. 가슴이 비수에 찔리듯 아팠다. 이제야 깨달은 사실이지만 그는 생모를 사랑하고 있었다. 죽을 만큼 사랑하고 있었다. 그럼에도 불구하고 쌀쌀맞게 대했던 이유는 마음속 깊이 새겨진 억울함 때문이었다. 다행히 너무 늦지 않았다. 이제라도 고통 받고 멸시당하는 어머니의 옆을 지켜드리기로 한 것이 참으로 다행한 일이었다.

옹릉성차장을 지나면서 보니 깔끔하게 차려입은 점원들이 차향 그윽한 대문 안으로 들어가는 것이 보였다. 가화는 자기도 모르게 가슴을 쑥 내밀었다.

'그래, 우리에게는 망우차장이 있어. 아직 갈 길이 멀고 할일이 많아. 힘을 내자.'

뼈만 남아 앙상한 여자는 친아들이 이런 생각을 하고 있는지 꿈에도 모르고 있었다. 그녀의 머릿속에는 온통 아편 생각뿐이었다. 그래서 내다팔 수 있는 물건은 죄다 내다팔았다. 집안 꼴은 그야말로 서 발 막대기를 휘둘러도 하나도 걸릴 것 없이 돼버렸다. 평소에 유약하기만 하던 여자는 아편의 인이 발작하자 완전 딴사람이 됐다. 굶주린 호랑이처럼 어슬렁어슬렁 찾아온 오승 앞에서도 전혀 두려워하는 기색이 없었다. 어쩌면 두려움이라는 감정 자체를 잊은 사람 같았다.

소차는 산발을 한 채 침대에 엎드려 있었다. 무언가를 먹고 싶다는 생각도, 먹어야 한다는 생각도 없었다. 그녀의 남편은 양패두 망우저택에 연금돼 있었다. 그녀는 아들 가화로부터 이 소식을 듣자 괴성을 지르면서 벽을 향해 돌진했다. 가화보다 먼저 도착해 있던 오승이 그녀를 꽉 붙잡았다.

그리움을 한가득 안고 어머니를 찾아온 가화는 그 자리에 못 박힌 듯 서서 입을 벌린 채 다물 줄을 몰랐다. 그는 여자가 미치면 이렇게 추악해진다는 사실을 처음 알았다. 가게들이 즐비하게 늘어선 거리를 걸어오면서 마음속으로 수없이 불러봤던 '어머니!'라는 호칭이 쑥 들어가 버렸다.

"작은어머니!"

가화가 소리를 지르면서 오승과 함께 소차를 침대에 쓰러뜨렸다. 이어 움직이지 못하게 꽉 눌렀다.

망우차행 사장 오승은 봉두난발의 소차를 벌레 보듯 보면서 속으로 생각했다.

'내가 왜 타락할 대로 타락한 이 여자를 상대하고 있어야 하지? 더러워. 이 여자가 아편을 피우건 말건, 집안 재산을 다 내다팔건 말건 나하고 무슨 상관이야!'

소차는 얼마 전에 청화자기 개완蓋碗 찻잔을 오승에게 주고 아편을 얻어 피웠다. 아편을 실컷 피우고 난 뒤 그녀는 찻잔의 유래를 오승에게 알려주었다.

"그 찻잔은 소련의 것이에요. 화냥년이 쓰던 물건이라고요."

소차는 더 이상 오승을 두려워하지 않는 것 같았다. 오승에게 성폭행당할까 전전긍긍하던 그 옛날의 소차가 아니었다. 어쩌면 오승이 그녀에게 별 관심이 없다는 것을 알아버린 것 같았다. 뿐만 아니라 한술 더 떠서 오승을 비웃는 짓도 서슴지 않았다.

"당신이 산 것은 화냥년이 쓰던 물건이에요."

약이 오른 오승은 화냥년의 찻잔을 바닥에 던져 박살냈다.

"내가 이깟 물건을 탐낼 것 같아?"

오승이 다시 버럭 고함을 질렀다.

"네년의 아들도 내 손에 있어."

소차는 박살난 찻잔을 멀거니 내려다봤다. 그녀의 눈앞에 시시때때로 나타나던 소련의 추악한 얼굴이 마침내 부서져 보이지 않았다. 안도의 한숨이 나왔다.

"차라리 잘됐어요."

소차가 나른하게 하품을 했다.

"내가 조만간 네년하고 자고 만다."

오승은 소차의 미지근한 반응에 화가 나서 얼굴이 시퍼레졌다.

"그래요, 자요."

소차가 옆으로 돌아눕더니 이내 잠이 들었다. 물론 이 모든 것은 오승이 항천취가 없는 틈을 타서 소차에게 제 시간에 아편을 가져다줬을 때나 가능했던 일이었다.

가화가 온 이날 오승은 아편을 내놓지 않았다. 아편의 인이 발작한 소차는 열다섯 살 난 큰아들이 보는 앞에서 길길이 날뛰었다. 체면이고 뭐고 없었다.

"내놔, 내놔! 내놓으라고!"

고래고래 질러대는 고함소리는 짐승이 울부짖는 소리 같았다.

오승과 함께 소차를 잡고 있는 가화는 몸과 마음이 지칠 대로 지쳐버렸다. 아버지 때문에 한바탕 곤욕을 치렀는데 여기 와서 또 생모 때문에 이렇게 힘들게 될 줄은 그는 정말 꿈에도 생각 못했다. 그는 뼈만 남은 생모의 얼굴을 보면서 속으로 생각했다.

'아버지처럼 침대에 묶어놓아야 하나, 아니면……'

꼭 감겨져 있던 소차의 눈이 스르륵 떠졌다. 그녀의 시선이 가화를 향했다. 마치 낯선 사람을 보듯 떨떠름하던 눈빛이 이내 흥분으로 반짝거렸다. 그녀가 벌떡 일어나면서 가화의 멱살을 덥석 잡았다.

"너, 내 아들 맞지?"

가화의 눈시울이 붉어졌다. 소차에게 멱살을 잡혀 숨을 쉬기도 힘들었으나 애써 고개를 끄덕였다.

소차가 가화의 어깨를 덥석 잡더니 오승 앞에 내세웠다.

"내 아들이에요. 이 아이를 당신에게 팔 테니 아편을 줘요."

이어 오승의 귀청을 찢는 듯한 웃음소리가 집안을 울렸다.

"미쳤어! 차라리 네년의 살을 파먹어."

가화의 어깨를 붙잡았던 소차의 손이 맥없이 풀렸다. 가화는 정신 없이 밖으로 뛰쳐나왔다. 온몸이 얼음장처럼 차갑게 식고 등에서 식은 땀이 줄줄 흘렀다. 거리를 오가는 사람들에게 이리저리 치이고 부딪히면서 겨우 망우저택에 도착한 그는 칠이 벗겨진 대문 앞에서 걸음을 뚝 멈췄다. 말로 형언할 수 없는 두려움이 엄습했다. 아버지와 어머니의 히스테릭한 고함소리가 환청처럼 귓전을 어지럽혔다. 앞으로 어디를 가나

이 환청에서 벗어날 수 없을 거라는 절망감이 그를 더욱 두려움에 떨게 했다.

소차에게는 아무것도 남지 않았다. 심지어 '소차'라는 이름도 매일이다시피 찾아오는 불량배 오승이 바꿔버렸다. 오승은 소차의 턱을 잡고 으르렁거렸다.

"너는 홍삼이야. 제기랄, 누가 너를 소차라고 했어? 너는 홍삼이야."

한참 고함을 지른 오승은 갑자기 가슴을 두드리면서 울음을 터트렸다. 그러자 그의 얼굴이 벌겋게 달아올랐다. 가슴에 주먹 자국이 벌겋게 생겼다.

"양아버지, 정말 미치도록 후회됩니다. 이 여자의 꼴을 보십시오. 귀신도 아니고 사람도 아니고 이게 뭡니까? 이 여자는 내 여자입니다. 내 여자라고요! 내 여자가 지금 이 꼴이 됐습니다."

오승은 오차청 생각을 하자 가슴에 비수가 박히는 것 같았다.

"퉤!"

소차가 오승의 얼굴에 침을 뱉었다. 무표정한 얼굴에는 아무런 감정도 담겨 있지 않았다.

"내가 언젠가는 반드시 네년하고 자고 말 거야."

오승이 굳어진 얼굴로 다시 으르렁댔다.

그러던 어느 날, 오승은 원동문으로 왔다가 깜짝 놀랐다. 소차가 여느 때와 달리 깨끗하게 몸단장을 하고 연지분까지 살짝 칠한 얼굴로 앉아 있었던 것이다.

소차가 상냥한 표정으로 오승을 향해 손짓을 했다.

"오승, 이리 와 봐요."

오승이 쭈뼛쭈뼛 소차에게 다가갔다. 소차는 오른손에 끼고 있던 에메랄드 반지를 빼서 그의 손바닥에 놓았다.

"이걸 가져요."

"이건 당신 남편 물건이야. 왜? 이것도 팔아서 아편을 사 피울 거야?"

"나 대신 양패두로 갔다 와줘요. 이 반지를 천취에게 주면서 말을 전해줘요. 어서 와서 나를 구해달라고. 안 그러면 내가 죽어버릴 거라고 전해줘요……."

오승이 천천히 일어났다. 이어 느린 동작으로 여자의 목에 손을 갖다 댔다.

'그래, 너 같은 년은 지금 죽어야 해!'

오승이 목을 조르는데 여자는 피하지도 버둥대지도 않았다. 오히려 절망적인 눈을 내리깔고 나 좀 죽여주세요, 하고 들이대고 있었다.

"만약 그가 안 오면 어쩔 거야?"

"그럼 당신이 그 반지를 가져요. 나는 필요 없어요."

"내가 반지를 가지고 튈까 봐 걱정 안 되나?"

"아뇨."

소차가 살며시 웃었다.

"아뇨. 당신이 나를 진심으로 좋아한다는 걸 알아요."

오승은 가마 두 개를 대동하고 돌아왔다. 앞장 선 가마에는 항천취의 정실부인 심록애가 타고 있었다. 다른 한 가마는 비어 있었다.

방안에는 괴괴한 정적이 흘렀다. 불을 밝혔으나 별로 환한 느낌이 없었다. 깨끗한 옷차림을 한 소차는 굳은 시신처럼 침대에 우두커니 앉아 있었다. 아편 도구들은 심록애의 눈에 띄지 않게 미리 치워버린 듯했다.

몸종 완라가 집안을 둘러보면서 호들갑을 떨었다.

"아유, 더러워라. 이 먼지 좀 봐. 아유, 이런 곳에서 어떻게 숨을 쉬고 살까? 아유……"

심록애는 묵묵히 가지고 온 찰떡, 말린 국수, 찹쌀, 절인 고기, 절인 물고기, 표고버섯, 언 찹쌀떡과 해바라기씨를 꺼내놓았다. 소차는 언 찹쌀떡을 두 손에 움켜쥐고 허겁지겁 입에 넣었다. 그녀의 손에 떡 부스러기가 잔뜩 묻었다. 심록애는 그 모습을 보자 저절로 눈시울이 뜨거워졌다.

"천취는 영국인 병원에 들어가 있네. 아편을 끊기 전에는 나오지 못할 거야. 그래서 당분간 자네를 만날 수 없네."

소차가 뭔가를 한참 생각하다가 대답했다.

"……알겠어요."

"자네도 아편을 끊어야 하네."

"싫어요."

"잘 생각해 보게."

"생각할 필요도 없어요."

"아편을 끊지 않고서는 항씨 가문 사람이 될 수 없네."

"항씨 가문 사람 따위는 되고 싶지 않아요."

"뭐라고?"

"항씨 가문 사람이 되고 싶지 않다고요!"

"내가 가마를 가져왔으니 나하고 같이 돌아가세. 자네는 아편을 끊고 거기서 살게. 내가 떠나겠네."

"돌아가지 않을래요."

"자네, 미쳤는가?"

"그래요, 저 미쳤어요."

더 이상의 대화는 불가능해졌다. 이윽고 심록애가 입을 열었다.

"가화가 자네 때문에 많이 놀란 것 같더군."

침대에 비스듬히 앉아 있는 소차의 안색이 새파래졌다.

"……가화를 잘 부탁해요."

심록애가 잠깐 멍해 있더니 에메랄드 반지를 냅다 던지면서 새된 소리를 질렀다.

"나하고 같이 돌아가!"

심록애가 뼈밖에 남지 않은 소차를 와락 일으켜 세웠다. 체격이 크고 신체가 건장한 심록애에게 잡힌 소차는 마치 죽지 않으려고 몸부림치는 병아리와도 같았다. 그러나 끌려 나가지 않으려고 필사적으로 버텼다.

소차가 비명을 지르면서 몸을 움츠리는 바람에 바지가 흘러내려가고 윗옷이 말려 올라갔다. 배꼽, 등과 엉덩이 절반이 드러났다. 머리를 풀어헤친 채 긴 손톱을 문틀에 박고 안 나가려고 버티는 모습은 사람이라기보다는 귀신의 몰골에 더 가까웠다. 심록애도 지지 않고 이를 악물고 잡아끌었다.

뒤에서 따라오던 완라가 놀란 소리를 질렀다.

"마님, 마님, 작은 마님의 바지가……."

심록애가 길게 한숨을 내쉬고는 손을 놓았다. 그리고 문턱에 털썩 주저앉았다. 이윽고 그녀가 소차의 머리카락을 잡고 이마를 찌르면서 말했다.

"자네……, 자네 때문에 내가 제명에 못 살겠네……."

심록애의 눈에서 눈물이 비 오듯 쏟아졌다.

그날 밤, 오승은 수객들을 접대하는 중요한 일도 점원에게 맡기고 서둘러 오산 원동문으로 향했다. 오승은 그동안 소차의 집에 뻔질나게 드나들었다. 그러나 밤에 간 적은 한 번도 없었다. 그리고 소차가 피우는 아편이 거의 다 떨어졌다 싶으면 주머니를 털어서 사다주고는 했다. 돈이 아까워서 심장이 떨릴 지경이었으나 단 한 번도 거른 적은 없었다. 이날도 그런 날이었다. 그런데 여느 때와 달리 이날 밤은 느낌이 이상했다.

소차는 촛불을 밝혀놓고 오승을 기다리고 있었다. 깨끗하게 몸단장을 하고 분홍색 홑저고리를 입은 채로였다. 오승은 입을 반쯤 벌리고 눈을 찌푸렸다. 순간 아득히 먼 기억 속에서 연분홍 적삼을 입고 그를 향해 웃어주던 소녀의 모습이 솟아올랐다.

'소녀는 개뿔!'

느닷없이 분노가 치밀어 오른 오승이 아편 한 덩이를 꺼내들고 약을 올렸다.

"이거 봐봐. 내가 방금 구한 거야. 동북산이야. 냄새 죽이지? 피우고 싶어? 공짜는 안 돼. 네년이 뭘 더 내놓을 수 있어? 이제는 아무것도 안 남았지? 하나밖에 없던 반지도 이제는 내꺼야. 또 뭐가 있지? 아, 집이 있군. 이 집을 나에게 넘기면 한동안 아편 걱정을 안 해도 될 텐데……. 아이고, 집은 안 되겠네. 나중에 가교에게 물려줘야지. 안 그러면 가교는 나처럼 어릴 때부터 밥 먹듯이 매를 맞으면서 찻집에서 일할 수밖에 없어. 안 돼, 안 돼. 이 집은 반드시 가교에게 줘야 해. 또 뭐가 있을까? 이봐, 잘 생각해 보라고. 나 오 사장은 밑지는 장사는 절대 안 해."

오승이 눈을 지그시 감고 고개를 건들건들 흔들면서 주절거렸다. 오승의 귀에 부스럭대는 소리가 들려왔다. 그는 눈을 떴다가 깜짝 놀라 다시 감아버렸다.

'이건 아니야. 내가 헛것을 본 것이 틀림없어.'

오승은 다시 슬그머니 눈을 떴다. 눈앞에 미라처럼 푸르스름한 소차의 알몸이 나타났다. 그러나 너무 말라서 허벅지가 종아리만큼 가늘었다. 또 평평한 가슴에 붙어 있는 젖꼭지는 마른 포도 같았다. 외로 꼰 목은 닳아서 해어진 밧줄을 연상케 했다.

오승은 가슴이 두근거리고 살이 떨려서 소차를 차마 똑바로 볼 수가 없었다. 문을 박차고 도망가고 싶었다. 이때 미라 같은 사람이 입을 열었다.

"오세요, 저에게는 제가 있잖아요."

"너에게 네가 있다고? ……너에게 네가 있어?"

오승이 이빨 사이로 내뱉듯 말했다.

"내가 못한다고 누가 그랬어?"

일단 내뱉고 나자 또 의구심이 들었다.

'내가 될까? 나는 정말 안 되는 걸까…….'

오승은 그러나 고개를 흔들면서 고함을 꽥 내질렀다.

"내가 못한다고 누가 그랬어?"

오승이 굶주린 호랑이처럼 소차를 덮쳤다. 그러나 다음 순간 뼈만 남아 앙상한 소차의 발이 그의 눈물뿌리를 아프게 자극했다. 그는 두 손으로 소차의 발을 끌어안고 그예 울음을 터트리고 말았다. 소리 없이 흘러내린 눈물이 소차의 발을 흥건히 적셨다.

그 순간 오승은 이제 더 이상 소차에게 해줄 수 있는 것이 아무것도 없다는 사실을 뼈저리게 느꼈다. 그는 소차를 철저하게 무너뜨렸다. 연분홍 옷을 입고 그를 향해 웃어주던 그 옛날의 소녀는 영영 사라져버린 것이다.

그는 오랜 숙원을 이뤘음에도 불구하고 하나도 기쁘지 않았다. 소녀와 함께 자신의 반쪽도 함께 사라져버린 것처럼 마음이 괴롭고 아팠다. 두 사람은 원래 서로 비슷한 처지의 천상배필이었다. 서로 의지하면서 끝까지 함께해야 할 운명이었다. 그런 의미에서 그가 파멸시킨 것은 그녀뿐만 아니라 그녀와 그, 두 사람 다였다. 이제야 그는 "내가 못한다고 누가 그랬어!"라고 포효하던 항천취의 마음을 이해할 것 같았다.

기나긴 세월 동안 이어져온 왜곡된 남녀관계가 어떤 결말을 맞았는지는 알 길이 없다. 항씨네 사람들과 오승이 함께 오산 원동문으로 쳐들어갔을 때 소차는 이미 이세상 사람이 아니었다. 들보에 대롱대롱 매달려 있는 여자의 몸은 한 가닥 연기처럼 가볍고 작았다.

항씨네와 오승은 오랜 원한을 담아 서로를 한참 동안 쏘아봤다. 시체 아래에는 유서와 집문서가 있었다. 유서에는 두 가지 내용이 적혀 있었다. 하나는 소차 본인의 명의로 돼 있는 오산 원동문의 집을 가교에게 물려주고 가교가 성인이 될 때까지 오승에게 관리를 위임한다는 것이었다. 다른 하나는 이 사람 저 사람을 거쳐 결국 다시 그녀에게 돌아온 에메랄드 반지를 가초에게 물려준다는 내용이었다.

유서는 항씨 가문의 계승자이자 그녀의 맏아들인 가화에 대해서는 한마디도 언급하지 않았다. 마찬가지로 그녀와 십년 넘게 함께 살았던 남편 항천취에 대해서도 일절 언급하지 않았다. 평생 유약하게 살아온 여자는 생의 마지막 순간에 처음이자 마지막으로 소심한 '반항'이라는 것을 해본 것이다. 그녀의 유서는 이처럼 항씨와 오씨 양대 가문의 대를 이은 앙숙 관계를 증명하는 데 결정적 역할을 했다.

항천취의 첩실 소차는 계룡산에 있는 항씨 묘지에 매장됐다. 무덤은 단혈**뿌穴**로, 오른쪽 아래쪽에 자리했다. 오전에 한 무리의 사람들이 찾아와서 제사를 올리고 돌아간 뒤 오후에는 중년 남자와 열 살 정도 되는 남자아이가 찾아와서 또 제를 올렸다. 인근에 사는 촌민들은 망자에게 제사를 두 번 올리는 집은 처음 봤다면서 매우 놀라워했다.

항천취는 아무것도 모른 채 병원에서 힘들고도 지겨운 마약중독 재활치료를 마치고 집으로 돌아왔다. 예상 밖으로 그는 소차의 비보를 듣고 광기를 부리거나 실신하지 않았다. 다만 망우저택 서재에서 사흘 낮 사흘 밤을 혼자 조용히 보냈을 뿐이었다. 아무도 그를 방해하지 않았다. 그 역시 아무에게도 말을 걸지 않았다. 그렇게 사흘이 지난 후 그는 심록애와 함께 계룡산으로 향했다.

소차의 무덤 앞에 묵묵히 서 있던 그가 갑자기 입을 열었다.

"왜 차나무를 심지 않았어?"

"당신이 오기를 기다렸어요."

항천취와 심록애 두 사람은 차밭에서 어린 차나무를 한 그루 골라 소차의 무덤 앞에 옮겨 심었다. 항천취가 가장자리에 있는 나무를 가리키자 심록애가 고개를 저었다. 두 사람은 중앙에 있는 나무를 파냈다. 그리고 항천취가 파낸 나무를 옮겨 심고 흙을 덮었다. 순간, 그가 악, 하고 비명을 지르면서 가슴을 움켜쥐었다. 갑자기 이마에서 콩알만 한 땀방울이 줄줄 흘러내렸다.

심록애가 황급히 물었다.

"괜찮아요?"

항천취가 대답 없이 고개만 저었다. 이윽고 항천취의 안색이 정상으로 돌아왔다.

"저를 원망하지 말아요. 당신이 못 견딜까봐 소식을 늦게 알린 거예요."

"당신을 원망 안 해."

"당신이 저를 원망한다는 걸 알아요. 제가 찾아가지만 않았더라
도……."

심록애가 울음을 터트렸다.

"잘 죽었어."

항천취의 말투는 얼음처럼 차갑고 냉혹했다. 심록애는 이상한 느낌
이 들었다. 고개를 돌려 남편의 얼굴을 쳐다봤다. 그러다 자신도 모르
게 놀라서 뒤로 물러났다. 항천취가 예전의 모습이 아니었던 것이다. 말
투는 물론이고 얼굴 생김새까지 완전히 달라져 있었다. 땅속에 누워 있
는 오차청 아저씨와 붕어빵처럼 닮아 있었다. 특히 세상만물을 꿰뚫어
보고 생사를 초월한 것 같은 그 눈빛은 심록애를 전율하게 만들기에 충
분했다. 이 남자는 언제부터 완전히 다른 사람으로 바뀐 것일까?

소차의 죽음이 그 어떤 기폭제가 됐을까, 그후로 항씨네 식구들은
계속해서 이별의 아픔을 겪어야 했다. 가장 먼저 조기객이 북경대학으
로부터 초빙 통지서를 받았다. 그는 떠나기 며칠 전까지도 그 소식을 함
구하고 있다가 어느 날 갑자기 망우저택을 찾아왔다.

"우리 호수로 산책하러 가세."

항천취가 물끄러미 조기객을 쳐다보다가 뭔가 눈치를 채고 길게 탄
식을 했다.

"또 떠나는가?"

조기객이 담담하게 웃었다.

"지금 안 가면 언제 가겠는가?"

켕긴 구석이 있는 항천취가 황급히 변명했다.

"내가 아편의 인이 발작했을 때 허튼소리를 한 걸 진담으로 받아들이면 어떡하나?"

조기객이 정색하고 말했다.

"그리 해명하지 않아도 되네. 나는 자네 성격을 알고도 남음이 있네."

두 사람이 간 곳은 어릴 때 자주 찾았던 남산南山이었다. 그곳의 명물인 뇌봉탑雷峰塔은 마치 주름이 진 것처럼 금이 가고 많이 낡아 있었다. 탑 꼭대기 뒤로 보이는 늙은 나무는 그나마 여전히 특별한 자태를 뽐내고 있었다. 400년을 버텨낸 나무다웠다. 아무려나 마른 등나무덩굴, 늙은 나무, 늙은 나무에 깃들인 까마귀, 허물어질 것처럼 낡은 탑과 담장은 짙어가는 어둠속에서 나름 운치가 있었다.

두 사람은 탑 아래를 빙빙 돌았다. 나이 지긋한 여자 몇 명이 탑 아래의 벽돌을 파내고 있었다. 조기객이 웃으면서 말했다.

"뇌봉탑은 참 운도 없어. 백낭자白娘子(중국 민간 전설《백사전》白蛇傳의 주인공)를 가둬놓았다고 만인의 손가락질을 받고 있는 것도 모자라서 이제는 기둥뿌리까지 뽑히고 있으니 말이야."

"자네가 언제부터 산이 어떠니 호수가 어떠니 했었나?"

항천취가 가시 돋친 말을 툭 내뱉었다.

"불평 좀 그만해. 자네도 이번에 나하고 같이 가면 어떻겠나?"

어둠 속에서 항천취의 눈빛이 잠깐 반짝했다. 그러다 다시 암담해졌다. 이윽고 항천취가 입을 열었다.

"나는 늦었어. 대신 내 두 아들 중에서 한 놈을 데리고 가게. 누가 낳은 아들인지는 상관하지 말고 말이야."

"그러면 내가 난처하지 않은가!"

"자네 속마음을 내가 대신 말해줄까? 자네가 그 여자를 데리고 가고 싶다면 그리 하게. 나는 붙잡지 않겠네."

찰싹!

느닷없이 따귀를 한 대 얻어맞은 항천취는 잠깐 얼떨떨한 표정을 지었다. 이어 웃음을 터트렸다.

"이런 걸 일컬어 인과응보라고 하나? 그녀는 자네 뺨을 때리고, 자네는 나를 때리고, 언젠가 내가 그녀를 때리면 한 바퀴가 완성되는 건가?"

조기객이 주먹을 으스러지게 움켜쥐더니 이를 뿌드득뿌드득 갈았다.

"자네 눈에는 나 조기객이 사람으로 안 보이나? 내가 용기가 없어서 하고 싶은 일을 안 하는 줄 아나? 자네 안사람만 아니라면……."

조기객이 씩씩거리면서 물에 뛰어들었다. 마치 치밀어 오르는 화를 억지로 삭이려는 듯 하나밖에 없는 팔로 힘껏 헤엄을 쳤다.

조기객이 기슭으로 올라왔을 때 항천취는 버드나무 아래에서 그를 기다리고 있었다. 날은 그새 완전히 어두워졌다. 항천취가 손에 들고 있던 만생호를 조기객에게 보여주면서 말했다.

"안으로 청명하고 밖으로 직방하니, 너와 더불어 공존하리라."

"꺼져!"

"내가 곰곰이 생각해 봤는데, 그래도 가평이 자네를 따라가는 게 좋겠네. 가화는 남겨두게. 망우차장은 가화가 필요하네."

조기객은 항천취를 거들떠보지도 않고 옷을 주워 입었다. 항천취가 떠나려는 조기객의 앞을 막아서면서 못 박듯 말했다.

"가평을 데리고 가게."

조기객과 가평이 출발하는 날, 항씨네 식구들은 모두다 기차역으로 배웅을 나갔다. 가평은 너무 들떠서 제정신이 아니었다. 입만 열면 '북경'이라는 말뿐이었다. 가화는 겉으로는 웃고 있었으나 속으로는 억울하고 슬프기 그지없었다.

조기객이 가화의 어깨를 두드리며 말했다.

"너는 착하고 얌전하고 예의바르고, 대국을 고려해 참고 양보할 줄 아는 보기 드문 사람이야. 또 성실하고 신의를 잘 지키니 나중에 학생들을 잘 가르치는 좋은 선생님이 될 것 같다. 망우차장에도 네가 꼭 필요해. 가평은 나 같은 방랑자를 따라 세상천지를 떠돌게 될 거야."

조기객의 말투는 소탈하고 호방했다. 가화는 망연한 눈으로 조기객을 쳐다보면서 '잡을 줄도 알고 내려놓을 줄도 아는 참 멋진 사람'이라는 생각을 했다. 심지어 펄럭거리는 텅 빈 팔소매도 멋있어 보였다. 가화는 어머니를 힐끗 쳐다봤다. 어머니 심록애의 얼굴에는 아무런 표정도 없었다. 이별을 아쉬워하는 기색은 눈을 씻고 찾아봐도 보이지 않았다. 불처럼 뜨거운 말을 뱉어내던 심록애는 침묵 속에서 냉랭하고 오만했다. 가화는 적목산에서 목격했던 장면을 떠올리면서 혹시 자신이 그때 꿈을 꾼 것은 아니었는지 의심하지 않을 수 없었다.

〈신보〉申報를 들고 있던 가평이 갑자기 깜짝 놀란 듯 소리를 내질렀다.

"해냈어, 중국이 해냈어. 중국이 금상을 탔어!"

사람들이 우르르 몰려와 신문에 머리를 들이밀었다. 샌프란시스코에서 전해온 소식은 가평의 말대로였다. 일곱 가지 중국차가 샌프란시스코 만국박람회에서 수상의 영예를 안은 가운데 혜명차가 어엿이 금상을 수상했던 것이다.

뜻밖의 희소식은 마치 비온 뒤 하늘에 무지개가 나타난 것처럼 우울해 있던 사람들에게 기쁨을 선사했다. 이별을 상징하는 기적소리도 그다지 슬프게 들리지 않았다. 세상은 고정된 채 가만히 있는 것이 아니었다. 항상 변화하며 예상치 못한 새로운 일들이 일어났다. 남겨진 사람들은 다만 묵묵히 기다리는 수밖에 없었다.

제25장

1919년 5월 4일, 여느 때와 다를 바 없는 평범한 일요일이었다. 북경은 시원한 바람이 불고 있었다. 하늘에는 구름이 많지 않았다.

오후 1시 30분, 3000명이 넘는 학생들이 천안문天安門 광장에 집결했다. 이들은 대부분 안감을 댄 짧은 윗옷에 비단 장포를 입고 있었다. 이는 전 세대 문인들의 옷차림을 따라 한 것이었다. 둥그런 서양식 베레모를 쓴 학생도 있었다. 13개 대학과 전문학교 학생들이 모인 가운데 북경대학 학생지도자들도 도착했다. 경찰과 교육부의 제지에 발목이 묶여 예정시간보다 늦게 도착한 것이다.

곧바로 군중대회가 열렸다. 집회 소식은 전날 밤 북경대학에서 공지한 바 있었다. 조기객도 절강성 동향 친구인 소표평邵飄萍과 함께 집회에 참가했다. 얼마 전 유럽에서 날아온 소식은 젊은 피가 들끓는 대학생들의 분노와 수치심을 불러일으키기에 충분했다. 그것은 프랑스, 영국, 일본 3개국이 1897년에 독일 조계지로 개항된 청도靑島를 일본에 양도하기로 비밀협정을 맺었다는 소식이었다.

학생 시위대는 정각 2시에 외국 대사관 구역으로 출발했다. 열일곱 살 소년 가평도 시위대 뒤를 따랐다. 그는 마음이 급한 데다 흥분한 탓에 신발 한 짝을 잃어버렸다. 그러나 개의치 않고 아예 맨발로 걸었다. 그 와중에 악을 쓰듯 구호를 외쳐대 목에서 피가 나고 눈에서는 눈물이 흘렀다. 가평과 그의 벗들은 '청도를 돌려달라'는 문구가 적힌 팻말을 들고 있었다. 가평은 〈북경 전체 학생 선언〉 전단지를 시민들에게 돌리면서 흐르는 눈물을 주체하지 못했다.

8일 후, 열일곱 살 소년 가화도 팻말을 들고 항주 호빈湖濱운동장에 모습을 나타냈다. 그의 팻말에는 '일본 상품 배척'이라고 적혀 있었다.

가화는 절강제1사범학교 학생이었다. 그는 항주 14개 학교의 3000여 명 학생들 중에서 학생지도자로 활약하고 있었다. 반면에 예전부터 '세상을 구하는 지도자'를 꿈꾸면서 권력욕과 승부욕이 강했던 가평은 북경에서 바다에 떨어진 한 방울의 물처럼 존재감을 드러내지 못했다. 이때 절강제1사범학교에서 미술과 음악을 가르치던 이숙동李叔同 선생은 삭발하고 승려가 돼 있었다. 가화가 입학하기 전 해의 일이었다.

가화와 학우들은 학교 운동장에서 '긴 정자 밖 옛길 가에 푸른 풀이 하늘 향해 무성히 자라네'라는 가사의 노래를 소리 높여 합창했다. 이숙동 선생이 출가하기 전에 쓴 가곡 〈송별〉送別이었다. 가화는 키가 크고 말투가 느릿느릿한 총장 경형이經亨頤를 보면서 망우차장이나 망우저택에서 한 번도 느껴보지 못했던 신선하고 신비스러운 분위기를 느꼈다. 그는 백화시白話詩(중국의 구어체로 쓴 신시)와 인물소묘를 배우고 다양한 주의主義에 대한 강연을 들으러 다녔다. 예전에는 상상도 못했던 일이었다. 또 근공검학勤工儉學, 즉 낮에는 일하고 밤에는 학교에서 공부를 했

다. 그래도 자계慈溪 태생의 학생이 빌려준 정세황鄭世璜의《을사년에 인도
와 스리랑카의 차茶를 고찰한 일기》를 읽는 등 차에 대한 공부도 게을
리 하지 않았다. 그 책은 자연과학에 흥미를 갖고 있는 가화의 구미에
딱 맞는 책이기도 했다.

　가화는 정세황이라는 사람에 대해서는 자세히 아는 바가 없었다.
1905년, 정세황은 당시 청 정부의 남양대신南洋大臣 겸 양강총독兩江總督이
었던 주복周馥의 명령을 받고 통역관, 서기書記, 다사茶司, 다공茶工들과 함
께 인도와 스리랑카로 향했다. 이어 현지 차 산업을 상세하게 고찰하고
《을사년에 인도와 스리랑카의 차를 고찰한 일기》를 썼다. 그 책 속의 몇
구절이 가화에게 큰 인상을 남겼다. 바로 "중국 홍차는 개량이 필요하
다. 개량하지 않으면 나중에 수출이 불가능해질 것이다. 인도와 스리랑
카의 차는 맛이 진하고 가격이 저렴해 서양인들에게 인기가 많기 때문
이다……. 게다가 인도와 스리랑카는 천시天時와 지리地理뿐만 아니라 기
계의 힘도 빌려 대량 생산이 가능하다. 반면에 중국의 제다업製茶業은 옛
방식을 고수하고 작업장과 점포가 뿔뿔이 흩어져 있다. 게다가 길이 험
해 운반이 어렵다. 여러 가지 원인으로 중국의 차 업계는 점점 뒤처지고
있다"는 내용이었다.

　가화는 읽으면서 내내 탄식을 금치 못했다. 중국이 서방에 비해 뒤
처지고 있는 것이 어찌 차 업계 하나뿐이겠는가!

　이때 가화의 아버지 항천취는 서재를 선실禪室로 꾸미고 그곳에서
차를 마시고 참선하는 생활을 일상으로 했다. 선실에 '화목심방'花木深房
이라는 이름도 붙여줬다. 물론 가화는 아버지의 변화에 신경 쓸 마음의
여유가 없었다. 예전에 그 누구보다도 북적이는 것을 좋아하고 세상이
너무 조용할까봐 걱정하던 아버지가 어떻게 차와 참선과 가까워졌는지

별로 궁금하지도 않았다.

어느 날 항천취가 홍목 책상에 놓여 있는 정세황의 책을 가리키면서 가화에게 말했다.

"나는 이 사람을 알아. 광복 4년 전에 남경 벽력간霹靂洞에 강남식차공소江南植茶公所를 세웠던 사람이야."

정세황이 벽력간에 세운 강남식차공소는 신해년 이후 운영이 중단됐다. 1914년 북양北洋정부의 농상부 산하 상업사商業司는 호북성 양루동羊樓洞에 있는 시범차장示範茶場을 시험장試驗場으로 바꿨다. 같은 시기 운남 태생의 주문정朱文精은 중국인 최초로 일본에 가서 제다기술을 배웠다. 1915년, 북양정부 농상부는 또 안휘성 기문현 남향南鄉 평리촌平里村에 시범재배차장을 건설했다. 1919년, 절강농업학교는 상우上虞 태생의 오각농吳覺農을 일본에 파견해 차 기술을 배우도록 했다.

항주 사람 항천취는 중국의 근대 차산업이 과학기술 시대에 접어들고 있다는 사실을 민감하게 눈치챘다. 그는 북경에서 교편을 잡고 있는 조기객에게 "가능하면 가평을 외국으로 유학 보냈으면 좋겠다"는 내용의 편지를 보냈다.

조기객은 즉각 답장을 보내왔다. 그런데 조기객의 답장은 항천취를 깜짝 놀라게 하는 내용이었다. 가평이 한 무리의 무정부주의자들과 가깝게 지내면서 툭하면 집을 나가더니 '5·4운동' 발발 이후 아예 종무소식이 돼버렸다는 것이었다. 소식을 들은 심록애는 고함을 지르면서 길길이 날뛰었다. 심록애는 나이를 먹을수록 성격이 더 급해지고 화를 크게 냈다. 점점 과묵해져가는 항천취와는 정반대였다. 항천취는 심록애가 고함을 지르건 말건 거들떠보지도 않았다. 심록애가 지쳐서 입을 다물자 그제야 한마디했다.

"왜 소리는 지르고 난리야? 가화에게 물어보면 될 거 아니야."

아니나다를까, 가화는 가평의 소식을 알고 있었다. 가화의 말에 따르면 가평은 '운동'의 선봉자가 되기 위해 북경에서 항주로 돌아오는 중이라고 했다.

가화는 장삼 소매를 걷어 올리고 밥 한 그릇을 순식간에 비워냈다. 가평의 소식을 알려줄 때의 말투는 빠르고 급했다. 마치 세상을 구하는 '구세주'의 중임을 떠맡은 사람처럼 행동했다. 그는 어디로 가든지 항상 도끼 한 자루를 들고 다녔다. 아버지를 닮아서 잠에 취한 것처럼 나른하던 눈빛이 어느새 초롱초롱하게 바뀌었다. 눈이 좀 커진 것 같기도 했다. 그가 날이 시퍼런 도끼를 들고 자랑스럽게 말했다.

"우리는 지금 나무로 우리를 만들고 있어요. 감히 일본 상품을 파는 자들은 나무 우리에 넣어 조리돌림을 시킬 거예요."

가화는 완전히 딴사람처럼 바뀌었다. 항천취는 광적으로 흥분한 아들을 향해 말했다.

"우리 집에서 일본 물건이 보이면 나를 찾지 말고 네가 알아서 태워버려라."

가초가 옷을 한 무더기 안고 나왔다.

"어머니가 그러시는데 이 옷들은 모두 일본 옷감으로 만든 거래요. 어떻게 할까요?"

가화가 말했다.

"그런 물건은 집에 두면 안 돼. 가초, 내 침대 밑에 일본제 구두가 있어. 그것도 가지고 와."

"그건 큰외삼촌이 선물한 거잖아요. 아빠에게도 한 켤레 있어요."

가화가 항천취를 보고는 입을 다물었다. 항천취가 미간을 찌푸리면서 손을 저었다.

"그 구두는 처음부터 마음에 들지 않았어. 갖다버려라."

심록애도 버드나무로 엮은 낡은 상자를 가져왔다. 뚜껑을 열자 손수건, 짚신, 양말, 수건, 비누, 약품, 신발 등 온갖 잡동사니가 쏟아져 나왔다. 그녀는 호빈운동장에 갔다 온 후로 애국심이 들끓어 오른 듯 '일제 물건 배척' 운동에 남다른 열정을 보였다.

"일제 물건이 적지 않아. 대부분 요코가 두고 간 것들이야."

호기심이 생긴 가화는 상자를 샅샅이 뒤졌다. 묵직한 것이 만져졌다. 그는 고개를 갸웃거리면서 그 물건을 꺼냈다. 두 쪽으로 깨진 토호잔이었다.

토호잔이 진귀한 물건임을 모르는 가초가 한 손에 한 조각씩 들고 말했다.

"이게 뭐야? 시커먼 일제 찻잔이잖아. 제가 부숴버리겠어요."

가초는 누가 말릴 겨를도 없이 토호잔을 냅다 던졌다. 진귀한 보물은 하늘의 보호를 받는다고 했던가. 가화가 민첩하게 달려가 날아오는 공을 받듯 토호잔 두 조각을 품에 안았다.

"이건 일제가 아니라 국산이야. 일본에 건너갔다가 다시 중국으로 돌아온 물건이지. 나와 가평이 한 조각씩 나눠 가졌어. 이건 골동품으로 보관해야 해. 안 그래요, 아버지?"

항천취가 아들을 힐끗 쳐다보고는 무표정하게 말했다.

"네 것 내 것이 따로 있냐? 사람은 몰라도 물건은 누가 쓰건 마찬가지야."

가화의 얼굴이 시뻘게졌다. 갑자기 화가 난 어조로 항천취에게 대들었다.

"아버지 말씀은 중국 사람들이 일본 물건을 소중하게 써야 한다는 얘기인가요?"

항천취는 아들의 여느 때와 다른 말투에 깜짝 놀랐다. 잠에 취한 듯 나른한 눈이 번쩍 떠졌다. 그러나 이내 다시 어두워졌다.

"재미없어. 사는 게 하나도 재미없어."

항천취가 문 앞에 세워져 있는 양산을 가화에게 집어던졌다.

"다 태워버려. 안 보는 게 마음 편해."

항천취는 그러고는 혼자 횡하니 서재로 들어가버렸다.

가화와 가초는 놀라서 서로 얼굴을 쳐다봤다. 가화가 말했다.

"왜 저러시지? 아버지는 일본이 중국을 괴롭힌다고 싫어하셨어. 그래서 하네다 선생과도 싸웠잖아."

심록애가 일제 물건들을 담은 버드나무 상자를 가화에게 밀어주면서 말했다.

"상대하지 마. 예전 같았으면 앞장서서 다 태워버린다고 법석을 떨었을 양반이야."

가화와 가초는 고개를 푹 숙였다. 3년 전에 자살로 생을 마감한 생모 소차가 문득 생각났던 것이다. 항천취는 소차가 죽고 나서 완전히 풀이 죽었다. 매사에 시들하니 아무 의욕도 보이지 않았다.

생모 생각을 하면서 속으로 괴로워하던 가화가 고개를 들다가 갑자기 너무 좋아하며 펄쩍 뛰었다. 뜻밖의 기쁨에 어찌할 바를 몰라 얼굴이 벌겋게 상기됐다. 가초 역시 환호성을 지르며 펄쩍펄쩍 뛰었다.

"둘째오빠, 둘째오빠!"

학생복을 입고 학생 모자를 쓴 가평이 천천히 가화에게 다가오더니 주먹으로 가화의 왼쪽 어깨를 힘껏 쳤다. 거칠고 호방한 북방식 인사를 한 것이었다.

"어이 노형, 벌써 나를 잊었는가?"

가평이 모자를 벗었다.

가화도 크게 웃으면서 동생의 팔을 잡아끌었다.

"마침 잘 왔다. 아버지께 인사 드려야지?"

가화, 가평 두 형제는 함께 가슴을 내밀고 씩씩하게 서재로 들어섰다. 항천취가 평온한 표정으로 소해小楷(작은 해서체) 쓰기 연습을 하고 있었다. 가평이 큰 소리로 인사를 했다.

"아버지, 저 왔어요."

항천취가 고개를 들었다. 둘째아들은 그 사이에 키가 더 컸다. 큰아들보다도 더 컸다. 딱 벌어진 어깨, 가는 허리, 넓은 이마, 곧게 쭉 뻗은 코, 당당한 표정……. 항천취는 어떤 여인네의 얼굴을 떠올리면서 순간적으로 울컥하다가 애써 마음을 가라앉혔다.

"왔어?"

항천취가 담담하게 인사를 받고 나서 붓에 먹을 찍었다. 그의 얼굴에 근래 보기 드문 웃음이 피었다.

"네 어머니한테는 인사를 드렸느냐? 뒤뜰에서 물건 포장을 하고 있을 거다. 별다른 일 없으면 가서 도와드려라."

"할 일이 없기는요? 몸이 열두 개라도 부족할 지경이에요. 소리를 너무 질렀더니 목이 다 잠겼어요."

장삼 차림의 항천취가 학생복 차림의 아들을 머리부터 발끝까지 훑어보고 말했다.

"너도 조가루曹家樓(친일파 조여림曹汝霖의 집)에 불을 지른 행렬에 가담했었느냐?"

"아뇨. 그건 부사년傅斯年, 양진성楊振聲, 나가륜羅家倫과 허덕형許德珩이 앞장서서 한 일이에요. 저는 뒤따라가다가 하마터면 경찰에게 잡힐 뻔 했어요."

가화가 끼어들었다.

"듣자 하니 장종상章宗祥(호주 태생의 친일파)과 그의 내연녀도 너희들한테 흠씬 두들겨 맞았다면서?"

"맞아, 참 치사한 인간이야. 경찰이 올 때까지 죽은 척하고 엎드려 있었어."

가평이 깨끗한 바닥에 퉤! 하고 침을 뱉었다.

"매국노 새끼들, 정말 재수 없어. 세 명 중에서 육종여陸宗輿(해녕海寧 태생의 친일파)와 장종상 둘이나 절강 태생이야. 내가 다 창피해."

"창피하기는 뭐가 창피하냐? 이미 족적族籍(족보)에서 제명당했다잖아."

항천취가 차를 한 모금 마시고 담담하게 말했다.

"아버지, 아버지도 알고 계셨어요?"

가화는 놀라고도 기뻐 목소리가 높아졌다.

"아버지도 이쪽에 관심이 있으세요?"

"관심 없다고 모르는 게 아니야."

항천취가 믿지 않게 아들을 흘겼다.

"네 큰외삼촌이 호주에서 편지를 보내왔어. 장종상과 친척이나 친구의 연고가 있다는 것 같더라."

"재수 없어, 정말 재수 없어."

가평이 발을 굴렀다. 그제야 항천취가 갑자기 뭔가 생각난 듯 둘째 아들에게 물었다.

"근데 너는 무엇 때문에 돌아온 거냐? 열심히 공부해 북경대학에 가겠다고 하지 않았느냐?"

"아버지, 지금 같은 시국에 어떻게 편안하게 앉아서 공부를 해요? 다들 뛰쳐나와서 우리 청도를 되찾아야죠. 아버지, 국가의 흥망은 필부에게도 책임이 있습니다."

'5·4운동'은 중국의 정치 구도뿐만 아니라 망우차장의 인간관계 구도를 변화시키는 데도 큰 영향을 끼쳤다. 북경에서 시작된 학생운동이 항주로 확산될 즈음 항씨네 집에서도 작지 않은 변화가 일어난 것이다.

밝은 달이 둥실 떠오른 어느 초여름 밤, 가화와 가평은 서호로 나갔다. 몸이 마르고 눈이 가로로 길게 찢어진 가화는 깊은 생각에 잠긴 표정으로 돌의자에 조용히 앉아 있었다.

체격이 크고 눈썹이 짙고 눈이 큰 가평은 주위를 힐끗거리면서 잠시도 쉬지 않고 떠들었다. 형에게 신문화운동을 선전하는 것이었다. 가평은 이날 이후로도 끊임없이 사람들에게 무언가를 선전하고 가르치는 역할을 담당했다. 그의 충실한 경청자 중에는 그의 형인 가화가 늘 포함되어 있었다.

"형, 〈성보〉城報를 봤어?"

"봤어. 영국인이 상해에서 창간한 거 맞지?"

"그럼 폭격기를 소개한 기사도 읽었겠네?"

"응. 고궁故宮(자금성)을 폭격했다면서?"

"고궁에 폭탄 투하하는 소리를 내 귀로 직접 들었어. 그날 나는 마침 북해北海에 있었거든."

"하도 엄청난 뉴스라 항주 사람들도 다 알아."

"그럼 레닌이 누구인지는 알아?"

"아, 러시아 급진당 우두머리 말하는 거야? 그가 살인 방화하는 사진을 봤어. 매우 포악한 사람 같았어."

"나는 레닌이 포악한 사람이라는 것을 믿지 않아. 내 두 눈으로 직접 확인하지 않고서는 믿을 수 없어."

"너는 러시아에 가고 싶어?"

"응. 형은?"

"나는 전 세계를 다 돌고 싶어."

"와, 꿈이 큰데?"

"나도 오빠들 따라갈래요."

뒤에서 여자아이의 목소리가 불쑥 들려왔다. 가초가 간식을 들고 오고 있었다.

"우리가 어디 가는지는 알아?"

가화, 가평 두 오빠가 웃음을 터트렸다.

"몰라요. 아무튼 오빠들이 가는 곳이면 다 따라갈 거예요."

"너는 집에서 얌전히 수나 놓고 있어."

가평이 호기롭게 덧붙였다.

"이 오빠들이 세상을 살기 좋게 만들어 놓을 테니 너는 가만히 앉아서 복이나 누리면 된다."

"얼마나 기다리면 돼요?"

"그리 오래 기다리지 않아도 돼. 네가 시집갈 때쯤?"

가초가 주먹으로 가평을 콩콩 때렸다.

"둘째오빠 나빠, 둘째오빠 나빠요."

"왜? 네가 시집갈 때쯤이면 이 세상은 틀림없이 좋아질 거야. 너는 행복하게 살 수 있어. 형, 안 그래?"

"당연하지."

가화가 고개를 끄덕였다. 사실 그는 가평처럼 멀리 생각해본 적이 없었다.

"너희들도 〈신청년〉新青年을 구독해?"

"당연하지. 좋은 글들이 얼마나 많은데."

"그럼 진독수 만나봤어?"

"당연하지. 진독수뿐만 아니라 이대교李大釗, 채원배蔡元培, 호적胡適도 다 만났어. 때로는 그들이 조 선생을 찾아오고, 때로는 조 선생이 나를 데리고 그들을 만나러 갔지."

가화는 가평이 부러운지 시무룩해져서 입을 다물었다. 인정하기 싫지만 몇 년 못 본 사이에 가평은 많이 성숙해 있었다. 비록 동생이라고 하나 정신적인 부분이나 지식 면에서는 형을 훨씬 능가하고 있었다. 가화도 사람인지라 이런 동생에게 질투심이 생기지 않는다면 거짓말일 터였다. 다만 천성적으로 너그럽고 온화한 성격과 고상한 품격 덕분에 이복동생의 능력을 질투하기보다는 인정하고 감복하는 마음이 더 컸을 뿐이었다. 그는 속으로 생각했다.

'나는 어떻게 하면 가평과 함께 이 세계를 공유할 수 있을까? 우선 시야를 넓혀야겠지? 손바닥만 한 서호를 벗어나서 더 넓은 세상으로 나가야겠지? 소리를 지르고, 미쳐도 보고, 자유와 과학을 좇고, 또 가평처럼 위대한 명인들을 많이 만나야겠지?'

진독수, 유반농劉半農, 전현동錢玄同, 이대교…… 수많은 명인들의 이름이 차례로 가화의 뇌리를 스쳐 지나갔다. 그는 순간 손에 들고 있던 도끼를 힘껏 땅에 박았다. 도끼 자루가 덜덜 떨렸다. 가화는 한 손을 허리에 얹고 다른 손으로 손짓을 하면서 이대교의 글을 읊었다.

대실재大實在의 폭포 같은 흐름은 영원한 시작이 없는 실재에서 끝이 없는 실재로 흐르는 급류이다. 우리의 '자아'와 우리의 '생명' 역시 모든 생활의 조류와 합쳐져 대실재의 흐름에 따라 확대되고 지속되고 진전하고 발전하는 것이다. 그러므로 실재는 곧 원동력이고 생명은 유전된다.

가평이 한달음에 가화에게 달려갔다. 이어 가화의 어깨를 끌어안고 몸을 흔들면서 소리 높여 화답했다.

현재의 청춘의 자아로부터 과거 청춘의 자아를 누르고, 오늘날 청춘의 나를 재촉해 내일 청춘의 나에게 물려줘야 한다.

마치 은밀한 연락을 위한 암호를 주고받는 것 같은 대화를 마치고 가화, 가평 두 사람은 동시에 웃음을 터트렸다. 둘은 이제 형제의 사이를 넘어 같은 참호에 있는 '전우'가 된 것이었다. 이윽고 가평이 단도직입적으로 물었다.

"우리 집은 문을 닫아걸었어?"

가평은 망우차장이 동맹파업에 가담했는지 여부를 물은 것이었다. 가화가 입을 삐죽거리며 대답했다.

"지금 망우차장의 총책임자는 촬착이야. 우리 차장에서 파는 차는 진짜 중국산이고, 지금은 한창 춘차春茶가 나올 때라 죽어도 문을 닫을 수 없다고 고집을 부리니 나도 설득할 방법이 없어. 아버지, 어머니도 별 말씀이 없으셨어."

"그럼 형은 가만히 있었어?"

가평이 무섭게 형을 다그쳤다.

"형은 입이 붙었어? 중국 영토인 산동이 당장 일본에 먹힐 판인데 그깟 춘차가 대수냐고 왜 말을 못했어?"

가화가 황급히 변명을 했다.

"그렇게 말했지. 그러나 씨알도 먹히지 않았어. '일제를 배척하고 국산 제품만 쓰라는 데는 우리도 찬성이다. 그러나 우리 집의 차는 진짜 국산이야. 일본차는 구하기도 어렵고, 설령 있다고 해도 먹을 생각이 없어. 중국 사람들이 중국차를 먹겠다는데 왜 팔지 못하게 하는 거냐?' 이렇게 말하는 데야 내가 뭐라고 하겠어?"

가평이 화가 나서 왼손 주먹으로 오른 손바닥을 치면서 말했다.

"국가의 흥망은 필부에게도 책임이 있다고 했어. 국민 모두가 합심해 들고 일어나도 모자랄 판에 그깟 춘차 몇 모금 적게 마시면 어디가 덧난대? 항주 인간들은 먹을 줄밖에 몰라. 그러니까 '망국ㄷ國의 도시'가 돼버렸지."

가평은 불빛이 비스듬히 비추는 마당 밝은 곳에 앉아 손발을 휘저으면서 일장 연설을 늘어놓았다. 땅에 드리운 그의 그림자는 크고 검었다. 진보 사상으로 무장한 사람은 다른 사람의 눈에 '거인'으로 보이게 마련이다. 가평은 어느 순간부터 뭇사람들이 괄목상대하지 않으면 안 되는 '거인'이 돼 있었다.

심록애는 사랑하는 아들이 당분간 북경으로 가지 않을 것이라는 말을 듣고 속으로 얼마나 기뻤는지 몰랐다. 마음 같았으면 아들이 어렸을 때처럼 품에 꼭 끌어안고 죽을 때까지 놓지 않고 싶었다. 그러나 야속한 아들은 어미의 심정을 아는지 모르는지 입만 열면 파업 선동이었다.

"어머니, 아직도 문을 닫아걸지 않고 뭐해요?"

"애야, 우리가 파는 차는 진짜 국산이야. 전 세계 사람들이 마시는 차는 모두 중국에서 난 거라는 말도 있잖느냐. 문을 닫지 않으면 안 될까?"

"안 돼요."

아들의 말투는 의논의 여지없이 단호했다.

"나는 모르겠다. 아버지께 말씀드려 봐."

심록애는 아들의 실망한 얼굴을 보고 싶지 않아 항천취에게 책임을 미뤘다. 가평은 '화목심방'에 들어서자마자 엄숙하게 입을 열었다.

"국가의 흥망은 필부에게도 책임이 있다고 했어요."

항천취도 지지 않고 응수했다.

"네 말뜻은 나라가 곧 망하게 생겼는데 백성인 내가 책임을 회피한다 이거냐?"

아버지의 예상 밖의 날카로운 공격에 가평은 말문이 막혔다. 그는 3년 만에 다시 만난 아버지가 낯선 사람처럼 느껴졌다. 마음이 무르고 성격이 유약하던 예전의 아버지가 아니었다. 가화가 황급히 중재에 나섰다.

"동생의 말은 학생들의 휴학, 노동자와 상인들의 동맹파업은 거스를 수 없는 대세라는 얘기예요."

항천취가 의자를 밀치고 일어났다. 이어 들고 있던 붓도 내던지고 뒷짐을 진 채 방안을 왔다 갔다 하면서 말했다.

"너희들이 무슨 말을 하려는지 안다. 문을 닫아걸고 동맹파업에 가담하라 이거지? 나도 중국 사람이야. 돈 따위는 아깝지 않아. 나는 망우차장의 '바지사장'이고 실제 운영자는 너희들 어머니와 촬착인 거 알지? 그들도 돈에 연연하지 않는데 내가 그깟 돈 몇 푼 때문에 이러는 줄 아느냐?"

항천취의 목소리가 높아졌다.

"나 항천취가 아편을 피우느라 탕진한 돈이면 망우차장을 하나 더 짓고도 남아. 너희들은 이 아비를 뭘로 보는 거냐?"

항천취는 이 몇 년 동안 말을 극도로 아꼈다. 꼭 필요한 말이 아니면 하지 않았다. 그 사실을 잘 알고 있는 가화는 아버지가 갑자기 말이 많아진 것이 이상해 아무 대꾸도 하지 않았다. 하지만 원체 무서운 게 없는 성격에다 그동안 나름 '큰물'에서 놀다 온 가평은 아버지의 말에 전혀 기죽지 않고 당당하게 맞받아쳤다.

"한 사람을 평가하려면 그 사람의 말이 아닌 행동을 보라고 했어요. 제가 남하하면서 본 바에 의하면 이르는 곳마다 노동자와 상인들이 파업투쟁을 하고 있었어요. 그런데 유독 우리 항주만 강 건너 불구경하듯 아무런 움직임도 보이지 않고 있어요. 항주에서 내로라하는 망우차장이 앞장서지 않는 이유가 뭔가요? 우리 차장이 직접적 손해를 입지 않았다고 위기에 처한 다른 업종을 나 몰라라 해도 되는 건가요? 이 논리대로라면 일본을 산동에 할양해도 우리 절강성과는 아무 상관이 없는 일이겠죠?"

항천취는 3년 만에 만난 둘째아들을 다시 바라봤다. 몇 년 전에 큰아들 가화가 밧줄을 건네주고, 둘째아들이 자신의 발을 잡고, 조기객이 자신을 침대에 꽁꽁 묶어놓던 기억이 어렴풋이 떠올랐다.

'이 녀석 간단치 않군. 어리다고 얕보면 안 되겠어. 조만간 아비 머리

꼭대기에 기어오르겠군.'

항천취가 잠깐 생각을 하더니 평온한 목소리로 말했다.

"따라오너라."

항천취가 두 아들을 데리고 서재를 나왔다. 그리고는 마당을 가로질러 후원에 들어섰다. 후원에는 조그마한 측문이 있었다. 문을 열자 망우저택의 오른쪽 벽이 나타났다. 벽을 따라 황포차들이 줄을 지어 서 있었다. 황포차 행렬은 앞으로 가다가 왼쪽 모퉁이를 돌아 차장 대문 앞까지 쭉 이어져 있었다.

항천취가 입을 열었다.

"봤느냐?"

"네."

"뭘 하러 온 사람들이냐?"

"우리 차장의 춘차를 사러 온 사람들이에요."

"이런 사람들을 두고 내가 문을 닫을 수 있겠느냐?"

가화는 아무 말도 하지 않았다. 그러나 가평은 뭐가 문제인지 모르겠다는 표정으로 항천취에게 반문했다.

"왜 문을 닫으면 안 돼요? 춘차 마시는 것이 우리 영토인 청도를 지키는 것보다 더 중요하다는 말이에요?"

인내심이 바닥난 항천취가 그예 고함을 질렀다.

"저 사람들에게 그런 깊은 도리를 말해! 저 사람들을 설득하라는 말이야. 너희들만 애국자인 것 같지? 이 아비도 산전수전 다 겪어본 사람이다. 너희들은 너희들대로 시위를 하고 백성들은 백성들대로 차를 마시겠다는데, 뭐가 잘못이냐? 저들은 모두 밥을 먹고 잠을 자고 차를 마시는 평범한 삶을 평생 동안 살아온 사람들이야. 이 아비 말이 말 같지 않으면 네가 직접 저 사람들을 설득해 봐."

"하라면 못할 것 같아요?"

가평이 한달음에 달려가 차장 문 앞에 세워져 있는 가장 가까운 황포차에 올랐다. 가화는 항천취를 힐끗 쳐다보고는 허둥지둥 가평을 쫓아갔다.

망우차장의 차를 사러 온 사람들은 올해 첫 수확한 햇차를 맛보기 위해 얌전하게 줄을 서서 차례를 기다리고 있었다. 그러다 검은색 학생복 차림에 체크무늬 목도리를 두른 젊은이가 다짜고짜 황포차에 오르는 것을 보고는 모두들 어리둥절했다. 젊은이는 사람들의 그런 시선 따위는 아랑곳하지 않고 팔을 휘두르면서 구호를 선창하기 시작했다. 그 옆에서 장삼 차림의 또 다른 젊은이가 구호를 따라 불렀다.

"국가의 흥망은 필부에게도 책임이 있다!"

"국가의 흥망은 필부에게도 책임이 있다!"

"대외로 국권을 쟁취하고, 대내로 매국노를 징벌하자!"

"대외로 국권을 쟁취하고, 대내로 매국노를 징벌하자!"

"동맹파업에 참가하고 일제 상품을 배척하자!"

"동맹파업에 참가하고 일제 상품을 배척하자!"

가화와 가평 두 사람은 번갈아가면서 한참 구호를 외쳤다. 처음에는 호기심을 보이던 사람들은 점차 무덤덤해졌다. 최근 공신교, 무림문과 호빈 일대에서 학생들이 연설을 하면서 시민들에게 '일제 배척, 국산제품 사용'을 선전하는 모습을 심심찮게 봤기 때문이었다. 물론 애국심이 강한 일부 시민들은 매일 신문을 보면서 매국노를 성토하기도 했다. 때문에 항씨네 두 형제가 소리 높여 구호를 외칠 때 손을 들고 함께 외치는 사람도 적지 않았다.

오랜만에 뭇사람들의 관심을 받은 가평은 기분이 매우 좋았다. 그가 내친김에 목청을 돋우어 연설을 시작했다.

"동포 여러분! 여러분도 아시다시피 산동성의 주요 항구와 1897년부터 독일 해군기지로 사용돼온 청도가 매국노들에 의해 곧 일본으로 넘어갈 위기에 처했습니다. 프랑스, 영국과 일본 3개국은 이미 자기들끼리 비밀협정도 마쳤다고 합니다. 우리 중국의 영토를 마치 자기네 영토인 양 제멋대로 나눠 갖다니, 이게 말이 됩니까? 무능한 정부는 국가와 국민을 위해 공정한 도리를 밝히기는커녕 비밀리에 일본과 만나 꼭두각시 노릇을 자처하고 있습니다. 중국 국민은 허수아비입니까? 동포 여러분! 지금은 국가의 생사가 걸린 중요한 시기입니다. 우리 영토를 오랑캐들에게 내줘서는 안 됩니다. 우리 민족은 죽는 한이 있어도 남에게 고개를 숙이지 않는 민족입니다. 동포 여러분! 국가가 망하게 생겼습니다. 우리 다 함께 일어납시다!"

가평은 격정이 넘친 듯 눈물을 줄줄 흘렸다. 가화 역시 함께 눈물을 흘렸다. 곧이어 평소 내성적이고 사람들 앞에 나서기 싫어하던 그도 임시 연단에 올라 격정적인 목소리로 연설을 했다.

"동포 여러분! 학생은 공부하고, 노동자는 일을 하고, 상인은 장사를 하는 것은 당연한 이치입니다. 봄이 오면 햇차를 수확해 향과 맛을 음미하는 것 역시 우리 항주 사람들의 오래된 풍습입니다. 하지만 오늘 우리 망우차장은 이 풍습을 깰 수밖에 없습니다. 망우차장은 오늘부로 문을 닫고 동맹파업에 동참합니다! 대를 위해 소를 버리기로 했으니 여러분의 양해를 바랍니다. 차는 안 마셔도 살 수 있지만 국가가 없이는 하루도 살 수 없습니다."

차를 사러 온 사람들은 그제야 망우차장에서 '축객령'을 내렸다는 사실을 알고는 웅성거렸다. "국난이 눈앞에 닥쳤는데 그깟 햇차가 대수냐"고 생각하는 사람이 대부분이었으나 일부는 수긍하지 않고 이치를 따졌다.

"너희들은 누구냐? 망우차장 주인장 나오라고 해!"

가화와 가평은 서둘러 대문을 걸어 잠갔다. 두 형제를 알아본 사람이 대답했다.

"모르셨소? 항 사장네 도련님들이잖소."

먼저 말을 꺼냈던 사람이 혀를 찼다.

"참 대단한 집안이로구먼. 이렇게 대단한 아들들이 있는 줄 미처 몰랐네."

망우차장 안에 갇힌 촬착은 이때 뒷문으로 나와 허둥지둥 심록애를 찾아갔다.

"큰일났어요. 두 도련님이 차장 대문을 걸어 잠갔어요. 파업을 한대요!"

심록애는 순간적으로 머리가 띵해졌다. 가장 먼저 드는 걱정은 항천취가 어떤 반응을 보일까 하는 것이었다. 그녀는 허둥지둥 서재로 달려갔다. 항천취는 서재에 없었다. 방금 뒷문 쪽으로 갔다고 완라가 알려줬다.

그녀는 다시 소리가 나는 곳으로 허둥지둥 달려갔다. 항천취가 벽에 비스듬히 기대서서 부채로 햇빛을 가리고 있었다. 항천취의 시선이 향한 곳에서는 항씨네 두 아들이 겁도 없이 황포차에 올라서서 "동포 여러분!"을 외치고 있었다.

성격이 급한 심록애는 곧바로 아들들에게 다가가려고 했다. 그러자 항천취가 잡아당기면서 말했다.

"내버려 둬, 언젠가는 겪어야 할 일이야."

화가 머리끝까지 치민 심록애는 친아들인 가평에게 욕설을 마구 퍼부었다.

"돌아온 지 얼마나 됐다고 사달을 일으켜? 파업을 하려면 우리가 하지 제가 뭔데 나서서 난리야?"

"가평만 욕할 게 아니야. 가화도 똑같아. 언제부터 생각은 있었는데 감히 혼자 나서지 못했을 뿐이야."

"둘 다 아주 간이 배 밖으로 나왔어."

심록애가 체념한 얼굴로 말했다.

"이미 주문한 햇차를 다 어쩐대요? 팔지 못하면 모조리 묵은 차가 될 텐데. 아이고, 아까워서 어쩌나."

항천취가 깊은 생각에 잠긴 표정을 한 채 두 아들을 보면서 말했다.

"나라가 망하는 것이 안타깝지 이깟 차가 묵어가는 것이 아까운가?"

"그럼 아까는 왜……?"

항천취가 아내를 힐끗 보고 담담하게 말했다.

"당신이 고생한 것이 안 돼서 그랬어."

순간 심록애의 눈시울이 붉어졌다.

차장 문밖에서는 여전히 두 형제가 번갈아가면서 "동포 여러분!"을 외치고 있었다. 급기야 '동포들'은 더 있어봤자 차를 살 수 없다는 것을 알고 뿔뿔이 흩어졌다. 나중에는 흰 적삼에 검은색 치마를 입은 단발머리 소녀만 남았다.

가평이 소녀를 향해 손사래를 치면서 말했다.

"어서 가요, 가. 그렇게 서 있어도 소용없소. 우리는 차를 안 팔 거니 깐."

"아까 샀어요."

소녀가 안고 있던 천주머니를 가리켰다.

"제가 맨 마지막에 산 사람이에요."

"그런데 왜 안 가고 있소?"

"글쎄요, 제가 왜 안 갔을까요?"

소녀가 생글생글 웃으면서 반문했다. 소녀는 여느 항주 여자들처럼 수줍어하거나 우물쭈물하지 않았다. 두 형제는 황당한 눈빛으로 소녀를 쳐다봤다.

"당신들이 내려와야 저도 가죠."

소녀가 여전히 웃으면서 말했다. 그제야 두 형제는 두 사람이 임시 '연단'으로 사용했던 황포차가 소녀의 '자가용'임을 알았다.

가화, 가평 두 형제는 황포차에서 홀쩍 뛰어내렸다. 연신 "미안하다!"고 사과도 했다. 그러자 소녀가 말했다.

"미안하고 말 것도 없어요. '국가의 흥망은 필부에게도 책임이 있다!'고 당신들이 말했잖아요. 우리 여자잠상女子蠶桑학교도 시위에 동참했어요. 오늘은 제 아버지가 춘차를 드시고 싶다고 해서 여기 온 거예요. 안 그러면 저도 지금쯤 어딘가에서 전단지를 나눠주고 있었겠죠."

의기투합한 세 사람은 마치 구면처럼 스스럼없이 얘기를 나눴다. 소녀가 먼저 대범하게 물었다.

"당신들은 일본 물건 태우는 데 동참했어요? 오늘 오후에 신시장新市場 부근에서 태웠거든요."

"당연하지."

부끄럼을 많이 타서 평소에 좀처럼 여자들과 말을 섞지 않는 가화가 웬일인지 먼저 나서서 대답했다. 옆에 든든한 동생이 있으니 없던 용기가 생기는 모양이었다.

"우리 학교에서는 나무 우리도 만들었소. 감히 일본 물건을 은닉하는 자는 가차 없이 끌어내 조리돌림을 시킬 거요."

가화의 말이 채 끝나기도 전이었다. 마치 그의 말을 입증이라도 하듯 요란한 구호 소리와 꽹과리 소리가 들려오더니 곧이어 관항구官巷口 입구에서 바퀴 네 개가 달린 나무 우리가 모습을 드러냈다. 우리 안에는 과피모를 쓴 사내 한 명이 앉아 있었다. 봉두난발에 눈을 꼭 감고 있어 얼굴을 알아볼 수 없었다. 한 무리의 학생들이 고함을 지르면서 우리를 끌고 있고 구경 나온 시민들은 뒤를 따르고 있었다.

소녀가 말했다.

"저기 봐요, 조리돌림을 하러 나왔어요."

"우리 학교 학생들이오."

가화가 들뜬 목소리로 자랑했다.

나무 우리 행렬은 멈췄다가 움직이고 움직이다가 멈춰서면서 느릿느릿 전진했다. 웅성거리는 소리 속에 어린아이의 울음소리가 들려왔다. 자세히 보니 열한두 살 정도밖에 안 되는 남자아이가 우리 안의 남자를 마주한 채 뒷걸음질로 움직이면서 울고 있었다.

"양아버지, 양아버지, 죽지 말아요, 죽으면 안 돼요……."

'양아버지'라고 불린 남자가 번쩍 눈을 떴다. 증오, 체념, 치욕 등 오만가지 감정을 다 담은 눈빛이었다. 집으로 돌아가려고 몸을 돌리던 항천취는 곁눈질로 남자의 얼굴을 보고 말았다. 남자는 다름 아닌 오승이었다!

학생들은 가화 형제를 보고 잔뜩 들뜬 목소리로 와자지껄 떠들어
댔다.

"이자는 창승昌陞 포목점 점주야. 글쎄 일본 천에 '국산' 라벨을 붙여
공공연히 사람들에게 팔다가 우리에게 딱 걸렸지 뭐야. 현장에서 잡히
고도 한사코 아니라고 발뺌하기에 끌고 나왔어."

가평이 오승을 향해 눈을 부라리면서 말했다.

"잘했어. 이자는 질이 아주 나쁜 인간이야. 못된 짓만 골라서 하지.
벌써 끌고 나와서 조리돌림을 했어야 했어."

가화는 오승을 힐끗 보고 아무 말도 안 했다. 그는 예전부터 오승을
싫어했다. 꿈에서조차 보일까봐 질색했다.

오승의 주름이 자글자글한 눈이 교활한 빛을 발했다. 그는 가화와
가평을 힐끗 보고 나서 울고불고하는 양아들 가교에게 시선을 고정했
다.

"눈물 닦아."

가교가 마치 어명을 받은 것처럼 손등으로 눈물을 쓱 닦았다. 이어
작은 주먹을 휘두르면서 가화를 향해 소리를 질렀다.

"우리 아빠를 풀어줘요! 나쁜 인간들, 우리 아빠를 풀어줘요."

"가교?"

가평은 동생을 알아보고 깜짝 놀랐다. 그러나 가교는 3년 만에 다
시 만난 가평을 알아보지 못했다. 가교는 다짜고짜 가화에게 다가가 머
리로 가슴을 들이받았다.

"우리 아빠를 풀어줘, 이 나쁜 형 같으니라고."

화가 난 가평이 거칠게 가교를 잡아당기면서 말했다.

"너 제정신이야? 누가 네 아빠야? 저 인간이야, 아니면 이분이야?"

가평이 항천취를 가리킨 다음 오승을 가리키면서 말을 이었다.

"저자는 일본 물건을 팔았어. 매국노가 되고 싶어 환장한 인간이야. 네가 저자의 아들이면 너는 작은 매국노야."

성격이 포악한 가교는 '작은 매국노'라는 말에 흥분해 가평에게 달려들더니 순식간에 팔을 깨물었다. 화가 난 가평이 동생의 뺨을 후려갈겼다.

가교는 누가 뭐래도 어린아이였다. 뺨을 맞자 무서운 나머지 더 대들지 못했다. 가화가 얼른 가교를 끌어당기면서 말했다.

"가교, 너 이 사람이 누군지 모르겠어? 북경에서 돌아온 둘째형이야. 형을 물면 안 되지."

가교는 너무 화가 나서 코만 벌름거릴 뿐 아무 말도 못했다. 그러다 우리 안의 오승과 눈이 마주치자 '양아버지'를 부르면서 바닥에 엎드려 대성통곡을 했다.

항씨 가문의 복잡한 속사정을 모르는 학생들은 놀란 표정을 한 채 이 사람 저 사람을 번갈아 살펴봤다. 급기야 성미 급한 한 학생이 물었다.

"조리돌림 계속 할 거요? 말 거요?"

가평이 즉각 대답했다.

"당연히 해야지. 일벌백계해야 항주 사람들이 두 번 다시 일본 물건을 팔 엄두를 못 낼 거요."

소녀가 조심스럽게 물었다.

"이 아이는 당신의 동생인가요?"

가평이 가교에게 물린 팔을 저으면서 버럭 화를 냈다.

"매국노를 '아버지'라고 부르는 자는 우리 항씨 가문 사람이 아니오."

"누가 항씨 가문 사람이 되겠다고 했어요? 나는 항씨가 아니에요. 항씨네 집에 살지도 않는데 항씨는 개뿔!"

가교도 울면서 독설을 내뱉었다.

"네가 항씨가 아니면 뭐냐? 이 매국노를 따라서 오씨로 성을 갈고 싶어?"

"그래요, 오씨 할래요. 오씨가 좋아요. 항씨 가문에는 악인들밖에 없어요. 항씨네 인간들 다 뒈져버려!"

만생호를 들고 걸어오던 항천취가 공교롭게도 가교의 마지막 한마디를 들었다. 그의 손이 덜덜 떨리면서 만생호에서 물이 흘러나왔다. 오승이 다호를 보더니 신음을 내뱉으면서 큰 소리로 말했다.

"물, 물 좀 줘. 목말라 죽겠네. 가교, 얼른 물 좀 갖다 줘. 가교, 이 아비 좀 살려줘……."

가교가 친아버지 손에 들려 있는 다호를 보더니 대뜸 달려가서 빼앗았다. 그리고는 발꿈치를 들고 양아버지 입에 다호를 댔다. 물을 마시는 오승의 눈에서 눈물이 줄줄 흘러내렸다. 가교는 오승이 물을 다 마신 것을 확인하고는 다호를 항천취의 손에 돌려줬다.

나무 우리 행렬은 다시 앞으로 나아가기 시작했다. 가화는 따라가지 않았다. 그는 둘째 동생의 행동에 큰 충격을 받았다.

소녀도 따라가지 않았다. 소녀는 구호를 부르는 가평의 뒷모습을 손가락으로 가리키면서 조심스럽게 물었다.

"저 사람도 항씨인가요?"

가화가 기계적으로 고개를 끄덕였다. 소녀는 황포차에 오르면서 의미심장한 말을 남겼다.

"이상하네, 같은 항씨인데 이렇게 다를 수가."

항씨 부자와 심록애는 멍하니 서 있기만 했다. 이윽고 심록애가 한숨을 내쉬고는 말했다.

"벌 받을 짓이야."

"내가 벌 받을 짓을 한 거야. 내가 아들딸들에게 죄를 지었어. 이건 인과응보야."

맏아들 가화를 보면서 말하는 항천취의 목소리는 쓸쓸했다.

황포차에 앉은 소녀는 눈을 크게 뜨고 이상한 가족을 내려다봤다. 그리고 깊은 생각에 잠긴 채 천천히 걸음을 옮겼다. 황포차 지붕에 씌워진 휘장에는 크지도 작지도 않은 글씨로 '방'方자가 새겨져 있었다. 소녀가 부유한 집안에서 태어난 '5·4' 신세대 여성이라는 사실은 누가 말해주지 않아도 누구나 짐작할 수 있을 듯했다.

제26장

망우차장은 아무런 예고도 없이 혼란의 시기에 들어섰다. 비록 이 기간은 그리 길지 않았으나 훗날 꽤 오랫동안 사람들의 입방아에 오르내리기에 충분했다. 다만 사람들의 뒷담화 내용에 '차'는 일절 언급되지 않았다. 차가 항씨 가문의 밥줄이자 삶의 일부일 정도로 중요한 것이었음에도 그랬다. 항씨네가 차 사업에서 은퇴했는지, 실패했는지 아니면 쫓겨났는지 여부는 알 길이 없었다. 다만 분명한 것은 모든 사람들의 관심이 차가 아닌 항씨네 신세대에 집중됐다는 사실이었다. 항씨네 신세대 중에서도 특히 둘째도련님 가평에게 쏠린 관심이 제일 컸다.

가평은 항씨 집안의 '혼세마왕'混世魔王(말썽꾼)이었다. 점잖고 온아한 유상儒商 가문 사람답지 않게 반골 기질이 강했다. 그는 북방에서 술을 배웠다. 그러다 보니 그의 몸에서는 우아하고 은은한 차 향기는 찾아볼 수 없었다. 성격도 독한 술처럼 뜨겁고 격정적이었다. 그는 또 달변이었다. 게다가 극단적이고 열정적이었다. 가는 곳마다 헌신할 대상을 찾아

혜맸다. 다만 그는 차에 관해서는 전혀 흥미가 없었다. 사업 얘기는 들은 척도 하지 않았다. 장사는 소인배나 하는 짓이지 원대한 신념을 가지고 있는 사람들이 할 일이 아니라는 것이 그의 지론이었다.

가평의 원래 계획은 북경으로 돌아가는 것이었다. 그러나 항천취는 그를 보내지 않았다. 하룻강아지 범 무서운 줄 모르고 날뛰다가 큰 코를 다치지 않을까 걱정이 된 탓이었다. 또 조기객에게 폐를 끼치고 싶지 않다는 것도 이유였다.

가평은 절강제1사범학교에 입학한 후에도 공부에는 도통 관심이 없었다. 학교에 가서도 어떻게 해야 시민들에게 가까이 다가가고 도탄에 빠진 백성들을 구원할 수 있을지에 대해서만 고민하고 있었다. 그는 급기야 학교에서 〈망우〉忘憂라는 등사판 소형 신문을 창간했다. 주요 기고자는 그 자신과 가화였다. '망우'라는 이름은 가화가 고집한 것이었다. 그는 이렇게 해야 망우차장으로부터 자금을 지원받을 수 있다고 했다. 가평은 사회다원주의, 생디칼리즘(노동조합주의), 국가주의, 사회주의 등 오만가지 '주의'들을 신문에 선전했다. "낡은 세계를 뒤엎겠다"는 그의 꿈과 열정에 꼭 어울리는 것들이었다.

"무정부주의라는 게 뭐야?"

가화는 처음 들어보는 '주의'가 무척 신기했다.

"모든 권력을 '죄'로 간주하고 개인의 절대적인 자유를 추구하면서 모든 정부와 정권 및 국가, 사회적 권위를 부정하고 밀모와 암살, 폭동을 일으키자는 사상이야."

"그건 무법천지 아니냐?"

"그래, 맞아. 무법천지야."

가평이 형에게 물었다.

"형은 무슨 '주의'를 신봉해?"

"나는 도연명의 무릉도원 생활을 동경해. 굳이 '주의'를 갖다 붙이자면 '도연명주의'라고 할 수 있겠지."

"'도연명주의'가 바로 무정부주의야."

가평이 단호하게 결론을 내렸다.

가화는 깜짝 놀랐다. 한나절이나 떠들어댔는데 결국에는 '도연명주의'가 '무정부주의'라니. 다행히 젊고 두뇌 회전이 빠른 가화는 신문물을 접수하는 속도도 빨랐다. 더구나 그는 이미 가평의 '포로'가 된 상태였다. 그 나이 또래 젊은이들은 무릇 힘 있고 설득력 있으면서 세속과 반대되는 사상은 모두 바르고, 과학적이고, 진보적이라는 생각을 하기 쉬웠다. 가화 역시 예외는 아니었다. 가평의 말을 듣고 아무런 의심 없이 '무정부주의'에 수긍했다. 그가 자신의 용기를 증명하기 위해 제일 먼저 시도한 일은 '항'씨라는 성을 없애는 것이었다. 말할 것도 없이 "무정부주의는 혈연관계를 없애야 한다고 주장한다"는 가평의 입김이 크게 작용한 결과였다.

항씨네 망우차장과 망우저택은 1919년 여름 내내 가화, 가평, 가초 형제들 때문에 바람 잘 날이 없었다. 그들은 망우차장에 장사 금지령을 내린 것도 모자라 자신들의 얼마 안 되는 용돈을 '노동자계급'에게 나눠주면서 서호 호숫가에 있는 망우찻집에 가서 차를 마시고 놀다 오라고 간곡하게 부탁하기도 했다. 그러나 촬착과 완라를 포함한 '노동자계급'은 좋아하기는커녕 화를 냈다.

"그만들 좀 해요. 올해 수확한 춘차를 아직도 팔지 못하게 하면 도대체 어쩌자는 거예요? 당신들 항씨네 식구 맞아요?"

"우리는 항씨네 식구가 아니오. 우리는 그 어디에도 소속되지 않소.

우리는 '무정부주의자'요."

물론 망우차장의 '노동자계급'은 가화와 가평 등의 말을 한마디도 알아듣지 못했다. 또 별로 궁금해하지도 않았다. 아무튼 그들은 집에 있는 하인들을 한 명도 빠짐없이 전부 서호로 쫓아보냈다. 또 안주인인 심록애를 부엌에 보내 식사 준비를 하도록 했다. 뿐만 아니라 선방^{禪房}에 앉아 있는 항천취에게 물통과 멜대를 갖다 주면서 물을 길어오라고도 했다. 항천취는 기가 막혔는지 자식들을 힐끗 흘겨보고는 영은사^{靈隱寺}로 '피난'을 가고 말았다. 그리고는 그곳에서 차를 마시고 참선하면서 복잡한 마음을 가라앉혔다.

가화와 가평, 그리고 가초는 망우차장에서 한바탕 소란을 피우고 나서 이번에는 망우찻집으로 달려갔다. 이어 점원들을 다 쫓아내고 가난한 사람들을 불러들여 무료로 차를 마시게 했다. 망우찻집의 '선행'은 항주성에 파다하게 소문이 났다. 당연히 사면팔방의 거지들이 떼로 몰려왔다. 깨끗하고 고급스러울 뿐 아니라 아늑하던 찻집은 삽시간에 더럽고 냄새나고 시끌벅적한 '시장통'으로 변해버렸다. 단골 다객들은 기겁을 하면서 도망갔다. 그렇지 않아도 장사가 잘 되지 않아 골머리를 앓던 찻집 지배인 임여창은 항씨네 도련님과 아가씨가 우물에 빠진 사람에게 돌 던지는 격으로 장사를 방해하는 것을 보고는 헐레벌떡 양패두로 달려갔다.

그러나 망우저택의 상황은 더 심각했다. 늙은 몸을 이끌고 고자질하러 달려온 임여창은 입도 뻥긋하지 못했다. 어린 거지 한 무리가 망우저택 후원을 차지하고 있었던 것이다. 가초는 거지들을 지휘해 예전에 금붕어와 연꽃을 길렀던 못에서 목욕을 시키고 있었다. 가화는 아예 사랑채 바닥에 침구를 깔아 거지들의 잠자리를 마련했다. 세 사람의 계획은 '고아원'을 만들어 무정부주의를 실천하는 것이었다.

가평은 선방에 있는 항천취를 찾아갔다.

"천취 동지, 돈 좀 주십시오. 많이는 필요 없고 우리들이 고아원을 하나 차릴 정도면 됩니다."

《장자》莊子의 〈소요유〉逍遙遊를 읽고 있던 항천취는 입을 딱 벌리고 할 말을 잃었다. 한참 후에야 그는 겨우 한마디를 내뱉었다.

"너희 어머니를 찾아가거라."

"심록애 동지는 당신과 의논하라고 했습니다. 당신의 허락 없이는 한 푼도 줄 수 없다고 했어요."

"너, 방금 어머니를 뭐라고 불렀어?"

"무정부주의자들은 동지 관계만 있을 뿐 혈연관계는 없습니다."

항천취는 넋 나간 표정으로 서 있었다. 황당하기도 하고 화가 나기도 한 표정이었다. 어떻게 했으면 좋을지 모르는 것이 분명했다. 하기야 아무도 그에게 이런 상황에서는 어떻게 해야 한다고 가르쳐준 적이 없었으니 말이다. 이럴 때 조기객이 곁에 있다면 얼마나 좋을까. 그는 아이들의 행동이 대역무도한 짓이라는 생각은 해보지 않았다. 도덕적 기준으로 따지자면 그 역시 아이들보다 나을 바가 없었기 때문이었다. 그러나 지금 그에게 필요한 것은 조용하고 안온하면서 걱정 없는 삶이었다. 그는 아편을 끊은 이후로 정상적이고 규칙적인 생활을 하기로 결심한 터였다.

예전의 항천취는 다람쥐 쳇바퀴 돌 듯 지루한 일상을 제일 싫어했었다. 그러나 중년이 된 이후에는 완전히 달라졌다. 조용한 삶도 나쁘지 않다는 생각이 들었다. 그래서 그가 택한 것은 자연 친화적인 생존방식이었다. 그래서 사회와는 아예 담을 쌓았다. 사회에서 들려오는 목소리는 그것이 기쁨의 함성이건 항의의 목소리건 그의 영혼에 큰 울림을 주지 못했다.

그와 아들들 사이에는 커다란 심연이 가로막고 있었다. 그는 도대체 어떤 언어로 아들들과 대화해야 할지 몰랐다. 그가 자신의 언어로 말을 하면 아들들은 당연히 알아듣지 못할 터였다. 그렇다고 아들들의 언어로 대화하려니 그것에 대해 아는 것이 전혀 없었다.

항천취는 문득 조주 스님의 "차 한 잔 마시게"라는 게가 떠올렸다. 언제부터인가 그는 어릴 때부터 익히 접해왔던 '차'에 대해 완전히 새로운 인식을 갖게 됐다. 어떤 고민이 있든 간에 차 한 잔 마시는 것보다 더 중요한 일이 있겠는가. 그는 불교의 다선茶禪을 새롭게 깨우친 기쁨에 목소리가 한결 부드러워졌다.

"나 차 마시러 간다."

"고아원을 세우는 돈은요?"

"나 차 마시러 간다."

"돈을 내놓고 가세요."

"나 차 마시러 간다……."

"지금 가면 안 돼요. 할일이 얼마나 많은데 차 마실 생각밖에 안 해요?"

부자간의 대화는 여기서 뚝 끊겼다. 갑자기 심록애의 비명소리가 들려왔기 때문이었다.

항천취와 가평은 일제히 소리가 나는 곳으로 고개를 돌렸다. 남루한 옷차림을 한 어린 거지가 망우저택의 마당, 지붕과 담벼락을 원숭이처럼 오르내리면서 심록애의 약을 올리고 있었다. 거지의 손에는 놀랍게도 조기객이 항천취에게 선물한 만생호가 쥐어져 있었다. 식칼을 든 심록애는 미친년처럼 소리를 지르면서 어린 거지를 쫓아다녔다. 부스스한 장발을 풀어헤친 거지 한 무리가 짐승처럼 괴성을 지르면서 그런 심록애의 뒤를 따르고 있었다. 거지 무리 뒤로는 어찌할 바를 몰라 쩔쩔매는 가화와 가초의 모습도 보였다.

"무슨 일이에요? 무슨 일이에요?"

가평이 '록애 동지'의 팔을 잡아당기면서 물었다.

머리끝까지 화가 치밀어 오른 심록애는 안주인의 품위고 뭐고 간에 가평에게 손가락질을 하면서 욕설을 퍼부었다.

"이 원수덩어리야, 집안을 한바탕 들쑤셔놓은 것도 모자라서 이제는 거지들을 집안에 끌어들여? 네놈이 무슨 재주로 수천만 거지들을 먹여 살린다는 말이냐? 이자들이 무슨 짓을 했는지 알아? 내가 한창 채소를 썰고 있는데 저 녀석이 글쎄 다른 것도 아니고 하필 만생호를 들고 물 마시러 부엌에 왔지 뭐냐. 너무 놀라서 기절하는 줄 알았어. 만생호가 아무나 함부로 만져도 되는 거냐? 아이고, 이 원수덩어리."

심록애가 다시 식칼을 들고 어린 거지를 찾았다. 그 사이에 어린 거지는 만생호를 안고 지붕으로 올라갔다.

사실 어린 거지는 일부러 심록애를 골탕 먹이려고 한 것이 아니었다. 그가 어찌 이 '만생호'인지 '쾌생호快生壺(만생호의 '만慢'은 천천히 '만慢'자와 음이 같음. 그래서 빠른 '쾌快'를 써서 패러디를 한 것임)'인지 하는 물건이 진귀한 보물이라는 것을 알겠는가. 그는 아무 생각 없이 물 마시러 부엌에 갔다가 시퍼런 식칼을 든 심록애가 쫓아오는 것을 보고 걸음아 나 살려라 도망을 갔을 뿐이었다.

어린 거지는 지붕 아래의 사람들이 아무리 어르고 달래도 내려오지 않았다. 심록애가 칼을 던지고 은전을 보여줘도 소용이 없었다. 가평이 무정부주의 이론으로 설득해도 그랬다. 가초가 눈물로 호소해도 소용이 없었다.

항천취 역시 속수무책이었다. 더 정확하게 말하면 그는 식구들을 도와 어린 거지를 설득할 생각 같은 건 하지도 않았다. 심지어 울고 불면서 어린 거지를 설득하는 식구들을 빈정대고 조소했다. 모르는 사람이 보면 항천취가 어린 거지와 같은 편이라고 착각할 법한 기묘한 장면이 연출된 것이다.

땅거미가 깃들기 시작했다. 지붕 위에 우두커니 앉아 있는 어린 거지는 고군분투하는 '외로운 영웅'을 연상케 했다. 지붕 아래의 사람들은 지쳐서 입을 다물었다. 이렇게 해서 지붕 위 사람과 지붕 아래 사람들은 서로 멀뚱멀뚱 쳐다보기만 했다.

이때 어디에선가 어린 거지를 부르는 소리가 들려왔다. 후원 밖에서 나는 소리였다. 높은 곳에 앉아 있던 어린 거지는 '고아원' 친구들이 후원 밖에서 자신을 향해 손짓하는 것을 분명히 목격했다.

사달을 수습한 사람은 가화였다. 성격이 꼼꼼하고 지략이 뛰어난 가화는 어린 거지의 행동을 자세히 관찰하고 분석했다. 그래서 얻어낸 결론이 겁에 질린 어린 거지가 다른 사람들의 말은 한마디도 듣지 않고 오직 같은 무리들의 말만 듣는다는 것이었다.

가화는 공들여 준비한 무정부주의 실천이 실패로 돌아갔다는 사실을 인정하지 않으면 안 됐다. 걸인들은 가화 형제들의 호의를 호의로 받아들이지 않았다. 그들은 자신들을 마당에 가둬 깨끗하게 목욕을 시키고 배불리 먹인 다음 유괴범들에게 팔아먹지 않을까 잔뜩 경계했을 뿐이었다.

가화는 처음으로 가평의 의견을 묻지 않고 후원 문을 열었다. 들어

온 문으로 나가는 거지들의 표정은 홀가분해 보였다. 사실 그들은 자유를 포기한 대가로 얻은 밥과 잠자리를 별로 반가워하지 않았다. 특히 밤이 되자 떠돌이생활을 하던 때가 사무치게 그리운 듯했다. 그들에게는 여름날의 서호 호숫가와 육조교六弔橋 아래가 나무랄 데 없이 완벽한 '집'이 아니었던가. 한마디로 그깟 '고아원' 따위는 하나도 고맙지 않았다.

가화는 다른 사람들을 다 돌려보내고 혼자 지붕 아래에서 어린 거지가 내려오기를 기다렸다. 아무튼 결론부터 말하면 지붕 위의 어린 거지를 포함한 한 무리의 거지들은 망우저택을 떠났고, 만생호는 무사히 '화목심방'의 선탁禪卓 위에 안치됐다.

대청은 불이 환했다. 하인들도 각자 제자리로 돌아왔다. 한바탕 소란이 지나갔으니 이제 다시 업무에 복귀해야 할 시간이었다. 사람들은 마치 그동안 '차'를 홀대한 것이 무척 미안한 것처럼 차에 대해 한참 동안 얘기를 나눴다. 이제는 다 괜찮아졌다. 이튿날부터 정상 영업이 시작될 터였다. 중국 영토 청도는 돌려받아야 마땅했다. 일제 물건을 배척하는 것도 마땅한 일이었다. 하지만 차는 중국의 것이었다. 차를 사고, 차를 파는 것은 망우차장의 생존을 위한 기본 원칙이었다. 하인들은 그전까지 안주인의 얼굴을 보고 가평의 억지를 받아준 것이었다. 그러나 안주인이 이미 입장을 표명한 이상 '하룻강아지'의 말을 들을 사람은 아무도 없었다.

가평은 우울하고 쓸쓸한 설을 보냈다. 앞서 그의 일부 동료들은 새로운 인생을 찾아 북경으로 향했다. 그러나 가평은 돈을 구하지 못해 북경으로 가지 못했다. 항주에 남은 그는 상갓집 개처럼 처량한 신세가 되었다.

가화는 원래부터 조용하고 차분한 성격이었다. 그래서 가평처럼 그리 오래 실의에 빠져 있지 않았다. 그가 보기에 삶이란 원래 음울하고 답답한 것이었다. 사람이 살면서 제일 많이 느끼는 감정 역시 답답함과 우울함이라는 것이 그의 생각이었다.

이런 이유로 그는 자신이 느끼고 있는 감정에 별로 큰 의미를 부여하지 않았다. 혼자라면 충분히 견뎌낼 수 있는 것들이었다. 문제는 동생이었다. 가화는 갑갑해서 어쩔 줄 몰라 하는 가평을 보면서 덩달아 조급하고 초조해졌다. 동생이 잠을 못 이루는 밤이면 그 역시 밤을 새기 일쑤였다.

급기야 가화는 동생의 불안감과 조급증을 달래고자 함께 호포사虎跑寺에 다녀오자고 제안했다. 호포사에는 홍일弘一 스님이 있었다. 홍일 스님은 과거 절강제1사범학교에서 교편을 잡았던 이숙동 선생이었다. 가평은 홍일 스님처럼 고정관념에 반기를 든 사람들을 좋아했다.

그는 부모와 말을 섞지 않은 지도 한참이나 되었다. 집에서 가끔 마주칠 때면 볼이 잔뜩 부어 본 척도 하지 않았다. 심록애는 속이 상해서 미칠 것만 같았다. 무엇 때문에 아들이 자라면서 점점 더 낯선 사람처럼 변해가는지 이해가 되지 않았던 것이다.

가화와 가평은 호포사로 향했다. 그러나 사찰 안으로 들어가지 못하고 담벼락 주위를 몇 바퀴 돌았다. 주변은 괴괴했다. 둘 다 감히 은사隱士에게 "우리가 왔노라"고 알릴 엄두를 내지 못했다. 가화는 홍일 법사의 조용한 휴식을 방해하고 싶지 않았다. 가평은 슬슬 짜증을 내기 시작했다.

"여기라고 별다를 것 없군. 나는 속세를 벗어난 사람은 우리와는 완전히 다른 삶을 사는 줄 알았는데."

　말은 그렇게 해도 가평은 형을 난처하게 할 생각은 없었다. 그는 형을 좋아했다. 게다가 형을 가장 친밀한 '반역의 전우'로 생각했다.

　가화는 결단을 못 내리고 한참이나 망설였다. 가화, 가평 두 사람은 결국 의기소침한 채 하산했다. 땅거미가 내려앉기 시작했다. 엎친 데 덮친 격으로 비까지 내리기 시작했다. 거리는 을씨년스럽기 그지없었다. 두 사람의 머리카락에 빗방울이 맺혔다. 우울한 눈빛으로 서로를 쳐다보는 두 사람의 눈에 출구를 찾지 못한 젊은 부르주아의 모습이 비쳤다.

　2월은 겨울방학이었다. 가화는 방학을 하자마자 촬착을 따라 차장으로 향했다. 가평이 그런 형을 만류했다.

　"형, 가지 마. 어차피 나중에 차장에서 실컷 고생할 텐데 벌써 가서 뭐해? 그러지 말고 나하고 학교에 가자."

　가화가 웃으면서 말했다.

　"둘째는 맏이와는 뭐가 달라도 달라. 내가 너처럼 생각할 수 있다면 얽매임 없이 초탈하게 살 수 있을 텐데 말이야."

　가화의 말에 가평이 자신의 가슴을 탕탕 치면서 울분을 토했다.

　"형 눈에는 내가 초탈하게 사는 것처럼 보여? 동남쪽 한 구석에 이렇게 쭈그리고 있는데 이게 초탈한 삶이야? 숨이 막혀 병이 날 것 같아."

　가평은 말을 끝내기 무섭게 종종걸음으로 나가버렸다. 가화는 검은색 학생복 차림을 한 동생의 뒷모습을 멍하니 바라봤다. 가평은 대문 문턱을 넘을 때 풀쩍 뛰어서 넘었다. 그 바람에 머리에 썼던 학생모가 땅에 떨어졌다. 잡초처럼 제멋대로 자란 시커먼 머리카락이 가화의 눈을 자극했다.

촬착이 늙은 소처럼 큰 눈을 끔벅거리면서 가화에게 말했다.

"가고 싶으면 가도 돼요."

가화는 고개를 저으면서 뒷마당 문을 열었다. 이제 그는 백년 전통을 자랑하는 가업을 잇기로 결심을 한 터였다. 어쩌면 모든 것이 운명으로 정해져 있는 것인지도 몰랐다. 가화는 자제력이 강한 사람이었다. 사실 그 역시 반년 전에는 여느 학생들처럼 도끼를 들고 설쳤던 적이 있었다. 그러나 그는 또 자기 자신을 잘 아는 사람이었다. 그 자신이 대문을 풀쩍 뛰어 넘으면서 학생모를 떨어뜨릴 수 있는 사람이 아니라는 사실을 누구보다도 잘 알고 있었다.

뒷마당 널판자에는 먼지가 두껍게 쌓여 있었다. 가화가 쓱 문지르자 시커먼 먼지가 묻어났다. 촬착이 입을 열었다.

"옛날에는 봄이 되면 이 큰 마당에 일하는 아가씨들이 빼곡하게 앉아 있었어요. 아마 백 명도 넘었을 걸요. 그때는 참 북적거렸는데……."

가화는 휑뎅그렁한 마당에 두 줄로 쭉 늘어서 있는 널판자들을 보면서 생각에 빠졌다.

'그 많은 사람, 그 많은 차는 다 어디로 갔을까? 세월이라는 것은 참 알 수 없는 것이야. 늦가을이 지나자마자 차는 없어지고 이곳은 쓸쓸할 정도로 적막해졌어. 시간이 얼마 지나지도 않았는데 벌써 먼지가 서리처럼 뿌옇게 내려앉았어. 이제 봄이 오고 춘차가 나오면 일하는 아가씨들도 다시 돌아오고 널판자들도 반들반들하니 깨끗해지겠지? 세세연년 이렇게 끝이 없이 반복되는구나. 차는 왜 그리도 생명력이 강할까? 해마다 따고 또 따도 계속 새싹을 틔우니 도대체 시작과 끝은 있는 걸까? 차는 참 이상한 물건이야.'

촬착이 가화의 뒤에서 수다스럽게 말을 늘어놓았다.

"도련님의 차청 할아버지는 생전에 위엄이 참 대단한 분이셨어요. 그분이 이 복도에 척 서기만 하면 그 많은 사람들이 모두 숨도 크게 쉬지 못했지요. 그분은 걷는 법도 희한했어요. 꼭 물위를 걷는 것처럼 가볍게 천천히, 천천히 걷다가 갑자기 휙 사라져버리고는 했어요. 그런데 가화 도련님, 도련님은 이곳에 자주 와야 해요."

"왜요?"

"차청 어르신의 혼령이 이곳을 떠돌고 있거든요. 그분은 구천에서도 시름을 못 놓고 계세요."

"왜요?"

가화가 고개를 돌렸다. 그러자 촬착이 헉 하고 소리 없는 비명을 토하고는 황급히 손으로 입을 막았다. 가화가 고개를 약간 기울이고 곁눈질로 사람을 보는 모습이 죽은 오차청과 완전히 붕어빵이었던 것이다!

가화가 늙은 하인의 놀란 표정을 보고 이상하다는 듯 자기 얼굴을 쓱 문질렀다. 그러자 가화의 얼굴이 아직 앳된 티가 남은 원래의 모습으로 돌아왔다. 촬착은 그제야 안도의 한숨을 내쉬었다. 꽤 오랜 세월이 흘렀는데도 푸르스름한 빛을 발하던 오차청의 눈이 아직도 촬착의 기억 속에서 지워지지 않고 있었던 것이다. 사실 촬착은 오차청의 혼령이 망우차장 기둥 사이를 배회하는 것 같은 느낌이 들어 몹시 괴로워했었다.

이때 가평이 편지 한 통을 들고 고래고래 고함을 지르면서 달려왔다. 얼굴이 분노로 벌겋게 달아올라 있었다.

"학교에서…… 편지가 왔어. 경 총장이…… 해직당했대. 학생들이 다들 학교로 몰려갔어. 우리도 얼른 가자."

그 말에 가화는 만사를 제쳐놓고 가평을 따라 뛰어갔다. 휑한 마당에 혼자 남은 촬착은 한참을 멍하니 서 있다가 허공을 향해 읍을 했다.

"차청 어르신, 쇤네는 어르신이 항씨 가문을 내려다보고 계신다는 걸 알아요. 차청 어르신, 쇤네는 무엇을 어떻게 했으면 좋을지 모르겠어요. 차청 어르신, 항씨 가문을 굽어살펴주세요……."

절강제1사범학교는 1919년 '5·4운동' 발발 이후 교육청과 벼슬아치들의 '눈엣가시'가 됐다. 경형이 총장 역시 가평 등과 같은 급진파였다. 그래서 '경독두'經獨頭라는 별명도 얻었다.

경형이에게 씌워진 첫 번째 죄명은 "공자에게 불손했다"는 것이었다. 원래 경형이는 해마다 공자묘에서 제사를 지낼 때 중요한 배제관陪祭官 역할을 맡았었다. 그러나 5·4운동 발발 이후로는 공자묘에 코빼기도 내비치지 않았다. 나중에는 청 정부 벼슬아치들이 잔뜩 벼르고 있는데도 보란 듯이 회의 핑계를 대고 산서山西로 가버렸다. 이후 '경형이 타도운동'이 폭발하게 되는 화근을 심은 셈이었다.

경형이의 또 다른 죄목은 하개존夏丏尊, 진망도陳望道, 유대백劉大白 및 이차구李次九 등 '4대 금강'四大金剛(신문학과 백화문을 제창한 4명의 교사)을 지지하고 '교육혁명'을 감행했다는 것이었다.

신문학혁명은 '5·4운동' 발발 전에 시작됐다. '백화문으로 문언문文言文을 대체하는 것'으로부터 시작됐을 뿐 아니라 신문화운동보다 먼저 일어났다.

절강제1사범학교는 교육개혁의 중요한 일환으로 문언문 대신 백화문을 국어國語로 사용하기 시작했다. 경 총장은 "경사자집經史子集은 학생들을 힘들게 할 뿐만 아니라 앞으로의 인생도 망친다"면서 문언문 과목을 폐지하고 '4대 금강'을 국문과 주임교사로 초빙했다. 고문체를 추종하던 당시 사회 기풍으로는 용납할 수 없는 일이었다. 한마디로 경 총장은 '4대 금강'을 초빙함으로써 '경형이 타도운동'의 두 번째 빌미를 만들어 주었다.

경형이의 세 번째 죄명은 '불효자' 시존통施存統을 두둔했다는 것이었다.

시존통은 학생간행물 〈절강신조〉浙江新潮에 '비효'非孝라는 글을 발표했다. 이 글이 발표되자 그는 성인군자인 척 점잔을 빼는 사람들에게 '천하의 대역무도한 불효자'로 매도당했다. 글의 요지는 가족관계에서는 평등한 '사랑'으로 불공정한 '효도'를 대신해야 한다는 것이었다. 그가 이 글을 쓴 사연은 다음과 같았다.

어느 날 시존통은 모친이 위독하다는 전갈을 받고 금화金華에 있는 고향집으로 달려갔다. 중태에 빠진 모친은 다 떨어진 홑옷 바람에 차가운 침대에 누워 있었다. 머리맡에는 차갑고 딱딱한 묵은 밥 한 공기가 있었다. 의사를 부르러 가는 가족은 아무도 없었다. 당연히 환자를 보살펴주는 사람도 없었다. 가족들은 신령과 귀신에게 제물을 바치면 바쳤지 비싼 수의를 사는 데 드는 돈은 아까워 쓰지 않겠다고 했다. 이유도 매우 당당했다. 산 사람이 중요하지 어차피 죽을 사람에게 쓸데없는 돈을 쓸 필요가 있느냐는 것이었다. 시존통이 부친에게 거듭 사정했으나 소용없었다. 이 일 때문에 그는 이틀 밤을 뜬 눈으로 새우면서 많은 생각을 했다.

'나는 효자 노릇을 해야 하는가, 하지 말아야 하는가? 나는 집에 있어야 하는가, 학교로 돌아가야 하는가? 말이 쉽지 내가 진정한 효자 노릇을 할 수 있을까? 나는 모친에게 효도한 만큼 부친에게 효도해야 하는가? 그렇게 하는 것이 맞을까? 나는 도대체 어떻게 효도해야 하는가? 내가 효자가 되면 부모님께 득이 될까? 내가 학교로 돌아가지 않고 집에 남아서 모친의 임종을 지켜드리면 효자인가? 내가 버틸 수 있을까? 내가 버티지 못하고 모친보다 먼저 죽을 수도 있지 않을까? 내가 죽으면 모친께 득이 될까?'

시존통은 연 며칠을 고민한 끝에 불효의 길을 선택하기로 결정했다. 죽어가는 어머니를 뒤로 하고 결연히 학교로 돌아온 것이다. 그리고 '비효'라는 글을 써서 발표했다. 문장이 발표된 지 한 달 만에 시존통의 어머니는 세상을 떴다.

절강성 성장 제요산齊耀珊과 교육청장 하경관夏敬觀은 이 소식을 듣고 펄쩍 뛰었다. 경형이라는 자식을 이대로 내버려둬서는 절대 안 되겠다고 생각했다. 그들은 〈절강신조〉를 강제로 폐쇄시키고 경형이의 뒷조사를 하도록 의원들을 부추겼다. 이 과정에 심록촌도 중요한 역할을 했다. 경형이에게 '비효非孝, 폐공廢公, 공처公妻, 공산共産'의 죄명을 씌운 다음 '4대 금강'을 '불학무식의 개망나니'라고 모함했다. 아울러 경형이 총장을 파면시켰다.

절강제1사범학교의 학생 서백민徐白民과 선중화宣中華는 2월 10일, 15일과 19일에 집에 있는 학생들에게 세 통의 편지를 보내 경 총장의 파면 소식을 알렸다. 편지는 '만경호교'挽經護校(경 총장을 살리고 학교를 보호함)의 기치를 내걸고 '가치 있게 죽을망정 너절하게 살지 말자'고 호소했다. 이렇게 '1사(절강제1사범학교) 소동'의 막이 올랐다.

3월 13일, 200명이 넘는 학생이 학교에 집결했다. 가화와 가평 형제는 당연히 주동자였다. 학생들은 회의를 통해 '신문화운동을 끝까지 견지하면서 폭력을 사용하지 않을 것', '학교 일이 제대로 해결되기 전에는 아무도 사사로이 학교에서 나가지 않을 것', '경 총장을 학교에 복귀시키는 목적을 달성하지 못하면 다 같이 희생할 것' 등 몇 가지 결의사항을 정했다.

3월 29일 아침, 500여 명의 군경이 학교를 포위했다.

"성장의 명령이다. 학생들은 집으로 돌아가라! 학생들은 집으로 돌아가라!"

군경들은 학생들을 강제로 끌어내려고 했다. 그러자 300여 명의 학생들이 신속히 운동장에 빙 둘러앉았다. 학생들의 감정은 격앙되었다. 양쪽에서 고성이 오갔다.

담장 밖에도 학생들이 집결해 있었다. 소식을 듣고 온 다른 학교 학생들이었다. 그들은 항주학생연합회의 지휘하에 담장 안 학생들에게 빵과 찐빵을 던져줬다. 그들 중에는 방서령方西泠을 비롯한 여학생들도 있었다. 담장 안에서 우렁찬 고함소리가 터져 나왔다.

"우리는 신문화를 위해 희생될지언정 어두운 사회의 사람으로 살지 않겠다!"

방서령은 담장 안으로 음식을 던지면서 뜨거운 눈물을 흘렸다. 급기야 격한 감정을 주체하지 못하고 군경들을 향해 소리를 질렀다.

"학생들이 도대체 무슨 죄를 지었어요? 경찰이 선량한 학생들에게 이렇게 행패를 부려도 되는 건가요?"

방서령의 고함소리에 지나가던 행인들이 걸음을 멈추고 현장을 돌아봤다. 마침 그곳에 도착한 방서령의 아버지 방백평方伯平은 딸을 보고 깜짝 놀랐다. 사법청에서 요직을 담당하고 있는 그는 하경관의 학우로, 예전부터 경형이 일당의 행태를 아니꼬워했었다. 그러다 당국의 명령을 받고 사태를 수습하러 왔는데 뜻밖에도 딸을 만난 것이었다.

방백평은 당황스럽고 화도 났으나 소리를 지를 수 있는 상황이 아니었다. 그는 조용히 딸에게 다가가서는 팔을 잡고 윽박질렀다.

"집에 가거라!"

뜻밖에도 딸은 하루 만에 딴 사람이 된 것처럼 아버지를 대하는 태도가 돌변했다.

"안 가요!"

"너 어디다 대고 말대꾸야?"

"국가의 흥망은 필부에게도 책임이 있어요!"

방서령은 아버지의 손을 뿌리치고 교문을 향해 달려갔다.

학교 운동장은 아수라장이 따로 없었다. 500여 명의 경찰들은 학생들을 겹겹이 포위했다. 경찰 지휘관이 큰 소리로 학생들에게 경고했다.

"성장의 명령이다. 학생들은 즉각 철수하라! 안 나가는 자들에게는 무력을 불사하겠다!"

지휘관은 곧 명령을 내렸다. 그러자 수백 명의 경찰이 일시에 학생들을 덮쳤다. 그 위기의 순간, 흰 목도리를 목에 두른 한 남학생이 무리를 헤집고 앞에 나섰다.

"멈추지 못할까! 누구든 감히 한 발자국이라도 다가온다면 내가 가만히 있지 않겠다!"

방서령은 남학생의 얼굴을 쳐다봤다. 이어 그가 누구인지 확인하고는 뜨거운 피가 머리끝까지 치솟는 기분을 느꼈다. 남학생은 바로 몇 달 전에 망우차장에서 만났던 항씨 도련님이었던 것이다. 그는 여전히 용감하고 늠름했다!

그러나 방서령이 기뻐할 사이도 없이 경찰들이 개떼처럼 남학생을 덮쳤다. 그러나 그는 전혀 두려워하는 기색 없이 경찰 지휘관의 칼을 뽑아 자신의 목에 갖다 대면서 외쳤다.

"학우들, 지금이 바로 살신성인殺身成仁을 실천할 시간입니다!"

방서령의 비명이 허공을 갈랐다. 그녀의 목소리에 놀란 듯 칼로 목을 그으려던 남학생이 주춤했다. 옆에 있던 학생이 그 틈을 타서 재빨리 남학생의 칼을 빼앗았다. 방서령은 식은땀을 흘리면서 그 자리에 풀썩 주저앉았다.

담장 밖에서 응원하던 다른 학교 학생들이 곧 이불 짐을 메고 줄줄이 학교 안으로 들어왔다. 양계초, 채원배 등 유명 인사들도 전화를 걸어 당국을 질책했다. 아무도 사태가 이 정도로 커질 줄은 생각 못한 듯했다.

방서령도 이불을 가지러 집으로 달려갔다. 방백평은 딸이 짐을 다 싸기를 기다리더니 담담하게 한마디했다.

"너까지 갈 필요 없다. 학생들은 이번에 충분히 체면이 섰어."

방서령은 그 말로 이번 소동이 학생들의 승리로 끝났다는 사실을 알았다. 당국에서 새로 임명한 총장은 아무도 감히 부임하지 못했다. 절강제1사범학교를 해산시키려던 당국의 계획도 없던 일이 됐다.

항주 학생들이 학교 운동장에서 살신성인을 각오하고 농성을 벌이고 있을 때 용정촌龍井村 사봉산獅峰山에서는 햇차가 싹을 틔우고 있었다. 만물은 자연의 섭리에 따라 피고 지기를 반복하고 있었다.

가화는 문득 모든 사물 사이에는 신비로운 연관성이 있다는 이치를 깨달았다. 무엇 때문에 하필이면 두 형제가 오랜만에 의기투합했을 때 북방에서 편지가 왔겠는가? 이것은 '연관성'이 아니면 설명할 수 없는 일인 것이다. 편지는 북방에 있는 가평의 동지들이 가평에게 보낸 것이었다. 함께 대사를 도모해야 하니 하루빨리 북경으로 오라는 내용이었다.

가평의 이번 상경上京은 지난번과 달리 거의 가출에 가까웠다. 그는 출발을 앞두고 가화에게만 작별인사를 했다. 황급히 떠나다 보니 두 사람은 따뜻하게 이야기를 나눌 시간조차 없었다. 가평은 한밤중에 뒤뜰의 작은 문을 통해 나가기로 했다. 그는 마지막으로 형과 악수를 나누고 간단한 당부라도 몇 마디 해야겠다고 생각하고 돌아섰다. 뜻밖에 가화가 먼저 손을 내밀었다. 그는 반으로 나뉜 검은색 다완을 가평에게 내밀면서 말했다.

"'어'御자가 있는 것이 네 거야. 기념으로 가져가."

가평이 조심스럽게 반쪽 다완을 받쳐 들었다. 제법 묵직했다. 그가 웃으면서 말했다.

"형은 이 토호잔을 여태 보관하고 있었어?"

가화가 웃으면서 주먹으로 동생을 가볍게 쳤다.

"너는 이번에 일본으로 가게 될지도 모르니 가져가. 요코를 만나 보여주면 너를 알아볼 거야."

"형은 참 별말을 다 하네. 형에게는 '공'貢자가 새겨진 반쪽이 있잖아."

가화, 가평 두 사람은 그제야 이별의 슬픔을 느꼈다. 이제는 정말 헤어져야 할 시간이었다. 가평은 형을 와락 끌어안고 무슨 말이라도 하고 싶었다. 그러나 지켜야 할 신념의 원칙 때문에 가화의 어깨를 가볍게 두드리면서 한마디만 했다.

"형만 믿을게!"

가화는 가평의 말에 대답하지 않았다. 이별의 슬픔 때문에 목이 잠겨 말을 못하는 것 같았다. 가평이 위로하듯 말했다.

"우리 각각 남과 북에서 멋있게 해보자. 나는 그곳에서 공업을 전공하고 형은 이곳에서 농업을 발전시키면 되겠다. 내가 집을 떠날 수 있으면 형도 충분히 떠날 수 있어."

가화가 동생의 어깨를 두드리면서 고개를 끄덕였다. 가평이 활짝 웃었다. 항씨네 집에서 그가 마음을 나눌 수 있는 상대는 역시 형뿐이었다.

망우차장 뒷문을 나오면 작은 강이 있었다. 강에는 오래된 돌다리가 있었다. 또 다리를 건너면 거미줄처럼 얼기설기 연결된 남방 특유의 작은 골목들이 나타났다. 가평은 어둠속에서 끝을 알 수 없는 미궁 같은 길을 걸으면서도 전혀 두려운 생각이 들지 않았다. 어릴 때부터 이런 미궁을 제집 드나들듯 한 덕분도 있지만 그는 "네가 아무리 구불구불 복잡해봤자 나를 가둬놓을 수는 없어"라는 호기로운 마음으로 성큼성큼 기차역을 향해 걸어갔다. 역시 그는 어둠속에서도 가로등처럼 밝은 빛을 발할 수 있는 사람이었다.

동생을 배웅하는 가화는 부럽기도 하고 씁쓸하기도 했다.

'아아, 북녘은 얼마나 멋진 곳인가. 만리 창공에 구름 한 점 없고 천리 벌판에 흰 눈이 쌓여 있는 풍경이라니.'

그러나 가화는 북방은 가평이 가야 할 곳이고, 그 자신이 있어야 할 곳은 미궁처럼 복잡한 남방이라는 사실을 잘 알고 있었다. 가평도 형의 마음을 모르지 않았으나 굳이 입 밖으로 꺼내지 않았을 뿐이었다. 가화는 한 번도 자신의 속마음을 분명하게 내비친 적이 없었다. 이 역시 두 사람의 운명이었다.

혼자서 터덜터덜 집으로 돌아가는 가화는 마음이 무거웠다.

"도대체 무엇이 나를 남방에 남게 했을까?"

가화가 나지막이 중얼거렸다. 그가 확신할 수 있는 것은 한 가지뿐이었다. 그것은 바로 그의 가족이 그를 필요로 한다는 사실이었다. 그는 어느 사이엔가 뼛속까지 무정부주의자가 돼버렸다. 다만 아직은 받아들이기 힘들었다.

집에 도착한 가화는 뒷문 앞에서 기다리는 아버지와 딱 마주쳤다. 아버지는 아들들의 행적을 환히 꿰고 있었다. 그는 인생에서 수없이 많은 타격과 좌절을 겪었으나 삶에 대해 완전히 초탈해질 수는 없었다. 이런 성격이 어쩌면 그의 비극적인 운명을 초래한 것일지도 몰랐다. 그는 보이지 않는 곳에 숨어서 아들들이 짐을 꾸리고 문을 열고 집을 나가는 것을 다 지켜봤다. 둘째아들이 짙은 안개를 헤치면서 멀리 사라지는 것도 바라보고 있었다.

가화는 아버지의 눈빛을 보고 화들짝 놀랐다. 아버지에게 어떻게 상황을 설명해야 할지 적당한 말이 생각나지 않았다. 그가 더듬거리면서 말했다.

"가평은…… 부모님들이 슬퍼하실까봐…… 도착한 다음…… 소식을 전하겠다고 했어요……."

항천취가 손을 저었다. 긴장할 때면 말을 더듬던 버릇이 또 튀어나왔다.

"나, 나, 나는…… 안 슬퍼……. 하, 하나도…… 안, 안 슬퍼……."

만약 가평이었다면 항천취가 슬퍼하건 말건 개의치 않았을 것이다. 그러나 가화는 달랐다. 그는 아버지의 슬픔을 온몸으로 공감했다. 그러나 슬픔 앞에서 아무것도 할 수 있는 게 없었다.

항천취는 심록애 옆으로 돌아왔다. 마치 몽유병을 앓는 사람이 깜깜한 밖을 빙빙 돌다가 어느 순간 자기도 모르게 문을 열고 집으로 돌아오는 것과 같았다. 그는 지나친 슬픔, 실망과 낙심 때문에 자신이 예전에는 눈앞의 여자를 무서워했다는 사실조차 까맣게 잊고 있었다.

그가 허허, 하고는 싱겁게 웃었다. 자고 있던 심록애는 깜짝 놀라 벌떡 일어나 앉았다. 그리고는 남편의 얼굴을 확인하고는 얼떨떨한 표정을 지었다.

두 사람의 시선이 허공에서 부드럽게 얽혔다. 두 사람은 서로의 마음을 읽을 수 있었다. 서로의 마음속 상처도 읽을 수 있었다. 순간 두 사람 사이에 지금까지 한 번도 없었던 동병상련의 감정이 싹텄다. 마음이 통하자 마치 오랜 세월 동안 알고 지낸 벗과 같은 동지애도 느껴졌다.

여자는 문득 신혼 시절에 남편 때문에 느꼈던 치욕감을 떠올렸다. 그녀는 남편을 남자로 보지 않은 지 이미 오래였다. 심지어 낮에는 남편을 가화나 가평과 같은 부류로 간주했다. 하지만 밤은 신비롭고 아름답다. 특히 달빛이 교교한 밤은 더욱 신비롭고 관능적이다. 더구나 예상치 못했던 뜻밖의 만남임에랴.

"왜 왔어요? 당신은 제가 싫다고 했잖아요."

여자의 말에는 가시가 있었다.

항천취의 온몸이 뜨겁게 달아올랐다. 마치 뼈가 새로 자라난 것처럼 어깨도 쭉 펴졌다. 그가 아내의 팔을 와락 잡으면서 말했다.

"내가 언제 당신이 싫다고 했어? 내가 언제……?"

여자는 당혹스러운지 눈빛이 흔들렸다. 달빛 아래 여자의 몸은 물처럼 부드러웠다. 항천취는 처음 보는 사람처럼 여자를 바라봤다. 내가 왜 이 여자를 무서워했지? 내가 왜 이 여자를 정복하지 못한 거지? 그는 또 다른 이유로 가슴에 은은한 통증을 느꼈다. 고통은 곧 분노로 바뀌었다.

그가 이를 악물고 말했다.

"내가 언제 당신이 싫다고 했어?"

항천취는 두 손으로 심록애의 옷깃을 거칠게 잡아당겼다. 심록애가 입고 있던 청백색 저고리의 앞자락이 쫙 찢어졌다. 그는 그녀의 가슴을 거칠게 훑어내렸다. 가슴띠가 허리께에서 끊어지면서 새하얀 젖가슴이 놀란 토끼처럼 툭 튀어나왔다. 심록애는 고개를 반쯤 숙인 채 눈을 감았다. 머리카락이 천천히 그녀의 얼굴로 흘러내렸다. 항천취는 그녀의 오른쪽 유방을 덥석 물었다. 심록애는 약간 쉰 목소리로 비명을 질렀다. 여자의 비명소리에 더욱 흥분한 항천취는 그녀를 와락 안아 침대에 뉘었다. 그는 슬픔이 극에 달하면 엄청난 욕정이 폭발한다는 사실을 처음 알았다.

이날 밤, 항천취와 심록애는 부부의 연을 맺은 지 20년 만에 처음으로 거리낌 없이, 미친 듯이 욕정을 불태웠다. 두 사람은 아무 말도 나누지 않고 밤새 끝없이 서로의 육체를 탐닉했다. 신음소리와 거친 숨소리 외에 다른 소리는 없었다. 심록애는 느닷없이 야수로 돌변한 남자 덕분에 반쯤 취한 듯 몽롱한 상태에 빠졌다. 그러나 항천취는 여느 때보다 훨씬 정신이 말짱했다.

그는 날이 거의 밝을 무렵에야 살며시 자리에서 일어났다. 이어 초를 한 대 가져다 불을 밝히고는 침대머리에 서서 희고 풍만한 심록애의 알몸을 가만히 내려다봤다. 후유! 항천취가 고통스러운 신음을 토해냈다. 마치 몸에서 뼈와 살이 분리되는 것처럼 참기 힘든 고통이 온몸을 스쳤다.

그는 아들의 멀어져가는 뒷모습을 보면서 그 옛날 자신이 가출을 시도했다가 안타깝게 실패했던 그날 밤 정경을 떠올렸다. 이미 지나간 과거가 그를 아프게 했다. 지금까지 그는 순풍에 돛단 듯 평탄한 삶을 살아왔었다. 적어도 남들이 보기에는 그랬다. 그러나 다른 사람의 눈에는 아무것도 아닌 일이 그에게는 큰 상처를 남겼다. 그래서 그의 마음은 온통 상처투성이가 돼버렸다.

그는 이 세상과 사람에게 연연하지 않는 초탈한 삶을 살고자 안간힘을 썼었다. 그러나 결국은 처음부터 끝까지 '정'情이라는 감정에서 자유롭지 못했다. 그 대상은 남자든 여자든 상관이 없었다. 그는 뜨겁게 사랑을 하고, 미워하고, 회피하고, 참고, 절망하고 냉담했다. 이 모든 것은 그가 사람을 떠나서 살 수 없다는 속마음을 표현한 몸짓 내지는 부르짖음에 불과했을 뿐이었다.

'이러면 안 되는데, 사람에게 연연하면 안 되는데.'

항천취는 이렇게 생각하는 와중에도 촛불 아래 비친 심록애의 육체에 대한 미련을 버리지 못했다. 그는 또 이 여자의 마음을 뺏어간 그 남자와의 우정에도 연연하고 있었다. 또다시 가슴이 아파왔다.

심록애가 눈을 떴다. 그녀는 촛불을 들고 있는 남편을 보고는 겸연쩍게 이불속을 파고들었다.

"감기 들지 않게 조심하세요……."

항천취가 고개를 저었다.

"선방이 더 편하면 거기 가서 주무셔도……."

항천취는 이번에는 촛불을 불어 껐다. 그는 자신의 삶이 마치 폭우에 흠뻑 젖은 횃불 같다는 생각을 했다. 그는 거의 사그라져가는 불꽃을 살려줄 수 있는 누군가의 도움이 절실하게 필요했다. 그는 스스로 삶의 불꽃을 피워낼 수 있는 능력을 이미 잃었다.

그는 심록애를 이불째 꼭 끌어안았다. 그리고는 복받치는 슬픔에 쉬고 떨리는 목소리로 혼잣말을 하듯 중얼거렸다.

"록애, 록애, 우리 아들이 우리 곁을 떠났어……."

제27장

자유롭지만 혼란스러운 시기가 닥쳤다. 가평이 북상할 때 그의 '우상' 조기객은 남하했다. 조기객의 벗들이 항주에 자동차회사를 세우면서 그를 기술자로 초빙한 것이다. 조기객은 일본에서 배운 기계 기술을 적재적소에 사용할 수 있게 됐다.

이 시기 절강성은 북양北洋의 환계皖係 군벌인 노영상盧永祥 정권이 집권하고 있었다. 그는 여론에 부응하고 장기적으로 군벌이 할거한 국면을 유지시키고자 '거동궤'車同軌(차도에 맞는 자동차 개발)를 격려하는 정책을 내세웠다.

팔이 하나밖에 남지 않은 조기객은 시대의 흐름에 동참해 '교육구국'의 전선에서 철수하고 '실업구국'의 행렬에 참가했다. 그는 혈혈단신이라 걸리적거리는 가족도 없었다. 따라서 자유롭게 발길 닿는 대로 아무 데나 갈 수 있었다.

그는 백마를 타고 다니기를 즐겼다. 그와 같은 시대에 활동했던 사람들은 대부분 가정을 이루고 가업을 이었으나 그는 아니었다. 그는 여전히 항주에서 '자유로운 영혼을 지닌 협객'으로 통했다. 사람들은 그를 보면 자연스럽게 10년 전 어느 날 밤의 '의거'를 떠올리고는 했다. 그 역시 그날 밤에 있었던 일을 추억하며 흥미진진하게 얘기하기도 했다. 그는 비록 그 이후에도 총알이 빗발치는 전쟁터를 적지 않게 넘나들었으나 신해혁명에 비견할 만큼 빛나는 역사는 더 이상 없었다.

조기객은 불혹의 나이를 넘겼음에도 젊은이처럼 건장하고 날렵했다. 어느 날 그는 옛 벗을 만나러 망우저택으로 향했다. 그러다 깜짝 놀랐다. 자신을 맞이한 사람이 오랜 벗이자 망우저택의 주인장인 항천취가 아니라 아내 심록애였기 때문이었다. 게다가 그녀는 몸이 붓고 목소리가 쉬었을 뿐 아니라 얼굴은 피곤에 젖어 있었다. 심지어 보기 싫은 기미가 얼굴에 잔뜩 올라와 있는 것이 눈치 없는 그가 봐도 임신한 몸이 틀림없었다.

조기객은 마당 한가운데 서서 주저했다. 전혀 예상치 못했던 상황이라 어찌했으면 좋을지 몰랐다.

'휴, 여자란 참……'

조기객은 속으로 한숨을 내쉬었다.

'나는 당신이 보고 싶어서 돌아왔는데 당신은 결국 이런 모습으로 나를 맞이하는구려.'

심록애는 문득 나타난 조기객을 보고 머리가 어지러워졌다. 이승에서 다시는 그를 만나지 못할 것이라 생각했던 것이다. 그녀는 백주대낮에 꿈을 꾸고 있는 듯했다. 그러나 분명히 꿈은 아니었다. 심록애가 웃으면서 먼저 입을 열었다.

"제 모습을 보고 많이 실망하셨죠?"

조기객은 희고 가지런한 심록애의 치아를 바라봤다. 순간 갑자기 이름 모를 화가 치밀어 올랐다. 그는 그녀의 웃는 얼굴을 본체만체하고 담담하게 물었다.

"천취는 어디 갔소?"

심록애는 조기객의 화가 난 표정을 보고 속으로 안도의 한숨을 내쉬었다. 은근히 기쁘기도 했다. 그녀는 조기객이 가평을 데리고 먼 곳으로 '달아났을 때' 그가 아닌 남편 항천취에게 모든 원망과 미움을 쏟아냈다. 조기객이 항천취 때문에 항주를 떠났다고 생각했던 것이다. 그리고 가평이 가출하고 남편이 다시 그녀의 침대로 돌아오자 그녀의 원망과 미움은 전부 조기객에게로 향했다. 조기객이 그녀 아들의 마음을 홀렸기 때문에 이 모든 사달이 벌어졌다고 생각했던 것이다. 그리고는 남편과의 관계에 미친 듯이 집착했다. 남편과 관계를 할 때마다 그녀는 이런 생각을 했다.

'어쨌든 지금 천취의 옆에 있는 사람은 나예요. 천취는 당신을 버렸어요. 이제 어떡할래요?'

이런 분노와 질투심은 세월이 흐르면서 점점 옅어지고 사그라졌다. 하지만 심록애는 자신의 분노와 미움에 대한 대가를 지불해야 했다. 임신을 했던 것이다. 결국 돌을 들어 자기 발등을 찧은 셈이었다. 이쯤 되자 모든 미움과 증오는 남편도, 조기객도 아닌 그녀 자신에게로 돌아왔다. 그녀는 조기객에게 속마음을 들키고 싶지 않아 일부러 오만한 어투로 말했다.

"영은사로 가보세요. 그이는 출가했어요."

항천취가 처음부터 '출가'한 것은 아니었다. 처음에는 띄엄띄엄 영은사로 놀러가서 행각승들과 마주앉아 차를 마시고 선담을 나누었다. 영은사는 사람이 많았다. 향화香火도 성했다. 낮이면 항천취는 문을 사이에 두고 부처님에게 절을 하는 사람들을 지켜봤다. 또 사람이 드문 저녁이면 대전을 나와 비래봉飛來峰 아래를 거닐고는 했다. 백 개가 넘는 정교한 돌 조각상을 보면서 평소의 생각을 정리하기도 했다.

사실 항천취는 종교를 독실하게 믿는 사람이 아니었다. 그는 서방정토, 극락세계의 실제 존재 여부에 대해 반신반의했다. 또 하느님과 알라도 눈에 보이지 않는 이상 믿을 수 없는 존재라고 생각했다. 그는 원래 죽을 때까지 인생을 즐기며 편히 살 수 있는 사람이었다. 자신의 삶을 스스로 엉망으로 만들지 않았다면 충분히 그러고도 남았다. 집을 나가는 아들을 멀리서 바라보며 슬픔에 부대꼈던 그날 밤, 그는 아내와 한바탕 미친 듯이 운우지정을 나누고 이런 생각을 했다.

'남자와 여자는 무엇 때문에 살을 섞는 이따위 짓을 하는 걸까? 나도 할 수 있다는 것을 증명하기 위해서인가? 이를테면 예전에 소차하고 처음 했을 때처럼 말이다. 그렇다 한들 뭐 어떻단 말인가? 그 짓을 할 줄 모르는 남자가 세상에 몇 명이나 있겠는가. 그렇다면 뭔가를 잊기 위해서인가? 결론적으로 아무것도 잊지 못한다. 그렇다면 자식을 낳아 키우기 위해서인가? 하지만 자식들은 언젠가는 불효자가 되게 마련이다. 나부터도 그렇지 않은가. 그러니 아이를 낳을 필요가 있을까?'

항천취는 이렇게 분석하고 자조하면서 자기애에 흠뻑 빠졌다. 문제는 머리로는 이렇게 생각하면서도 아내의 육체에 대한 갈망과 탐닉에서 좀체 빠져나오지 못한다는 사실이었다. 어쩌면 예전보다 더 심하게 집착하는지도 몰랐다. 이 때문에 그는 자괴감이 들 때가 많았다.

항천취와 심록애 두 사람은 밤만 되면 아교처럼 서로 달라붙어서

끈적끈적한 장면을 연출했다. 그러다가도 해가 솟아오르면 마치 전날 밤에 아무 일도 없었다는 듯 서로를 소 닭 보듯 했다. 이처럼 혼란스러운 관계가 지속돼 나타난 결과는 그녀의 임신이었다. 항천취는 그녀의 생명력이 이토록 강하다는 사실을 처음 알았다. 결국 항천취는 촬착이 끄는 인력거에 앉아 선사禪寺로 가는 길을 택했다. 욕망에서 해탈하는 길은 이 길밖에 없었던 것이다.

'차나 더 마시자. 이제야 다선일미茶禪一味라는 말의 참뜻을 알 것 같구나.'

항천취가 임시 참선 장소로 정한 영은사 주위에는 예로부터 좋은 용정차 나무가 자랐다. 다성 육우도《다경》에 "전당錢塘의 천축天竺과 영은靈隱 이사二寺에서 차를 재배했다"라고 기록한 바 있다. 항천취는 이곳에 기거하면서 심록애의 임신으로 인한 고뇌에서 점차 벗어날 수 있었다. 그는 조주 스님의 "차 한 잔 마시게"라는 게송의 뜻을 "마음을 어지럽히는 모든 번뇌와 고민을 접어두고 공허하고 청명한 마음가짐으로 일상생활을 누려라"는 뜻으로 해석했다.

조기객이 백마를 타고 찾아왔을 때 항천취는 마침 인생의 '참뜻'을 깨닫고 기뻐하던 때였다. 그래서인지 오랜 벗을 맞이하는 그의 표정은 사뭇 즐거워 보였다.

그는 조기객이 어디서 왔고 무엇 때문에 왔는지 묻지 않았다. 망우 차장의 근황이나 심록애의 몸 상태에 대해서도 묻지 않았다. 또 집에 남은 맏아들의 새로운 움직임에 대해서도 마찬가지였다. 그는 조기객에게 입을 열 기회를 주지 않고 혼자 계속해서 떠들어댔다.

"나는 요즘 '다선일미'의 뜻을 점점 깨우칠 것 같네. 우선 예로부터 불교 사찰에는 차가 많이 있었다네. 물론 도교 사원도 차를 심었겠지. 그러나 불교 사찰에 비할 바는 못 됐지. '남조南朝 때 세워진 480개의 절, 그 많은 누대樓臺가 안개비 속에 묻혔구나'(두목杜牧의 시 〈강남춘절구〉江南春絶句)라고 하지 않았는가. 불교 사찰이 도교 사원보다 훨씬 더 많았다는 얘기지. 두 번째, 불교에서는 '농'農과 '선'禪을 똑같이 중시했다네. 도교에는 '농'과 '도'를 똑같이 중시했다는 설이 없지. 어이, 기객! 자네 내 말 듣고 있나?"

"듣고 있네. 계속 말해보게."

"예로부터 고찰은 명산 속에 숨어 있고, 명산에서 가명佳茗(좋은 차)이 났다네. 큰 사찰에는 차 재배와 제조를 전문적으로 책임진 다승茶僧이 따로 있었지. 당연히 차맛이 일품 아니겠는가. 여기 영은사도 그렇고 무이 암차도 무이사武夷寺의 스님이 채집해 만든 것이라네. 지난번에 금상을 수상한 혜명차 역시 혜명사에서 심은 거지. 이른바 대승불교와 소승불교도 망망한 고해苦海를 벗어나 피안에 이를 때 큰 배를 타고 가느냐, 아니면 작은 배를 타고 가느냐의 차이가 있을 뿐이라네. 중국인들은 북적거리는 것을 좋아하기에 다들 '큰 배'를 타려고 하지. 그래서 하루가 멀다 하고 무리를 지어 사찰을 찾아 부처님께 경배하는 게 아니겠나. 절의 스님들은 답례로 불교 신자들께 차를 대접하지. 이럴 때 보면 사찰은 큰 찻집茶館이라고도 할 수 있네."

"세 번째도 있는가?"

"당연하지. 이 세 번째 이유가 아니라면 첫 번째와 두 번째 이유는 존재할 가치가 없다네. 내가 세 번째로 말하고자 하는 것은 불교의 다례茶禮라네. 옛날에는 절의 스님들이 아침에 일어나자마자 차를 마시고 예불을 마친 다음 불전佛前, 조상전祖前과 영전靈前에 차를 공양했다네. 다

탕회茶湯會를 열 때는 북을 울려 사람들을 불러 모았는데, 이 북을 '다고'茶鼓라고 했다네. 이 외에도 절에는 '다두'茶頭라고 해서 차를 끓이는 소임을 맡은 승려가 있었다네."

"자네 혹시 여기 '다두' 자리를 탐내고 있나?"

항천취는 그제야 조기객이 자신의 말에는 별로 관심이 없다는 것을 알았다. 급기야 쓸쓸하게 웃으면서 말했다.

"속세의 인연을 끊지 못해서 자격이 안 된다네."

항천취와 조기객 두 사람 사이에 어색한 침묵이 흘렀다. 두 사람은 말없이 춘종정春淙亭, 학뢰정壑雷亭, 호원동呼猿洞과 옥류동玉乳洞을 지나갔다. 무서운 얼굴과 인자한 얼굴을 한 100여 개의 불상들이 눈도 깜빡이지 않고 두 사람을 주시하고 있었다.

조기객은 그예 자동차에 관한 화제를 끄집어냈다. 그것이 그가 항천취를 찾아온 목적이었다.

다선에 흠뻑 빠져 있던 항천취는 조기객의 속셈을 알아차리고 일부러 슬쩍 비아냥거렸다.

"자네 소임은 '교육구국' 아니었나? 어쩌다 '실업구국'으로 갈아탔는가? 나중에는 또 어떤 '구국'을 들고 나올지 궁금하군."

"말 돌리지 말게. 딱 한마디만 묻겠네. '서양 자동차를 타고 다니는 건 서호의 고풍스러운 경치를 욕되게 하는 짓이다', 자네가 이런 말을 했나 안 했나?"

항천취가 눈을 휘둥그렇게 떴다. 말문이 막힌 듯했다. 조기객이 웃으면서 하나밖에 없는 팔로 항천취의 어깨를 툭툭 쳤다.

"아우, 호빈湖濱에서 영은사까지 9킬로미터 남짓한 구간을 자동차로 달리면 자네는 하루에도 몇 번씩 왔다 갔다 할 수 있다네."

항천취가 즉각 입을 열었다.

"예전에 안균顏鈞(명나라 말기의 서민 사상가)이 강학 중에 갑자기 바닥을 구르면서 '내 양심을 시험해보라'고 말해서 스승과 친구들의 웃음거리가 됐다더니, 자네가 하는 짓이 바닥을 구르는 것과 뭐가 다른가?"

조기객이 너털웃음을 터트렸다.

"바닥을 구르는 게 뭐가 문제인가? 나 조기객은 자네가 말하는 '선' 禪이니 '불'佛이니 하는 것에는 도통 흥미가 없다네. 세상은 빠르게 변하고 있지. 시대의 흐름에 순응하는 자는 번창할 것이요, 거스르는 자는 멸망할 것이네. 그러므로 우리 시대 사람들이 선택해야 할 최선책은 시대의 발전에 동조하는 것이네. 산속에 숨어 전전반측하면서 스스로 뭔가 큰 것을 깨달은 양 자만하는 것이야말로 제자리에서 바닥을 구르는 것이 아니고 뭐겠는가. 기다려보게, 이제 자동차가 이 산속까지 들어오는 날에는 또 새로운 경치가 펼쳐질 테니……. 그때 자네는 어디로 도망가겠는가?"

말을 마친 조기객은 말 잔등에 훌쩍 뛰어올랐다.

늙은 하인 촬착은 다리를 절룩거리면서 심록애를 찾아왔다. 망우차장에 문제가 생긴 것이다. 망우차장은 얼마 전 춘차를 사들일 현금이 부족해 산객들에게 차용증을 써주기로 했다.

사실 하루 이틀 거래한 사이도 아닌 만큼 차용증을 써줘도 별 문제는 없었다. 그런데 오승이 가운데에서 훼살을 부렸다. 창승차행은 외상거래를 하지 않는다고 공공연히 산객들에게 선포한 것이었다. 오승은 현금을 마련하기 위해 눈도 깜짝하지 않고 포목점까지 팔아버렸다. 그는 한다면 하는 사람이었다.

심록애의 몸종 완라가 말했다.

"팔기를 잘했어요. 뒤봤자 나무 우리에 갇혀 조리돌림 당하던 안 좋은 기억만 떠오를 텐데요, 뭘."

촬착이 말했다.

"우리는 팔 것도 없어. 찻집은 팔면 안 되는 거고, 나머지 팔 수 있는 것들은 이미 죄다 팔아버리고 없어. 나무 우리에 들어가서 돈이 생긴다면 내가 기꺼이 들어가겠네."

촬착이 심록애를 만나려고 하자 완라가 말렸다. 그녀는 약을 달이고 있었다.

"마님은 곧 출산을 앞두고 계셔서 속 끓이는 얘기를 들으시면 안 돼요."

촬착이 한참 멍해 있다가 말했다.

"그럼 큰도련님을 찾아가야겠네. 나리가 안 계실 때는 큰도련님이 제일 웃어른이지."

완라가 부채로 얼굴을 슬쩍 가리면서 촬착에게 귀엣말을 했다.

"큰도련님 얘기는 꺼내지도 말아요. 큰도련님은 요즘 재수 옴 붙었어요."

"재수 옴 붙다니, 그게 무슨 말인가?"

"조 선생과 도련님 큰외삼촌이 도련님에게 여자를 소개해 줬는데 글쎄 상대 아가씨가 싫다고 했대요. 찻잔에 꽃 세 송이를 넣었다나 뭐라나."

"꽃 세 송이는 또 뭔가?"

촬착이 이해가 안 간다는 표정으로 혼잣말하듯 중얼거렸다.

"우리 도련님만 한 사람은 등롱을 들고 다니면서 찾아도 못 찾겠구면."

가화는 요 며칠 아무 곳에도 가지 않고 책상에 엎드려 책을 읽고 글만 썼다. 북경에 도착하면 편지를 보내겠다던 가평은 감감무소식이었다. 인편에 들리는 소식에 의하면 가평은 동료들과 함께 독서회나 새마을新村 건설운동 같은 것을 조직하느라 눈코 뜰 새 없이 바쁘다고 했다. 당연히 남방에서 그의 편지를 눈 빠지게 기다리는 형제 생각을 할 여유가 없었다.

가화는 가평과 달리 시간 여유가 많았다. 게다가 요즘 그의 신변에는 적지 않은 일들이 생겼다. 그래서 그는 마치 짝사랑에 빠진 사람처럼 매일 가평에게 편지를 썼다. 물론 부칠 수 없는 편지들이었다. 그는 나중에 한꺼번에 부치려고 편지에 번호도 매겼다.

첫 번째 편지:

가평 동지.

나는 자네에게서 백화문의 장점을 들은 이후로 필기나 일기, 또는 글짓기를 할 때 문언문을 사용하지 않아. 내 벗 이군李君은 이런 나를 이해하지 못하고 매일 이것은 틀렸소, 저것은 아니오 하면서 내 글에 트집을 잡고는 해. 뭐 백화문의 제창은 나라의 자랑인 고문을 욕되게 하는 짓이라나 뭐라나.

이군은 이쯤에서 끝내지 않고 또 진군陳君을 부추겨 나를 설득시키려고 들어. 그런데 싫은 소리를 할 줄 모르는 진군은 내가 쓴 글과 이군이 쓴 글 둘 다 나무랄 데 없다면서 중립을 지키고 있어.

우리 셋은 비록 이 문제에서 좌, 중, 우 세 갈래로 나뉘었으나 새마을 건설(듣자니 자네도 북경에서 우리하고 똑같은 계획을 추진하고 있다더군)과 관련해서는 의견이 일치하고 있어. 이군은 집에 있던 《극락지》極樂地라는 책을 나에게 빌려줬어. 일명 《신도화원》新桃花源이라고도 하는 이 책은 내 마음에 쏙 들었어. 책 속의 노인은 부인 노魯씨에게 평생의 소원 세 가지를 말했지. 다음과 같은 내용이야.

"첫 번째 소원은 화폐와 정부를 없애고 오대륙이 한 가족이 되는 것이다. 전 인류가 친 형제자매처럼 기쁨과 슬픔, 가려움과 아픔을 함께 나누는 것이다. 첫 번째 소원이 이뤄지지 못했을 때 두 번째 소원은 서로 뜻이 같은 동지 두세 명과 함께 속세를 떠나 깊은 산에 은둔하는 것이다. 낚시와 사냥을 하고, 나무와 꽃을 심고, 밭을 가꾸는 것이다. 첫 번째와 두 번째 소원이 이뤄지지 못할 경우 세 번째 소원은 이 세상을 떠나 미련한 정부 도둑놈들을 두 번 다시 보지 않는 것이다. 자유롭게 바다를 노닐고 큰 소리로 하늘을 부르고 낮은 소리로 땅을 부르면서 큰 소리로 노래를 하고 도둑놈들을 마음껏 비난하는 것이다……."

가평 동지, 너는 이 세 가지 소원 중에서 어느 소원이 제일 마음에 들어? 나는 당연히 깊은 산속에 은둔하는 것이 제일 현실적이라고 생각해. 그래서 나는 요즘 용정산 일대에서 이상적인 차밭을 물색하고 있어. 하루 빨리 새마을 건설의 꿈을 이루고 싶어.

그런데 천취가 와서 내 기분을 싹 다 망쳐놓았어. 그는 내가 읽고 있던 《극락지》를 보더니 이렇게 말하더군.

"노애명魯哀鳴인가 뭔가 하는 사람이 쓴 거지?"

"네, 맞아요."

"이 사람은 육화사六和寺에서 출가했어. 본인은 육근六根(여섯 가지 감각기

관으로 눈, 귀, 코, 입, 몸, 뜻을 일컬음)이 청정해졌는지 모르나 남아 있는 사람들은 피를 토하게 되었지."

나는 천취의 말을 듣고 깜짝 놀랐어. 노애명이 승려가 됐다니. 그렇다고 해서 《극락지》가 나쁜 책이라고 할 수는 없지 않아? 그런데 천취가 또 이런 말을 하더군.

"그런 꿈은 누구나 살면서 다들 한두 번씩 꿔 보는 거야. 나와 기객도 20년 전에 그런 꿈을 꿨었어. 지금의 나를 봐 봐, 어떻게 살고 있나."

갑자기 궁금증이 생겼어. 설마 천취도 예전에 무정부주의자였다는 말인가?

오늘은 이만 줄일게.

두 번째 편지:

가평 동지.

꽤 오랫동안 너에게 편지를 쓰지 못했군. 얼마 전 나에게 크지도 작지도 않은 일이 생겼어. 이 일을 계기로 용정산으로 들어가려던 내 결심은 더욱 확고해졌어.

자초지종은 이래. 성誉의 일부 의원들이 회의를 열고 임금 인상을 요구했어. 글쎄 교육경비를 유용해 자기들의 주머니를 채울 작당을 했지 뭔가. 우리 절강제1사범학교 학생들이 가만히 있을 리 만무하지. 우리는 의회 사무실을 찾아가서 문을 막고 의원들을 집에 못 가게 했어. 그리고 마당에서 폭죽을 터트리고 불을 붙인 종이를 안에 던졌지.

"돈에 환장한 당신들, 옜다, 이거나 가져."

실컷 소란을 피우고 나서 그들을 풀어 줬어. 물론 다시는 임금 인상을 요구하지 않겠다는 확답을 받고 말이야.

그런데 맨 마지막에 나온 사람이 누구였겠나? 한번 맞혀봐. 놀랍게도 심록촌이었어. 나는 별 생각 없이 작은 몽둥이로 나오는 사람들의 엉덩이를 때리다가 모자가 벗겨지면서 드러난 그의 얼굴을 보고 깜짝 놀랐어. 심록촌은 나를 한참 보다가 이렇게 말하더군.

"가평이라면 또 몰라도 설마 너까지 금수만도 못한 짓을 할 줄은 꿈에도 생각 못했다."

심록촌은 이 일을 조만간 록애에게 말할 거야. 록애는 또 천취에게 전하겠지. 록애와 천취는 심록촌을 싫어하지만 겉으로 내색할 입장이 못 돼. 심록촌이 성에서 흠차대신欽差大臣처럼 중요한 역할을 맡고 있기 때문에 함부로 화를 돋울 상대가 아니거든. 그래서 말인데 나는 아무리 생각해 봐도 하루빨리 교외로 나가 새마을을 만드는 수밖에 없을 것 같아. 차밭이나 가꾸면서 은둔생활을 하면 가증스러운 인간들의 얼굴을 안 봐도 되니 좀 좋겠나. 너의 생각은 어때?

이만 줄일게.

세 번째 편지:

가평동지.

늦은 밤 주변은 정적에 잠겨 있어. 하지만 나는 격동과 흥분 때문에 잠을 이룰 수 없어. 내일 새벽이면 나, 이군과 진군은 부패한 이 도시를 떠날 거야. 낡은 세계와의 인연을 영영 끊어버리고 교외의 차밭에서 새로운 생활을 시작하게 될 거야.

내일부터 펼쳐질 새로운 생활을 떠올리기만 하면 너무 기뻐 덩실덩실 춤이라도 추고 싶은 심정이야. 꽃향기, 풀향기가 진동하고 새와 나비들이 춤을 추듯 날아다니겠지. 그리고 내가 바라마지 않던 푸르고 싱싱한 차밭이 펼쳐져 있겠지.

청명을 코앞에 둔 지금 쌍봉산雙峰山의 용정차 나무는 한창 싹을 틔우고 있어. 우리가 도착할 때쯤이면 새싹이 피어나 신록이 울창하고 차 향기가 향긋하겠지. 우리의 새 삶도 차나무처럼 싹이 트고 꽃이 활짝 필 것이라고 믿어. 나중에 세상이 바뀌고 새로운 세상이 도래하면 지구촌은 하나의 커다란 차밭처럼 되겠지.

가평 동지, 나는 지금 흥분된 마음을 진정시키기 어려워. 어서 빨리 새로운 삶을 향해 달려가고 싶어.

얼마 전에 심록촌은 너의 어머니 록애를 상해에 있는 너의 외할아버지 댁으로 데리고 갔어. 천취는 따라가지 않고 혼자 영은사로 갔고. 덕분에 나도 한동안 조용하게 지낼 수 있어서 좋았지.

그런데 록애가 집에 오자마자 나와 너의 혼담을 꺼내지 않겠어? 내가 너보다 몇 시간 일찍 태어나고 또 항씨 가문의 장자이니 나에게 먼저 중매를 서주겠다는 거야.

너도 짐작했겠지만 나는 분명히 거부 의사를 밝혔어. 말도 안 되는 소리가 아니고 뭔가. "오랑캐도 없애지 못했는데, 어찌 내 집 걱정을 하겠는가." 그리고 중매라는 것은 젊은이들의 몸과 마음을 제일 크게 해치는 봉건적 악습 아니겠나. 나는 당연히 불구덩이로 들어가기를 거부했어.

다만 록애의 얼굴을 봐서 차마 단칼에 거절할 수는 없었어. 록애는 내 생모는 아니지만 나를 친아들처럼 키워주신 분이지. 나는 고민 끝에 또

천취를 찾아갔어. 그가 뭐라고 했겠나?

"차라리 너도 출가하지 그래? 네가 좋아하는, 육화사에서 출가한 노애명을 본받아 스님이 되면 육근이 청정해지고 좀 좋겠느냐."

그래서 내가 이렇게 말했지.

"저는 출가할 생각은 없습니다. 나중에 뜻이 맞는 이성을 만나게 되면 인생의 동반자로 평생을 함께할 것입니다. 가정은 꾸려도 되고 안 꾸려도 상관없습니다. 새로운 세상에서는 재산이 공동소유가 되고 자녀도 공동으로 부양하게 될 테니까요. 두 사람이 공통된 뜻과 포부만 가지고 있다면 아무것도 문제될 것이 없어요."

천취가 크게 웃고 나서 나에게 기객을 찾아가라고 하더군.

"그가 하라는 대로 하면 돼. 그는 나보다 이런 일에 선수야."

하지만 기객 선생의 태도는 너무 뜻밖이었어. 그는 본인이 무정부주의를 반대하고 삼민주의三民主義를 신봉한다고 밝히고 나서 나하고 혼담이 오고간 여자에 대해 소개하더군. 여자의 아버지는 기객 선생의 일본 유학 시절 학우였는데, 지금은 성 사법부처에서 변호사로 일하고 있대. 성씨는 '방方'으로 명망이 꽤 높고 여자는 여자잠상학교를 다녔고, 곧 남경南京의 금릉金陵여자대학으로 갈 것이라고 했어. 기객 선생은 '일다일상一茶一桑은 천생배필'이라면서 극구 부추기더군.

기객 선생의 말을 듣고 나는 머리가 띵했어. 우리 무정부주의자들의 가장 중요한 목표가 뭐야? 바로 법원, 군대, 사법 등 국가의 부속기구를 없애는 것 아니야? 그러니 무정부주의자인 내가 사법부처 변호사의 딸과 결혼한다면 말이 되겠어? 나중에 마누라가 아버지 편에 서서 나하고 싸우기라도 하면 나는 어떻게 해야 하느냐 말이야. 국가를 개조하겠다는 사람이 자기 가정조차 개조하지 못한다면 천하의 웃음거리가 될 것 아닌가.

아무튼 나는 단호하게 거부 의사를 밝혔어. 그리고 혼담 얘기는 없었던 일로 될 거라고 생각했지. 지금은 봉건시대가 아닌 민국시대이고 또 신문화운동까지 겪었으니 그들이 억지로 밀어붙이는 일은 없을 거라고 생각했어. 그런데 그들이 오늘 아침에 나를 꾀어 망우찻집으로 데려갈 줄을 누가 생각이나 했겠나.

천취가 오늘 아침 나를 부르더군. 누군가 문징명文徵明의 <혜산다회도>惠山茶會圖를 망우찻집에 가지고 왔으니 나더러 가서 진위를 감별하라는 거야. 나는 아직 그 정도 실력이 안 된다면서 극구 사양했어. 그러자 천취가 이렇게 말하더군.

"너는 무예를 즐기는 가평과 달리 글과 그림에 천부적인 재능을 가지고 있다. 이 아비를 많이 닮았어. 그러니 기회가 있을 때 많이 보고 배우거라. 나중에는 다 네가 해야 할 일이야."

천취는 아마 내가 금기서화琴棋書畵, 충어화조蟲魚花鳥 따위에 벌써 관심을 끊었다는 것을 모르는 것 같았어.

찻집에 도착한 나는 깜짝 놀랐어. 글쎄 그림 족자를 손에 들고 앉아 있는 여자가 누구였는지 알겠어? 바로 우리가 거리 연설을 했던 그날 그 황포차의 주인이었어. 차 뒤에 '방'자가 적혀 있었던 것 기억해?

여자도 나를 보고 깜짝 놀라는 것 같더군. 보고도 믿기지 않는다는 표정이었어. 너도 짐작했겠지만 나는 마음이 삼실처럼 어지러워 정신을 차릴 수 없었어. <혜산다회도>가 진짜인지 가짜인지도 기억나지 않아. 양쪽 어르신들 사이에 오가는 대화를 엿듣고 안 건데 방씨네는 호남湖南 태생으로 차를 좋아한대. 《다경》에 대해서도 한참 논하는 것 같더군. 나와 방 아가씨는 어른들이 시키는 대로 창가 쪽으로 자리를 옮겨 이야기를 했어.

나는 너무 긴장해 여자의 얼굴을 제대로 쳐다보지도 못했어. 지금 어렴풋이 기억나는 건 그날 여자가 흰 적삼에 검은색 치마를 입고 흰 양말에 검은 구두를 신었다는 것 정도야. 아무튼 학생복 차림이었어. 짧게 자른 머리카락은 구두 색깔처럼 까맣고 윤기 있었어. 곁눈질로 훔쳐본 여자의 눈은 록애의 눈처럼 흰자위와 검은자위가 선명하고 초롱초롱했어. 웃을 때는 입 꼬리가 살짝 올라가고 눈이 반달눈이 되면서 두 볼에 보조개가 폭 패는 것이 연지분을 칠하지 않아도 꽤 예쁜 얼굴이었지.

내가 그녀의 외모를 자세하게 묘사한 이유는 따로 있어. 그녀가 앉자마자 나에게 첫마디로 한 말이 뭔지 알겠어?

"그 사람은요?"

그녀가 말한 '그 사람'은 다름 아닌 너였어.

나는 자네 근황을 간단하게 얘기해줬지. 그러자 그녀는 무슨 생각을 하는지 정신이 온통 다른 데 가 있는 것 같았어. 우리는 서로 할말이 없어서 멀뚱멀뚱 앉아 있기만 했는데 저쪽에서는 어른들끼리 웃고 떠들고 있더군. 과연 중국인들의 결혼은 당사자들 간의 결혼이 아니라 두 가족의 결혼이라는 말이 맞는 것 같았어.

자네도 알겠지만 방 아가씨는 성격이 화통하고 대범했어. 그런 그녀가 마치 큰 걱정거리가 있는 것처럼 수심에 잠긴 표정으로 접시 위의 매실꿀 절임만 멍하니 내려다보더니 뜬금없이 묻더군.

"저분들이 오늘 우리 두 사람을 여기로 불러낸 이유를 아세요?"

나는 당연히 안다고 대답했지. 나도 모르게 얼굴에서 식은땀이 흘렀어.

그녀가 또 묻더군.

"접시 위에 있는 이것이 뭔지 아세요?"

나는 "꽃 모양으로 만든 매실 꿀 절임이네요"라고 대답했지. 사실 나는
꿀에 절인 매실을 그렇게 예쁜 꽃모양으로 만든 것을 처음 봤거든.

그러자 그녀가 웃으면서 말했어.

"당신이 나오는 줄은 몰랐어요. 제가 호남에 있을 때 우리 집의 묘족^{苗族}
유모가 매실을 꽃 모양으로 만드는 방법을 가르쳐 줬어요. 묘족 사람들
은 좋아하는 손님이 오면 꽃 모양의 매실을 짝수로 찻잔에 띄워 대접하
는 풍속이 있대요."

나는 손을 내저었어.

"무슨 말인지 알겠어요. 오늘은 제가 그쪽의 손님인 셈치고 마음 가는대
로 하세요."

그녀는 내가 따라준 최상품 용정차에 꽃 모양의 매실을 넣기 시작했어.
한 알, 두 알, 그리고 세 알……. 그녀는 나를 보면서 세 알의 매실을 찻물
에 띄웠어. 파랗게 우러난 물 위에 붉은 꽃 세 송이가 동동 뜬 것이 참 아
름답더군.

내가 하고 싶은 말은 여기까지야.

아 참, 방 아가씨의 이름은 '방서령'이야. 그녀가 태어날 때 집이 서령교
부근에 있었다고 지어진 이름이라고 해. 원자재^{袁子才}는 본인이 전당 사람
소소소^{蘇小小}와 고향이 같다고 자처했는데, 내가 보기에는 방서령 아가씨
야말로 소소소의 진짜 동향^{同鄕}이야.

오늘은 이쯤에서 마무리할게.

-망우차장에서 보내는 마지막 밤

결론부터 말하면 가화는 '새마을'을 구경도 못해 보고 고립무원의

처지에 빠졌다. 미처 예상 못한 일이었다.

　이군과 진군은 처음에는 적극적으로 호응했다. 세 사람은 새마을을 건설할 부지를 찾기 위해 함께 교외로 나갔다. 홍춘교洪春橋에서 남쪽으로 꺾어 모가부茅家埠에 이르니 드넓은 차밭이 눈앞에 펼쳐졌다. 이군과 진군은 벌써부터 잔뜩 들떠 이불 짐을 가져온다면서 난리였다. 노련하고 침착한 가화가 그런 두 사람을 달랬다.

　"이건 아무것도 아니네. 이제 시작인 걸. 용정차가 유명한 곳은 사獅, 용龍, 운雲, 호虎 네 곳이라네. 이 네 곳을 다 돌아본 후에 길지를 정하자고."

　이군의 아버지는 작은 잡화점을 하고 있었다. 어릴 때부터 보고들은 것이 온통 잡화뿐인 이군은 잔뜩 인상을 구기면서 반대 의견을 내놓았다.

　"가화, 우리가 건설하려는 것은 새마을이지 차밭이 아니네. 누가 차장 아들 아니랄까봐 차로 유명한 곳만 찾아다니자고 하는 건가. 자네 설마 나중의 돈벌이를 위해 그러는 건 아니지? 이곳도 나무랄 데 없구먼. 다리 아프게 자꾸 돌아다니지 말고 이곳으로 정하지."

　그러자 진군이 중재에 나섰다.

　"여기 모가부에 성이 '도'都씨인 학우가 살고 있네. 갑종甲種공업학교에서 기직機織 전공으로 졸업하고 미술교원으로 근무하고 있지. 우리 그 친구를 찾아가서 얘기를 들어보는 게 어떻겠나?"

　진군이 말한 '도'씨 성의 학우는 훗날 전 세계에 이름을 날린 도금생都錦生견직물공장의 창시자 도금생都錦生이었다. 이때 그는 스물세 살이었다. 그는 오래 전부터 전통 견직기술로 서호의 절경을 담아낸 비단을 짜는 것이 꿈인 사람이었다. 마침 그와 비슷하게 이상과 환상 사이에서 헤매는 친구들이 찾아왔으니 그가 반기지 않을 이유가 없었다. 서화에 일가견이 있는 가화는 도금생의 집에 걸려 있는 〈서호 10경〉 그림에 큰 관심을 보였다.

도금생이 가화에게 말했다.

"다 내가 그린 것들이오."

가화가 무척 아쉬운 표정을 지었다.

"나는 왜 그대 같은 천재와 같은 학교가 아니었을까요? 그랬다면 우리는 좋은 친구, 좋은 동지가 됐을 텐데 말이에요."

도금생은 그제야 서호의 절경을 비단 폭에 담아내는 것이 자신의 꿈이라고 털어놓았다.

"잔잔한 물결, 오색 찬연한 구름, 울긋불긋한 산…… 글로도 표현하기 어려울 정도로 아름다운 경치를 과연 비단에 담아낼 수 있을까? 이게 내 고민이라오."

가화의 눈빛이 갑자기 초롱초롱해졌다.

"새마을이 건설되면 제일 먼저 그대와 함께 그대가 꿈꾸던 비단을 짜겠어요. 내가 약속하겠어요. 새로운 세상이 금수강산처럼 아름답다면 이생에 태어난 보람도 있을 거요."

도금생은 그제야 가화 일행 셋이 무정부주의자들임을 알았다. 그는 비록 '실업구국'을 제창하는 사람이었으나 다른 '이론'이니 '주의'니 하는 것을 딱히 배척하지는 않았다. 그가 입을 열었다.

"길지를 찾으려면 발품을 꽤 팔아야 할 거요. 유명한 차밭은 많지만 그중에서도 사獅, 용龍, 운雲, 호虎 네 곳이 으뜸으로 꼽히오. 첫 번째는 '사'獅자 이름을 단 것으로 사자봉獅子峰을 중심으로 주변의 호공묘, 용정춘, 기반산棋盤山과 상천축上天竺이 포함되오. 두 번째는 '용'龍자 이름을 단

것으로 옹가산, 양매령楊梅岭, 만각농滿覺隴과 백학봉白鶴峰 일대가 포함되오.”

가화가 끼어들었다.

“현지인들이 '석옥사산'石屋四山이라고 부르는 곳이죠. 나도 가본 적이 있어요.”

도금생이 말을 이었다.

“'운'雲자 이름을 단 것은 좀 먼 곳에 있소. 운서雲棲, 오운산五雲山, 매가오梅家塢, 낭당령琅檔嶺 서쪽 일대가 포함되오. 새마을을 건설하자면 교통이 좀 불편하오.”

“너무 멀면 안 되죠.”

이군이 덧붙였다.

“혹시 무슨 일이라도 생기면 성안의 사람들과 연락하기 힘들잖아요.”

“새마을을 건설하러 나온 사람들이 성안의 사람들과 연락할 일이 뭐 있나?”

가화의 말에는 가시가 돋쳤다.

“그럼 '호'虎자 이름을 단 것은 어디인가요?”

가화와 이군의 눈치를 보던 진군이 황급히 끼어들었다.

“호포, 사안정四眼井, 적산부赤山埠와 삼대산三臺山 일대요.”

“그럼 여기는요?”

이군이 물었다.

“내가 보기에는 여기도 괜찮은 것 같은데……”

그러자 도금생이 웃으면서 말했다.

“여기는 순위에 들지도 못한다오. 백락교白樂橋, 법운농法雲弄, 옥천玉泉,

금사항金沙港, 황룡동黃龍洞 그리고 우리 모가부 일대에서 나는 차는 속칭 '호지차'湖地茶라고 해서 별로 인기가 없소. 성안의 옹룽성이나 항씨네 망우차장에서는 받지도 않을 걸?"

가화가 읍을 하면서 도금생에게 가르침을 청했다.

"금생 형, 형이 보기에는 우리가 어떤 곳에 새마을을 건설하면 좋을 것 같은가요?"

도금생이 잠깐 주저하더니 입을 열었다.

"여러 아우들이 간곡하게 청하니 나도 솔직하게 말하리다. 내가 한 가지만 묻겠소, 자네들에게는 지금 돈이 얼마나 있소?"

도금생의 말에 말문이 막힌 가화 등 세 사람은 서로 멀뚱멀뚱 얼굴만 쳐다봤다. 이군의 아버지는 소상인이었다. 또 진군의 아버지는 시골에서 교편을 잡고 있었다. 그나마 부잣집 아들인 가화 역시 가족들과의 불화로 돈을 가지고 나오지 못했다. 한마디로 세 사람의 주머니에는 돈이 얼마 없었다.

도금생이 긴 한숨을 내쉬었다.

"자네들이 무정부주의를 신봉하는 것은 비난할 바가 아니오. 그러나 나는 '실업구국'을 제창하오. 실업구국을 통해 강대한 국가를 만들어야 중국도 세계에 군림할 수 있을 게 아니오. 부끄러운 얘기지만 사실은 나도 가세가 빈한해 필요한 기계를 사지 못하기 때문에 원대한 포부를 실현하지 못하고 있소. 자네들도 나와 똑같은 처지라면 꿈이 큰들 무슨 소용이 있겠소."

"형 말대로라면 이번 생에는 우리 꿈을 실현할 수 없다는 얘기인가요?"

"뭐 꼭 그렇다는 건 아니고……."

진군의 풀 죽은 말에 도금생이 손을 저었다.

"가까운 곳에 땅을 사서 집을 짓는다는 건 현실적으로 불가능하오. 하지만 조금 먼 곳이라면 가망이 전혀 없는 건 아니오. 사봉산 아래 호공묘^{胡公廟}에 빈방이 있다고 들었소. 건륭제가 여행길에 그곳에 이르렀다가 호공묘 앞의 차나무 18그루를 어차^{御茶}로 봉했다는 일화가 생겨난 곳이오."

"아, 나도 기억나요."

가화가 자신의 머리를 툭 쳤다.

"장대^{張岱}의《서호몽심》^{西湖夢尋}에도 '호공묘 옆에 샘이 하나 있다'고 기록돼 있고요."

가화가 말이 끝나기 무섭게 다시 머리를 흔들면서 읊었다.

"'남산^{南山} 위, 아래에 용정^{龍井}이 하나씩 있으니 위의 것은 노용정^{老龍井}이다. 물이 맑고 차고 달기 이를 데 없으나 숲속 은밀한 곳에 숨어 있어 아는 사람이 별로 없다. 이곳에서 나는 차는 절품^{絶品} 중의 절품이다'라고 돼 있죠."

"맞네, 맞아."

도금생도 흥분된 듯 목소리가 높아졌다.

"그 샘은 호공묘 바로 옆에 있다오. 암벽에 '노용정'이라는 세 글자가 새겨져 있소. 사람들 말로는 소동파^{蘇東坡}의 필적이라고 하는데, 그게 사실인지는 모르겠소. 이 밖에 수령이 800년 넘은 늙은 매화나무 두 그루가 있는데 번갈아가면서 꽃을 피우니 개화기가 3개월에 달한다오. 나도 예전에 가본 적이 있소."

"절간 스님이 우리에게 빈방을 내줄까요?"

진군의 걱정스러운 질문에 도금생이 자신만만하게 대답했다.

"호공묘에는 절을 지키는 늙은 스님 한 분밖에 안 계신다오. 자네들이 일을 도와드리겠다고 하면 선선히 허락할 거요."

호공묘는 용정사龍井寺에서 멀지 않은 곳에 있었다. 사서에 의하면 용정사는 오대五代 후한後漢 건우乾祐 2년(949)에 창건됐다. 처음에는 '보국간경원'報國看經院이라고 했다가 북송 희녕熙寧(1068~1077) 연간에 '수성원'壽聖院으로 개명했다.

당시 천축묘天竺廟에는 변재辨才라는 유명한 스님이 있었다. 변재는 소동파의 친한 친구로도 익히 알려진 인물이었다. 육우의《다경》에도 소개됐다시피 천축산 일대는 차 산지였다. 변재 스님이 천축묘 주사主事 스님으로 있었던 시기에 상천축 백운봉에서 생산된 백운차白雲茶와 하천축 향림동香林洞에서 생산된 향림차香林茶는 이미 유명했다. 조용한 수행을 원했던 변재 스님은 할 수 없이 천축묘를 떠나 성수원으로 자리를 옮겼다.

그러나 유명인은 조용하게 살려고 해도 살 수 없는 법이다. 변재 법사가 오자마자 성수원에는 1000명이 넘는 중들이 모여들었다. 향화도 왕성해졌다. 용정사의 스님들은 사봉산에 차밭을 일구고 변재 법사가 천축산에서 가져온 차를 심었다. 이 차는 '용정천'龍井泉과 용정사의 이름을 따서 용정차龍井茶로 불리게 됐다.

공식 명칭이 '광복원'廣福院, 민간에서 '호공묘'胡公廟로 불리는 절에 '유토피아'를 건설한다는 계획은 처음에는 셋이서 시작했으나 나중에는 가화 혼자밖에 남지 않았다.

가화는 어스름한 새벽에 집을 나왔다. 간밤에 내린 비로 대지는 촉촉하게 젖어 있었다. 그는 양패두를 벗어나 하방가에 이르렀다. 그의 동지 이군은 아버지와 함께 잡화점 문짝을 내리고 있었다. 가화를 발견한 이군은 손가락으로 아버지의 뒤통수와 자기 자신을 번갈아 가리킨 다음 그에게 잘 가라는 시늉을 했다. 그리고는 더 이상 가화에게 눈길을 주지 않고 문짝 내리는 일에 열중했다.

진군은 대충 싼 이불 짐을 어깨에 멘 채 자기 집 대문 앞에 우두커니 서 있었다. 아마 꽤 오랫동안 가화를 기다린 것 같았다.

"나는 원래 그저께 떠났어야 했네. 자네를 배웅하려고 아직 안 떠난 거야. 시골에서 교편을 잡고 있는 우리 아버지가 피를 토했다네. 내가 아버지 대신 근무해야 할 것 같아. 안 그러면 우리 가족은 다 굶어죽을 거야."

가화가 담담하게 말했다.

"나는 괜찮으니 얼른 가게. 나는 혼자서도 갈 수 있어. 가는 길을 알아."

"셋이 함께 가기로 했는데 어쩌다 자네만 남았군."

"괜찮네. 혼자 가는 것도 나름 조용하고 괜찮네. 안 그래도 책을 잔뜩 가져왔는데 절에 가서 읽어야겠어."

진군은 성문을 나와 걸음을 멈추고 말했다.

"가화, 나는 어젯밤에 한숨도 못 잤어. 우리 어머니는 결핵 환자야. 나도 조만간 아버지처럼 병이 들어 피를 토할까 봐 무서워."

가화가 곰곰이 생각하더니 이렇게 말했다.

"얼른 구사회를 타파하고 신사회를 건설해야겠어. 새로운 사회에서는 모든 것이 다 좋아질 거야."

망우차장의 장자 가화는 이렇게 또 혼자가 됐다. 그는 동생 가평에게 쓴 편지를 품안에 소중하게 간직했다. 등에 멘 가방에는 도연명의 《도화원기》桃花源記와 노애명의 《극락지》가 들어 있었다. 그의 눈빛은 마치 새로운 세상을 꿈꾸듯 몽롱했다. 그의 눈앞에 부드러운 녹색의 차밭이 펼쳐졌다. 털이 보드라운 찻잎은 그의 답답한 가슴을 부드럽게 어루만져 주었다. 녹색 차밭 중간에 들쭉날쭉 아름다운 붉은 기와와 흰 담벼락이 보였다 숨었다 하면서 어른거렸다. 그는 갑자기 온몸에 뜨거운 피가 끓어올랐다. 가화는 혼자서 씩씩하게 녹색 빛을 향해 성큼성큼 걸음을 내디뎠다.

제28장

가화는 이곳 호공묘가 꽤 마음에 들었다. 도금생의 말대로 이곳에는 늙은 매화나무 두 그루가 있었다. 담장 밖 오구나무들은 새봄을 맞아 새파란 잎을 무성하게 틔워내고 있었다. 호공묘 왼쪽에 있는 노용정은 물이 맑고 차고 달았다. 온 산에 펼쳐진 차밭은 멀리서 보면 마치 허공에서 새파란 폭포가 내려오는 것 같았다.

호공묘의 주지스님은 가화를 깍듯이 예우했다. 깨끗이 청소한 사랑채를 내줬을 뿐 아니라 원한다면 식사도 따로 마련해주겠다고 했다. 가화가 연신 손사래를 쳤다.

"아닙니다, 아닙니다. 저는 놀러온 손님이 아닙니다. 저는 새마을 체험을 하러 왔습니다. 식사는 하루 두 끼 쌀밥 한 공기에 끓인 물 한 대접이면 족합니다."

"항 도련님 반찬은 뭘로 할까요?"

"짠지 하나면 충분해요. 짠지가 없으면 간장에 밥을 비벼 먹어도 됩니다. 일하지 않는 사람은 먹지 말아야 합니다."

가화가 이어 미간을 찌푸리면서 다시 물었다.

"저를 '항 도련님'이라고 부르지 마세요. 우리는 성씨 폐지를 주장하는 사람입니다. 그런데 스님은 제가 항씨인 것을 어떻게 아셨어요?"

스님이 웃으면서 대답했다.

"용정차 산지에서 망우차장을 모르는 사람이 어디 있습니까? 산 앞 뒤로 펼쳐진 차밭도 원래는 항씨네 소유였죠. 지금은 아니지만요. 도련님 댁의 촬착이 먼저 다녀갔습니다."

가화는 새로 짠 침대에 털썩 주저앉았다. 힘이 쭉 빠졌다. 지금껏 남보다 앞서간다고 생각해왔는데 결국 손오공이 부처님 손바닥을 벗어나지 못한 것처럼 가족들에게서 벗어나지 못한 것이었다. 그는 상등품 용정차를 한 잔 우려내고 책상에 앉아《도화원기》를 펼쳤다. 이어 별생각 없이 몇 줄 읽었다. 그러다 갑자기 이건 아니라는 생각이 들었다. 지금 이런 모습은 망우차장에 있을 때와 뭐가 다르다는 말인가.

가화는 한가로운 척 밖으로 나왔다. 그러나 속으로는 고민이었다. 무엇보다 축음기가 없으니 농민들에게 음악을 들려줄 수 없었다. 농장이 없으니 '유토피아'도 건설할 수 없었다. 원래 항씨네 소유였던 차밭이 이미 다른 사람에게 넘어갔기 때문이었다. 새마을을 건설하러 왔지만 이제 무엇을 해야 한다는 말인가?

때는 새벽이슬이 햇빛에 마르는 이른 아침이었다. 촌부들이 삼삼오오 무리를 지어 찻잎을 따고 있었다. 허리에 바구니를 하나씩 차고 차밭을 왔다 갔다 하는 모습들이 마치 푸른 구름 사이에서 노니는 것 같았다. 날씨는 아지랑이가 아른거리는 모습이 보일 정도로 투명하고 쾌청했다. 어제 내린 비 덕분에 땅은 따뜻하고 눅눅했다. 이름 모를 들풀과 들꽃이 지천에서 피어나 생명력을 뿜내고 있었다. 하늘의 새소리가 귓속에 부드럽게 파고들었다.

'저 새는 이름이 뭘까? 어쩌면 저리도 아름다운 소리를 낼까? 틀림없이 신사회의 새가 번지수를 잘못 찾아 구사회에서 우짖고 있는 거야.'

가화가 엉뚱한 생각을 하고 있는 사이에 촌부들이 노래를 하기 시작했다.

3월에 차를 따니 복숭아꽃이 붉어요.

긴 창을 든 조자룡趙子龍,

백만 대군 사이에서 아두阿斗를 구하니,

만인이 흠모하는 영웅이라오.

4월에 차를 따니 일손이 바쁘구나.

삼관三關을 방어한 것은 양육랑楊六郞이요,

적진을 기습한 것은 초찬焦贊이요,

사람을 죽이고 불을 지른 것은 맹량孟良이라오.

……

11월에 차를 따니 눈이 날려요.

항왕項王은 눈물을 뿌리면서 우희虞姬와 이별하고,

우희는 칼 아래 목숨 잃으니,

한 쌍의 원앙 서로 다른 곳으로 날아갔다오.

……

여자들의 노랫소리에 귀가 번쩍 뜨인 가화가 예의를 차릴 겨를도 없이 소리를 질렀다.

"잠시만, 잠시만 기다려주오. 내가 지필紙筆을 가져오겠소."

가화는 허둥지둥 방에 있는 지필을 들고 나왔다. 이어 앞코가 동그란 헝겊신을 신고 여자들이 있는 산비탈로 정신없이 뛰어올라갔다. 깔깔대던 촌부들은 가화가 도착하자 모두들 입을 딱 다물었다.

"계속 불러요."

가화가 재촉했다.

"왜 안 불러요? 계속 불러요."

촌부들은 얼굴이 발그레하게 상기돼 서로 쳐다보면서 눈을 찡긋거렸다. 오른쪽 귀 아래에 검은 점이 있는 늘씬한 여자가 먼저 입을 열었다.

"우리는 도련님이 누군지 알아요. 댁은 항씨네 큰도련님이죠?"

가화는 그 말에 기분이 팍 상했다.

"그놈의 항씨, 항씨! 지긋지긋해. 그런데 당신들은 내가 항씨인 걸 어떻게 알았소?"

"아유, 우리가 왜 모르겠어요? 예전에 망우차장에 보낼 차를 땄는걸요."

가화가 손사래를 쳤다.

"차장 얘기는 그만합시다. 나는 이미 가족, 차장과 관계를 끊었소. 나는 무정부주의를 주장하는 사람이오. 이제부터는 나를 '가화'라고 불러주시오."

가방끈이 짧은 촌부들은 '무정부주의'니, '국가주의'니 하는 것들은 들어 본 적도 없었다. 다만 하늘에서 뚝 떨어진 것처럼 불쑥 눈앞에 나타난 도련님이 얼굴만 잘 생긴 것이 아니라 말투가 온화하고 상냥한 것이 아주 호감이 간다는 것만은 분명히 알았다. 가화는 원래 성격이 조심스럽고 과묵한 편이었다. 그런데 자연 속에서 신선한 공기를 마시니 숨통이 트이고 자기도 모르게 말이 많아졌다.

차 따는 여자들은 일솜씨가 무척이나 빨랐다. 특히 도주跳珠라는 처녀는 성격이 얼마나 급한지 마치 닭이 모이 찍듯 두 손으로 톡톡톡 따내려가면 순식간에 한 줌이 됐다. 갓 피어난 찻잎은 작설雀舌처럼 여리고 예뻤다. 가화가 물었다.

"찻잎 한 근에 싹이 몇 개나 들어 있을까?"

"4만 개는 넘겠죠."

도주의 대답을 듣고 가화는 입을 딱 벌릴 수밖에 없었다. 그때 좀 나이가 있어 보이는 여자들이 도주의 옆구리를 툭툭 쳤다.

"네가 노래 좀 해봐."

나이가 서른 전후쯤 돼 보이는 구계九溪 아주머니가 가화에게 말했다.

"도주는 강서 태생이라 강서 쪽의 다요茶謠를 잘 불러요. 도주, 얼른 부르지 않고 뭐해?"

"제가 부르고 나면 다음 차례는 구계 아주머니예요."

"까짓것 다른 사람도 없는데 하라면 하지 뭐. 안 그래요, 가화 도련님?"

가화가 연신 고개를 끄덕였다.

도주라는 처녀는 행색은 남루했으나 목이 길고 눈이 크면서 입술이 도톰한 것이 도회지의 여느 미인 못지않게 예뻤다. 그녀가 곧 목청을 높여 노래를 부르기 시작했다.

다리목에 어여쁜 처녀가 서 있네.

고운 손, 고운 발, 허리도 가늘다네.

구강九江의 다객茶客이 처녀를 보더니

매파를 보내 청혼하겠다고 하네……

"뭘 한다고요?"

제대로 알아듣지 못한 가화가 되물었다.

"처녀를 데려다 결혼하겠대요."

구계 아주머니가 큰 소리로 말했다. 여자들이 그러자 깔깔대면서 즐거워했다. 가화도 따라 웃었다. 얼마나 아름다운 장면인가. 외지에서 차를 파는 젊은 상인이 다리목에 서 있는 어여쁜 처녀에게 한눈에 반해 결혼하겠다고 한다. 신사회에서도 이렇게 아름다운 일이 가능할까? 아마 불가능할 것이다. 신사회에서는 차도 공평하게 나눠 가지기 때문에 차를 파는 젊은 상인도 없을 테니 말이다.

이번에는 구계 아주머니의 차례였다.

"나는 이곳 태생이라 아는 노래가 몇 개 없어. 게다가 다 슬픈 곡들이야. 안 부를래."

가화가 설득했다.

"슬픈 노래도 나름 정취가 있소. 옛날에도 목청껏 노래 부르는 것으로 울음을 대신한 사람들이 있었다잖소."

"그럼 〈상심가〉傷心歌를 한 곡 불러 볼게요."

구계 아주머니가 곧 목청을 가다듬고 구슬프게 한곡을 뽑아냈다.

닭이 울면 나가서 귀신이 부르면 들어온다네.

낮에는 차를 따고 밤에는 차를 덖는다네.

손가락에는 물집, 머리에는 어지럼증,

다농의 슬픔 그 누가 알아주랴.

......

노래를 마친 구계 아주머니가 한숨을 쉬면서 말했다.

"괜히 불렀어. 더 슬퍼지잖아."

가화가 구계 아주머니를 위로했다.

"아주머니가 말하지 않아도 다 알고 있어요. 옹가산의 촬착이 말하기를, 매년 공차貢茶를 바치는데 기한을 엄수하려면 허리가 부러질 지경으로 힘들다고 하더군요. 게다가 차상인들은 가격을 왕창 깎는 것도 모자라서 현금 대신 차용증을 던져준다지요……"

구계 아주머니가 말했다.

"아니에요. 망우차장은 안 그랬어요. 항상 현금을 주고 가격도 잘 쳐줬어요. 아휴, 산속의 다농들이야 다들 불쌍한 사람들이죠. 용정차를 처음 맛본 사람들은 우리를 부러워하죠. 매일 이렇게 좋은 차를 실컷 마실 거라고 말이에요. 사실 우리 입에는 한 모금도 들어가지 못하는데 말이죠."

구계 아주머니가 이어서 노래를 부르기 시작했다.

용정, 용정, 얼마나 유명하기에……

좌중의 처녀들도 '용정요'龍井謠라는 노래를 아는 듯했다. 아니나다를까, 다들 훌쩍거리면서 합창하듯 따라 부르기 시작했다.

용정, 용정, 얼마나 유명하기에

차 농사 짓는 사람은 대부분 빈민이더냐.

아들은 가흥嘉興, 조상들은 소흥紹興,

오두막집에 쭈그리고 앉아

감자를 씹고 있다네……

가화는 고개를 숙이고 차를 따면서 슬픈 노래를 부르는 촌부들을 보자 가슴이 뭉클해졌다. 지금까지 한 번도 느껴보지 못했던 동정심과 측은지심이 올라왔다. 그 속에는 세상의 모든 불공정함에 대한 강렬한 분노의 감정도 섞여 있었고, 갑작스럽게 느끼는 동질감과 소속감도 있었다. 촌부들을 바라보는 가화의 머릿속에 생모인 소차의 모습이 떠올랐던 것이다. 남루한 행색의 여자들이 구부정한 자세로 차를 따는 모습 속에 소차의 모습도 뒤섞여 보이는 듯했다. 가화는 소스라치게 놀라면서 식은땀을 쭉 흘렸다.

일주일 후 가화는 북경에 있는 가평에게 네 번째 편지를 썼다.

가평 동지.

나는 지금 사봉산 아래 호공묘에 있어. 여기 온 지도 벌써 7일째야. 낮에는 촌부들과 함께 차를 따고 밤에는 마을로 가서 차 덖는 것을 구경해. 한가할 때는 책도 읽지. 나는 지금 하루에 두 끼만 먹고 있어. 흰 쌀밥에 반찬은 무말랭이나 짠지면 충분해. 마을에는 학교가 없어. 그래서 밤에 호공묘로 오면 새마을 사상에 대해 가르쳐 주겠다고 마을사람들에게 말했는데, 아직까지 찾아오는 사람이 아무도 없네. 다들 밤에 차를 덖어야 하기에 시간이 없대. 여자들은 또 밥을 하고 아이를 돌보느라 시간이 없다고 하고. 여자들은 참 이상해. 밤에는 낮과는 확연히 다른 모습이 되거든.

도주라는 처녀는 강서에서 데려온 민며느리인데 남편이 바보래. 도주는 낮에는 꾀꼬리처럼 노래 부르기를 즐기는데, 저녁에 집에서는 입을 꼭 다물고 한마디도 안 한대. 그리고 구계 아주머니도 낮에는 사람들과 잘 어울리면서 밝은 모습만 보여줘서 몰랐는데, 알고 보니 남편에게 맞고 살고 있었어. 어제 그 집에 새마을 건설에 대한 선전을 하러 갔다가 깜짝 놀랐지 뭔가. 그녀의 남편이 짚신으로 그녀를 때리고 그녀는 매를 피해 마당에서 도망을 다니고 있었거든. 나는 그들에게 우리의 이상과 목표에 대해 설명해 주고 싶은데 어떻게 말을 시작해야 좋을지 모르겠어.

배가 너무 고프군. 콩알만 한 촛불 아래 혼자 있으려니 외롭고 두려워. 그리고 지금 내가 하는 일들이 신사회를 건설하기 위해 필요한 것인지 아닌지 확신이 서지 않기도 해.

다행히 이곳에 머무르면서 식견이 많이 늘었어. 나도 나름 차상으로는 명가의 후손이지만 용정차가 무엇 때문에 맛과 향이 뛰어나고 유명해졌는지 이곳에 와서 처음 알았어.

서호 주변의 산들은 서로 이어져 있으나 수계水系는 이어지지 않고 서로 떨어져 있어. 북고봉北高峰과 사자산獅子山은 마치 천연 병풍처럼 서북풍을 막아주고 또 동남 방향의 안개가 밖으로 흩어지지 못하도록 차단시키는 역할을 해. 또 전당강의 강바람과 동서 방향의 서호 기류가 사자산(지금 내가 서 있는 위치)에서 만나 육우의《다경》에서 묘사한 '양애음림'陽崖陰林의 음양조화를 이루고 있어.

용정차의 형태와 제다 방법도 참 흥미로웠어. 내가 알기로는 건륭제가 찻잎을 무심코 책갈피에 넣어두었다가 납작하게 됐다고 했는데, 이건 완전히 터무니없는 소리였어. 구계 아주머니 남편의 말에 의하면 용정차는 손으로 한 잎씩 정성을 들여 모양을 잡아야 한대. 그는 마누라를 팰 때는 흉악한 짐승 같으나 차를 덖는 기술은 아무도 따라갈 수 없는 사람이야. 그는 주걱을 사용하지 않고 맨손을 뜨거운 솥에 넣어 차를 덖어. 일반인은 상상도 못할 일이지. 그는 자신의 기술을 '집고, 흔들고, 쌓고, 늘리고, 비비고, 밀고, 두드리고, 메치고, 갈고, 누르는' 등의 열 가지 방법으로 설명해주었어. 노동인민의 지혜에 참으로 감탄과 경탄을 금할 수 없지 않아?

내가 이곳 상황을 자세하게 설명하는 이유는 얼마 전에 나와 뜻이 맞는 인재를 만났기 때문이야. 이 사람의 이름은 도금생. 그 역시 '실업구국'을 주장한다더군. 이 사람의 꿈은 서호 절경을 담아낼 수 있는 비단을 짜서 전 세계에 판매하는 거야. 그의 말을 듣고 나도 떠오르는 생각이 있었어. 중국은 '차의 고향'이지. 중국의 좋은 차를 외국에 가져다 팔면 어려운 백성들을 잘 살게 해줄 수 있지 않을까? 또 이 일은 혼자서도 할 수 있으니 우리가 지금 주장하는 무정부주의처럼 언제 실현될지 모르는 허황된 꿈은 아니지 않을까? 너의 생각은 어떤지? 나는 지금 여기에서 독불장군의 처지야.

그쪽의 독서회 일은 얼마나 진척됐는지 궁금하군. 만족스럽게 진행되고 있다면 나도 이곳을 버리고 그쪽으로 갈게.

오늘은 이만.

건루를 빌어.

—가화

이튿날, 가화는 머리가 어지럽고 눈앞이 아득했다. 그래서 밖으로 나가지 않고 종일 침대에 누워 천장만 멍하니 바라봤다.

그가 이곳에 온 지 일주일이 지났다. 그런데 벌써부터 슬슬 싫증이 나기 시작했다. 농민들은 그가 상상했던 것처럼 그의 주장에 관심을 보이지 않았다. 오히려 상스러운 농담을 하거나 도박을 하며 시간을 보내는 것을 더 좋아했다.

그나마 여자들과 말이 통하는 것이 다행이라면 다행이었다. 그는 여자들에게 남녀평등사상을 역설했다. 특히 장 자크 루소의 '천부인권'에 대해 중점적으로 설명했다. 당연히 여자들은 무슨 말인지 도무지 이해하지 못했다. 구계 아주머니가 말했다.

"옛말에 '남자는 옥, 여자는 기왓장'이라고 했어요. 그런데 도련님 말씀을 들으니 사람은 옥도, 기왓장도 아닌 것 같네요."

"당연하죠. 남자와 여자는 똑같은 사람일 뿐이에요. 남자가 할 수 있는 일은 여자도 할 수 있고, 또 남자가 생각할 수 있는 것은 여자도 생각할 수 있어요. 사람은 누구나 다 자기가 하고 싶은 일을 할 권리가 있죠."

조용히 듣고 있던 도주가 입을 열었다.

"정말 자기가 하고 싶은 일을 해도 돼요?"

가화가 자신의 얇은 가슴을 툭툭 치면서 큰소리를 쳤다.

"나를 봐요. 구사회를 개조해 신사회로 만들기 위해 이렇게 집을 떠나오지 않았소."

여자들은 마치 신을 숭배하듯 가화를 우러러봤다. 도주가 또 입을 열었다.

"이 세상이 언젠가 도련님의 말씀대로 신사회로 바뀐다면 도련님은 호공^{楜公}의 현신이 틀림없을 거예요."

가화가 손사래를 쳤다.

"나를 호공에 비교하면 안 되오. 그는 황제에게 복종하는 봉건 관료였소. 나는 그 누구에게도 복종하지 않고 단지 내 의지대로 따를 뿐이오."

가화는 말은 그렇게 했으나 자기가 여자들에게 선망이 대상이 되었다고 생각하니 기분이 나쁘지 않았다. 아니 너무 좋았다.

그러던 어느 날 가화는 구계 아주머니를 보고 깜짝 놀랐다. 어제까지 멀쩡하던 사람이 머리에 주먹만 한 혹이 생기고 얼굴 반쪽이 퉁퉁 부어 있었던 것이다.

"어이구, 구계 아주머니, 얼굴이 왜 그 모양이에요? 밤길에 넘어졌어요?"

"나에게 묻지 말고 도련님 자신에게 물어요."

구계 아주머니의 말투는 곱지 않았다.

"다 도련님의 남녀평등이니 뭐니 말도 안 되는 소리를 곧이곧대로 믿었기 때문에 생긴 일이잖아요. 어젯밤에 남편이 또 때리기에 '남자가 할 수 있는 일은 여자도 할 수 있다'는 도련님의 말만 믿고 맞붙어 싸웠어요. 그런데 결국 이기기는커녕 더 심하게 얻어맞기만 했어요. 남편이 때리면서 하는 말이, 바보 같은 년 때문에 재수 옴 붙어서 햇차가 잘 팔리지 않기라도 하면 저를 때려죽이겠다고 했어요. 흑흑흑……."

구계 아주머니는 눈물을 뚝뚝 흘리면서도 감히 게으름을 피울 생각을 못하고 부지런히 찻잎을 땄다. 여자의 그런 애처로운 모습을 지켜보는 가화는 눈앞이 캄캄해졌다. 밝은 해도, 푸른 하늘도, 일망무제의 녹색 차밭도 모두 색이 바래는 것 같았다. 안 그래도 한창 나이에 하루에 두 끼, 그것도 멀건 국물에 밥만 먹은 탓에 가끔 어지럽고 눈앞에 별이 보일 때도 있었다. 그가 애써 정신을 추스르고 구계 아주머니를 달랬다.

"아주머니, 좀 쉬세요. 내가 물을 가져오겠소."

구계 아주머니는 쉴 새 없이 손을 놀리면서 혼잣말로 중얼거렸다.

"쉴 시간이 없어요. 쉬면 안 돼요. 차라는 이 물건은 사흘 일찍 따면 보물이지만 사흘 늦게 따면 들풀 취급도 못 받아요."

구계 아주머니는 다 해진 팔소매로 눈물을 쓱 닦고 다시 부지런히 일손을 놀렸다. 다른 여자들도 굳은 표정으로 가화를 외면했다.

밤부터 천둥이 낮고 무겁게 울리기 시작했다. 중춘仲春(음력 2월)의 비였다. 창밖은 칠흑처럼 새까맸다. 가화는 이유 없이 마음이 불안했다. 자꾸 불길한 느낌이 들었다. 콩알만 한 촛불이 푸르스름한 빛을 뿜고 있었다. 멀리서 개울물이 쏴쏴 넘쳐흐르는 소리가 들려왔다.

'내가 끝까지 내 주의를 견지할 수 있을까?'

가화는 자신의 신념에 느닷없이 회의가 밀려왔다. 급기야 그런 잡생각을 떨쳐버리기 위해《도화원기》를 펼쳤다.

진晉나라 태원太原 연간에 무릉武陵 사람이 물고기를 잡으며 살아가고 있었다. 어느 날 그는 냇물을 따라 걷다가 어느덧 길을 잃어버렸다. 홀연 복숭아나무 숲을 만났는데 수백 보 되는 언덕에 다른 나무는 없었다. 아름답고 향기로운 풀잎 위로 꽃잎이 떨어져 흩날리고 있었다……

마침 그때였다. 습기를 머금은 큼직한 석회덩어리가 책 위로 툭 떨

어졌다. 가화는 책을 읽고 싶은 의욕이 싹 사라졌다. 젖은 석회덩어리를
멀거니 바라보다 조용히 혼잣말을 중얼거렸다.

"말 그대로 꽃잎이 떨어지는구나."

가화는 책과 석회덩어리를 한쪽으로 밀어버리고 편하게 앉았다. 그
러나 앉아 있어도 가슴에 뭔가 걸린 것 같은 느낌이 가라앉지 않았다.
그는 지필을 꺼냈다. 낮에 목격했던 불공정한 일들에 대한 분노와 울분
을 표출하고 싶었던 것이다. 하지만 아무리 머리를 쥐어짜도 영감이 떠
오르지 않았다. 에라, 모르겠다. 가화는 될 대로 되라는 식으로 아무 생
각없이 〈부춘요〉富春謠를 적어 내려갔다.

부양강富陽江의 물고기, 부양산富陽山의 차,

물고기가 살찌면 내 아들을 팔아야 하고,

차가 향기로우면 내 집이 파산하네.

차 따는 여인네, 물고기 잡는 남정네,

관리들의 등쌀에 피부가 온전할 새 없다네.

하늘이여, 땅이여,

물고기와 차는 어이하여 다른 현縣과 도都에서 나지 않는가?

부양산은 어느 때 무너질까?

부양강은 언제면 마를까?

산이 무너져야 차나무도 죽고,

강이 말라야 물고기도 죽을지니.

아아,

산은 무너지지 않고,

강도 마르지 않으니,

사람만 죽어난다네.

가화는 붓을 내려놓고 나무의자에 멍하니 앉아 있었다. 이제 무엇을 더 해야 할지 몰랐다.

바로 이때 창가의 난간이 덜컹덜컹 흔들리는 소리가 들려왔다. 모골이 송연해진 그가 뒤로 펄쩍 물러서면서 소리를 질렀다.

"누구요?"

창밖에서는 대답이 없었다. 소리도 멎었다. 가화는 바람소리를 잘못 들었나 보다고 생각하면서 안도의 숨을 내쉬었다. 그런데 가화가 천천히 창가 쪽으로 다가가자 난간이 다시 흔들리기 시작했다. 그는 황급히 촛불을 불어 끄고 소리를 높였다.

"누구요? 대답 안 하면 사람을 부르겠소."

칠흑 같은 어둠 속에서 여자의 가녀린 목소리가 쏴쏴, 하는 물소리에 섞여 들려왔다.

"항 도련님, 저예요. 항 도련님, 저예요……."

여자의 애처로운 목소리가 야밤에 출몰하는 처녀귀신의 것처럼 들려와 오싹 소름이 끼쳤다. 가화가 떨리는 목소리로 입을 열었다.

"누구요?"

"저는…… 저는……."

대답 대신 쿵! 하고 무언가가 넘어지는 소리가 들렸다. 가화는 황급히 촛불을 켜고 문을 열었다. 비에 푹 젖은 여자 하나가 쓰러질 듯 비틀거리며 들어왔다.

여자의 얼굴을 확인한 가화는 소스라칠 듯 놀랐다. 야밤에 갑자기 뛰어든 그녀는 도주였다. 얼굴은 흙투성이에다 이마와 귓불에서는 피가 흐르고 있었다. 무언가에 긁히거나 꼬집힌 것 같았다. 가화는 도주를 부축해 의자에 앉힌 다음 문을 걸어 잠갔다. 물을 떠다 도주의 얼굴과 손을 깨끗하게 닦아주고 뜨거운 물도 한 잔 마시게 했다. 그제야 도주의 창백한 얼굴에 혈색이 돌았다.

가화가 조심스럽게 물었다.

"어떻게 된 거요? 찬찬히 말해 보오."

도주는 가화가 말릴 사이도 없이 털썩 무릎을 꿇었다.

"항 도련님, 저 좀 살려주세요. 항 도련님이 살려주시지 않으면 저는 죽어요!"

"이러지 마오, 이러지 마오."

가화가 여자를 억지로 의자에 다시 앉히고 말했다.

"앉아서 얘기하오. 자꾸 이러면 화낼 거요."

도주는 그제야 눈물을 흘리면서 전후사정을 설명했다.

도주는 강서성 무원婺源 사람이었다. 도주의 아버지는 외지에서 차장사를 하면서 여덟 명이나 되는 가족을 부양했다. 그러던 어느 날 도주의 아버지와 큰오빠는 배를 타고 장강長江을 건너다가 폭풍우를 만났다. 아버지는 물에 빠져 죽고 다행히 큰오빠는 구조됐다. 도주의 오빠를 구해 준 사람은 바로 사봉산에 사는 다농이었다.

도주의 오빠는 목숨을 구해준 은인에게 보답할 겸, 밥 먹는 입 하나라도 줄일 겸 도주를 은인의 집에 민며느리로 보냈다. 그해 그녀는 열네 살이었다.

다농의 집은 서 발 막대기를 휘둘러도 무엇 하나 걸릴 것 없이 가난했으나 도주를 박대하지 않고 따뜻하게 대해 줬다. 도주도 철들기 전까지는 바보 남편을 무서워하지 않았다.

그럭저럭 5년이 지났다. 도주는 열아홉 살이 됐다. 시골에서는 노처녀로 불리는 나이였다. 사실 가족들은 몇 년 전부터 도주와 바보 남편의 합방을 강요했다. 바보 남편도 희한했다. 다른 것은 아무것도 모르면서 유독 도주의 몸만은 탐한 것이다. 때와 장소를 가리지 않고 콧물과 침을 질질 흘리면서 도주를 끌어안고 주무르고 꼬집으면서 못 살게 굴었다.

　다행히 최근에는 다농들의 일손이 바빠지면서 도주와 바보 남편의 합방 문제도 잠시 접어두었다. 도주는 속으로 적이 안심했다. 이렇게 올한 해도 무사히 지내나 싶었다. 그런데 이날 밤에 두 늙은이가 느닷없이 도주를 바보 남편 방에 밀어 넣고 문을 잠그는 것이 아닌가. 바보는 침을 질질 흘리면서 도주를 끌어안고 놓지 않았다. 도주는 바보의 손에서 벗어나려고 몸부림치다가 얼굴에 상처를 입었다. 그녀는 창문을 넘어 밖으로 도망쳐 나왔으나 큰비가 쏟아지는 새까만 밤에 마땅히 갈 곳이 없었다. 결국 고민 끝에 죽음을 불사하고 이곳을 찾아왔던 것이다.

　"아무리 둘러봐도 비를 피할 곳도, 몸을 숨길 곳도 없었어요. 항 도련님, 올 데가 여기밖에 없었어요."

　도주가 흑흑 슬프게 흐느꼈다. 가화는 우리에 갇힌 맹수처럼 두 주먹을 꽉 쥔 채 도주의 옆을 왔다 갔다 하면서 같은 말을 반복했다.

　"너무 암울하군! 너무 암울해! 앞이 보이지 않아!"

　도주가 울음을 그쳤다. 이어 입을 열었다.

　"항 도련님, 도련님이 산에서 했던 말을 저는 다 기억하고 있어요. 저는 처음부터 숙명이라는 걸 싫어했어요. 제가 왜 바보 남편하고 평생을 살아야 해요? 루소는 사람은 모두가 태어날 때부터 빈부귀천과 상관없이 평등하고 자유롭다고 말했다면서요. 저 도주는 죽어도 코흘리개 바보와 결혼하지 않을 거예요. 억지로 강요하면 죽어버릴 거예요. 죽어서 구천에 계신 아버지를 뵐 거예요……."

도주가 격앙된 목소리로 열변을 토했다. 가화가 궁금한 듯 물었다.

"지금은 여자들이 차를 따고 남자들이 죽순을 파내느라 제일 바쁜 농번기가 아니오? 그런데 어째서 갑자기 결혼을 서두르는 거요?"

도주가 분노에 찬 목소리로 말했다.

"마을사람들이 뒤에서 도련님을 보고 뭐라고 하는 줄 아세요? 불효를 저질러 집에서 쫓겨난 방탕아라고 해요. 이곳에 와서도 혹세무민하고 여염집 여자들을 꼬드긴다고 해요. 우리집 늙은이들은 그런 헛소문을 믿고 결혼을 서두르는 거잖아요. 제가 바보 남편을 도련님하고 비교하면서 변심할까 봐 불안했던 거죠……."

가화는 도주의 하소연을 듣자 뜨거웠던 머리가 차갑게 식는 것 같았다.

'세상에! 어찌 이럴 수가. 구사회를 개조하러 온 나를 나쁜 놈으로 오해하다니, 세상에!'

"항 도련님, 저는 이제 어떡해요?"

도주가 애처롭게 물었다.

"항 도련님, 제발 저를 내치지 말아주세요. 저를 하녀로 받아주세요. 저는 그 어떤 고생도 참을 수 있어요……."

"그러면 안 되지."

가화가 두 손바닥을 마주 비비면서 곤란한 표정을 지었다.

"우리의 원칙은 누구나 다 자신의 힘으로 생활하는 거요. 그러려면 우선 착취 제도를 없애고 빈부 격차를 해소해야 하지. 그러니 나는 아가씨를 하녀로 받아들일 수 없소."

"그럼 저도 도련님과 같이 새마을을 건설하겠어요!"

도주가 수심에 찬 얼굴로 말했다. 이어 다시 몇 마디를 보탰다.

"아무튼 저는 집에 돌아가지 않을 거예요. 도련님이 하시는 대로 따라 할 거예요."

가화는 물병아리가 돼 오들오들 떨고 있는 불쌍한 여자를 보면서 생각했다.

'그래, 기왕 이렇게 된 거 동지 한 사람 생긴 셈 치자.'

그렇게 생각하니 적이 마음이 놓였다.

"도주, 먼저 옷부터 갈아입으시오. 오늘밤은 내 침대에서 자고 내일 날이 밝으면 다시 의논해 봅시다."

"그럼……, 도련님은…… 어디서 주무세요?"

가화가 깨끗한 옷을 꺼내 도주에게 건네줬다. 자기도 모르게 얼굴이 화끈 달아오르고 있었다.

"나는 책상에 기대 대충 눈을 붙이면 되지. 이제부터 우리는 동지요. 우리는 세상을 바꾸기 위해 일하는 사람이니 이깟 고생은 아무것도 아니오."

가화는 재빨리 불을 껐다. 어둠 속에서 부스럭부스럭 옷 갈아입는 소리가 들려왔다. 때때로 흐느낌소리도 섞여 들렸다. 이윽고 다시 정적이 찾아왔다. 가화는 책상에 기댄 채 어렴풋이 잠이 들었다.

몇 시나 됐을까, 가화는 쾅 하고 문이 열리는 소리에 깜짝 놀라 깼다. 도롱이를 걸치고 횃불을 든 장정 몇 명이 방안으로 쳐들어왔다. 떡 버티고 선 장정들의 도롱이에서 빗물이 뚝뚝 떨어져 바닥을 적셨다.

"뭐하는 사람들이오? 뭐하는 짓이오?"

"도주, 당장 나오지 못해? 집에 가자!"

사내 중 한 명이 목청을 높였다. 가화는 어두운 구석에 서 있는 늙은 스님을 보고 모든 것을 알아차렸다. 도주는 침대에 꼭 붙어 새된 소리를 질렀다.

"싫어요! 안 가요!"

가화가 몸으로 도주의 앞을 막아서면서 말했다.

"도주는 우리 동지요. 가족관계를 다 청산했으니 당신들과 상관없는 사람이오. 돌아들 가시오."

사내들은 잠시 할말을 잃고 멍하니 서 있었다. 가화는 횃불 연기에 눈이 따가웠다. 그때 구계 아주머니의 남편이 앞으로 나서면서 말했다.

"말도 안 되는 소리! 끌어내!"

그 소리에 몇 명이 일제히 달려들어 가화를 밀쳐버리고 도주를 일으켜 세웠다. 도주는 끌려 나가지 않으려고 가화의 어깨를 꼭 잡고 발버둥을 쳤다. 그러나 소용없었다. 도주의 울음소리와 고함소리는 점점 멀어지다가 힘없이 사라졌다. 마치 한 차례의 악몽이 훑고 지나간 것처럼 쏴쏴 쏟아지는 비 외에는 아무것도 남지 않았다.

날이 조금씩 밝아오기 시작했다. 하늘은 여전히 우중충한 회색이었다. 가화는 무릎을 감싸 안고 빗속에 앉아 있었다. 일어설 기력조차 없었다. 아니, 일어나고 싶지 않았다. 뒤에서 늙은 스님의 염불소리가 들려왔다.

"아미타불……."

하늘이 완전히 개었다. 공기는 눅눅하고 후끈거렸다. 땅위의 풀들은 공중을 향해 기지개를 쭉쭉 펴고 물밑의 수초는 뱀처럼 길게 흐느적거렸다. 봄의 정취가 물씬 풍기는 이런 계절이면 사람도 싱숭생숭해지게 마련이다. 대자연의 섭리는 참으로 오묘한 것이다.

용정산에 손님이 찾아왔다. 방씨네 무남독녀 방서령이었다. 따뜻한 햇살 덕분일까, 아니면 산속의 시원한 공기 덕분일까. 그녀의 얼굴에 보기 좋게 홍조가 어려 있었다. 그녀는 웃지 않을 때면 눈망울이 초롱초롱하고 기지가 넘쳐 보였고 웃을 때면 귀여운 반달눈이 되고는 했다. 둘 다 묘한 매력이 있었다.

방서령이 호공묘로 오면서 가화 걱정을 전혀 하지 않았다면 그것은 거짓말일 터였다. 그러나 그녀가 가화라는 사람을 어떻게 생각하는지는 본인을 제외한 다른 사람은 전혀 알 수 없었다. 여자는 누구나 수수께끼 같은 존재다. 특히 방서령처럼 현대 교육을 받은 여자는 수수께끼 중의 수수께끼였다.

가화는 침대에 누워 방서령을 맞이했다. 심각한 영양실조에 감기까지 든 탓에 며칠 전부터 골골 앓는 중이었다. 그러면서도 그는 하루에 두 끼만 먹는다는 원칙을 고집했다. 이것은 '새마을'이라는 화두에 집착하고 있는 지금 그가 유일하게 할 수 있는 일이었다.

방서령은 가화의 누렇게 뜬 얼굴을 보고 깜짝 놀랐다. 다행히 그녀는 의술을 배운 적이 있었다. 그녀가 가화의 이마를 손으로 짚어봤다. 열은 없었다. 눈꺼풀을 뒤집어 봐도 큰 이상은 없는 것 같았다. 그녀는 천천히 고개를 끄덕이더니 함께 온 촬착에게 분부를 내렸다.

"붕어 두 마리를 큼직한 놈으로 얻어 오세요. 화퇴火腿(소금에 절여서 불에 그슬린 돼지 뒷다리) 한 덩이, 죽순, 표고버섯과 생강도 필요해요."

가화가 몸부림을 치면서 말했다.

"안 먹어, 안 먹어! 죽어도 안 먹어!"

"죽는 게 그렇게 소원이면 죽어요!"

방서령이 화를 냈다.

"그러지 않아도 다 빠지고 혼자 남았는데 당신마저 죽으면 새마을은 누가 건설해요?"

방서령의 말이 정곡을 찔렀다. 가화는 잠깐 멍해 있다가 베개에 얼굴을 묻고는 입을 다물었다. 방서령이 얼굴에 살포시 웃음을 지으면서 어린아이 달래듯 말했다.

"제가 만들어 드리려고 하는 것은 요리가 아니라 약이에요, 약. 의서에서도 '식이요법'이라고 했어요."

"그런데 방 아가씨가 여기를 어떻게 찾아왔소?"

가화가 그제야 뭔가 이상하다는 듯 물었다.

"왜요? 제가 오면 안 돼요?"

방서령이 촬착을 보면서 웃었다. 그러자 촬착이 입을 열었다.

"도련님은 벌써 잊으셨어요? 두 분은 찻집에서 정혼을 하셨잖아요. 나리는 개명한 분이시라 두 분이 자유롭게 왕래해도 된다고 하셨어요."

"그날 찻잔에 꽃 세 송이를 띄웠는데, 정혼은 무슨 정혼이오?"

촬착이 어리둥절한 표정을 지었다.

"꽃 세 송이라니요?"

방서령이 그러자 차갑게 말했다.

"그 사람들은 꽃이 세 송이건, 네 송이건 신경 쓰지 않아요."

가화가 천장을 바라보면서 입을 다물었다.

촬착이 편지 한 통을 꺼내면서 말했다.

"큰도련님, 둘째도련님한테서 편지가 왔어요."

가화는 언제 아팠던 사람인가 싶게 펄쩍 뛰어 일어났다. 어지럽던 머리도 순식간에 맑아졌다. 그런데 방서령이 가화를 앞질러 편지를 낚

아챘다.

"당신이 생선탕을 마시겠다고 약속해야 편지를 보여줄 거예요."

"약속할게, 약속할게."

방서령이 소매를 걷어 올렸다.

"제가 태어나서 처음으로 다른 사람을 위해 만드는 음식이에요. 헛수고하기 싫으니 꼭 드셔야 해요."

가평의 편지는 상당히 고무적이었다.

가화 동지.

연락이 늦어서 미안하네. 이제야 편지를 쓸 여유가 조금 생겼어.

독서회는 성공적으로 창립됐어. 이 소식을 맨 먼저 동지에게 전하고 싶었어. 강남에서 고군분투하는 동지에게 조금이라도 힘이 됐으면 좋겠네. 우리에 앞서 몇몇 단체들이 비슷한 조직을 세웠었어. 그들은 한 집에 함께 살면서 식당, 빨래방, 인쇄소, 가내수공업체들을 경영하고 신문, 잡지를 창간해 경비를 충당했네. 다른 한편으로는 여러 학교에 흩어져 수업도 들었고. 그들 중 시존통施存統과 유수송兪秀松은 절강제1사범학교에서 건너온 동향이더군. 여기서 아는 사람을 만나니 무척 반가웠어. 그들은 지켜야 할 원칙들을 거듭 수정했는데 그중에서 중요한 몇 가지를 나열하면 다음과 같아.

(1) 가족관계를 끊는다.

(2) 혼인관계를 끊는다.

(3) 학연을 끊는다.

(4) 절대적인 공산共産을 실시한다.

(5) 남녀가 함께 생활한다.

(6) 당분간 중공경독重工輕讀한다.

위의 원칙들은 내 마음에는 꼭 들었는데 그렇지 않은 사람들도 꽤 있는 것 같았어. 그들 중 여섯 명은 글쎄 반대를 한 끝에 결국 퇴단을 했다지 뭔가. 어쩐지 불안 불안하더니만 아니나다를까, 3개월 만에 완전히 해체됐다더군. 그들이 한 달 동안 영화를 틀어서 번 돈은 30여 원元, 두 주일간 빨래를 해 번 돈은 동전 70여 개, 인쇄 수입은 3원밖에 안 됐어. 심지어 식당은 적자가 났고…….

다행히 우리는 저들의 전철을 밟지 않을 자신이 있어. 우리는 찻집을 차려 돈도 벌고 동지들 사이에 단결도 돈독하게 다질 계획이야. 차 구매와 경영에 대해서는 별로 걱정되지 않아. 나에게는 든든한 가화 동지가 있으니깐.

가화 동지, 우리 계획이 여기서 어느 정도 진척되는 동안 동지는 물건 공급원을 확보해 주게. 때가 되면 부를 테니 우리 남북南北에서 손잡고 멋지게 해보자고!

또 한 가지, 차의 품종은 용정차 외에도 구곡홍매나 말리화차 같은 홍차도 추가했으면 좋겠어.

이만 각설하고, 건투를 비네!

-가평

가화는 무슨 정신으로 방서령이 끓인 생선탕을 마셨는지 몰랐다. 마음은 온통 편지에 쏠려 있었다. 뜨끈뜨끈한 생선탕을 마시니 배 속이 편안해지고 온몸에 땀이 쭉 흘렀다. 가화는 침대머리에 비스듬히 기대 앉은 채 가쁜 숨을 몰아쉬었다.

방서령이 물었다.

"어때요? 맛있어요?"

가화가 감격스러운 표정으로 고개를 끄덕였다. 그러나 다른 한편으로 걱정도 됐다. 가평이 영광스럽고도 어려운 '임무'를 맡겼는데 과연 잘 해낼 수 있을까 하는 걱정이었다.

땀을 흘리고 나니 잠이 쏟아졌다. 가화가 단잠을 푹 자고 일어났을 때는 벌써 늦은 오후였다. 무겁던 몸이 가벼워지고 기분도 상쾌했다. 방서령은 책상 앞에 앉아 《극락지》를 읽고 있었다.

단둘만 남은 방안에 어색한 침묵이 흘렀다. 특히 가화는 무슨 말을 했으면 좋을지 몰라 쩔쩔맸다. 결국 방서령이 대범하게 먼저 입을 열었다.

"걸을 수 있겠어요?"

가화가 일어서면서 말했다.

"다 나았소. 아까는 배가 고팠을 뿐이오. 이곳은 경치가 아주 그만 이라오. 내가 안내할 테니 구경 나갑시다."

그러나, 가화는 산중턱에도 채 못 이르러 이내 후회를 했다. 차를 따던 여자들이 일제히 일손을 멈추고 두 사람을 쳐다봤기 때문이었다. 그것은 호기심 어린 눈빛이 아니었다. 질책과 싸늘함이 가득 묻어나는 눈빛이었다.

가화는 당황해 고개를 숙였다. 문득 생각이 나서 고개를 들었더니 마침 도주와 시선이 마주쳤다. 이틀 사이에 도주는 완전히 딴 사람처럼 변해 있었다. 눈빛이 멍하고 얼굴도 푸석푸석했다.

방서령이 도주에게 다가가 머리를 쓰다듬으면서 친근하게 말을 걸었다.

"찻잎을 따는 중이군요?"

두 사람을 번갈아보던 여자들이 일제히 고개를 돌렸다. 마치 아무 소리도 못 들은 것처럼 외면한 채 자기 할 일만 했다. 가화는 괜히 죄 지은 느낌이 들어 도망치듯 황급히 산꼭대기로 올라갔다.

"참 좋은 곳이네요. 차 향기가 사방에 진동해요."

"그래요?"

가화는 건성으로 대답했다.

"표정을 보니 걱정거리가 있는 것 같네요?"

"꽃 세 송이로 분명히 의사 표현을 해놓고 여기는 왜 찾아온 거요?"

가화의 말투는 딱딱하고 투박했다. 그는 자신이 무엇 때문에 방 아가씨에게 화를 내는지 스스로도 알 수 없었다.

"아유, 뒤끝 있으셔."

방서령이 들꽃을 꺾어 코에 대고 냄새를 맡았다.

"처음에는 당신이라는 사람에 대해 아무런 느낌도 없었어요. 그런데 이상하게도 그날 집에 돌아간 뒤로 가끔 생각이 나는 거예요. 당신이 저 때문에 가출을 할 줄은 생각도 못했어요."

"아가씨 때문이 아니오."

"가평의 편지를 봐도 돼요?"

가화는 편지를 내줬다. 영광스럽고 중요한 임무를 부여받고 절을 찾아온 것이지 일개 여자 때문에 가출한 것이 아니라는 사실을 이참에 밝히겠다는 생각이 없지 않았다. 편지를 다 읽고 난 방서령이 웃으면서 말했다.

"이게 뭐가 어려워요?"

"나는 지금 돈이 한 푼도 없소. 그리고 설령 내가 돈을 마련해 차를 샀다 할지라도 누가 그걸 북경까지 가져가겠소? 나는 이곳을 떠날 수 없는 몸이오. 안 그러면 새마을 건설 계획은 물거품이 되니깐."

방서령이 가화의 말이 끝나기 무섭게 귀에 달고 있던 귀고리 두 개를 뺐다. 순금으로 된 귀고리였다. 그녀는 귀고리 무게를 손바닥으로 가늠하면서 가화에게 물었다.

"이거면 되겠어요?"

"이러지 마오. 나는 돈을 빌려달라고 한 것이 아니오."

"일단 차를 사세요. 그러면 제가 북경으로 가져갈게요."

"이 일은 아가씨하고 상관없는 일이오."

가화는 다급한 마음에 말투가 거칠어졌다. 잠시 후 마음을 가라앉힌 그가 다시 입을 열었다.

"아가씨는 더 이상 내 일에 참견하지 말고 집으로 돌아가시오."

방서령이 가볍게 가화에게 눈을 흘겼다. 그 눈빛이 너무나 노골적이고 뇌쇄적이었다. 가화의 얼굴이 눈에 띄게 붉어졌다. 그렇다고 딱히 싫은 것은 아니었다. 가화가 질끈 눈을 감았다가 다시 떴을 때 방서령의 노골적인 눈빛은 진지하고 호기심 어린 눈빛으로 바뀌어 있었다.

"이상하네."

방서령이 혼잣말처럼 중얼거렸다.

"당신네 형제는 둘 다 참 이상해요."

"아가씨도 이상한 사람이오."

"저도 알아요. 아빠가 저를 시집보내겠다고 했을 때 저는 처음에 거부했어요. 아빠는 제가 징글징글하게 말을 안 듣는다면서 저를 휘어잡을 수 있는 남자한테 보낼 거라고 하셨어요. 말도 안 되는 소리죠, 안 그래요? 그런데 맞선 상대가 항씨네 도련님이라는 말을 듣고 저는 마음이 바뀌었어요. 어쩌면 그가 나올 수도 있겠다 싶었죠. 그래서 갔는데 사실은 실망했어요. 그가 아니라 당신이 나왔거든요. 제 말이 기분 나쁘세요?"

"그럴 줄 알았소."

가화가 고개를 외로 꼬았다. 기분이 씁쓸했다. 그러나 씁쓸한 기분은 그리 오래 가지 않았다.

"그래서 당신의 찻잔에 꽃을 세 송이 띄웠죠. 그런데 이상하게도 집에 돌아온 후로 당신의 얼굴은 눈앞에 또렷하게 떠오르는데 그 사람의 얼굴은 전혀 기억나지 않는 거예요……. 어떻게 그럴 수가 있죠?"

가화는 다시 심란해졌다.

"글쎄, 나도 모르겠소. 어떻게 그럴 수 있지?"

"저는 여기를 떠나서 북경으로 갈래요. 이곳의 모든 것과 관계를 끊을 거예요."

먼 산을 보면서 말하는 방서령의 말투는 단호했다. 약간 격앙돼 있기도 했다.

"그곳에 가면 고생이 말도 못 할 거요. 빨래도 하고 막노동도 해야 하는데, 아가씨가 그걸 할 수 있겠소?"

"여기 있으면 더 힘들어요. 부모님과 사이가 틀어진 지 벌써 두 달이 넘었어요. 사실은 '1사(절강제1사범학교) 소동' 때부터 부모님과 어긋나기 시작했어요. 그후로 두 분은 하루 종일 저를 감시해요. 온갖 방법을 다 동원해 저를 시집보내려고 하고 있어요."

"아가씨도 '1사 소동'에 참가했소?"

"다른 학생들이 다 하는데 저라고 빠질 수 없죠."

"그럼 아가씨도 우리 동지구먼."

"그렇다고 할 수 있죠. 가평 그 사람이 편지에서 언급한 시존통, 유수송과도 아는 사이예요."

"알고 보니 우리는 한 가족이었군."

그제야 가화는 반갑게 악수를 청했다. 방서령이 '동지'라는 것을 알고 나니 더 이상 쑥스럽지도 어색하지도 않았다. '꽃 세 송이' 때문에 잡쳤던 기분도 순식간에 다 잊었다.

방서령은 몇 년이 지난 후에야 분명히 깨달았다. 자신이 항씨네 두 형제 사이에서 고민한 것이 아니라 자신의 머리와 가슴 사이에서 고민했다는 사실을. 물론 그녀는 '1사 소동' 때 칼을 목에 대고 살신성인을 부르짖는 가평에게 마음을 빼앗기지 않은 것은 아니었다.

방서령은 호남湖南 태생의 청빈한 서생과 항주 부잣집 딸 사이에서 태어난 무남독녀였다. 그녀는 의지가 굳고 노력파인 아버지와 허영심이 많고 총명한 어머니의 유전자를 물려받아 어릴 때부터 영리하고 사랑스러웠다. 또 변덕스럽기도 했다. 그러나 젊음은 언제나 순수한 것이다. 젊음의 열정 역시 순수했다. 그래서 그녀는 이익과 사랑 앞에서 주저 없이 후자를 택했다. 그녀가 천리 밖 북경에 있는 가평의 이상을 응원하기 위해 한 치의 망설임도 없이 금귀고리를 내놓았을 때 가화는 그녀의 순수한 열정에 큰 감동을 받았다.

'아아, 얼마나 훌륭한 마음인가. 하지만…… 참으로 애석하구나.'

가화는 더 생각하고 싶지 않았다. '꽃 세 송이' 때문에 마음에 살짝 흠집이 갔다면 '금귀고리'는 그의 마음에 큰 상처를 입히기에 충분했다.

가화는 방서령과 함께 항주로 돌아왔다. 가평에게 보낼 차를 종류별로 구하러 다니는 사이에 망우차장 문 앞을 여러 번 지나갔으나 단한 번도 들어가 보고 싶다는 생각을 하지 않았다.

방서령은 며칠 동안 그림자처럼 가화와 붙어다녔다. 뿐만 아니라 마냥 씩씩하고 격정이 넘치던 평소의 모습과 다르게 여성스럽고 부드러운모습도 보여줬다. 그럴 때면 가화는 마치 구름 위를 걷는 것 같았다. 그러나 방서령은 북경으로 가는 기차에 오르기 무섭게 태도가 돌변했다.

"아이고! 물병을 안 가져왔네. 이를 어째? 이를 어째? 하나님 맙소사……."

"방 아가씨는 하느님을 믿소?"

"다 지나간 일이에요. 예전에 엄마하고 같이 가서 세례를 받았어요."

방서령이 건성으로 대답했다. 이어 며칠 동안 그림자처럼 붙어다니던 가화는 안중에도 없는 듯 또 물병 타령을 시작했다.

"이를 어째? 물병이 없으면 물을 못 마시는데, 이를 어쩌지?"

가화가 편지다발을 방서령에게 건네주면서 말했다.

"가평에게 전해주시오."

방서령은 귀찮은 티를 팍팍 내면서 편지를 받아 손가방에 넣었다. 그리고는 발을 동동 굴렀다.

"내 물병, 물병이 없어. 어떡하지? 이를 어째?"

가화는 말없이 주머니에서 물병을 꺼냈다. 물병 뚜껑과 몸통은 분리되지 않게 끈으로 연결돼 있었다. 방서령은 가화와 물병을 번갈아 쳐다보다 입을 다물었다.

가화는 방서령을 배웅하고 낙휘오落暉塢로 돌아왔다. 날씨가 흐리고 비까지 내려서 오후인데도 어둑어둑하니 저녁 같았다. 가화는 마을 어귀에서 구계 아주머니와 맞닥뜨렸다. 그녀는 머리에 흰 띠를 두르고 있었다. 두 사람은 서로를 보고 화들짝 놀랐다. 구계 아주머니가 울먹이는 소리로 먼저 입을 열었다.

"항 도련님, 아직도 안 가셨어요?"

"가다니? 내가 어디를 간다는 말이에요?"

"새아씨하고 함께 집에 돌아가신 것 아니었어요?"

구계 아주머니는 어리둥절한 표정으로 덧붙였다.

"집에 돌아간다고 하셨잖아요?"

"누가 그래요? 누가 그런 말을 해요?"

"도련님댁 사람이 그랬어요."

구계 아주머니의 말이 빨라졌다.

"마을사람들은 다 그렇게 알고 있어요."

"당신들은 그 사람의 말을 믿소, 아니면 나를 믿소?"

가화는 종이우산을 접었다. 그리고는 빗물이 머리를 적시도록 내버려뒀다.

"그들이 집에 돌아오란다고 내가 순순히 돌아갈 사람이에요?"

"그날 도련님이 아씨하고 단둘이 해질녘까지 산꼭대기에서 얘기를 나눴잖아요. 마을사람들이 그 모습을 다 봤는걸요."

"그게 뭐 어때서요? 그녀는 내 학우이자 동지예요. 새마을 건설을 응원해주러 온 것이고요."

구계 아주머니는 할말을 잃고 한참이나 멍하니 서 있더니 털썩 땅에 주저앉았다. 이어 땅을 치면서 울음을 터트렸다.

"도주야, 도주! 이 박복한 사람아, 하루만 더 늦게 가지 그랬냐……."

가화의 손에서 우산이 툭 떨어졌다. 그가 불길한 예감을 억누르며 조심스럽게 물었다.

"도주에게 무슨 일이 생겼어요?"

"죽었어요, 목을 매 죽었어요."

구계 아주머니는 체면불구하고 엉엉 소리 내 울었다.

"도주야, 미인박명이라더니 어쩌면 꽃다운 나이에 그렇게 갈 수 있니? 아이고, 네 마음은 내가 잘 알지. 너는 항 도련님을 따라가서 끝까지 항 도련님만 모시고 싶다고 했는데……. 아이고, 도주야, 조금만 더 참지 그랬어. 뭐가 급해서 그리 빨리 간 거니? 도주야, 항 도련님이 오셨어. 네가 하루만 늦게 갔더라도 항 도련님에게 속 시원히 마음을 털어놓을 수 있었을 텐데. 사는 게 정말 힘들구나. 여자로 사는 게 정말 힘들구나. 아이고, 도주야……."

가화는 맥없이 그 자리에 주저앉았다. 눈앞이 캄캄해지는가 싶더니 정신이 혼란스러웠다. 날이 어둑어둑 저물고 있었다. 산에서 흘러내린 물이 가화의 발목을 넘어 무릎을 적셨다. 그러나 그는 꿈쩍도 하지 않았다. 가까이에 정자가 있었다. 정자 양 옆에는 대련이 새겨져 있었는데, 가화는 이미 아는 내용이었다. 어릴 때 탕수잠 앞에서 읊었던 두 구절로, 상련上聯은 "잠깐 쉬었다 가시게나, 조주차 한 잔 하시게"였고, 하련은 "서두르지 않아도 되오, 들꽃을 구경하고 천천히 오시게나"였다.

가화는 문득 도주가 아름다운 '들꽃' 같다는 생각을 했다. 순간 그는 하늘에서 시커먼 장막이 내려와 들꽃이 활짝 피어 있는 들판과 그의 사이를 갈라놓는 것 같았다.

"항 도련님, 소리 내지 말고 가만히 계세요. 도주의 관이 이리로 오고 있어요."

구계 아주머니가 가화를 잡아당기면서 낮은 소리로 말했다.

"도주의 가족들은 도주가 죽은 것이 모두 도련님 탓이라고 이를 갈고 있어요."

"그래요, 다 내 탓이에요. 내가 여기 오지 않았다면 도주도 죽지 않았을 텐데……. 내가 죄를 지었어요."

"항 도련님, 그런 말 마세요. 그건 다 도주가 팔자가 사나워서 그렇게 된 거예요. 저것 봐요, 가족이란 사람들이 며느리가 죽었는데 시신을 하루도 집에 두지 않고 메고 나왔잖아요. 쉿, 왔어요, 왔어요."

도주의 관을 멘 사람들이 가까이 다가왔다. 모두 네 사람이었다. 철벅철벅 빗길을 밟는 발걸음소리는 음울하고 무거웠다. 바보와 그의 어머니가 맨 뒤를 따르고 있었다. 바보의 어머니는 가화를 알아보고 원한에 찬 눈빛을 보냈다. 나름 최대의 분노를 표한 것이었다. 아무것도 모르는 바보는 머리에 흰 천을 두른 채 가화를 향해 헤헤 웃었다.

관은 얇고 작았다. 관속에 누워 있는 여자는 아름다운 목소리로 노래를 불렀었다.

다리목에 어여쁜 처녀가 서 있네.
고운 손, 고운 발, 허리도 가늘다네……

훗날, 마을 노인들은 당시 상황을 다음과 같이 회상했다.

"수염이 긴 외팔이 사내가 백마를 타고 호공묘를 찾아왔단다. 항씨네 도련님은 들것에 들려 나갔지. 두 달 전에 짐을 메고 멀쩡하게 걸어들어왔던 것과는 완전히 다른 모습이었지. 다른 물건들은 다 가지고 갔는데《극락지》라는 책은 안 가져갔어. 책 주인이 잊고 안 가져갔는지 아니면 일부러 두고 갔는지는 몰라. 구계 아주머니는 그 책을 가져다 아궁이에 넣었어……."

가화는 운명 앞에 무릎을 꿇었다. 들것에 누운 채 하늘을 바라보자 높고 푸른 하늘에 흰 구름이 둥실둥실 떠가고 있었다. 새파란 차밭에서는 하차夏茶가 채집을 기다리고 있었다. 붉은 옷을 입은 촌부들이 산등성이에서 부지런히 일손을 놀리고 있었다. 변한 것은 아무것도 없었다. 어쩌면 변한 것이 아무것도 없는 것이 제일 큰 변화일지도 몰랐다. 가화는 소리 없이 긴 한숨을 내쉬었다.

조기객은 말을 타고 들것을 호송했다. 그는 이제 다른 사람을 수행하는 사람이 돼버렸다.

계룡산을 지날 때 사람들은 약속이나 한 것처럼 일제히 걸음을 멈췄다. 가화도 몸을 일으켜 멀리 산모퉁이를 바라봤다. 그곳에는 차밭이 있고 무덤들이 있었다. 차청 할아버지와 소차도 그곳에 묻혀 있었다. 가화는 자신도 모르게 눈시울이 뜨거워졌다. 문득 넓게 펼쳐진 푸른 차밭에서 붉은 빛이 어른거리는 것이 보였다.

'저건 뭘까? 붉은 옷을 입은 여자들이 차밭에서 차를 따고 있는 건가?'

붉은 빛에 이어 하얀 안개 같은 것도 자욱하게 피어올랐다. 그러면서 푸른색, 붉은색과 어우러져 운무처럼 허공을 감돌았다. 이때 조기객이 허리를 구부리고 가화에게 말했다.

"청명에 다시 오자."

가화가 놀란 목소리로 물었다.

"저기서 올라오는 채색구름 보셨어요?"

사람들이 모두 의아한 표정을 지었다.

"붉은색, 푸른색, 흰색······."

촬착이 한숨을 쉬면서 조기객에게 말했다.

"큰도련님은 고열로 헛것을 보신 거예요."

"정말 못 봤어요?"

가화가 또 물었다. 그러자 조기객이 두루뭉술하게 대답했다.

"나는 눈이 잘 안 보여서······."

가화는 눈을 감고 생각했다.

'다른 사람들은 아무도 못 보는데 나만 봤다. 그렇다면 그것은 내 눈에만 보이는 것인가······.'

가화는 그 자리에 픽 고꾸라져 혼절하고 말았다.

제29장

1920년, '5·4 청년' 가화가 용정향龍井鄕에서 돈키호테처럼 고군분투하고 있을 때 일본 시즈오카현의 차茶 시험장에서는 또 다른 '5·4 청년'이 세계 각국의 차 연구에 골몰하고 있었다.

키가 크고 눈이 클 뿐만 아니라 성격이 쾌활한 이 청년의 이름은 오각농吳覺農이었다. 절강성 상우上虞 태생으로, 본명은 오영당吳榮堂이었다. 그는 유년 시절에 소작료를 갚지 못한 농부가 아문 앞 철장에 갇혀 비참하게 죽어가는 모습을 보고 큰 충격을 받았었다. 그 이후로 그는 반드시 농업을 진흥시키겠다는 결심을 하게 됐다. 또 "먼저 스스로 깨우침을 얻어야 다른 사람을 깨우칠 수 있다"라는 생각에서 이름도 오각농으로 개명했다.

오각농은 농업 중에서도 다업茶業을 선택했다. 차와 비단은 세계적으로 유명한 중국의 양대 특산물일 뿐 아니라 중국 농업을 일으켜 세우는 데 중요한 역할을 하는 '보물'이라고 생각했던 것이다. 그는 그래서

늘 "중국은 차 생산에 적합한 천혜의 자연조건을 가지고 있다. 하지만 과학기술이 급속도로 발전하는 시대에 자연적인 우세만 믿고 변화할 생각을 하지 않기 때문에 다른 나라에 뒤처지고 있다"는 말을 입에 달고 다녔다.

오각농이 일본 유학을 결심한 이유는 당시 일본 녹차가 중국을 제치고 국제시장에서 두각을 나타내기 시작한 때문이었다. 그는 결국 절강성 갑종甲種농업전문학교를 졸업하고 3년 동안 조교로 근무한 다음 일본으로 국비 유학을 떠났다.

중국 차산업은 1920년대에도 별로 발전하지 못했다. 중국 차산업이 정점을 찍고 서서히 쇠퇴하기까지에는 대내적 요인과 대외적 요인이 모두 작용했다. 대내적 요인으로는 군벌들의 혼전으로 인한 사회혼란, 정세 불안정, 경기침체, 민심 동요, 상인과 여행객들의 항로 단절 등을 꼽을 수 있었다. 대외적인 요인이라면 중국차가 국제시장에서 이미 경쟁력을 잃었다는 것이었다. 당시 네덜란드령 동인도(인도네시아), 인도, 스리랑카 등 신흥 차 생산국들은 과학기술과 기계를 이용해 차 생산량과 품질을 대폭 향상시켰다. 덕분에 자연스럽게 국제 차시장의 신흥 강자로 떠올랐다. 그에 반해 중국차는 현상에 안주하고 품질 하락, 원가 상승, 경영부진 등의 단점에도 불구하고 개선의 의지를 보이지 않았다. 결국 점차 경쟁력을 잃어갔으며 나중에는 인도, 인도네시아와 스리랑카가 홍차 시장, 일본이 녹차와 오룡차 시장을 독점하다시피 했다.

오각농은 일본에서 눈살이 찌푸려지는 학술논문을 여럿 보았다.

그중 영국 식물학자 J. H. 블레이크Blake는 《다상지남》茶商指南이라는 책에 다음과 같이 썼다.

많은 학자들은 차의 품질 및 생산량으로 볼 때 차의 원산지가 중국이 아닌 인도라는 주장을 지지하고 있다.

또 다른 영국인은 《차》[tea]에서 다음과 같이 썼다.

중국에는 재배종 차나무만 있다. 순수한 야생 차나무는 없다. 식물학자들은 아삼이 발견한 야생 차나무 'the assamiea'를 모든 차나무의 시조로 인정한다.

영국인 브라운[Browne]이 런던에서 출판한 《차》[tea]의 내용은 다음과 같았다.

중국에서 야생 차나무가 발견됐다는 기록은 없다. 고서에서도 찾아볼 수 없다. 차나무는 중국이 아닌 인도가 기원이라는 설이 설득력이 있다.

《일본대사전》도 차의 원산지는 동인도라고 기록하고 있다.

영국은 인도에 차밭을 만들고 인도차를 제조한 후 인도차를 'Our tea(우리 차)'라고 불렀다. 영국 정부도 인도차 수입세를 5분의 1이나 감면해주는 등 인도차 생산과 수입을 전폭적으로 지원했다.

오각농은 1922년에 〈차나무 원산지에 대한 고찰〉이라는 논문을 발표했다. 이해 그의 나이는 스물다섯이었다. 그는 논문에서 차나무의 원산지는 중국이 확실하다고 분명하게 밝혔다.

중국에서 차를 이용한 역사는 수천 년이나 된다. 중국 역사 연구학자들은 중국이 차의 원산지임을 부인하지 못할 것이다. 그러나 제국주의를 추종하고 학술의 상품화를 꾀하는 학자들이 분별력 없는 사람들을 오도해 중국이 차나무의 원산지가 아니라고 믿게 하고 있다.

그는 "나라가 쇠퇴하니 다 빼앗기는구나. 심지어 중국에서 생겨나 중국에서 자란 식물마저 '국적'을 빼앗기는구나"라고 비분강개했다. 또 글의 말미에 "중국의 차산업은 '잠자는 사자'와 같다. 언젠가 깨어나면 기필코 세계를 뒤흔들 것이다. 중국인들이여, 노력하라"고 호소했다.

안타깝게도 20세기 상반기는 구국救國의 큰 뜻을 지닌 중국인 농업학자 겸 차 전문가에게는 비극의 시대였다. 군벌들의 혼전, 부패한 정치, 기아에 허덕이는 농민들……. 혼란의 시대에 오각농의 부르짖음에 귀를 기울이는 사람은 거의 없었다.

1921년 봄, 가화는 약관의 나이에 그보다 한 살 많은 방서령과 백년가약을 맺었다.

방서령의 부친 방백평은 이 혼사에 대해 무척이나 흡족해했다. 그는 명색이 해외 유학을 다녀온 문인임에도 불구하고 정치에 관심이 많았다. 특히 명예를 매우 중시했다. 따라서 이번 혼사도 당연히 선순환 효과를 노린 것이었다. 그는 사위 가화의 '망우차장 도련님'이라는 신분보다 '국민당 거물 심록촌의 조카'라는 신분이 더 마음에 들었다. 사위에 대한 평판도 심록촌으로부터 들은 것이 다였다. 심록촌은 가화가 장차 대성할 인물이라고 입에 침이 마르도록 칭찬했었다.

"내 조카라서 팔이 안으로 굽어서 하는 말이 아니오. 이 아이는 정말 그 나이답지 않게 의연하고 침착하오. 전형적인 외유내강형이지."

심록촌은 한편 탄식을 내뱉기도 했다.

"사실 혈연관계를 따지자면 내 친조카는 가화가 아닌 가평이지. 하지만 그 녀석은 망나니요. 그 녀석에게 시집가는 여자는 막말로 재수 옴 붙을 거요. 그 녀석은 태어나지 말았어야 할 아이요. 나중에 어떤 인간이 될지 아무도 모르오."

방백평은 심록촌의 가평에 대한 평가를 토씨 하나 빠뜨리지 않고 딸에게 전했다. 그러나 고집이 센 딸은 그런 말 따위는 아예 들으려고도 하지 않았다. 심지어 가평을 '망나니'라고 했다는 말을 전해 듣고도 오히려 더 미련을 가졌다. 나중에는 멀리 북경으로 사랑의 도피를 떠났다.

다행히 가출했던 딸은 제 발로 돌아왔다. 그리고 순순히 가화와 결혼식을 마쳤다.

항씨네는 처음에는 주저주저하면서 결정을 내리지 못했다. 그러자 천취가 제일 간단한 해결책을 내놓았다.

"가화에게 물어봐. 가화가 그래도 이 결혼을 하겠다면 원하는 대로 해줘."

심록애가 가화를 찾아가 항천취의 말을 꺼내자 그는 담담하게 웃을 뿐 아무 말도 하지 않았다. 걱정이 된 심록애가 말했다.

"가화, 네 마음이 내키는 대로 하거라. 싫은 걸 억지로 할 필요는 없어. 너는 비록 내가 낳은 아들은 아니지만……."

가화가 손사래를 치면서 말했다.

"어머니, 그런 얘기는 하지 마세요. 서령은 우리 집에 시집와야만 해요. 제가 아니면 가평에게라도 시집와야 해요. 안 그러면 아무 데도 시집 못 가요."

아들의 말에 심록애가 눈물을 흘렸다.

"가화, 너는 참으로 착한 아이야. 네가 내 친아들이라면 얼마나 좋겠니."

첫날밤, 방서령은 남편 가화에게 손수 차를 한 잔 따라줬다. 찻잔을 받아든 가화가 한참 동안 침묵을 지키더니 한마디했다.

"꽃이 한 송이네."

"지난번의 세 송이하고 더해 보세요."

"어쨌든 두 번 다 홀수라는 거네."

가화의 말은 의미심장했다.

"그래서 마실 거예요, 안 마실 거예요?"

새 신부는 애교 반 짜증 반으로 신랑을 흘겼다.

가화는 묵묵히 찻잔을 들어 마셨다.

망우차장의 이번 혼사를 살펴보면 '쾌도난마'快刀亂麻라는 표현이 딱 어울렸다. 가화와 방서령이 다시 만났을 때는 가화가 계룡산에서 헛것을 보고 내려온 지 3개월이 지난 뒤였다. 가화는 방서령을 다시 만난 그날, 운명에 순응했다.

가화의 여동생 가초는 먼 훗날 아무리 생각해 봐도 오빠와 새언니의 결혼이 이상하다 못해 오묘했다고 회상했다. 그때는 추석이었다. 심록애는 무거운 몸을 이끌고 추석 준비를 하느라 바빴다. 식탁과 의자를 달 밝은 마당에 내다놓고 월병, 수박, 견과류와 여러 가지 음식을 차렸다. 명절 분위기를 밝게 만들고자 애쓰는 티가 역력했다. 성격이 세심한 가초는 어머니의 목소리가 평소보다 밝아 보인 이유가 조기객 아저씨가 왔기 때문이라는 사실을 눈치챘다. 그녀는 또 기객 아저씨가 영은사에 있는 아버지를 데리러 갔다가 헛물을 켜고 돌아왔다는 것도 알고 있었다. 기객 아저씨의 말에 따르면, 아버지 항천취는 어디로 '운유'雲遊하러 갔는지 그림자도 보이지 않았다고 했다. 심록애는 조기객의 기분을 달래주기 위해 가볍게 남편을 나무랐다.

"천취도 참! 가족들을 나 몰라라 하는 것까지는 괜찮은데 어떻게 친구까지 헛걸음하게 할 수가 있어요? 참선한답시고 절에 들어가더니 사람이 이렇게까지 변할 줄은 몰랐네요. 기객씨도 미안해서 집에 가겠다는 말을 못하잖아요."

집에 가려고 몸을 일으키던 조기객은 심록애의 말에 엉거주춤 선 채 마당을 휘 둘러봤다. 휑뎅그렁한 마당에 사람도 별로 없었다. 마른 대나무 잎이 바람에 바스락거리는 소리가 들릴 정도였다. 조기객은 발을 구르더니 다시 자리에 앉았다.

"가초, 술을 가져오너라. 이 아저씨가 오늘 밤에는 한잔 해야겠다."

심록애가 술을 가지러 가는 가초를 불러 세웠다.

"가초, 큰오빠를 불러오너라."

심록애의 말투는 명령조였다. 그래야 가초가 큰오빠를 억지로라도 끌고 내려올 것이라고 생각했던 것이다. 가초의 큰오빠 가화는 새마을 건설 꿈이 좌초돼 집에 돌아온 뒤 크게 앓았다. 그후로는 사람 만나기를 꺼려하고 예전보다 더 과묵해졌다.

가초는 큰오빠를 부르러 다락방으로 올라갔다. 가화는 대나무침대에 누워 창밖의 달을 구경하고 있었다. 몸이 너무 말라 마치 얇은 종잇장 같았다.

가초가 오빠를 불렀다.

"오빠, 우리 마당에 나가 달구경해요. 어머니가 오빠보고 내려오래요."

"안 가. 안 갈 거니까 부르지 마."

가초의 눈에 이슬이 맺혔다. 그녀의 눈에 큰오빠는 완전히 달라져 있었다. 예전의 큰오빠가 아니었다.

"오빠, 가교도 안 오고 아버지도 영은사에 계시는데 오빠마저 안 내려오면 이 큰 마당에 어머니와 저밖에 없어요. 얼마나 쓸쓸한지 모르겠어요."

"북적거려서 좋을 게 뭐가 있어?"

"오늘은 추석이잖아요."

"다른 사람들의 명절이야. 나하고는 상관없어."

가초는 애써 오빠를 설득하려고 했다.

"오빠, 이러지 마세요. 오빠가 이러면 어머니가 슬퍼하세요. 아버지도 안 계시고, 오빠마저 나 몰라라 하면 우리 망우차장은 어떡해요?"

가화는 누워서 미동도 하지 않았다.

"가초, 더 애쓰지 마. 되돌리기에는 너무 늦었어."

가초는 가화의 말뜻을 이해하지 못했다. 그러나 아래에서 기다리는 어머니가 걱정이 돼 더 묻지 못하고 총총히 마당으로 내려왔다. 심록애는 조기객과 얘기를 나누고 있었다. 그녀가 한숨을 푹 내쉬면서 말했다.

"가화가 내려오지 않을 줄 알았어요. 가평은 편지 한 통도 없네요. 가평을 찾아간 방서령 아가씨도 종무소식이래요. 방씨네는 우리 항씨 집안과 사돈을 맺고 싶어 했는데 지금은 사돈은커녕 원수가 돼버렸어요. 가교는 항씨가 아니라 오씨라는 편이 더 어울릴 것 같아요. 추석인데도 코빼기도 안 보이잖아요. 그리고 천취는 영영 다시 안 올 것 같아요. 육근六根이 청정淸淨한 삶을 살기로 결심을 굳힌 것 같아요. 이렇게 큰 차장을 저에게 모조리 맡겨놓고 도대체 어쩌라는 건지 모르겠어요."

조기객이 한참 침묵을 지키더니 무겁게 입을 열었다.

"당신 말대로라면 거칠 것 없이 혈혈단신인 내가 제일 맘 편하구면."

심록애와 조기객 두 사람의 말에 조용히 귀를 기울이던 가초는 이때 누군가가 마당으로 들어오는 것을 발견했다. 체형이나 걸음걸이를 봐서 방씨네 아가씨 같았다. 눈썰미가 좋은 가초는 조심스럽게 그녀를 불렀다. 과연 방씨네 아가씨, 방서령이었다. 심록애와 조기객은 놀라서 자리에서 일어났다. 버들고리 가방을 들고 나타난 방서령은 잔뜩 지친 모습이었다.

"막 차에서 내려 오는 길이에요. 힘들어 죽겠어요."

말을 마친 방서령은 가화를 위해 남겨놓은 자리에 스스럼없이 앉았다. 사람들은 모두 놀란 표정만 지을 뿐 아무도 방서령에게 말을 걸지 못했다. 방서령이 식탁 위의 수박을 한 조각 집어 들면서 말했다.

"목이 말라 죽는 줄 알았어요."

방서령은 사흘 굶은 사람처럼 허겁지겁 수박을 먹었다. 수박씨를 퉤퉤 뱉으면서 순식간에 두 조각이나 해치우고 나서야 겨우 숨을 돌리면서 주위를 둘러봤다.

"어! 가화 그 사람은요?"

심록애가 방서령의 말에는 대답하지 않고 담담하게 물었다.

"집에는 갔다 왔느냐?"

"아뇨."

방서령이 편한 자세로 앉아 슬슬 부채질을 하면서 대답했다.

"집에 갈 생각 없어요. 그 사람은요? 그 사람은 왜 안 보여요? 가초, 빨리 가화 그 사람 좀 불러와. 내가 돌아왔다고 전해줘."

"잠깐만!"

조기객이 방서령의 손에서 부채를 빼앗고는 말했다.

"가자, 내가 집에 데려다줄게."

"싫어요, 안 가요."

방서령은 그제야 어른들의 눈빛이 그다지 호의적이지 않다는 것을 눈치채고는 낮은 소리로 말했다.

"저는 그 사람을 만나야 해요. 그 사람에게 전해줄 편지를 가지고 왔어요."

"누가 보낸 거냐?"

"가평이죠."

"너, 가평을 만났어? 그 아이는 지금 어디에 있어?"

심록애가 방서령의 팔을 와락 붙잡았다.

"상해에 있어요."

"상해? 상해 어디?"

"그 사람이 알려주지 말라고 했어요."

"인정머리 없는 놈 같으니라고. 상해라면 여기서 지척인데 집에는 들르지도 않는단 말이냐!"

"아주머니, 그건 오해예요."

방서령이 들어 올렸던 찻잔을 내려놓으면서 말했다.

"그 사람은 그럴 시간이 없는 사람이에요. 상해에는 얼마 머물지 않고 또 다른 데로 갔어요."

"갔다고? 어디로 갔어?"

"먼 곳으로요. 출국했어요."

조기객이 자기도 모르게 소리를 질렀다.

"녀석, 어디든 진득하니 앉아 있지를 못하는구나."

아직 어린 가초가 궁금한 듯 물었다.

"서령 언니, 언니는 왜 안 따라갔어요?"

방서령이 한숨을 쉬고는 자리에서 일어났다.

"가화, 그 사람 어디에 있어요? 저는 그 사람에게 꼭 해야 할 말이 있어요."

방서령은 가초를 앞세우고 가화를 찾아갔다. 심록애는 방서령의 뒷모습을 바라보다가 손으로 얼굴을 가리고 눈물을 흘렸다.

"가평, 이 철없는 것아. 언제쯤 집으로 돌아올래? 네가 돌아올 때쯤이면 망우차장은 무너지고 항씨 가문도 빈털터리가 될 것 같구나."

방서령이 다시 만난 가화는 몸이 종잇장처럼 말라 있었다. 달빛 아래 혼자 대나무침대에 누워 있는 모습은 쓸쓸하고 외로워 보였다. 가화는 느닷없이 나타난 방서령을 보고도 별로 놀라는 기색이 없었다. 고개도 들지 않고 그저 눈만 크게 뜨면서 한마디했을 뿐이었다.

"왔소?"

"저 돌아왔어요."

"왜 왔소?"

"편지를 가지고 왔어요."

방서령은 가화의 눈 밑에 짙게 드리운 그늘과 길고 숱 많은 속눈썹을 보면서 새삼스럽게 참 여성스럽다는 생각을 했다.

"가평의 편지요?"

"그 사람말고 또 누가 있겠어요?"

방서령이 핀잔을 주듯 말했다. 그런 말투가 아주 친근하게 느껴졌다. 가화는 힘겹게 몸을 반쯤 일으키고는 얇고 큰 손을 내밀었다. 방서령이 잠깐 머뭇거리다가 편지를 건네줬다.

이번 편지는 여느 때와 달랐다. 아마 부모님께 드리는 편지라 말투에 각별히 신경을 쓴 것 같았다. 길게 늘어놓은 호언장담 사이에 공손하고 정중한 말이 군데군데 끼어 있어 우스꽝스러우면서도 감동적이었다. 가평은 혈연관계를 다시 받아들이기로 한 것 같았다.

부모님 전상서.

소자 상해에서 두 분께 정중히 문안드립니다.

소자가 부모님 곁을 떠나서 지금까지 경험한 단맛과 쓴맛은 한두 마디 말로 다 설명드리기 어렵습니다. 소자는 이제 무정부주의를 포기했습니다. 조만간 프랑스를 비롯한 유럽 각국을 돌면서 부국, 강국의 길을 모색할 생각입니다. 소자는 잘 지내고 있으니 두 분께서는 심려 놓으시기 바랍니다.

소자는 집을 떠날 때 반쪽짜리 토호잔을 가지고 나왔습니다. 고향에 계시는 부모님이 그리워질 때마다 그걸 꺼내보고는 합니다. 부모님은 이 아들을 나라에 바친 보살 같으신 분들입니다. "내가 지옥에 안 가면 누가 지옥에 가랴"라고 말한 석가모니처럼 중생을 구제하기 위해 크게 기여하신 것입니다.

소자에게 언제 돌아올 거냐고 묻지 말아주십시오. 중국이 부강해지는 날 반드시 돌아와 온 가족이 모여 기쁨을 누릴 것입니다. 부국강국을 실현하기 전에는 다시 만나는 일이 없을 것입니다.

이만 줄입니다.

　　가화의 손이 덜덜 떨렸다. 방서령이 가화의 불안한 눈을 바라보면서 조심스럽게 물었다.

　　"편지에 뭐라고 썼어요? 제가 봐도 돼요?"

　　가화는 아무 말 없이 편지를 방서령에게 건넸다. 방서령은 편지를 읽고는 담담하게 말했다.

　　"너무하네. 어떻게 나에 대해서는 한마디도 언급하지 않을 수 있지?"

　　가화가 그런 방서령의 말에 미간을 찌푸렸다. 그녀는 총명한 여자답게 가화의 눈빛을 읽고는 황급히 변명을 했다.

　　"가화, 당신은 모르겠지만 저는 그들과 함께 생활한 몇 달 동안 이 편지에 쓴 것과 같은 말들을 귀에 못이 박히도록 들었어요."

　　"북경에서 찻집을 연다고 하지 않았소? 어째서 또 상해로 간 거요?"

　　방서령이 달을 올려다보면서 긴 한숨을 내쉬었다.

　　"제가 지금 여기 앉아 수박을 먹으면서 달을 보고 당신과 얘기를 나누다니, 정말 긴 악몽에서 깨어난 느낌이에요."

　　"뜻이 같고 생각이 일치한 동지들끼리 일하는데 뭐가 그리 힘들었소?"

　　"가화, 당신은 몰라요. 사회는 우리가 생각한 것처럼 그렇게 호락호락하지 않아요. 북경처럼 땅값 비싼 곳에서 가게를 임대해 찻집을 열고 고학한다는 것이 어디 말처럼 쉽겠어요?"

　　"돈이야 처음부터 부족했지. 그러나 내가 얼추 계산해 보니 경영만 잘하면 수지균형은 맞출 수 있을 것 같던데, 아니었소?"

방서령이 새하얀 이빨로 평호平湖 수박을 잘근잘근 씹으면서 또 긴 한숨을 내쉬었다.

"찻집을 경영하려면 말을 잘하고 수완이 좋아야 한다는 얘기는 예전부터 익히 들었는데 실제로는 어떤 건지 몰랐어요. 이번에 북경에 가서 알았죠, 말발이 약하고 수완이 없으면 손님들을 상대할 수 없다는 걸 말이에요."

가화가 담담하게 웃으면서 말을 받았다.

"맞는 말이오. 우리 찻집을 운영하는 사람도 말을 얼마나 잘하는지 그의 말만 들으면 볏짚이 황금으로 변하는 건 일도 아니라오."

"그것보다 더 무서운 것이 뭔지 아세요? 바로 '강차'講茶를 마시는 사람들이에요. 우리가 연 찻집은 '강차'를 마시는 사람들 때문에 일주일도 안 돼 박살났어요."

가화가 벌떡 일어나 앉았다. 이어 손으로 자신의 이마를 툭 치고 말했다.

"아이고, 내가 미리 주의를 줬어야 했는데 깜빡했네. 찻집 문에 '강차 금지'라고 써 붙여야 한다오. 안 그러면 불량배들이 가게 안에서 싸움을 할 수도 있소. 힘없는 서생들이야 상대도 안 되지."

"가평은 당신처럼 세심한 사람이 아니에요. 그는 하루 종일 꿈만 꾸고 있어요. 입을 열면 큰소리만 뻥뻥 치고요. 아무튼 어찌어찌해서 찻집은 문을 열었죠. 개업하자마자 연 나흘 동안 북경에 있는 학생들이 우르르 우리 찻집으로 몰려들었어요. 준비한 차는 금세 동이 나고 학생들이 깨뜨린 찻잔이 얼마나 많았는지 몰라요. 우리 찻집은 생디칼리즘이니, 국가주의니, 과학구국이니, 실업구국이니 심지어 레닌주의까지 온갖 '주의'의 변론 대회장이 돼버렸죠. 변론을 하다가 힘들면 구석에서

쪽잠을 자고 깨어나면 또 변론을 하는 식이었어요. 목청도 얼마나 큰지 이웃들이 참다못해 경찰서에 신고를 할 정도였어요. 학생들을 함부로 건드리면 안 된다는 것을 잘 아는 경찰들은 우회 전략을 썼죠. 천진과 북경의 건달들을 불러 '강차를 마신다'는 명목으로 우리 찻집을 박살내게 했어요. 어휴, 그날의 싸움 장면은 생각만 해도 소름 끼쳐요. 가평은 건달들을 막으려다가 머리에 큰 상처를 입었어요. 돈을 벌기는커녕 병원비만 왕창 깨진 거죠."

"그래서 상해로 간 거요?"

"아니에요. 상해로 간 목적은 프랑스로 가기 위해서예요. 저는 가평 그 사람을 말렸어요. 프랑스로 가지 말고 북경대학에서 공부하라고 말이에요. 가평 그 사람은 참 고집이 세요. 누구 말도 안 들어요."

방서령이 갑자기 활짝 웃으면서 화제를 돌렸다.

"참, 가평 그 사람이 당신에게 쓴 편지는 아직 안 읽으셨죠? 당신네 두 형제는 참 비밀도 많아요."

가화는 편지를 펼쳤다.

가화 형, 그간 무고했어?

오늘밤은 내가 상해에서 보내는 마지막 밤일 거야. 내일이면 학우들과 함께 배를 타고 프랑스로 떠나게 돼.

이번 프랑스행은 충동적인 결정이 아니야. 지난 반년 동안 나는 사회 개조의 꿈을 실천하려고 여러 가지 시도를 해봤지만 모두 실패로 돌아갔어. 특히 이번 북경에서의 실패는 나에게 큰 충격을 줬어. 그래서 곰곰이 생각해봤는데 실패의 원인은 경제적 어려움과 단결력 부족이었어. 형이 지난번 편지에 썼던 것처럼 지금처럼 어두운 세상에서는 고군분투해봤자 타인은커녕 자기 자신도 구하지 못함은 말할 것도 없고 심지어 다른 사람을 더 힘들게 만들 수도 있었어. 사회가 근본적으로 바뀌지 않고서는 개인에게 평등하고 공정한 새로운 삶이 주어진다는 것은 어불성설이야. 그리고 사회를 개조하기 위해서는 전반적인 변혁이 있어야 하는 것이지 일각에서 지엽적인 노력을 해봤자 아무 소용없어. 내가 무정부주의 주장을 포기한 이유는 이 같은 깨달음을 얻었기 때문이야. 그래서 나는 국가 번창, 민족 진흥을 위한 새로운 인생과 새로운 신앙을 찾아 떠나려고 해.

가화 형, 형도 나하고 같이 바다 건너 외국으로 가서 새로운 세상을 보고 새로운 삶을 실천했으면 얼마나 좋겠어. 하지만 그럴 수 없다는 걸 나는 잘 알고 있어. 지금 이 시각 이후로 우리 두 사람의 인생은 완전히 다른 방향으로 나아가겠지.

내가 사회에 헌신함으로써 우리 가족과 우리 부모님이 겪어야 할 아픔과 슬픔, 이건 오롯이 형이 내 몫까지 위로해드려야 할 거야. 나는 청산에 뼈를 묻을 결심을 한 사람이니 우리 부모님은 아들 하나는 없는 셈 치는 것이 마음이 편하실 거야. 다만 형이 나하고 동행하는 것은 무리야. 부모님이 가슴 아파 견디기 힘드실 테니까. 나도 피와 살이 있는 사람이니만큼 가끔 부모님 생각을 할 때면 눈물을 금할 수 없어. 아우 가평이 머리 숙여 부탁할게. 아무쪼록 우리 부모님과 가족들을 잘 지켜주기 바라.

나는 형이 준 '어'자가 새겨진 토호잔 반쪽을 소중히 간직하고 있어. 형은 차를 좋아하는 사람이니 나중에 차장을 물려받게 되면 틀림없이 잘해낼 거라고 믿어. 그리 되면 이 아우를 대신해 부모님께 효도할 수 있겠지. 또 부국강국을 위한 자금도 축적할 수 있고. 중국차의 위상을 드높여주는 것은 더 말할 나위도 없어. 가히 일거삼득이라고 해도 과언이 아니야. 형 덕분에 항주 서호의 용정차가 전 세계에 알려지게 되면 우리 둘은 가는 길은 달라도 목적지는 같은 거야.

또 한 가지, 이 편지는 방서령 아가씨에게 부탁해 형에게 전하기로 했어. 방 아가씨는 총명하고 슬기로우면서도 활달하고 대범한 여자야. 함께 일을 하면서 가끔씩 서로 의견이 맞지 않아 다툴 때도 있었으나 열정이 가득한 여자임에는 틀림없어. 방 아가씨가 꿈을 좇아 이곳으로 왔다가 실망하고 돌아가기까지 이 아우의 잘못이 커. 심히 면구스러운 부탁이지만 방 아가씨를 잘 부탁할게. 방 아가씨는 형을 매우 숭배하는 것 같았어. 나와 말다툼이 생길 때마다 "가화 그 사람이라면 이렇게 하지 않았을 거예요"라는 말을 입버릇처럼 했거든.

각설하고, 얼른 몸을 추스르고 떨쳐 일어나도록 해. 항주에서 다시 만날 날을 기약하며 이만 줄일게.

"백만 병사 이끌고 서호에 올라, 오산吳山 제일봉에 말을 세우리."

가화는 고개를 숙인 채 한참동안 말이 없었다. 방서령은 그의 태도가 의아했다. 그런데 갑자기 방안에서 나뭇잎에 빗방울 떨어지는 후두둑 소리가 들렸다. 그것은 편지 위로 떨어지는 가화의 눈물이었다.

"가화, 괜찮아요?"

방서령은 적잖이 놀랐다. 그녀는 워낙 변덕이 심한 성격이어서 다른 사람의 내면 깊숙한 곳에 있는 따뜻한 감정을 읽을 줄 몰랐다. 겉으로 보기에도 고집도 세고 제멋대로였다. 충동적일 뿐 아니라 신경질적이기도 했다. 그렇다고 그녀가 피도 눈물도 없는 냉혹한 사람은 아니었다. 한편으로는 쉽게 감동받고 쉽게 마음을 여는 면도 있었다. 그러나 문제는 그런 점 때문에 감정 변화가 빠르고 마음이 갈대처럼 쉽게 흔들린다는 것이었다. 그녀가 가화와 가평 형제 사이에서 시계추처럼 갈팡질팡하며 마음을 정하지 못하는 것은 이런 이유 때문일 것이다.

그녀는 망우찻집에서 가화와 마주앉아 있으면 광장에서 살신성인의 면모를 보여준 가평을 그리워했다. 그러나 정작 북경에 가서 가평과 함께 일하고 생활하면서부터는 항주 교외 차밭에서 새마을 건설을 실천하는 가화를 생각했다. 그녀는 상해에서 가평과 작별하면서 눈물을 보였다. 덤덤하게 그녀를 '서령 동지'라고 부르는 가평을 보면서 둘 사이의 관계가 '동지' 그 이상은 될 수 없다는 사실을 가슴 깊이 깨달았던 것이다. 그녀는 행여 가평이 부두에서 그녀에게 입맞춤이라도 해주지 않을까 일말의 기대를 했었다. 사람들이 다 보는 앞이라도 괜찮을 것 같았다. 그런 면에서 그녀는 항상 세상 사람들을 깜짝 놀라게 하는 특별한 방식과 느낌을 원하는 사람임에 분명했다.

하지만 가평은 그녀의 마음을 아는지 모르는지 야속하게도 손에 쥔 모자를 신나게 흔들 뿐이었다. 순간 그녀는 마음이 홀가분해졌다. 눈물은 여전히 흘렀으나 마음은 점점 더 가벼워졌다. 무정부주의니 뭐니 하는 온갖 잡다한 학설과 영영 결별하는 느낌이 이렇게 좋을 줄 그녀 자신도 미처 몰랐다. 사실 그녀는 우르르 모여 찻집이니, 빨래방이니 한답시고 사서 고생을 하는 짓이 처음부터 달갑지 않았다. 그녀는 노동계급이 되고 싶은 생각은 눈곱만큼도 없었다.

아무튼 그녀는 때마침 추석 날 밤에 망우저택으로 내려왔다. 몇 달 동안의 떠돌이생활을 하고 온 탓일까, 그녀는 망우저택이 그렇게 좋아 보일 수가 없었다. 그녀가 꿈에도 그리던 가족의 모습이었다. 심지어 가화가 눈물을 흘리는 모습도 매력적이었다. 무엇 때문에 눈물을 흘렸는지는 중요하지 않았다. 가화에게 눈물을 흘릴 열정이 남아 있다는 자체만으로 기뻤다. 그녀의 눈에도 이슬이 맺혔다. 그녀는 눈물을 흘리면서 가화에게 다가갔다. 따뜻한 위로의 말을 몇 마디 건네고 싶었다. 그러나 가화는 휙 몸을 돌려 방으로 들어가 문을 닫아버렸다.

혼자 남은 방서령은 달빛 아래에서 눈물을 흘리면서 이제 무엇을 해야 할지 곰곰이 생각했다. 대충 생각이 정리되자 눈물도 멎었다. 방서령은 흰 손수건을 손에 꼭 쥐고 최대한 불쌍한 표정을 지으면서 계단을 내려갔다.

"가화는 만났어?"

심록애가 울어서 퉁퉁 부은 눈을 하고 물었다.

"네, 만났어요."

"괜찮더냐?"

"편지를 읽고는 울고 있어요."

조기객이 길게 탄식을 내뱉었다.

"가화는 천취를 많이 닮았어."

방서령이 조기객의 빈 소매를 붙잡고 울음을 터트렸다.

"기객 아저씨, 저 집에 못 가요."

"왜 못 가? 가자, 내가 데려다줄게."

"아니에요, 못 가요. 우리 아버지, 어머니가 집에 오지 말래요."

"홧김에 한 말이니 신경 쓰지 마."

"아니에요. 제가 우리 조직의 정관을 부모님께 보냈더니 아버지가 편지로 엄청 화를 내셨어요."

"정관이라니? 어떤 내용이냐?"

"가족관계를 끊고, 혼인관계를 끊고, 남녀가 함께 생활하고……."

"뭐라고?"

조기객과 심록애는 동시에 놀라 펄쩍 뛰었다. 덩달아 놀란 방서령이 황급히 변명 아닌 변명을 했다.

"사실 아무 일도 없었어요. 남자 손도 못 잡아봤어요. 하늘에 대고 맹세할 수 있어요."

"에휴!"

심록애가 긴 한숨을 내쉬었다.

"네 말을 어떻게 믿겠니? 네 부모님 심정도 이해가 되는구나……."

"제가 믿어요."

어느새 왔는지 가화가 쉰 목소리로 말했다.

휘이잉.

한 가닥 바람이 불어왔다. 늙은 목련나무 잎사귀가 세차게 바스락거렸다. 사람들의 시선은 일제히 나뭇가지 끝을 따라 담벼락으로 향했다. 그 옛날 오차청이 공중제비를 돌면서 뛰어내렸던 곳이었다.

망우저택의 안주인인 고령의 잉부孕婦는 연말에 딸을 낳았다. 가화와 조기객은 영은사로 찾아가 이 소식을 항천취에게 알렸다. 항천취가 쓴웃음을 지으면서 말했다.

"속세의 인연이 질기기도 하구나."

항천취는 아기 이름을 지어달라는 말에 이렇게 대답했다.

"여자아이이니 '기초'寄草라고 하지. 이 세상을 스쳐 지나가는 또 하나의 여행객일 뿐."

"자네는 담담하군. 차라리 슬하가 허전한 내가 양녀로 삼는 게 좋을 것 같네."

"좋네. 나중에 번복하면 안 되네."

가화가 아버지에게 물었다.

"아버지, 집에 돌아가실 거죠?"

"돌아가나 안 가나 매한가지야."

"그럼 여기 계시나 안 계시나 매한가지겠네요?"

항천취는 속으로 깜짝 놀랐다.

'이 아이는 혜근慧根(진리를 깨치는 데 필요한 타고난 자질)이 있구나.'

항천취는 그러나 속마음을 애써 감추고 여전히 고개를 저었다.

"가면 어떻고 안 가면 또 어떠냐?"

"아버지가 집에 가시겠다면 제가 따로 조용한 선방을 마련해드리겠어요. 아버지는 그곳에 계시면서 하고 싶은 일을 하시면 돼요. 차장 일에는 신경 안 쓰셔도 돼요. 차장 업무도 원하시면 들으시고 싫으면 손을 저으시면 돼요."

"안 간다면?"

"안 가시면 안 가시는 거죠, 뭐. 단 차장의 일을 전부 저에게 맡기도록 어머니께 말씀드려주세요."

항천취는 듬성듬성한 염소수염을 쓰다듬으면서 생각에 잠겼다.

'나의 방황은 여기가 끝인가 보다. 영혼의 안식처를 찾아 도처를 헤매고 다녔으나 결국은 다시 원점으로 돌아가는구나.'

사실 항천취는 언제부턴가 속세의 삶을 다시 그리워하기 시작했다. 어쩌면 누군가 데리러 오기를 은근히 기다렸는지도 몰랐다. 그는 '다선일미'茶禪一味의 은둔자가 되기에는 알맞지 않는 사람이었다. 그는 이 사실을 누구보다도 잘 알고 있었다.

"속세의 인연이 끈질기기도 하구나."

항천취는 계속 탄식을 하면서 집으로 돌아왔다.

1911년의 신해혁명은 중국 사회에 민족의 독립을 추구하는 민족주의 사조가 성행하는 데 결정적인 역할을 했다. 가화는 숨 가쁘게 움직인 이 시기의 역사에 대해 윗세대보다 훨씬 더 직관적이고 분명하게 관찰했다. 그 이유는 그가 역사의 물결 속에서 동생 가평의 발길을 찾기 위해 눈을 크게 떴기 때문이었다.

1916년부터 1928년까지 고작 12년밖에 안 되는 기간 동안 중국에는 7명의 총통과 정부 수반이 나타났다. 또 섭정 내각이 네 번 성립됐다. 이밖에 비록 신기루처럼 짧았으나 황제의 복벽復辟(구체제로의 회귀) 움직임도 한 번 있었다. 이로써 중국은 내각이 스물네 번 바뀌고 의회가 다섯 번 구성됐을 뿐 아니라 헌법도 네 번이나 수정되는 전대미문의 혼란에 빠졌다. 국민들의 절망감은 나날이 깊어갔다.

북경에서 멀리 떨어진 절강성도 안녕하지 못했다. 그도 그럴 것이 여덟 명의 정부 수반 중 다섯 명이 절강성 태생이고, 그중에서 세 명이 항주 사람이었던 것이다. 오산吳山 월수越水 일대도 군벌 혼전의 영향을 비껴가지 못했다.

항씨 가문은 겉으로 보기에는 복잡한 정치 투쟁과 전혀 연관이 없는 것처럼 보였다. 항천취의 세 아들의 행보가 특히 그랬다. 우선 하나는 종무소식(아마 지구촌 어딘가에서 열심히 뛰어다니고 있을 터)이었다. 다른 하나는 차 연구에 몰두하고 있었다. 나머지 하나는 '지독하고 악랄한 놈'이라는 평가를 들으면서 망우차장을 손에 넣을 기회만 호시탐탐 노리고 있었다.

1924년 9월은 예사롭지 않은 달이었다. 많은 사람들이 그렇게 느꼈다. 이달에 강소성에 둥지를 튼 제섭원齊燮元과 절강성에 도사리고 있던 노영상盧永祥 사이에 '제로齊盧대전'이 폭발한 것이다. 이후 복건福建에 주둔해 있던 직계直系 군벌 손전방孫傳芳은 대군을 이끌고 강산江山 선하령仙霞 嶺을 거쳐 절강성으로 쳐들어왔다. 절강성에 있던 옛 동맹회 회원 겸 당 시의 경무처장警務處長 하초夏超가 안에서 손전방에게 동조했다. 안팎에서 협공을 받은 노영상은 절강성 도독 자리에서 쫓겨났다.

1924년은 민국 기원으로 따지면 13년이었다. 이해 9월은 절강성, 특 히 항주 사람들에게는 매우 특별한 달이었다. 조기객이 평안平安버스회 사를 설립했다. 오랜 소원을 이루었다고 할 수 있었다. 그러나 회사는 운 영과정에서 큰 난관에 봉착했다. 기술적인 문제는 아니었다. 조기객과 동업자들은 대부분 유럽이나 일본 유학생 출신이라 기술적인 문제 때 문에 힘들 이유가 전혀 없었다. 버스 노선도 처음의 호빈湖濱 –악분岳墳에 서 시내 안의 관항구官巷口, 청태가淸泰街, 청하방淸河坊, 전당문錢塘門, 청파문 淸波門까지 순조롭게 확장됐다.

걸림돌은 바로 인력거꾼들의 반발이었다. 솔직히 조기객은 그들의 반발이 이토록 거셀 것이라고는 미처 생각지 못했다. 인력거가 처음 등 장했을 때 가마꾼이 인력거를 미워하고 배척하던 것보다 더하면 더했 지 덜하지 않았다. 물론 밥줄이 걸린 일이니 그럴 만도 했다. 인력거꾼 들은 버스회사 앞에서 항의하는 것에서 그치지 않았다. 파업까지 단행 했다. 심지어 버스를 부수는 폭력도 서슴지 않았다.

하루는 인상이 무뚝뚝한 촬착이 웬일로 히죽히죽 웃으면서 들어왔 다. 촬착은 나이가 들어 인력거를 끌지 않은 지 한참이나 됐다. 그래도 다른 사람들 앞에서는 항상 인력거꾼임을 자처하고는 했다. 가화가 무 슨 일이냐고 묻자 촬착이 고소하다는 듯 말했다.

"버스가 사고났어요. 백제白堤에서 급하게 모퉁이를 돌다 중심을 잃 고 뒤집혔어요. 사람들이 많이 다쳤대요."

가화가 어이가 없어서 화가 난 어투로 말했다.

"사람들이 다쳤다는데 웃음이 나와요?"

촬착이 그러자 정색을 하고 말했다.

"큰도련님, 버스 때문에 우리 인력거꾼들은 밥줄을 잃었어요. 벌써 여럿이 목 매 죽었다고요."

조기객은 일 년 넘게 버스와 인력거꾼 사이를 전전했다. 한편으로는 당장 생계유지가 어려워진 인력거꾼들에게 새로운 밥줄을 만들어주고 다른 한편으로는 뒤처지고 고루한 중국 교통업의 새로운 미래를 개척하려니 그 어려움이 이루 말로 다 할 수 없었다. 심지어 "신해혁명보다 어렵다"는 말이 나올 정도였다.

항천취는 점점 늙어갔다. 더 정확하게 말하면 조용히 시들어가고 있었다. 물론 시들어가는 것은 항천취 혼자만의 일이었다. 그는 조기객처럼 개인의 삶을 포기하고 몸과 마음을 다해 시대 흐름에 헌신할 수 있는 사람이 아니었다. 마치 강기슭에서도 똑바로 서 있지 못하는 사람이 물에 빠지면 살아날 수 없는 것처럼 그는 자연스럽게 시대적 조류와 점점 멀어져갔다. 물론 그렇다고 해서 시대적 조류를 듣지도, 보지도 못하는 것은 아니었다.

1924년 9월 25일 오후, 손전방의 군대는 항주 강건江乾으로 진군했다. 이날 항씨 부자는 석조산夕照山 청백산장淸白山莊(나중에 왕장汪莊으로 개명)에 있는 왕유태汪裕泰 주인장의 초대를 받고 왕씨차호(차호茶號는 계절에 따라 찻잎을 구매해 가공한 다음 되파는 업종)를 방문했다. 조기객도 동행했다.

왕자신汪自新은 20세기 전반기 중국 차 업계에서 모르는 사람이 없을 정도로 유명한 인물이었다. 상해에서 제일 유명한 차상인을 꼽으라면 하나는 당계산唐季珊이고, 다른 한 명이 왕자신이었다.

왕자신은 호가 척여惕予, 별호別號는 권옹蜷翁이었다. 안휘 적계績溪 태생으로, 풍채가 늠름한 다인이자 문인이었다. 왕씨차호는 상해 시내에 7, 8개의 지점을 둘 정도로 규모가 컸다. 왕씨차장 역시 '상해탄 으뜸 차장'으로 불리고 있었다. 왕자신의 둘째아들 왕진환汪振寰은 오각농처럼 일본 유학을 다녀와서 다업茶業을 전공한 인물로, 당계산과 함께 전도유망한 '차 업계의 비상한 인물'로 유명했다.

왕진환은 판로를 개척하기 위해 멀리 북아프리카에 있는 모로코의 항구도시 카사블랑카에 차장을 세우고 중국 녹차를 홍보했다. 또 외국어를 잘하는 대학 졸업생과 강서 태생의 판촉 전문가를 고용해 제다 공장도 세웠다. 왕진환의 회사는 얼마 지나지 않아 당계산의 중국차회사와 어깨를 나란히 할 정도로 성장했다.

이같은 치열한 각축전이 벌어지는 상황에서 항주 왕장에 왕씨차호가 설립됐다. 이 다호를 설립하는데도 우여곡절이 많았다. 원래 왕씨 부자는 수십만 원을 투자해 병풍산屛風山 기슭 땅 수십 무를 사기로 했었다. 그런데 그 땅이 서호 호수 수면을 적잖게 점령한다는 이유로 항주 사람들이 소송을 걸었다. 다행히 조기객이 방백평 변호사에게 부탁해 적당히 대응한 데다 왕자신 역시 자신이 죽은 뒤 차장 건물을 지방정부에 기증하겠다고 약속하면서 소송 사건은 무사히 해결됐다. 이런 일을 겪으면서 가화도 방백평의 소개로 왕씨 부자를 알게 돼 서로 왕래하는 사이가 됐다.

왕자신은 품위 있고 우아한 사람이었다. 그는 용정명차를 마시고 서호에서 노닐면서 서화작품과 휘묵단연徽墨端硯(휘주는 묵과 벼루로 유명함)을 모으기를 좋아했다. 또 칠현금에도 능했다. 그러다 보니 똑같이 칠현금에 능한 항씨 부자와는 금세 오랜 지기처럼 마음이 맞았다. 이번에도 왕씨는 본인이 직접 만든 칠현금을 구경해 주십사 하고 항씨 부자를 초대한 것이었다.

왕장은 육로보다 수로로 가면 더 빠르고 편했다. 배를 타고 왕장에 이르러 육지에 오르면 '시명실'試茗室(차 시음하는 곳)이라는 간판이 보였다. 밝은 푸른 풀이 융단처럼 깔리고 꽃향기가 코를 찌르는데 무성한 대나무가 하늘을 가리고 있었다. 넓고 환한 실내에는 구리를 박은 홍목紅木 다갑茶匣, 죽기竹器와 칠기漆器 다구, 의흥宜興 자사호, 경덕진 명품 다기 등 고풍스러운 물건들이 정갈하게 진열돼 있었다. 손님들이 향긋한 용정명차를 시음하면서 정교하고 아름다운 다기와 명차를 구경하기에 안성맞춤인 장소였다. 이곳을 찾는 손님들은 여행객, 다객이 따로 없었다. 실컷 구경하고 좋은 차를 석 잔쯤 마시고 나면 누가 시키지 않아도 자연스럽게 주머니에서 돈을 꺼내게 되기 때문이었다.

항씨 부자와 조기객이 탄 배는 예전의 '불부차주'보다 훨씬 작은 것이었다. 셋은 배 안에서 두런두런 얘기를 나눴다. 조기객이 오랜 친구를 바라보며 말을 꺼냈다.

"자네들은 요즘 같은 시국에도 차를 마시고 칠현금 소리를 감상할 여유가 있네그려. 손전방 군대가 강건에 이르렀다는 소식 못 들었는가?"

"당연히 들었지. 노영상이 오산에서 용하다는 점쟁이를 찾아갔더니, 점쟁이가 '강류석불전, 유한실탄오'江流石不轉, 遺恨失呑吳(강물은 흐르나 돌은 꿈쩍도 않고, 오나라를 평정하지 못한 것이 큰 한으로 남았네)라는 두 구절을 줬다는군. 그 점쟁이는 나도 아는 사람이네. 김金씨 성의 수재秀才이지. 노영상은 점쟁이의 말을 듣고 훗날을 기약하면서 황급히 용퇴한 거라네."

"성안의 사람들은 피난 간다고 아우성인데 자네들은 유유자적하구면."

"예전에 왕장에 몇 번 가봤다네. 권옹(왕자신의 별호)이 소장한 수백 개의 칠현금도 구경했지. 이번에는 자네에게 구경시키려고 일부러 나선 거라네. 그중에서 귀한 것은 검은색과 흰색 줄이 엇갈린 거북등무늬의 당금唐琴인데, 등에 '유수잔잔'流水潺潺(물이 졸졸 흐르다)이라는 네 글자가 새겨져 있고, 옆에 '당唐 개원開元 5년에 익주益州 선화도인宣化道人이 하숙遐叔 선생을 위해 만듦'이라는 글자도 있다네. 그리고 물결무늬가 부드럽고 섬세한 송금宋琴도 하나 있는데, 권옹이 '재동고목, 합기통령, 발음청막, 기정이정'梓桐古木, 合器通靈, 發音清邈, 寄静宜情이라는 열여섯 글자를 새겼다네."

"전란으로 어수선한 세상에 마음 편히 칠현금 소리를 감상할 곳이 어디 있다고 그러나?"

"나라는 망해도 산천은 그대로요, 성안은 봄이니 초목만 우거진다 네. 군벌들이 싸우건 말건 차나무는 해마다 싹을 틔우고 사람들도 해마 다 차는 마셔야 할 게 아닌가."

"망우차장은 가화가 인계받은 후 면모가 일신됐네. 하지만 가화, 왕 장이 항씨네 경쟁상대라는 것은 절대 잊으면 안 되네. 듣자니 왕씨네 둘 째아들이 매년 햇차가 나올 때면 직접 항주로 와서 차행에서 사들인 용 정차를 깐깐하게 살펴본다고 들었네. 걱정되지 않는가?"

가화가 담담하게 대답했다.

"기객 아저씨, 걱정 안 하셔도 돼요. 내로라하는 옹륭성차호도 두렵 지 않은걸요. 망우차장이 최근 몇 년 동안 경영이 부진했던 건 사실이 에요. 그러나 지금은 아니에요. 왕씨차호 따위는 상대가 못 되죠."

조기객은 그 사이에 몰라보게 늠름해지고 성숙해진 가화를 보면 서 예전에 두 아이 중에서 가평을 편애했던 자신이 부끄러워졌다. 그때는 가평이 가화보다 결단력이 있고 대담하다고 생각했었는데 지금 보니 생각이 짧았던 것 같았다. 가화는 쉽게 속을 드러내지 않는 성격이었다. 그런 점은 아비인 항천취를 닮았다. 다른 점이 있다면 아버지보다 인내심과 자기주장이 더 강하다는 것이었다.

초가을 오후의 볕은 여전히 여름처럼 뜨거웠다. 호수의 물결이 일렁이며 반사되는 햇빛에 눈이 부셨다. 사방은 나른한 정적에 휩싸여 있었다. 뱃사공도 더위를 먹고 지쳤는지 반쯤 졸면서 기계적으로 노를 젓고 있었다. 이때 시간도 응고된 것 같은 고요한 정적을 깨고 쿵, 하는 굉음이 들려왔다. 남산南山을 마주보고 뱃머리에 앉아 있던 가화가 벌떡 일어났다. 그리고는 도무지 믿어지지 않는 듯 입을 크게 벌린 채 그 자리에 굳었다. 석조산夕照山이 온통 시커먼 연기와 먼지에 휩싸였다.

"뇌봉탑雷峰塔이 무너졌어요!"

안색이 하얗게 질린 가화가 입술을 떨면서 소리 질렀다. 항천취도 눈을 휘둥그렇게 뜨고 할말을 잃었다.

그해 9월이 누구에게나 다 똑같은 9월은 아니었다. 노영상, 손전방, 직계 군벌, 환계 군벌 따위에는 아예 관심이 없는 사람도 있었다. 오승이 그중의 한 명이었다. 군벌은 그의 안중에도 없었다. 굳이 찾는다면 그 자신이 그의 마음속 '독립왕국'의 '군벌'이었다.

1924년 9월의 어느 날, 창승차행의 주인 오승은 새로 이사한 차행 거실에 앉아 깊은 생각에 잠겼다. 그는 일부러 주위를 다 물리치고 혼자만 있었다.

새로 이사한 차행은 벽돌과 나무로 지은 2층 건물이었다. 남북을 오가는 차상인들이 편리하게 사용하도록 일부러 거실과 작업장을 넓게 만든 곳이었다. 이슬람교도들을 배려해 부엌도 따로 몇 개 더 만들었다. 위층에는 아편방과 마작실도 있었다. 오승은 도박을 하지 않았고 아편에는 손도 대지 않았다. 심지어 여색에도 관심이 없었다. 왕년에 거리에서 조리돌림을 당한 이후 이를 악물고 나쁜 습관들을 싹 끊었던 것이다. 그는 요즘도 가끔씩 한밤중에 예전의 악몽을 꾸다 벌떡 일어날 때가 있었다. 그럴 때마다 그는 비장한 각오를 다지고는 했다.

'그래, 나는 더 이상 만만한 차장의 심부름꾼이 아니야. 지금은 당당한 차행 주인이야. 얕보다가는 큰코다친다고!'

오승은 몇 년 동안 죽을 둥 살 둥 일만 했다. 노력은 그를 배신하지 않았다. 그는 잇따라 포목점과 남방특산물가게를 차리고 돈도 꽤 모았다. 창승차행도 제법 잘 돌아갔다.

오승은 가교를 데리고 오산 원동문에 살고 있었다. 그는 사실 이곳에 사는 게 마음이 편치 않았다. 사람들이 뒤에서 '배은망덕한 놈'이라고 수군거리기 때문이었다. 창승차행의 지분 중에 망우차장의 몫은 한 푼도 없었다. 항천취가 피운 아편 연기와 함께 모두 날아가버렸다. 하지만 창승차행 건물은 오차청이 생전에 망우차장의 돈으로 마련한 것이었다. 오승은 지난 몇 년 동안 얼굴에 철판을 깔고 오차청의 양아들 행세를 해왔다. 또 사람들 앞에서 최대한 불쌍한 척을 했다. 아무리 화가 나는 일이 있어도 겉으로 내색하지 않았고, 누가 뭐라고 해도 고개를 숙인 채 자기 할일만 했다. 심지어 거리에서 조리돌림을 당할 때도 항씨네를 향한 분노를 추호도 표출하지 않았다.

사람들 마음은 점차 바뀌었다. 약자를 동정하고 불쌍하게 여기는 것은 인지상정이었다. 남북을 오가는 산객과 수객들은 점차 오승의 편을 들어주기 시작했다. 창승차행의 인지도가 높아지면서 천진, 복건, 광주 등지에서도 편지가 빗발처럼 날아들었다. 그러나 오승은 일부러 이들의 초대에 응하지 않았다. 대신 측근과 가교를 보내 선물을 전달했다. 오승은 비싼 선물을 사는 데 돈을 아끼지 않았다. 나중에 더 큰 대가로 돌아올 것임을 알기 때문이었다. 가교는 눈치가 빠르고 영리한 아이였다. 게다가 몸이 마르고 작아서 사람들의 동정심을 유발하기에 적격이었다. 오승은 이렇게 해서 다객들을 자기편으로 끌어들였다. 오승과 친한 사람들은 "오승은 항씨네 때문에 조리돌림까지 당해놓고도 불쌍한 항씨네 아들을 거둬주고 있다, 오승은 대인배이고 착한 사람이다, 항천취는 소인배이고 짐승만도 못한 인간이다"라며 항천취를 비난했다.

그리고 드디어 때가 왔다. 오승은 청명을 앞두고 후조문에 '딴살림'을 차렸다. 개업 당일 보란듯이 폭죽을 잔뜩 터트렸다. 산객과 수객들이 새로 개업한 창승차행에 물밀듯이 밀려들었다. 예전 가게 건물은 비싼 값에 다른 사람에게 넘겼다. 촬착은 새 주인이 입주하는 모습을 두 눈 뻔히 뜨고 보면서 애꿎은 아들에게 화풀이를 했다.

"다 네 탓이다, 네 탓이야. 네놈이 둘째도련님을 부추겨 저 자식을 조리돌림하지만 않았어도 이런 일이 없었을 것 아니냐. 저 자식은 완전히 앙심을 품고 칼을 갈았네, 칼을 갈았어."

소촬착은 아비를 많이 닮았다. 다만 아비보다 앞니가 약간 작고 눈은 덜 튀어나오고 입술도 덜 두꺼웠으며 옷차림은 더 깨끗했다. 한마디로 아비보다 조금 더 '진화'했다.

소촬착은 가평이 가출한 뒤 가화를 새 주인으로 모셨다. 그는 아비에게 혼이 나자 냉큼 새 주인에게 달려가 오승의 '만행'을 일러바쳤다. 심록애는 갓 출산한 몸이라 '수렴청정'垂簾聽政이라면 몰라도 직접 앞에 나서서 일을 해결할 여력이 없었다. 가화가 도착했을 때 예전 망우차행 건물에는 목재가 가득 쌓여 있었다. 오승은 건너편에 신장개업한 창승차행 2층에서 가화를 내려다보고 있었다. 더 말하지 않아도 '가화, 두고 봐. 조만간 망우찻집도 내가 접수한다'라고 바득바득 이를 갈고 있을 터였다.

가화는 그 모습을 조용히 잠깐 지켜보다가 집으로 돌아왔다. 이어 아버지 항천취를 찾아가 단도직입적으로 물었다.

"아버지, 예전 망우차행 건물은 누구 소유로 돼 있어요?"

서재에서 글씨 연습을 하던 항천취가 고개를 들고 대답했다.

"이치대로라면 우리 집 소유이지. 하지만 차청 어르신이 오승을 양아들로 삼으면서 문제가 복잡해졌어. 그런데 갑자기 그건 왜 묻는 거냐? 이미 팔아버렸다면서? 그럼 내버려둬. 가교가 그의 손에 있으니 나도 함부로 할 수가 없구나. 강도 같은 놈 같으니라고."

가화는 심록애를 찾아갔다.

"차청 어르신이 그 집을 사셨을 때 분명히 집문서가 있었을 거야. 집문서가 누구 명의로 되어 있는지 보면 알 것 아니냐? 오승은 그 집문서가 자기한테 있다고 했는데, 나는 그놈의 말을 안 믿어. 네 아버지가 가교의 얼굴을 봐서 일을 크게 만들지 말라고 하셔서 나도 함구하고 있는 거야. 나쁜 인간 같으니라고! 오산 원동문 집을 차지하기 위해 가교를 볼모로 잡고 있는 거잖아."

가화는 더 이상 묻지 않고 물러났다. 꼬치꼬치 캐다보면 생모인 소차의 이름까지 거론될 것 같았다. 생모는 유서에 남편과 큰아들에 대해서는 한 글자도 언급하지 않았다. 두 사람을 향한 원망이 그만큼 컸다는 의미이리라. 그렇다면 지금 항씨네는 그 죗값을 받고 있는 걸까…….

'차청 할아버지는 정말 집문서를 오승에게 주셨을까? 그럴 리 없다.

그렇다면 집문서는 어디에 있을까?'

가화는 차청 할아버지가 생전에 쓰던 방으로 갔다. 자그마한 방에 먼지가 잔뜩 쌓여 있었다. 가화는 가슴이 뭉클해졌다. 어쩌면 이곳에서 그가 원하는 것을 찾을 수 있을지도 모른다는 좋은 예감이 들었다. 그는 긴장감에 눈을 감고 서랍을 열었다. 살며시 눈을 뜬 그는 심장이 두근거렸다. 서랍 안에 작고 납작한 상자가 있었다. 상자를 열어보니 놀랍게도 그 안에는 '항천취'의 명의로 된 집문서가 들어 있었다. 오차청은 훗날 누군가가 그에게 도움을 청할 것임을 예견한 것이 틀림없었다.

심록애는 힘든 몸을 이끌고 가화와 함께 창승차행으로 찾아갔다. 두 사람은 한마디 말도 하지 않았다. 심록애가 턱짓을 하고 가화가 손짓을 하자 소촬착이 오승의 코앞에 집문서를 흔들어보였다. 오승은 입이 열 개라도 할말이 없었다. 잘 이해되지 않는 것도 있었다.

'내가 그렇게 오랫동안 그 집을 차지하고 있었는데 항씨네는 단 한 번도 찾아와서 시끄럽게 군 적이 없었다. 그런데 무엇 때문에 지금에 와서 진짜 집문서를 들고 찾아왔을까? 그리고 진짜 집문서를 도대체 어디서 찾아냈을까?'

"얼마면 되겠소? 원하는 액수를 말해보오."

오승은 어쩔 수 없다는 표정으로 먼저 입을 열었다. 조기객과 심록촌이 돌아오고 항천취마저 아편을 끊었으니 당분간 망우차장을 함부로 건드려서는 안 될 것 같았다.

망우차장의 새 주인 가화가 조용히 입을 열었다.

"우리는 팔 생각이 없소. 그리고 지난 몇 년 동안의 집세도 받아야겠소."

오승은 가교의 어깨를 꼭 잡고 음흉하게 웃으며 말했다.

"중의 얼굴을 보지 않더라도 부처님의 체면은 봐줘야 할 것 아니오?"

그러자 가화가 가교의 한쪽 손을 잡으면서 말했다.

"가교는 내가 데려가겠소."

오승은 그제야 당황했다.

"안 돼! 가교는 나하고 살아야 하오. 가교 어미 소차가 유서에서 분명히 밝혔소."

가화가 가볍게 웃으면서 쏘아붙였다.

"당신이 뭔데? 법으로 따지면 미성년자의 친권자는 친족이오. 아니면 법정에서 만나든가."

화는 홀로 오지 않는다더니, 오승이 딱 그 꼴이었다. 여차하면 건물도 뺏기고 아이도 뺏길 판이었다. 오승은 그제야 가화가 만만하게 볼 상대가 아니라는 것을 깨달았다. 어떻게 해서는 가교를 뺏기는 일만은 막아야 했다. 안 그러면 오산 원동문에 있는 집도 뺏길 판이었다.

오승이 눈시울을 붉히며 가교를 와락 끌어안았다. 최대한 불쌍한 표정을 짓고 떨리는 목소리로 아이에게도 물었다.

"가교, 양패두로 돌아가고 싶어?"

가교는 '양패두'라는 말에 가화의 손을 홱 뿌리쳤다.

"안 가요. 제가 거기로 다시 돌아가면 인간도 아니에요."

"네 마음대로 할 수 있는 게 아니야. 법원의 결정을 따라야지."

가화의 말에 오승은 가슴이 철렁했다. 가화의 장인이 변호사라는 사실을 깜빡했던 것이다.

오승은 별 수 없이 창피함을 무릅쓰고 건물 매입자를 찾아갔다. 어르고 달래고 해서 겨우 건물을 되찾아왔다. 항씨네는 돌아가고 오승과 가교는 건너편 창승차행에 서서 다시 항씨네 품으로 돌아간 건물을 바라봤다. 큼직한 자물쇠가 채워진 건물은 마치 언제든 튀어나와 싸움을 걸 것처럼 도발적인 모습으로 우뚝 서 있었다.

"언젠가는 차상인들이 다시 저 건물을 들락거리겠지? 이럴 줄 알았으면 저기 버티고 앉아서 나오지 않는 건데……."

"아버지, 왜 울어요?"

가교가 손으로 오승의 눈물을 닦아줬다. 가교의 눈에도 어느새 이슬이 맺혀 있었다.

"가교, 나 네 엄마를 봤어."

"엄마를 어디서 봤어요? 엄마가 어디 계신데요?"

가교는 입을 비죽거리면서 들보에 시선을 던졌다. 어머니의 불쌍한 얼굴이 눈앞에 또렷하게 나타났다. 그는 어머니의 목매 죽은 모습을 떠올릴 때마다 이가 갈리고 치가 떨렸다. 양패두에 있는 불구대천의 원수를 향한 분노였다.

"아들아, 네 엄마는 네 몸에 달라붙어 있단다. 너를 보면 네 엄마가 보여."

"양아버지, 제가 엄마를 많이 닮았다는 얘기죠?"

오승이 고개를 저으면서 속으로 중얼거렸다.

'너의 엄마는 참 고집이 센 여자였어. 한사코 우리 오씨 가문의 사람이 되기를 거부했어. 아마 내가 억지로 겁탈했어도 뜻을 굽히지 않았을 거야. 네 엄마는 항씨네를 미워했어. 네 아비가 자기 목숨 부지하겠다고 네 엄마를 나 몰라라 한 것 때문에 앙심을 품고 너와 그 집을 나에게 맡긴 거야. 네 엄마는 네 개차반 같은 아비를 미워하면서도 좋아했단다. 애증이 뒤섞인 복잡한 감정이었지. 나는 다 알고 있어. 네 엄마는 나하고 살아야 행복했을 운명이었어. 아마 죽을 때까지 그런 생각은 하지 않았겠지만 말이야. 네 엄마는 너무 부끄럽고 창피해 목을 매단 거야. 그놈의 아편에 인이 박혀 나에게 몸을 주고 아편을 얻으려고 했었지. 내가 바보냐? 나를 좋아하지도 않는 여자의 몸을 탐해서 뭣하겠어? 결국 네 엄마는 수치심을 못 이겨 죽음을 택했지. 그러고 보니 내가 네 엄마를 막다른 골목으로 몰았다고 해도 틀리지 않구나. 아니, 아니야! 내 탓이 아니야! 누가 아편에 손대라고 그랬어? 나는 항천취가 아편을 피워 망하기를 바랐지 네 엄마가 아편을 피우는 것은 원하지 않았어…….'

물론 오승은 양아들에게 이런 속마음을 털어놓을 수 없었다.

오승은 죽은 소차가 불쌍하면서도 미웠다.

'죽기는 왜 죽어. 죽어봤자 아무 소용도 없는 걸. 네년은 죽어 없지만 네년의 아들은 지금 여기 있어. 네년의 아들은 나를 영웅처럼 숭배하고 믿고 따르고 있어. 내 말이라면 두말없이 고분고분 듣지. 그리고 나와 환난을 같이하고 있어.'

오승은 가교의 손을 꽉 잡으면서 다시 속으로 중얼거렸다.

'소차, 너는 나에게서 벗어날 수 없어. 지옥에 가 있더라도 끝까지 쫓아갈 거야.'

오승은 가교의 눈을 똑바로 보면서 또박또박 말했다.

"가교, 너도 컸으니 이제 알겠지? 항씨네가 빼앗은 집은 내 것이 아니라 네 것이야."

열 몇 살짜리 소년은 고개를 내밀고 자물쇠가 걸려 있는 빈 집을 응시했다. 그러더니 '내 것'을 빼앗겼다는 억울함과 분노가 치미는지 자신도 모르게 눈에 눈물을 글썽였다.

오승이 가교의 턱을 추켜올리면서 말했다.

"저기 저 멀리 뭐가 보여?"

가교의 시선은 도시의 밤하늘을 뚫고 멀리 검은 기와들 속에서 유난히 눈에 띄는 정교한 지붕에 머물렀다.

"망우차장요."

"기억해, 저것도 네 거야. 지금은 저들이 차지하고 있지만 나중에는 네가 다 빼앗아 와야 한다."

"반드시 다 빼앗아 올 거예요. 항씨네를 빈털터리로 만들어 쫓아낼 거예요."

가교의 눈에서 분노와 야망이 번뜩였다.

"우리 엄마를 죽게 만든 인간들, 똑같이 복수할 거예요!"

오승은 가교의 치기 어린 맹세를 듣고 가슴에 뜨거운 피가 끓어오르는 것 같았다.

"그래, 그래야 나 오승의 아들답지."

가교는 야망에 불타는 눈으로 망우차장을 응시하면서 말했다.

"제가 망우차장을 차지하면 팔인교로 아버지를 모셔올 거예요. 아버지를 항천취의 방에 모시고 항천취의 침대에서 쉬게 하겠어요."

이때 오승과 가교 두 사람의 뒤에서 우르릉 쾅쾅! 하고 천지가 무너지는 듯한 굉음이 들려왔다. 동시에 시커먼 먼지가 하늘로 치솟았다. 새들이 꽥꽥 괴성을 지르면서 푸드득 날아갔다. 그러나 두 사람은 눈도 깜짝하지 않았다. 뇌봉탑이 무너졌다고? 그게 우리하고 무슨 상관인데? 우리는 더 중요한 일이 있어. 우리는 복수를 해야 해!

피 한 방울 안 섞인 어른과 아이는 먼지가 치솟건 말건 새들이 도망가건 말건 꿈쩍도 않고 서서 망우차장만 바라보고 있었다. 한 사람의 눈에는 희망, 다른 한 사람의 눈에는 분노와 야망이 빛나고 있었다.

1924년 9월에 군벌 침입사건과 뇌봉탑 붕괴사고에 전혀 관심 없는 사람이 항주에 또 있었으니, 그는 바로 방서령이었다. 방서령은 항씨네 새아씨가 돼 항씨네 집안에서 새로운 역사를 써내려가기 시작했다. 그는 아들 하나, 딸 하나를 낳았다. 아들의 이름은 과거를 추억하는 의미를 가진 항억抗憶라고 지었다. 딸의 이름은 미래를 지향한다는 의미에서 항분抗盼으로 불렀다. 그녀는 이밖에 기독교 여성청년회 중견 회원으로 활약하고 있었다. 신앙에 기대다 보니 저울추처럼 이리저리 재던 마음도 많이 안정된 것 같았다.

그녀는 남편에게 불만이 별로 없었다. 남편 가화는 그녀의 기준에서 보면 '평범'하고 '용속'해 남자다운 매력이라고는 눈곱만큼도 찾아볼 수 없는 사람이었다. 하지만 항시 그녀를 손님처럼 깍듯이 예우하는 태도가 나쁘지 않았다. 뭐라고 꼬투리를 잡으려야 잡을 수가 없었다. 물론 가끔 가평이 '백마 탄 왕자'와 같은 미화된 모습으로 머릿속에 떠올라 마음을 흔들어놓을 때도 있기는 했다. ─그녀는 가평과의 사이에 있었던 불유쾌한 기억들은 오래 전에 까맣게 잊어버렸다─ 그렇다고 상상 속에서만 존재하는 가평이 매일 얼굴을 맞대고 사는 남편 가화의 위치를 대체할 만큼 그녀에게 큰 영향을 끼친 것은 아니었다.

가화는 학생복을 벗고 중국 전통 상인 차림을 하고 다녔다. 검은색 비단 장포, 마고자와 동전 문양이 수놓인 조끼를 늘 입었다. 그래서 가끔 소매를 살짝 접으면 새하얀 안감이 드러났다. 그는 또 유행을 따라 회중시계를 갖추고 금테안경도 코에 걸쳤다. 안경은 꼭 유행을 따르기 위해서라기보다는 근시여서 필요한 것이었다. 방서령은 남편의 단정하지만 고루한 이런 차림새를 별로 좋아하지 않았다. 그녀는 부부동반으로 친정에 갈 때면 남편에게 양복을 입혔다. 가화는 키가 훤칠하고 멀끔하게 생긴 데다 예의바르고 행동거지가 차분했다. 또 낄 데 안 낄 데 정확하게 구분해 침착하면서도 정확하게 자신의 의견을 피력할 줄 알았다. 그래서 그를 조심스러워하는 사람이 적지 않았다.

방서령은 남편의 그런 모습을 좋아했다. 방서령은 남편이 양복을 입고 사교 장소에서 두각을 드러낸 날 밤이면 교태를 부리면서 부부관계에 집착하고는 했다. 젊고 혈기왕성한 가화는 그런 아내가 싫지 않았으나 마음은 편치 않았다. 그리고 이튿날이면 어김없이 장삼과 마고자로 갈아입고는 했다. 방서령은 실리에 밝고 허영심이 강한 여자였다. 가화는 결혼하고 나서 아내가 이런 사람이라는 사실을 알았다.

그 편지만 아니었어도 방서령의 평온한 일상에 격랑이 이는 일은 없었을 것이다. 그녀는 겉봉에 마구 휘갈겨 쓴 큼직큼직한 글씨만 보고도 누구한테서 온 편지인지 알았다. 가평이 살아 있다! 살아 있을 뿐만 아니라 활발하게 활동하고 있다! 가평은 그동안 유럽 각국을 전전하다가 일본에 가서 몇 년 살면서 결혼을 하고 아들도 뒀다고 했다. 그리고 지금은 황포黃埔군관학교에서 공부하고 있다고 했다. 가평이 가화에게 쓴 편지 내용은 매우 짧았다.

국민혁명은 반드시 성공할 거야. 형은 태산처럼 확고한 믿음을 가져야 해. 나는 가끔 사회개조운동에 전심전력을 다했던 그 당시 열정을 기억하고는 해. 형은 그때의 열정을 조금이라도 간직하고 있는지?

사진 속 군복차림의 가평은 챙이 큰 모자를 쓰고 넓은 가죽띠를 매고 있었다. 부리부리한 눈, 사각턱, 넓은 어깨, 곧게 쭉 뻗은 코…… . 두 아이의 어머니인 방서령은 사진 속 얼굴을 보면서 깊은 생각에 잠겼다. 오랫동안 잠들어 있던 마음속 저울추가 다시 흔들리기 시작했다. 뇌봉 탑이 무너져 항주성 전체가 들썩였으나 그녀는 자기만의 생각에서 빠져나오지 못했다.

제30장

1926년 7월 9일, 국민혁명군은 북벌을 선포했다. 항씨네는 가평이 집으로 돌아온다는 소식을 듣고 매우 기뻐했다. 그러나 가평이 돌아오기도 전에 큰 사건이 터졌다. 절강성 성장 하초夏超가 손전방에 의해 살해당한 것이다!

하초와 손전방 둘 사이의 불화는 하초가 절강성 성장을 맡은 1926년에 절정에 이르렀다. 10월 16일, 하초는 광동국민정부의 도움을 받아 '절강 독립'을 선포하고 지방 자치를 선언했다. 또 국민혁명에 호응해 국민혁명군 제18군 군장 겸 절강 민정民政 책임자를 맡았다. 22일, 손전방의 부장 송매촌宋梅村이 군사를 거느리고 항주로 쳐들어왔다. 하초는 체포돼 총살당했다.

하초가 밤을 낮 삼아 가흥嘉興에서 항주 보석산寶石山에 있는 영국인 데이비드 던칸 메인David Duncan Main의 별장으로 도망쳤을 때 소촬착은 밖에서 떠도는 소문을 심록애에게 전했다. 당황한 심록애는 '화목심방'에 있는 남편을 찾아갔다.

"송매촌의 부하가 곧 항주로 쳐들어온대요. 하초를 잡기 위해 항주성을 쑥대밭으로 만들 거라는데, 우리 어떡해요?"

"당신은 어떻게 했으면 좋겠어?"

"피난을 가야죠."

심록애가 덧붙였다.

"집안의 귀중품들을 챙기라고 가초에게 말해놨어요."

"뭘 가져간다고 그래?"

항천취가 시큰둥하게 말했다.

"다구들을 어떻게 다 가져가? 망우차장을 통째로 옮겨갈 수 있어? 불을 지르면 다 잿더미가 될 텐데 쓸데없는 짓거리 하지 마."

"그래도 목숨은 부지할 수 있잖아요."

"목숨?"

항천취가 아내에게 눈을 흘겼다.

"이만큼 살았으면 됐지, 뭘 더 미련을 떨어?"

심록애는 말문이 턱 막혔다. 이때 문지기가 급한 사안이라면서 편지 한 장을 가져왔다. 항주상회 회장 왕죽재王竹齋가 항천취에게 보낸 편지였다. 편지 내용은 송매촌의 만행을 저지시킬 방안을 의논해야 하니 회의에 참가하라는 것이었다. 항천취는 차칠회관의 이사였다. 비록 회관의 활동과 회의에 참석하지 않은 지 몇 년 됐으나 이렇게 중요한 사안이 있을 때는 어김없이 부름을 받고는 했다. 항천취는 편지를 읽지도 않고 한쪽에 휙 던져버렸다.

"또 시끄럽게 구네. 돈 달라는 얘기니 당신이 알아서 줘."

심록애는 항천취와 더 말해봤자 소용없다는 것을 알고 편지를 들고 가화를 찾아갔다.

가화는 재빨리 머리를 굴렸다.

"송매촌의 비위를 맞추는 일이라, 가급적 참견하지 않는 게 좋겠지."

가화는 항천취 대신 회의에 참가할 수 없겠느냐는 심록애의 말에
이렇게 대답했다.

"어머니, 상회에서 저 같은 애송이가 눈에 차겠어요? 상회에서 부른
사람은 아버지지 제가 아니에요."

방서령이 손가락으로 성호를 그으면서 말했다.

"가화, 그러면 안 되죠. 시국이 뒤숭숭할 때 누군가는 앞에 나서서
백성들의 목소리를 대변해야죠. 상회는 무당무파無黨無派로 장사만 취급
하는 곳이니 결정적인 순간에 나서기 좋잖아요. 망나니 같은 병사들이
정말로 항주성을 불바다로 만들면 어떡하려고 그래요? 그자들은 그런
악행을 저지르고도 남을 인간들이에요."

가화는 방서령의 말에 두말없이 마고자를 걸치고 밖으로 달려 나
갔다. 나가면서 두 사람에게 당부를 하는 것도 잊지 않았다.

"어머니, 서령, 오늘 밤은 내가 올 때까지 자지 말고 기다려요."

그러나 방서령의 바람은 이뤄지지 않았다. 상회는 가화에게 두각을
나타낼 기회를 준 것이 아니라 회원들의 자금을 모아 송매촌에게 바치
기로 결정했다.

"저는 3000원을 내기로 했어요."

가화의 말에 심록애가 깜짝 놀랐다.

"다른 집들도 낸다더냐?"

"당연하죠. 그냥 주는 것이 아니라 빌려주는 거니 상회에서 언젠간
갚아줄 거예요."

가화의 얼굴에는 피곤한 기색이 역력했다.

"오승은 5000원을 낸다고 했어요."

"그는 다른 꿍꿍이를 가지고 있어요. 돈으로 명성과 지위를 사려는 거예요. 당신은 그럴 필요 없잖아요."

방서령은 불평이 대단했다.

"당신이 자선가예요? 다른 사람도 아니고 군벌에게 왜 돈을 줘요? 땅 파면 돈이 나오는 것도 아닌데 돈 아까운 줄 좀 아세요."

가화는 심록애 앞에서 화를 낼 수가 없어 차근차근 설명했다.

"그런 게 아니오. 지금 온 성안의 사람들이 우리 상회만 바라보고 있소. 왕구재는 송매촌과 협상하러 내일 가흥으로 떠난다오. 목숨 걸고 스스로 볼모가 되려는 거지. 그 사람은 목숨까지 담보로 내놓는데 우리가 돈 몇 푼 내는 게 뭐가 아깝소?"

"그 사람들은 다들 큰 부자들이잖아요. 그 사람들에게는 푼돈일지 모르지만 우리처럼 몰락한 집에서는 큰돈이라고요."

심록애의 표정이 굳어졌다. 안 그래도 나대기 좋아하는 며느리 때문에 심기가 불편했던 그녀가 더 이상 참지 못하고 쏘아붙였다.

"맏며느리라는 사람이 말본새하고는. 우리가 왜 몰락한 집안이냐? 그러면 싫다는데도 몰락한 집안에 꾸역꾸역 시집을 온 너는 뭐냐?"

방서령으로서는 마른하늘에 날벼락이 따로 없었다. 지식인 집안의 무남독녀로 곱게 자라온 그녀는 태어나서 지금까지 험한 말이라곤 한 번도 들어본 적이 없었다. 특히 지금까지 며느리를 경원시하던 시어머니의 입에서 그런 독설이 나올 줄은 꿈에도 생각 못했다.

"하나님이시여!"

방서령이 새된 소리를 질렀다.

"하나님이시여! 가화, 당신도 들었죠? 방금 어머님이 하신 말씀을 당신도 들었죠?"

"하나님 타령 그만 좀 해."

심록애는 내친김에 속에 품고 있던 불만을 다 털어놓았다.

"하나님이 너더러 죽어가는 사람들을 나 몰라라 하라고 시키더냐? 항주성을 불바다로 만들지 않을 수만 있다면 3000원이 아니라 1만 원이라도 내겠다."

심록애가 말을 마치자마자 바로 팔에 걸고 있던 화전옥和田玉 팔찌를 가화에게 빼줬다.

"가화, 하고 싶은 대로 다 해. 돈이 부족하면 이것도 저당 잡히고."

"가화, 뭐라고 말 좀 해봐요. 바보 같으니라고."

방서령은 결국 큰 소리로 울음을 터트렸다. 가초가 달려와서 심록애를 끌고 나갔다. 시어머니가 자리를 뜨자 방서령이 잔소리를 퍼부었다.

"가화, 당신은 줏대도 없어요? 저 여자가 뭔데 나에게 이래라 저래라 해요? 당신은 왜 가만히 보고만 있어요? 저 여자는 당신의 친어머니도 아니잖아요. 저 여자는……."

"닥쳐!"

가화가 책상을 탕 쳤다.

"닥치고 들어가!"

방서령은 순간 머릿속이 하얘졌다. 가화의 입에서 이런 험한 말이 나오기는 처음이었다. 제멋대로의 성격인 그녀는 발을 구르면서 소리를 질렀다.

"좋아요, 내 발로 걸어 나갈 테니 잡지 말아요."

항억과 항분 두 아이가 울음을 터트렸다. 방서령은 두 아이 중에서 울음소리가 더 요란한 아이를 안고 밖으로 나가면서 가화에게 말했다.

"가화, 내일 내 물건들 하나도 빠짐없이 전부 친정으로 보내요!"

가초가 방서령의 팔을 잡으면서 만류했다.

"언니, 언니. 이렇게 가버리면 어떡해요? 우리 차분하게 얘기하고 좋게 풀어요."

"이거 놔!"

방서령은 망우저택이 울리도록 꽥 소리를 지르고 기세등등하게 나가버렸다.

"오빠, 어떻게 좀 해 봐요……."

가초가 가화의 손을 잡고 흔들었다. 가화는 들고 있던 찻잔을 탁 내려놓으면서 말했다.

"내버려 둬."

방서령은 홧김에 항분을 안고 나왔으나 정말로 친정에 돌아가고 싶은 마음은 없었다. 일부러 대문까지 천천히 걸었다. 남편이 쫓아 나와 잡으면 못 이기는 체하고 들어갈 생각이었던 것이다. 그녀는 신경질적이지만 이성이 조금은 남아 있었다.

그러나 방서령이 대문을 나와 마차 부르는 곳에 도착할 때까지도 가화는 그림자도 보이지 않았다. 망우저택은 아무 일도 없었던 것처럼 고즈넉한 정적에 휩싸여 있었다. 방서령은 몸서리를 쳤다. 그녀는 항씨 가문에 시집 온 지 6년이 지난 지금에서야 망우차장이 한기가 사무친 곳이라는 것을 알았다.

며칠 후, 가화를 비롯한 상회 회원들은 사회 각계에 호소문을 띄웠다. 함께 군벌 송매촌을 맞이하러 기차역으로 가자는 내용이었다. 가화가 기차역으로 떠나기 전이었다. 그때 그의 장인 방백평이 찾아왔다.

두 사람은 깍듯이 예의를 차렸다. 둘의 모습은 장인과 사위라기보다는 교양 있는 장사꾼 두 명이 거래를 하는 장면 같았다. 방백평은 가화를 만나러 오면서 미리 할말을 생각해놓았다. 방백평의 아내는 딸이 한밤중에 외손녀를 안고 울면서 집에 들어서자 깜짝 놀랐다. 그러나 그녀는 딸과 함께 항씨네 험담을 실컷 하는 외에는 뾰족한 방법을 내놓지 못했다. 나중에는 잠자코 있는 남편을 닦달했다.

"당신은 입이 붙었어요? 뭐라고 말 좀 해봐요. 우리 딸이 어떤 아이인데 차 장사꾼 따위에게 쫓겨나요? 우리 딸이 차 장사꾼 가문에 시집간 것만 해도 억울해 죽겠는데……."

"그만해!"

방백평은 아내의 말을 뚝 잘랐다.

"그게 교양 있는 사람이 할 소리야? 더 말하지 않아도 어떤 상황인지 짐작할 수 있어. 이게 다 당신이 딸을 버릇없게 키운 탓이야."

"당신은 그저 사위 편이군요. 남성미라고는 눈 씻고 찾아봐도 없는 여자 같은 사위가 뭐가 좋다고 그러는지 몰라. 돈 3000원이 뉘 집 강아지 이름인가요? 돈 아까운 줄 모르고 흥청망청 퍼주다가는 조만간 우리 집도 날려버릴 걸요……."

"그 입 못 다물어? 여인네들은 머리카락만 길었지 소견이 짧아."

방백평은 딸에게는 눈길도 주지 않고 자리를 떴다. 사위가 고집 세고 제멋대로인 딸을 길들이는 게 나쁘지 않다는 것이 그의 생각이었다.

그런 방백평도 사위가 뒤끝이 이토록 길 줄은 미처 생각 못했다. 방씨네는 조만간 사위가 딸을 데리러 올 거라고 생각했다. 그러나 며칠이 지나도록 사위는 코빼기도 보이지 않았다. 방 변호사는 기다리다 못해 직접 망우차장을 찾아갔다. 마침 문을 나서는 사위와 대문 앞에서 만나 집안에는 들어가지도 못하고 길에 서서 얘기를 나눌 수밖에 없었다.

장인이 먼저 말을 걸었다.

"외출하려고?"

"예, 외출하려고요."

"마침 잘 됐네. 돌아오는 길에 아이와 어미를 데려가게."

"원할 때 돌아오라고 하세요. 집을 못 찾는 것도 아니고 아무 때건 알아서 오겠죠."

"가화, 이 사람!"

방백평이 불쾌한 기색을 보였다.

"그만하면 됐지 않은가. 서령이의 체면도 봐줘야지."

가화가 담담하게 응수했다.

"아버님, 요 몇 년 동안 제가 서령이의 체면을 적게 봐줬나요?"

순간 방백평은 몽둥이에라도 맞은 것 같았다. 놀랍고 부끄러워 얼굴이 화끈화끈 달아올랐다.

'이 아이는 다 알고 있었어. 결혼을 전후해 있었던 일들을 하나도 잊지 않았어. 내가 이 아이를 얕봤구나.'

"가화, 서령이가 고집 세고 제멋대로인 성격인 건 나도 안다네."

"성격 문제가 아닙니다."

"그럼?"

"서령이는 우리 항씨네가 어떤 사람들인지 모르고 있습니다."

가화의 시선이 먼 곳을 향했다.

"우리 항씨네는 그녀가 생각하는 그런 사람들이 아닙니다."

"말이 좀 심한 것 같네."

"아버님, 저는 기차역으로 가야 됩니다. 나중에 다시 얘기하시죠."

"기차역? 자네 군벌을 맞이하러 가는가?"

"군벌과는 관계없는 일이에요. 저는 왕 회장을 데리러 갑니다. 가흥에서 송매촌에게 인질로 잡혀 있다가 이번 기차로 돌아온답니다."

방백평이 가볍게 발을 굴렀다.

"가화, 어리석은 짓 그만하게. 북벌군이 곧 쳐들어올 거네."

"아직 안 왔잖아요."

가화의 표정은 담담했다.

"눈 하나 깜짝 않고 살인 방화를 일삼는 자들이에요. 누군가는 나서서 막아야 합니다."

"그걸 왜 꼭 자네가 해야 하나?"

방백평이 자신의 수염을 잡아당기면서 부들부들 떨었다.

"국민혁명군이 코앞까지 쳐들어왔네. 자네는 차나 팔게, 쓸데없는 일에 참견하지 말고 말이야. 돈을 냈으면 됐지 시퍼런 대낮에 군벌을 맞이하러 가다니, 어리석기 그지없군."

"저는 송매촌이 아니라 왕구재를 데리러 가는 겁니다."

"왕구재도 안 돼!"

방백평이 꽥 소리를 질렀다.

가화는 장인의 고함소리에 화들짝 놀랐다. 순간 부전여전父傳女傳이라고 방서령의 목소리가 큰 이유가 따로 있었다는 생각이 들었다. 가화가 회중시계를 꺼내보면서 말했다.

"가야 됩니다."

황포차가 가화를 싣고 쌩 떠나갔다. 혼자 길거리에 남은 방백평은 사위의 처음 보는 행동에 적이 당황했다.

가화는 자신이 무엇 때문에 굳이 고집을 부리며 기차역으로 갔는지 스스로도 이유를 알 수 없었다. 방서령과 말다툼을 하고, 그녀가 친정으로 가버리고, 장인이 찾아와서 불난 집에 부채질을 하고, 그래서 안 가도 되는 기차역에 굳이 나간 이 모든 것이 어쩌면 곧 닥쳐올 운명의 장난인지도 몰랐다. 결론부터 말하면 가화는 기차역에서 왕구재를 맞이한 것이 아니라 꿈에도 생각지 못했던 사람과 조우했다.

어린 남자아이를 데리고 서 있던 여자는 가화를 알아보지 못했다. 가화는 그동안 많이 변했다. 옷차림이 바뀌었고, 표정도 위엄 있고 근엄해졌다. 여자는 깊숙이 허리 숙여 인사하고 나서 순수한 표준어로 길을 물었다.

"저기, 양패두로 가려면 어떻게 가야 할까요?"

여자는 자기 눈앞에 서 있는 사람이 양패두의 항씨네 큰도련님이라는 것을 꿈에도 몰랐다.

가화는 그러나 한눈에 여자를 알아봤다. 갑자기 가슴이 두근거리고 긴장감이 몰려왔다. 그는 자기도 모르게 눈을 내리깔았다.

이윽고 그는 고개를 들고 기모노 차림의 여자와 그녀의 손을 잡고 있는 남자아이를 바라봤다. 아이는 네댓 살 정도 돼 보였다. 아이를 보는 가화의 눈에 감격, 친근함, 낙담, 쓰라림 등등의 복잡한 감정이 교차했다.

"양패두로 가려고요?"

가화가 조용히 반문했다.

"네, 선생님."

"망우차장으로 가시는 거죠?"

"네, 선생님."

고개를 든 여자의 눈빛에 의혹이 가득 담겼다.

가화는 말없이 모자를 벗고 금테안경도 벗었다. 여자의 눈빛이 반짝 빛났다. 여자는 종종걸음으로 가화에게 다가가 걸음을 멈추고 깊숙이 허리를 숙였다. 이어 일본어로 아이에게 뭐라고 한참 말했다. 아이는 가화 앞에서 차렷 자세를 취하더니 반쪽짜리 까만 자기 찻잔을 꺼냈다. 이어 '어'御자가 새겨져 있는 면을 가화에게 보여주면서 유창한 중국어로 또박또박 말했다.

"큰아버지, 저는 항한杭漢이라고 합니다. 제 아버지는 항가평, 제 어머니는 하네다 요코입니다. 제 할아버지는 중국 망우차장에 계십니다. 존함은 항천취입니다."

가평은 북벌군 장교가 됐다. 그는 1920년 봄 '1사 소동' 이후 항주를 떠나 7년 동안 온갖 경험을 다 했다. 북경에서 독서회에 참가했다가 프랑스로 고학을 떠나고, 유럽을 전전하다 일본으로 가서 도쿄군사학당에 들어갔다. 그리고 요코를 만났다.

요코는 아버지와 함께 일본으로 건너간 후 몇 년 동안 집에서 우라센케裏千家 다도를 배웠다. 두 죽마고우의 만남은 가히 극적이었다. 그날, 요코는 아버지를 따라 맞선을 보러 가는 길이었다. 종종걸음으로 아버지를 뒤따라가고 가고 있는데 어떤 젊은이가 따라오는 느낌이 들었다. 그녀는 고개를 돌렸다. 얼굴이 네모난 젊은이는 어딘지 낯이 익었다.

걸음을 멈춘 젊은이는 잠깐 뭔가 생각하더니 몸에 지니고 있던 종이상자에서 반토막짜리 찻잔을 꺼냈다. 찻잔 밑면에는 '어'자가 새겨져 있었다. 두 사람은 달려가 서로 얼싸안으면서 반가워했다.

"가평, 하마터면 못 알아 볼 뻔했어요."

"나도 요코가 맞는지 확신할 수 없었어. 요코는 꽃처럼 예뻐졌군."

하네다는 서로 반가워서 어쩔 줄 몰라 하는 두 젊은이를 말없이 지켜보기만 했다. 그는 삼절곤을 들고 자신을 쫓아냈던 중국 젊은이를 경계하면서도 다른 한편으로는 높이 평가했다.

하네다는 두 젊은이를 내버려두고 혼자 약속장소로 갔다. 그런데 약속장소에는 중매쟁이만 있었다. 중매쟁이가 불쾌한 어조로 하네다에게 말했다.

"다도를 배운다는 여자가 거리에서 지나(중국)인과 얼싸안고 추태를 부리다니요? 제가 창피해서 얼굴을 못 들겠어요."

이렇게 요코의 맞선은 수포로 돌아갔다.

하네다가 꿈에도 생각 못한 것은 또 있었다. 사랑하는 딸이 가평과 몰래 도망친 것이었다. 하네다는 부끄럽고 창피해 사람들 앞에서 얼굴을 들 수 없었다. 그래서 다도사茶道師 직업도 그만뒀다. 사실 가평과 요코의 입장에서는 몰래 도망친 것이 아니었다. 어쨌든 가평은 구혼이라는 걸 했기 때문이었다. 그날 가평은 군사학당 학생복 차림으로 마당에 서서 하네다에게 뜬금없이 '구혼'을 했다.

"하네다 선생, 제가 요코를 아내로 맞이하도록 허락해 주십시오."

하네다는 깜짝 놀랐다. 이렇게 예의 없이 '구혼'을 받을 줄은 꿈에도 생각 못했다.

"중국인들은 다들 이렇게 무례하게 구혼을 하는가?"

가평이 흰 이를 드러내면서 웃었다.

"아닙니다. 중국인들의 전통 구혼방식은 따로 있습니다. 이것은 중국인 항가평만의 구혼방식입니다."

하네다는 돌아가서 요코에게 이렇게 말했다.

"오늘부로 가평과는 만나지 말거라. 나는 너희 둘의 결혼을 허락하지 않는다."

"왜요, 아버지? 그가 중국인이라서 그래요?"

하네다가 고개를 저었다.

"아니야, 그가 아무것도 무서워하지 않는다는 점이 마음에 걸린다."

"그게 나쁜 건가요?"

"너무 겁 없는 사람은 자기 자신뿐만 아니라 가족까지 불구덩이에 밀어 넣는 수가 있거든."

"아버지, 센노리큐千利休도 그런 사람 아니었어요?"

"그래서 할복자살로 생을 마감했잖니."

요코가 조용히 생각하더니 말했다.

"아버지, 이제 알겠어요. 아버지는 진정한 다인茶人이 아니에요."

하네다는 딸의 말에 너무 놀라고 곧이어 화가 났다. 요코는 중국에서 오래 살아서 그런지 여느 일본 여자들과는 많이 달랐다. 하네다는 항씨네가 어떤 집안인지 잘 알고 있었다. 항씨네 망우저택에서는 여자가 남자보다 생명력이 강했다. 남자들은 온순하고 우아하고 폭력을 모르는 대신 구속받기 싫어하는 자유로운 영혼의 소유자들이었다. 항씨네 여자들의 겁 없는 성격은 이런 가정 분위기에서 더욱 커졌던 것이리라.

하네다는 사랑하는 딸이 지나치게 감정에 솔직하고 중국과 중국인들에게 특별한 감정을 가지고 있는 점이 심히 못마땅하고 속상했다.

아무리 그렇다고 해도 그는 요코가 그렇게도 빨리 가평과 한통속이 될 줄은 미처 생각 못했다. 가평과 요코는 하네다와 같은 도시에 있었다. 그러나 하네다는 딸을 만날 수가 없었다. 솔직히 만나고 싶은 생각도 없었다.

가평은 자기가 하고 싶은 일은 뭐든지 하고야 마는 성격이었다. 그는 새로 마련한 거처에서 요코와 단출한 결혼식을 올렸다. 첫날밤, 요코는 부끄러워 발갛게 상기된 얼굴로 얌전하게 앉아 있었다. 씻고 나온 가평이 요코 앞에 무릎을 꿇고 웃으면서 말했다.

"우리 요코 얼마나 컸는지 볼까?"

등불 아래에서 요코의 비단처럼 매끄럽고 말쑥한 어깨와 등이 하얗게 빛났다. 불룩한 가슴은 빨간 눈알이 달린 놀란 토끼처럼 할딱거리고 있었다.

가평은 자기도 모르게 경탄했다.

"요코, 찌찌가 어느새 이렇게 자랐어?"

수줍게 고개를 숙이고 있던 요코가 믿지 않게 눈을 흘겼다.

"나쁜 사람! 언제 봤다고 그래요?"

"당신이 우리 집에 있을 때 봤어. 목욕하는 걸 문틈으로 훔쳐봤거든. 그때는 찌찌가 이만큼밖에 안 됐어"

"거짓말!"

요코가 펄쩍 뛰었다.

"그 말이 사실인가요?"

"거짓말 아니야. 내가 가화 형도 불러서 같이 보자고 했거든."

"그분도 봤어요?"

"당연하지."

가평이 의기양양한 기색으로 말했다.

"가화 형은 생각이 너무 많아. 한 번 슬쩍 보더니 창문을 꼭 닫아버렸어. 나더러 아무에게도 말하면 안 된다면서 새끼손가락까지 걸게 했어."

"에구머니, 나는 이제 어떡해요? 당신들 나빠요."

요코는 손으로 얼굴을 가리면서 반라의 몸으로 다다미에 쓰러졌다.

"어떡하긴 뭘 어떡해? 나한테 시집왔으니 됐지."

가평이 와락 요코를 덮쳤다. 두 사람은 다다미 위에서 서로 안고 뒹굴었다. 가평은 여자와 관계를 해본 적이 없었다. 어떻게 하는지도 몰랐다. 심지어 여자의 손도 잡아본 적이 없었다. 물론 이성적인 감정 없이 여자와 악수를 한 적은 많았다. 방서령과 서로 '동지'라고 칭할 때도 악수를 많이 했었다. 방서령은 가평과 악수할 때마다 얼굴을 붉히면서 몸을 떨고는 했다. 가평은 방서령이 왜 그러는지 의아하기만 했다. 방서령이 자기를 좋아한다는 것은 그도 알고 있었다. 하지만 가평은 방서령에게 이성적인 감정이 전혀 느껴지지 않았다. 그러나 요코는 달랐다. 그는 요코를 볼 때마다 한입에 삼켜도 비린내가 안 날 것 같은 느낌을 받고는 했다.

한 번도 이성교제를 해보지 못한 순수한 두 젊은이는 극도로 흥분되고 가슴 떨리는 첫날밤을 보냈다. 이럭저럭 간신히 남녀 사이에 치를 수 있는 거사는 성공적으로 치러냈다. 두 사람은 밤새도록 엎치락뒤치락하다가 새벽녘이 돼서야 두 마리의 백조처럼 서로의 목을 꼭 끌어안고 잠이 들었다. 이들에게는 내일 어떤 해가 뜰지, 어떤 일이 생길지 중요하지 않았다.

가평은 아들 항한이 돌이 될 무렵 광주로 돌아갔다. 그는 떠나기에 앞서 아내에게 이렇게 말했다.

"요코, 내가 데리러 올 때까지 기다려줘."

요코는 다다미 위에 무릎을 꿇고 앉아 침묵을 지켰다. 가평은 그녀의 침묵이 곧 암묵적 동의를 의미한다는 것을 알고 있었다. 가평은 '어'자가 새겨진 반토막짜리 토호잔을 요코에게 주면서 말했다.

"내가 보고 싶을 때는 이걸 꺼내봐."

요코는 항한이 네 살이 될 때 가평의 편지를 받았다. 곧 북벌이 시작될 거라는 내용이었다. 가평은 살아 있었다!

요코는 일본을 떠나기 사흘 전에 아이를 안고 아버지를 찾아갔다. 하네다는 기모노 차림을 하고 마당의 자갈길을 왔다 갔다 하고 있었다. 가슴에 받친 젖은 손수건은 공기 중의 먼지를 빨아들이는 용도였다. 요코에게는 퍽 익숙한 모습이었다.

딸을 발견한 하네다가 걸음을 멈췄다.

"왔느냐?"

요코가 잔뜩 긴장한 표정으로 안고 있던 아이를 무릎 아래에 내려놓았다.

"제 아들이에요."

"안다."

하네다가 젖은 손수건이 떨어지는 것도 아랑곳하지 않고 항한을 안아 올렸다.

"외할아버지라고 불러봐."

"외할아버지."

"아이가 아빠를 많이 닮았구나."

하네다가 딸을 보면서 말했다.

"배짱이 좋구나."

요코가 말했다.

"저는 이제 항주로 갈 거예요."

하네다의 표정이 이내 굳어졌다. 그는 말없이 젖은 손수건을 주워 가슴에 붙인 다음 다시 마당을 서성이기 시작했다.

"교토에 있는 친척들이 놀러오겠다는구나."

하네다가 말했다.

"나도 교토로 이사갈까 보다."

요코가 잠깐 침묵을 지키다가 말했다.

"그게 좋겠어요. 서로 돌봐줄 수 있잖아요."

하네다가 한숨을 쉬면서 말했다.

"항주로 꼭 가야 하겠느냐?"

"네, 꼭 가야 해요."

"그 중국인의 어디가 그리 좋으냐?"

"……겁 없는 성격요."

"그 사람은 아들을 고아로 만들 수 있어."

요코가 잠깐 생각하더니 고개를 들었다.

"그럴 수도 있어요."

"그렇다면 나도 더 할말이 없구나."

부녀는 감실 앞에 무릎을 꿇었다. 탁자 위 쪽빛 대야에는 맑은 물이 한가득 담겨 있었다. 대야에는 자갈이 잔뜩 깔려 있어 쪽빛 바닥이 보이지 않았다.

두 사람은 마지막으로 엄숙하고 경건하게 다도를 행했다. 하네다는 두 손으로 찻잔을 딸에게 건넸다. 딸은 아버지의 입술이 닿은 곳에 입을 대고 한 모금 마신 다음 찻잔을 아들에게 넘겼다.

1927년은 매우 특별한 한 해였다. 심지어 날씨도 사회적 영향을 받아서인지 여느 해와 달랐다. 예년보다 높은 봄 기온 덕분에 항주 교외 차밭에는 일찍부터 신록이 깃들었다.

이해 2월은 항씨네 맏며느리 방서령에게 매우 특별한 달이었다. 겉보기에는 사교활동에 열정적으로 임하는 것처럼 보였으나 사실은 난마처럼 복잡한 심경을 감추기 위한 허울에 불과했다. 그녀는 여성청년회를 조직해 현수막과 채색깃발을 만드느라 바쁜 와중에도 가평의 아내를 보러 가는 것을 잊지 않았다. 그것은 그녀가 얼마 전부터 벼르던 일이었다.

방서령이 요코의 손을 잡고 먼저 인사를 건넸다.

"가평의 아내죠?"

요코는 부끄러워서 고개를 숙였다. 그녀는 전형적인 일본 여자였다. 중국에는 다다미가 없어서 전통 일본식대로 손님에게 차를 대접할수가 없었다. 요코는 중국 개완 찻잔에 차를 따라 공손하게 방서령에게 받쳐 올렸다. 방서령은 최근 몇 년 새 차와 많이 친해져서 차맛을 음미할 줄도 알았다. 그녀가 요코에게 물었다.

"이건 시퍼런 죽 같은 게 무슨 차예요?"

"일본에서 가져온 증청蒸靑 말차抹茶예요. 형님, 제 성의라고 생각하고 한 잔 받아주세요."

방서령은 차를 마시면서 속으로 혀를 찼다.

'요코라는 이 여자는 말도 참 예쁘게 하네. 시어머니가 보시면 엄청 기뻐하시겠어. 가평도 참, 아무리 죽마고우라지만 진리를 찾으러 일본

에 간 사람이 어떻게 진리의 진眞자도 모르는 일본 여자와 결혼할 수가 있지? 도무지 이해할 수 없어.'

방서령은 가평 생각을 하자 갑자기 마음이 쓰렸다. 급기야 찻잔을 내려놓고 일어섰다.

"갈게요."

요코는 차를 절반이나 남긴 찻잔을 보면서 아무 말도 하지 않았다. 허리를 반쯤 숙이고는 담담하게 인사했다.

"안녕히 가세요."

방서령은 대문 앞에서 고개를 돌렸다. 요코는 여전히 허리를 숙인 자세를 취하고 있었다. 방서령은 또다시 마음이 쓰렸다.

'저 여자는 저런 식으로 남자의 마음을 사로잡았구나. 저 여자의 영웅 남편은 매일 개선장군이 된 기분을 만끽하면서 살겠지.'

방서령은 자신의 남편 가화가 어디에 있는지 묻지 않았다. 궁금하지도 않았다. 묻지 않아도 알 수 있었다. 차장에서 차를 팔고 있지 않으면 어딘가에 돈을 지원해주러 갔을 것이다. 가화는 끝까지 친정에 있는 방서령을 데리러 가지 않았다. 결국 방서령이 숙이고 들어올 수밖에 없었다. 항분을 항씨네 집에 데려다주고 본인은 친정과 망우저택에 번갈아가면서 며칠씩 묵는 별거 아닌 별거 생활을 했다. 요코가 있으니 아이들 걱정은 하지 않아도 됐다. 항씨네 사람들은 방서령이 오든 가든 신경을 쓰지 않았다. 가화도 아내를 소 닭 보듯 했다. 심지어 잠자리까지 서재로 옮겼다. 방서령은 그런 남편이 이해가 되지 않았다.

두 사람은 예전에도 가끔씩 다툴 때가 있었다. 그럴 때마다 방서령은 하고 싶은 말을 다 하고 가화는 침묵을 지키는 식으로 넘어갔었다. 방서령은 우둔한 여자가 아니었다. 어딜 가도 총명하다는 평을 듣는 여

자였다. 그런 그녀가 유독 남편의 마음은 알 수가 없었다. 가화는 지나
치리만큼 솔직하고 엄격한 남자였다. 자신에게든 상대에게든 조그마한
틈도 용납하지 않았다. 게다가 뒤끝도 길었다. 사실 '꽃 세 송이 사건'에
이은 '꽃 한 송이 사건'은 방서령이 자신의 몸값을 올리기 위해 별생각
없이 한 일이었다. 하지만 가화는 아내가 남편을 눈곱만큼도 사랑하지
않는 것으로 오해하고 앙앙불락했다.

　총명하고 유능하다는 방서령 역시 여느 여자와 다를 바 없었다. 남
자의 행동은 여자 하기 나름이라는 생각을 했다. 그녀는 자신도 여자라
는 사실을 망각하고 모든 것을 요코 탓으로 돌렸다. 그녀는 과거 항씨네
사람들로부터 '요코'라는 이름을 심심찮게 들은 적 있었다. 아마 그때부
터 얼굴도 못 본 요코를 경계하고 방어했으리라. 그리고 이번에 실제로
만나본 요코는 같은 여자가 봐도 예쁘고 매력이 있었다. 그래서 방서령
은 가화가 아내를 데리러 오지 않은 이유가 요코라는 여자 때문일 것이
라고 단정 짓고 속을 끓였다.

　촬착이 헐레벌떡 망우저택으로 달려왔을 때 후원에는 완라와 어린
아이들밖에 없었다. 항한은 얌전한 요코를 닮지 않고 장난이 심했다. 반
면 항억은 드센 방서령을 닮지 않고 바람 앞의 어린나무처럼 가냘팠다.
아이들은 가산假山 위로 기어올랐다 내려왔다 하면서 놀고 있었다. 항한
이 대장 노릇을 했다. 완라가 숨이 차서 헐떡거리면서 말썽쟁이 항한에
게 욕을 퍼부었다.

　"항한, 요 일본 놈아, 너 때문에 힘들어 죽겠어."

　"일본 놈, 일본 놈!"

　항억과 항분이 합창하듯 항한을 놀려댔다.

"나는 일본 놈이 아니야. 중국 사람이야. 내 이름은 항한, 한족이라는 '한'漢자야. 알겠어?"

항한이 항억의 팔을 아프게 꽉 잡고 으르렁댔다.

"알았어, 알았다고! 아파."

항억이 아파서 새된 소리를 질렀다.

"항억, 너는 형이라면서 동생도 못 이기냐?"

완라가 항억을 부추겼다.

"못 이겨요. 무서워요."

항억이 가산을 기어오르면서 두려운 표정을 지었다. 이때 늙은 촬착이 씩씩거리면서 후원으로 뛰어 들어왔다.

"마님, 아씨, 큰일났어요! ……근데 다들 어디 가셨어?"

완라가 황급히 손사래를 쳤다.

"목소리 좀 낮춰요. 나리께서 둘째도련님의 무사 귀환을 위해 참선 중이세요."

"아이고, 쓸데없는 소리 말고 다들 어디 갔는지 빨리 말해줘."

"집에는 나리와 어린 도련님들밖에 없어요. 다들 둘째도련님 찾으러 성안으로 들어갔어요."

촬착이 급한 나머지 손을 비비면서 안절부절못했다.

"이를 어째? 이를 어째? 발등에 불이 떨어졌는데 이를 어째? 주인어른께 뭐라고 말을 하지?"

완라는 당장이라도 울 것 같은 촬착의 표정을 보고 덩달아 조급해졌다.

"촬착 아저씨, 도대체 무슨 일이에요? 천천히 말해 봐요."

완라의 말이 아픈 상처를 건드린 듯 촬착이 쭈그리고 앉아 손으로 얼굴을 가리고 엉엉 소리 내 울었다.

"완라, 자네는 몰라. 지금 세상에서는 자식새끼 키워봤자 아무 소용 없어. 엉엉……, 기껏 힘들게 키워줬더니 머리꼭대기에 기어올라 ×을 싸려고 들어. 소촬착, 이 녀석이 아비를 타도하겠대. 매장에서 나를 쫓아냈어."

완라가 깜짝 놀랐다.

"말도 안 돼요. 차행에 있는 그가 어떻게 매장을 관리하는 아저씨를 쫓아낼 수 있어요?"

"집에 있는 자네가 뭘 알아? 소촬착 그 녀석은 차공회茶工會(노동조합) 회장이야."

"큰 벼슬인가요?"

"큰 벼슬인지 작은 벼슬인지 나는 몰라. 그 녀석이 글쎄 나를 자본가의 '앞잡이'라면서 타도하겠다잖아!"

"아저씨가 무슨 자본가예요?"

완라가 입을 삐죽거렸다.

"돈도 없고 밭도 없는 아저씨가 자본가면 나도 자본가겠네요."

"나는 원래 고용자 측이 아니라 노동자 측이었어. 요 며칠 큰도련님께서 바쁘시다면서 매장 일을 나에게 많이 맡기셨지. 그런데 그 망할 놈의 자식이 글쎄 오승에게 밀려 차행 장사가 잘 안 되니 노력해볼 생각은 않고 만만한 나를 찾아와서 들볶잖아. 뭐 임금을 올려주고 여덟 시간 근무제를 실행해야 한다나. 말이 되는 소리를 해야지, 원. 자네도 잘 알겠지만 지금은 햇차가 나올 때라 고양이 손도 빌려야 할 만큼 바쁜 시기잖아. 밤낮을 가리지 않고 일해도 일손이 부족한 판에 뭐 여덟 시간 근무제? 망할 놈의 새끼! 회장인지 뭔지 되더니 눈에 뵈는 게 없어.

내가 상대도 않고 쫓아냈더니 글쎄 오늘 아침에…… 엉엉, 그 망할 놈의 자식이 문을 닫아걸고 북벌군을 맞이하러 가버렸어. 엉엉…… 파업이래……. 내가 아무리 으르고 달래도 소용이 없었어. 그래서 여기로 온거야……."

완라는 그제야 사태의 심각성을 깨달았다. 아무런 이유 없이 파업을 선언한 일은 1919년에 가화와 가평의 주도로 딱 한 번 있었다. 가화와 가평은 항씨네 도련님이기 때문에 그럴 자격이 있다 쳐도 소촬착은 일개 직원이 아닌가. 직원 주제에 감히 파업을 선언하고 친아버지를 타도하겠다니 말이 되는 소리인가.

완라도 덩달아 손을 비비면서 어쩔 줄 몰라 했다.

"이를 어쩌면 좋아요? 다들 나가고 나리만 계시니 이를 어째? 나리에게는 말씀드려봤자 아무 소용도 없을 텐데……."

완라는 아무 생각 없이 고개를 돌렸다. 그러다 화들짝 놀라 비명을 지를 뻔했다. 언제 왔는지 항천취가 아이의 손을 잡고 뒤에 서 있었던 것이다. 뛰어놀던 아이들이 항천취를 찾아가서 사실을 말한 것이었다.

"할아버지, 할아버지. 촬착 할아버지가 엉엉 울고 있어요."

항억을 비롯한 어린아이들은 철이 없었다. 그러나 그들도 항천취와 촬착이 각별한 사이라는 것을 모르지는 않았다.

항천취는 이 며칠 동안 발을 편히 뻗고 잠을 잔 적이 없었다. 가평의 부리부리한 눈망울이 시시때때로 뇌리에 떠올라 참선도 제대로 되지 않았다. 요즘에 이르러서는 과거 둘째아들 가평을 많이 사랑해주지 못했다는 생각이 부쩍 들어 마음이 몹시 괴로웠다. 아들이 제멋대로 자라고 어른이 된 후에도 집에 마음을 붙이지 못하고 밖을 떠돌기만 하는 것이 꼭 자신의 잘못인 것처럼 느껴졌다. 가끔은 악몽을 꾸기도 했다.

꿈속에서 온몸이 피투성이인 젊은이가 피에 절은 모자를 들고 한마디 말도 없이 그를 향해 걸어오고 있었다. 젊은이는 피 묻은 모자를 그에게 내밀어 보였다. 이어 그의 얼굴에서 시뻘건 눈동자가 툭 튀어나왔다. 온통 시뻘건 색이었다. 배경도, 사람도, 심지어 냄새까지 온통 시뻘건 색이었다…….

항천취는 악몽에서 깨어나고 나면 더 이상 잠을 이루지 못하고 선방에서 서성거렸다. 복수를 하려는 것인가? 아니면 아들의 죽음을 의미하는 것인가? 그는 꿈의 의미를 알 수 없어서 불안했다. 이런 날 밤이면 아내 역시 부들방석에 가부좌를 틀고 앉아 눈을 감고 염불을 하곤 했다. 항천취가 한숨을 쉬면서 입을 열었다.

"당신도 왔어?"

"후유, 무서운 꿈을 꿨어요……."

항천취와 심록애 두 사람은 서로를 마주 보며 아무 말도 못했다. 항천취는 촬착이 운다는 말을 듣고 머리카락이 곤두섰다. 다행히 가평에게 무슨 일이 생긴 것은 아니었다. 그가 안도의 숨을 내쉬면서 촬착을 나무랐다.

"별일도 아닌 걸로 울기는 왜 울어?"

촬착이 선뜻 입을 열지 못하고 머뭇거렸다. 항천취는 나이가 들면서 오차청을 점점 더 닮아가고 있었다. 외모뿐 아니라 성격까지도 똑같았다.

"노임을 올려 달라잖아요, 망할 놈의 새끼들!"

촬착이 울먹이면서 하소연했다.

"얼마나 올려 달라던가?"

"4할이나 올려 달래요."

"그럼 4할 올려 주게."

"일도 하루에 여덟 시간밖에 안 하겠대요."

촬착이 다시 생각해도 화가 나는 듯 씩씩거렸다.

"쉰네는 머리털 난 뒤로 이런 억지는 처음 봤어요."

"촬착, 진정하게. 지금 항주의 다른 가게들은 거의 다 여덟 시간 근무제를 도입했다네. 우리라고 용빼는 수가 있겠나. 다른 가게들이 가만히 있는데 우리만 그리 할 수는 없지만 말이야."

우직한 촬착은 항천취의 말을 한 번에 알아듣지 못했다. 다만 저들이 하겠다는 대로 내버려두라는 말이라는 건 알 수 있었다. 그가 가슴을 치면서 말했다.

"나리, 하루에 여덟 시간밖에 일하지 않으면 햇차가 다 묵은 차가 돼 버려요."

"햇차가 묵은 차가 돼도 어쩔 수 없지 뭐."

"그게 얼마나 큰 손해인데요?"

"손해를 봐도 하는 수 없지 뭐."

"나리!"

촬착은 너무나도 속이 상한 모양이었다. 눈물이 쑥 들어갔다.

"안 되겠어요. 마님을 찾아갈래요!"

항천취가 희미하게 웃었다.

"촬착, 자네는 참 한결같아. 항씨네 집에 그리 오래 있었으면서 아직도 이렇게 꽉 막혀서야."

촬착이 방으로 들어가는 항천취의 뒷모습을 멀거니 바라봤다. 그러면서 한참 후에야 완라를 보고 말했다.

"그러게, 내가 왜 주인집보다 더 조급해할까?"

"그러게 말이에요."

완라는 촬착을 비웃듯 쳐다본 후 뒤돌아섰다. 그런데 어린 도련님들이 하나도 보이지 않았다. 놀라서 허둥지둥 찾아나가 보니 아이들은 대문 앞에서 간부 차림을 한 웬 장교 두 명과 놀고 있었다.

그중의 한 장교가 아이들의 머리를 쓰다듬으면서 말했다.

"누가 항한일까? 내가 맞춰 볼까?"

항한이 참지 못하고 소리를 질렀다.

"저예요, 저예요! 제가 항한이에요."

장교가 항한을 번쩍 안아 올렸다. 그러나 잠깐 동안 목이 메는지 아무 말도 하지 못했다. 그러자 한쪽 팔에 붕대를 감은 다른 한 장교가 말했다.

"정말 붕어빵입니다. 저도 한눈에 알아봤어요."

항한을 안은 장교가 모자를 벗고 말했다.

"얘들아, 누가 나하고 제일 많이 닮았어?"

아이들이 두 장교를 멀뚱멀뚱 바라보면서 어리둥절한 표정을 지었다. 장교의 얼굴을 알아본 완라가 숨이 넘어가는 소리를 내질렀다.

"촬착……, 촬착 아저씨! 얼른 이리 와 봐요……."

촬착은 바로 장교를 알아봤다. 그리고는 힘이 풀려 후들거리는 다리를 간신히 이끌고 '화목심방'으로 뛰어가면서 소리를 질렀다.

"나리, 나리! 둘째도련님이…… 둘째도련님이 돌아왔어요!"

항천취의 손에서 왕일품^{王一品} 황모필이 툭 떨어졌다. 그는 붓을 다시 주울 생각도 하지 않고 정신없이 밖으로 달려나갔다. 이어 작은 문 앞에서 걸음을 멈췄다. 두 장교 중에서 나이가 좀 어린 장교는 팔에 붕대를 감고 있었고, 나이가 좀 더 있어 보이는 장교는 구레나룻을 한 얼굴로 항한을 안고 있었다. 항한이 할아버지를 불렀다.

"할아버지, 할아버지, 이 사람이 제 아빠래요."

나이 들어 보이는 장교가 항천취를 보고 긴장한 표정으로 항한을 내려놓았다. 그리고는 부끄러움을 타는 새색시처럼 고개를 푹 숙이더니 옆에 있는 장교를 향해 말했다.

"임생林生, 인사하게. 내 아버지네."

임생이라 불린 장교가 앞으로 한 걸음 나서서 거수경례를 했다.

"어르신, 처음 뵙겠습니다."

가평도 인사를 했다.

"아버지, 저 돌아왔어요."

가평은 인사를 마치고는 눈물을 보이지 않으려고 항한의 얼굴에 입을 맞췄다.

항천취는 넋이 나간 사람처럼 아들의 인사도 받지 않고 서 있었다. 촬착과 완라는 그런 '나리'와 '둘째도련님'을 번갈아 부르면서 목이 메어 말을 잇지 못했다.

이윽고 항천취가 긴 한숨을 내쉬면서 합장을 했다.

"아미타불……."

1927년은 4억 명의 중국인들 중 전도유망한 젊은이들의 혁명적 사랑이 휘황하고 비장하게 절정에 이르렀다가 서서히 스러져간 한 해였다.

항가평의 부관副官 임생은 겉보기에는 얌전하고 수줍음이 많은 젊은이였다. 아이처럼 어려 보이는 외모에 말을 할 때면 얼굴이 빨개지는 것이 특징이었다. 그뿐만이 아니었다. 희고 매끈한 피부, 기다란 속눈썹, 곧게 쭉 뻗은 코, 빨갛고 도톰한 입술……. 몸에 남아 있는 전쟁의 흔적과 아래턱에 새까맣고 촘촘하게 자란 수염만 아니라면 예쁜 처녀로 충분히 오해받을 만한 외모였다.

그는 가만히 있을 때는 아주 얌전한 처녀 같았다. 심록애가 아들의 어깨를 끌어안고 통곡할 때도 그 자리에 조용히 앉아 있었다. 외팔이 국민당 원로인 조기객이 찾아와서 자동차회사가 북벌군을 지원했다는 이유로 군벌의 보복을 당했다는 말을 할 때도 흥분하거나 분노하지 않았다. 그는 가평을 따라 광주에서 항주로 오면서 몇 번이나 사선을 넘나들며 싸웠다. 전란 속에서 수많은 도시가 파괴되고 수없이 많은 사람들이 죽어가는 것을 보았다. 바로 그런 과정 속에서 그에게는 냉정하게 묵묵히 관찰하는 습관이 생겨났다.

임생이 망우저택에 도착했을 때는 며칠 동안 잠도 제대로 자지 못하고 달려온 참이었다. 팔에 있는 상처는 제때 치료를 못해 심하게 덧나 있었다. 전쟁은 원래 그런 법이었다. 그 와중에 그는 가평 대대장의 집을 보고 적이 놀랐다.

'정말 크구나. 대단해. 항 대대장이 이런 집안 출신이라니, 전혀 그렇게 보이지 않았는데…….'

임생은 생각은 많았지만 말은 적게 했다. 그는 항씨네 사람들 모두에게 미소를 지었다. 눈빛은 솔직하고 담담했다. 그러나 세심한 사람이라면 그의 눈빛을 보고 알아차렸을 것이다. 그가 가만히 있을 때는 얌전한 처녀 같다가도 일단 움직이면 그물을 벗어난 토끼처럼 재빠른 사람이라는 것을 말이다.

가화의 여동생 가초가 고개를 숙이면서 임생에게 차를 권했다.

"영가永嘉 오우烏牛에서 나는 조차早茶예요. 산차山茶라서 난향이 느껴질 거예요."

임생이 홀린 듯 가초를 바라봤다. 가초의 얼굴이 마치 예전부터 알고 지내던 사람처럼 낯이 익었다. 임생이 차를 받지 않자 가초가 고개를 들었다. 그녀 역시 잠자리 날개처럼 파르르 떨리는 그의 속눈썹을 본 순간 뭔가를 분명히 느꼈다. 그가 언젠가 만났던 사람처럼 전혀 낯설지 않다는 사실을.

가초는 평소 그다지 눈에 띄지 않았다. 그건 가초가 아름답지 않다는 말이 아니었다. 화려하게 아름다운 심록애와 청순하게 아름다운 소차가 망우차장 안팎에서 하도 유명하다 보니 사람들은 그녀의 아름다움에 주의를 기울이지 않았다. 그런 가초의 아름다움은 1927년 혁명을 계기로 찬란하게 빛났다. 사실 혁명이 아니었더라면 금동金童 임생이 망우차장에 올 일도 없었을 것이고, 가초 역시 옥녀玉女가 되지 못했을 것이다. 아무튼 두 사람은 서로 첫눈에 반해버렸다.

가초는 이렇다 할 개성이 뚜렷하지 않은 여자였다. 망우차장에서 개성 있는 인물을 꼽으라면 단연 심록애와 방서령을 꼽을 수 있었다. 이 두 사람은 1920년대의 중국 철인 여성의 표본이라고 해도 과언이 아닌 인물들이었다. 이 두 사람을 각자 독특한 매력을 뿜내는 '꽃'에 비유한다면 가초는 이름처럼 그냥 '풀'이었다. 굳이 꽃에 비유한다면 초겨울 심산 속에 피는 차나무 꽃이라고나 할까. 작지만 하얀 꽃잎과 노란 꽃술이 청초하게 아름답고 맑은 향기가 은은한 차나무 꽃이라고 해도 좋았다. 차를 좋아하는 사람은 많아도 차나무 꽃에 관심을 가지는 사람은 거의 없다. 아무려나 임생은 처음으로 그녀의 아름다움을 알아본 사람이었다.

가초가 임생의 상처를 힐끗 보더니 가볍게 손짓을 했다.

"따라와요."

임생은 고분고분 가초를 따라갔다. 가초가 조심스럽게 임생의 상처를 보면서 말했다.

"상처가 곪았어요."

"어떻게 알았소?"

임생의 질문에 가초가 조용하게 대답했다.

"저는 적십자회에서 간호사로 봉사하고 있어요. 제 방으로 가요. 제가 처치해 드릴게요."

가초와 여동생 기초는 침실이 따로 있는 사랑채를 쓰고 있었다. 기초는 사람들이 모여 있는 거실로 나가고 없었다. 가초가 용기를 내서 말했다.

"소림小林이라고 불러도 되죠? 둘째오빠가 그렇게 부르는 걸 들었어요. 여기 앉으세요. 상처에서 냄새가 나요."

임생이 겸연쩍게 웃었다.

"여기까지 오는 내내 싸워가면서 왔소. 동려桐廬에서 총에 맞았는데 탄알이 팔을 통과했소. 다행히 뼈는 다치지 않아서 통증만 참으면 괜찮을 줄 알았는데 이렇게 곪을 줄은 몰랐소."

가초는 대야에 뜨거운 물을 붓고 묵은 찻잎 한 줌과 소금을 약간 넣었다. 이어 우러난 찻물이 식기를 기다리면서 말했다.

"병원에 약이 있어요. 내일 우리 병원에 와서 약을 받아가세요. 오늘은 임시 처치밖에 못해요."

가초가 식은 찻물을 솜에 적셔 벌겋게 부어오른 상처 부위를 살살 닦아줬다. 임생은 여자의 손길이 닿아서인지 상처가 아파서인지 자기도 모르게 눈을 감고 신음소리를 냈다. 가초가 황급히 손을 떼면서 걱정스러운 듯 말했다.

"많이 아파요?"

"아니, 아니오. 당신네 항씨 가문에서 아가씨가 성격이 제일 부드럽고 조용한 것 같군요. 말과 행동이 마치 산들바람 같소."

"제 큰오빠도 조용한 사람이에요."

가초는 순간적으로 임생의 기다란 속눈썹이 큰오빠와 많이 닮았다는 생각을 했다. 어쩐지 자꾸만 마음이 그에게 끌렸다.

"남자는 빼고요."

가초의 얼굴이 발갛게 상기됐다. 그녀는 태어나서 지금까지 젊은 남자와 단둘이 이렇게 오래도록 말을 해본 적이 없었다. 그녀는 부끄럽기도 하고 흥분되기도 했다. 그녀의 가슴이 세차게 오르내렸다.

가초의 호흡이 가빠지자 임생도 덩달아 긴장했다. 둘 사이에 야릇하고 어색한 침묵이 흘렀다. 남자인 임생이 그래도 먼저 정신을 차리고 화제를 돌렸다.

"차장 가문이라 뭐가 달라도 다른 것 같소. 뭐든지 다 차와 연결시키네. 찻물로 상처를 소독하는 건 처음 봤소."

가초가 겨우 가슴을 진정시키고 말했다.

"차는 성질이 맑고 깨끗해서 예로부터 약으로 많이 사용해 왔어요. 상처 소독은 물론이고 감기, 눈병, 위통, 두통에도 효과가 있죠."

"우리는 전쟁터에서 부상당했을 때 알코올이 없으면 술로 소독한다오. 차는 한 번도 안 써봤소."

"싸움터에서는 또 다르죠. 술로 소독하면 빠르고 편리하지만 아파요. 차는 성질이 온화하기 때문에 약효는 느리지만 시원하고 진통이 잘 되죠. 당신은 빠른 걸 원해요, 아니면 느린 걸 원해요?"

가초가 고개를 숙일 때마다 부드러운 머리카락이 얼굴로 흘러내렸다. 그러면서 하얀 피부를 가렸다. 소림은 가초의 머리카락을 넘겨주고 싶어 손이 근질거리는 것을 겨우 참았다.

"전쟁터에서는 당연히 약효가 빠른 것이 좋지. 그러나 여기서는 약효가 느리더라도 안 아픈 걸 택하겠소."

가초가 임생을 힐끗 보면서 입을 약간 오므리고 웃었다. 별생각 없이 웃었을 뿐인데 임생의 눈에는 그 모습이 이루 말할 수 없이 고혹적이고 아름답게 보였다. 봄바람에 하늘거리는 버드나무가지처럼 살랑살랑 움직이는 손짓도 더없이 사랑스러웠다. 임생은 항 대대장의 여동생에게 완전히 빠져버렸다.

임생이 상처를 소독하는 가초의 얼굴을 넋 놓고 보고 있을 때였다. 예닐곱 살짜리 여자 아이가 불쑥 뛰어 들어오면서 소리를 질렀다.

"딱 걸렸네, 딱 걸렸어. 둘이 여기서 무슨 비밀 얘기를 하고 있었어요?"

가초가 깜짝 놀라 쥐고 있던 솜뭉치를 떨어뜨렸다. 이어서 들어온 사람이 여동생인 것을 보고는 밉지 않게 눈을 흘겼다.

"기초, 왜 소리를 지르고 그래? 언니는 소림 오빠의 상처를 소독하고 있잖아."

기초도 눈을 흘겼다.

"왜 언니만 소림 오빠의 상처를 소독해 줘요? 나도 할래요. 소림 오빠, 제가 해도 되죠?"

가초가 얼굴을 붉히면서 화를 냈다.

"기초, 장난치지 말고 저리 가. 부상당한 사람한테 무슨 짓이야."

"쳇, 삐친 것 좀 봐. 소림 오빠, 우리 가초 언니는요, 엄청 속이 좁고 화를 잘 내요."

가초가 소리 없이 발을 구르면서 여동생을 내쫓았다.

"기초, 얼른 나가! 너 미워!"

기초는 가초가 진짜 화난 것을 보고 혀를 홀랑 내밀었다.

"알았어요, 알았어. 장난 좀 친 걸 가지고 뭘 그래. 엄마가 언니를 데려오래요. 가곤지 누군지가 왔대요."

가초의 입술이 미세하게 떨렸다.

"거짓말하지 마. 가교가 우리를 얼마나 미워하는데 여기를 찾아오겠어?"

"거짓말 아니에요."

기초가 눈을 크게 뜨고 정색을 한 채 말했다.

"언니하고 똑같이 생긴 그 사람 맞잖아요."

가초는 그 말에 벌떡 일어나더니 "가볼게"라는 한마디를 남기고 획 사라져버렸다.

궁금해진 임생이 물었다.

"가교는 누구야? 항 대대장에게 그런 이름은 못 들었는데."

"가초 언니와 쌍둥이예요. 우리 원수 집에서 살아요. 아주, 아주 나쁜 사람이에요."

기초가 숨김없이 말했다.

"그럼 너한테는 오빠네?"

"오빠라고 안 불러요. 이때까지 얼굴도 몇 번 못 봤어요."

창승차행의 주인장 오승은 북벌군의 입성入城을 앞두고 가교를 국민당에 입당시키려고 했다. 그러자 가교가 정색을 했다.

"양아버지, 저는 국민당이 싫어요. 항씨네 둘째가 국민당원이래요. 그 자식하고 같은 당에 입당하고 싶지 않아요."

"항씨네 둘째는 입당해도 되고 셋째는 하면 안 된다는 법이 어디 있냐? 너희는 같은 아비에게서 태어난 형제야."

"그래도 싫어요. 차라리 공산당에 입당하겠어요."

오승은 고향에서 가져온 육안六安 과편瓜片을 천천히 음미하면서 흐뭇한 눈으로 양자를 응시했다. 몇 년 동안 잘 가르친 덕에 가교는 날카로운 발톱을 가진 '독수리'로, 오승의 충성스러운 앞잡이로 훌륭하게 자라났다. 오승은 친자식들보다 가교에게 더 심혈을 기울였다. 그런데 스무 살이 넘은 오승의 큰아들 오유吳有가 문제였다. 부전자전이라고 일찍부터 돈맛에 눈을 뜬 그는 가교만 편애하는 아비에게 불만이 대단했던 것이다.

"아버지, 정말 너무하세요. 어머니가 살아 계셨어도 저 녀석만 편애했을까요?"

오승이 서슬 퍼런 눈으로 아들을 보면서 말했다.

"한 치 앞도 내다볼 줄 모르는 촌뜨기 같으니라고. 너한테 질투가 가당키나 하냐? 가교가 너에게 찻잎 줄기 한 오리라도 달라고 하더냐?"

"그거야 모르죠. 나중에 아버지가 가교에게 전 재산을 다 퍼주실지 누가 알아요?"

오승이 쌀쌀하게 대꾸했다.

"내가 누구에게 뭘 주는 것 봤느냐? 나는 누구든 아무것도 안 줘. 내가 죽은 다음 너희들에게 갈 것도 너희들이 운이 좋아서 얻어걸리는 거지 내가 주는 것은 아니야. 부자가 되고 싶으면 네가 직접 벌어."

오유는 그제야 시름을 덜었다는 표정이었다. 어쨌든 아버지의 유산이 언젠가는 자신에게 돌아올 것이라는 사실과 아버지가 가교에게는 바늘 하나도 주지 않을 것이라는 사실은 확인했기 때문이었다.

하지만 아버지가 무엇 때문에 끔찍하게 가교에게 잘해주는지는 여전히 이해가 되지 않았다. 오승이 시골 마누라 소생의 자식들을 번갈아보면서 고개를 절레절레 저었다.

"너희들 입으로 말해 보거라. 너희들 중에 가교보다 더 아비에게 효도하는 사람이 있느냐?"

"그건 그래요. 가교처럼 자신의 성까지 버리겠다는 사람은 더 말할 것도 없죠."

오승의 딸 오주吳珠가 입을 삐죽거렸다.

"아버지가 그러지 못하게 말리셨으니 다행이야."

오유가 말을 받았다.

"그건 다른 사람 입에 오르내리는 것을 피하려고 그런 거야. 오씨네 재산 때문에 그러는 줄 아느냐?"

오승이 준엄한 표정을 한 채 다시 입을 열었다.

"바보 같은 녀석들 같으니라고! 장사하는 사람들이 그렇게 머리가 안 돌아가서야 어디에 쓰겠냐? 잘 계산해봐, 가교는 우리 집에 있으면서 기껏해야 먹고 입는 돈이나 쓸 뿐이야. 그렇지만 나중에 크게 돼 항씨네 가산을 물려받으면 그깟 푼돈에 비기겠냐. 그때 가면 그 재산이 다 누구 것이 되는데? 항씨가 아닌 우리 오씨네 재산이 된다는 말이야. 나이가 어린 데다 첩의 자식이라고 항씨네 집에서 홀대받는 아이를 너희들이 잘 대해줘 봐. 나중에 백배, 천배로 은혜를 갚을 거다. 그 정도 계산도 못해? 바보들 같으니라고. 그리고 당장만 봐도 그렇지. 우리가 지금 살고 있는 집이 누구 거냐?"

아비의 말에 큰 깨우침을 얻은 오유와 오주는 이날부터 재물신을 모시듯 가교를 떠받들었다.

가교는 친어머니 소차와 함께 있을 때 다른 형제들과 차별을 받으면서 성격이 이상하게 변해버렸다. 까칠하고 음험했을 뿐 아니라 완전히 제멋대로였다. 그러나 오씨네 집에 온 이후로는 다시 변했다. 온 집안 식구가 뭐든지 마음대로 하게 내버려두고, 가화와 가평처럼 욕하고 때리는 사람도 없다 보니 오승에 대한 고마움이 가슴에 꽉 찰 수밖에 없었다. 당연히 날이 갈수록 오승을 더 믿고 따르게 됐다.

오승이 가교를 설득하기 시작했다.

"우리 아들, 공산당은 안 돼. 내가 알아봤어, 공산당은 가난뱅이들이 입당하는 당이란다. 국민당과 공산당은 지금 서로 손을 잡고는 있지만 조만간 대립하고 반목할 거야. 입당하려면 그래도 국민당에 입당해야 해. 네 둘째형과 같은 당이면 뭐 어때? 같은 당에서도 좌파, 우파로 갈리는데."

"그럼 아버지 말씀대로 국민당에 입당하겠어요. 항씨네 둘째가 좌파이면 저는 우파, 그가 우파이면 저는 좌파 할 거예요."

"그것도 내가 다 알아봤지, 항씨네 둘째는 골수 좌파란다."

가교가 그러자 호기롭게 말했다.

"그럼 저는 우파 할래요."

오승은 가평이 북벌군을 따라 항주로 돌아왔다는 소식을 듣고 마음이 혼란스러웠다. 그는 항씨네 불효자가 영영 다시 돌아오지 못할 거라고 생각했었다. 그런데 그 자식은 운 좋게 죽지도 않았을 뿐만 아니라 보란 듯이 병사들까지 거느리고 돌아왔다. 게다가 다시 안 갈지도 모른다고 했다. 오승은 급기야 '전략'을 조정하기로 했다. 항씨네를 일관적으로 적대시하던 태도를 좀 더 융통성 있는 태도로 바꾸기로 한 것이다.

가교는 이렇게 해서 염치 불구하고 다시 망우저택에 발을 들여놓게 됐다.

항씨네 식구들은 예고도 없이 불쑥 찾아온 가교를 보고 깜짝 놀랐다. 그러나 가식적으로라도 반가운 티를 내는 사람은 하나도 없었다.

가교는 키가 크고 말랐다. 눈짓으로 감정을 표현하는 것은 항천취를 닮은 것 같기도 하고 소차를 닮은 것 같기도 했다. 누가 항씨네 핏줄이 아니랄까봐 말과 행동에서 풍류스럽고 호방한 모습도 언뜻언뜻 나타났다. 다만 벼락부자인 오승 밑에서 자라다 보니 차림새가 장사치 같은 것은 피할 수 없었다.

가교는 본래 망우저택에 들어서면 의연하게 의례적인 인사를 하리라 마음먹었었다. 그러나 안으로 들어가면 갈수록 눈물이 걷잡을 수 없이 쏟아져 나왔다. 지나간 일들이 마치 어제 일처럼 눈앞에 선연히 떠올랐다. 그는 드디어 나이가 반백을 넘어 늙은 티가 확연한 항천취를 보자 눈물 콧물까지 줄줄 흘렸다. 그는 울면서 항천취에게 물었다.

"아버지, 어머니의 빈소는 아직 있어요?"

항천취가 가교를 힐끗 보고는 고개를 돌려버렸다. 말을 섞기도 싫다는 반응이었다.

가교가 발을 굴렀다.

"아버지, 제 어머니의 빈소는 아직 있어요?"

"꺼져!"

항천취가 버럭 화를 내며 으르렁거렸다. 두 번 다시 이 아들을 보고 싶지 않았다. 그러자 심록애가 가교를 슬쩍 잡아당겼다.

"가교, 따라와 봐."

심록애는 가교를 항천취의 '화목심방'으로 데리고 갔다.

"네 아버지는 매일 네 어머니 사진 앞에서 염불을 한단다."

가교는 털썩 무릎을 꿇었다. 걷잡을 수 없이 울음이 터져 나왔다. 이어 피가 나는 줄도 모르고 머리로 벽돌바닥을 쿵쿵 찧었다. 가교의 울음소리는 마당을 가로질러 거실까지 퍼졌다. 거실에 모여 있던 사람들은 서로 얼굴만 멀뚱멀뚱 쳐다봤다. 이때 가초가 들어왔다.

"가교는요? 셋째오빠는요?"

좌중의 시선이 일제히 가초에게 쏠렸다. 불청객인 가교와 가초가 쌍둥이 남매라는 사실을 그제야 깨달은 듯한 표정이었다. 가초가 어리둥절한 표정으로 말했다.

"다들 표정이 왜 그래요? 둘째오빠와 셋째오빠가 오래간만에 집에 돌아왔는데 기쁘지 않아요?"

방서령이 말했다.

"몇 년 동안 코빼기도 보이지 않더니 오늘은 웬일로 찾아왔대요? 나하고 큰오빠가 결혼할 때도 청첩장을 보냈는데 나 몰라라 했잖아요."

"둘째오빠는 북벌군이잖아요. 당신들과는 비할 바가 못 되죠."

기초가 정곡을 찔렀다. 기초는 막내로 태어나 예쁨만 받고 자란 아이라 하고 싶은 말을 다 했다.

가평이 한마디했다.

"내가 보기에 좋은 의도로 온 것 같지는 않아."

가화가 천천히 입을 열었다.

"어찌됐건 항씨네 식구야. 오래간만에 다 모였으니 즐겁게 명절을 쇠자."

이날 밤, 항씨네 가족은 성대한 만찬을 벌였다. 심록애는 솜씨를 발휘해 용정하인龍井蝦仁(용정차를 갈아서 넣고 새우와 함께 볶은 요리), 차계茶鷄(차를 넣고 끓인 닭고기 요리), 차엽단茶葉蛋(차를 넣고 만든 계란 조림) 등 평소 볼 수 없던 요리를 내놓았다. 가초도 심록애에게 배운 양분楊墳 함차를 내왔다. 동시에 귤껍질, 들깨, 볶은 청대콩, 말린 두부, 잠두, 콩나물, 말린 죽순, 당근, 말린 고구마, 올리브, 절인 오이, 땅콩, 계수나무꽃 절임 등 울긋불긋한 재료도 쟁반 한가득 담았다. 사람들의 눈이 휘둥그레졌다.

어쨌거나 그윽한 차향기와 술향기가 좌중 사람들의 눈과 코와 마음을 즐겁게 했다. 식탁에서는 오래간만에 즐거운 웃음소리와 말소리가 넘쳐났다. 상석에 앉은 조기객이 잔을 들었다.

"자, 자, 다인들이 모인 자리이니 차로 술을 대신합시다. 가평, 북벌 승리를 위해 건배!"

가교도 술잔을 들었다.

"둘째형, 같은 당에서 함께 분투하게 된 것을 위해 건배해요!"

심록애 역시 잔을 들었다.

"당 얘기는 그만하자. 온 가족이 한자리에 모인 것을 위해 건배!"

가초 옆에 앉은 임생이 조용히 물었다.

"아가씨는 무엇을 위해 잔을 들 거요?"

"다른 사람들이 다 말해버려서 더 할말이 없어요."

"그럼 나는 아가씨와의 만남을 위해 건배하겠소. 괜찮겠소?"

가초의 하얀 귓바퀴가 발갛게 물들었다. 그러나 당황하지는 않았

다인_2

다. 곧 그녀가 고개를 끄덕이고 가볍게 임생과 잔을 부딪쳤다. 이때 기초가 소리를 질렀다.

"소림 오빠 좀 봐요. 희한하게 차를 먹어요."

임생은 찻물을 다 마신 다음 찻잔에 반쯤 남은 건더기를 어떻게 먹으면 좋을지 몰랐다. 그래서 에라 모르겠다는 식으로 손가락으로 집어먹었던 것이다. 좌중의 사람들은 임생을 보고 웃기만 할 뿐 제대로 먹는 법을 가르쳐주지 않았다. 가초가 잔을 들면서 말했다.

"소림, 잘 봐요. 잔에 입을 대고 손으로 이렇게 바닥을 톡톡 치면 돼요. 쉽죠?"

임생은 가초에게 배운 대로 고개를 쳐들고 잔을 입에 댔다. 이어 한 손으로 잔을 빙빙 돌리면서 다른 손으로 바닥을 톡톡 쳤다. 가초는 임생의 희고 미끈한 목, 턱에 빼곡하게 난 수염과 오르락내리락하는 목울대를 홀린 듯 바라봤다.

기초가 또 소리를 질렀다.

"언니, 조용히 좀 해요. 둘이 무슨 말이 그렇게 많아요?"

가초가 제풀에 놀라더니 빨갛게 상기된 얼굴로 여동생을 나무랐다.

"너나 조용히 해. 아까부터 네가 제일 말이 많았어."

가초가 건너편을 가리키면서 말했다.

"큰올케와 둘째올케는 아직 건배 안 했어요."

그러자 방서령이 바로 대답을 했다.

"나는 별로 할말이 없어. 우리 부부가 다시 합친 것도 아닌데 뭘. 요코가 말하면 되겠네."

요코는 말없이 사방을 두리번거리면서 찻잔을 찾았다. 그러자 가화가 삿갓처럼 생긴 까만 찻잔을 하나 건넸다. 요코가 놀란 눈빛으로 고개를 들었다. 그것은 원래 두 쪽으로 쪼개졌던 토호잔이었다. 언제 수리했는지 깨진 부분이 감쪽같이 붙여져 있었다. 가화가 요코의 놀란 표정을 보더니 담담하게 웃으면서 찻잔 밑바닥의 '공'자와 '어'자를 보여줬다. 가화의 길고 가는 손가락은 마치 두 형제와 요코 사이에 있었던 은밀한 추억을 소환해 내듯 부드럽고 재빠르게 움직였다.

방서령은 속이 쓰라렸다. 그러나 억지로 웃으면서 말했다.

"요코, 가화가 얼마나 세심한 사람인지 이제 알겠죠? 깨진 골동품 찻잔을 붙여서 가져다 줄 생각은 언제 했대? 나도 나중에 뭔가를 깨뜨려봐야겠어. 가평이 알뜰하게 수리해서 가져다 줄지 누가 알아. 안 그래요, 가평?"

가평이 호탕하게 웃으면서 손가락으로 방서령을 가리켰다.

"우리 형수는 여전하시네. 지금이 북경에서 찻집을 열던 그때인 줄 알아요?"

요코가 말없이 잔에 소흥주를 가득 따랐다. 이어 술잔을 들고 잰걸음으로 가평에게 다가가더니 무릎을 꿇고 일본어로 뭐라고 한참 말했다. 기초가 말했다.

"중국어로 해요. 중국어로 말해야죠."

"내가 통역해 줄게."

가평이 요코가 받쳐 올린 술을 단숨에 들이켜고 나서 그녀의 얼굴을 어루만지면서 말했다.

"우리 요코는 밤마다 눈물로 베개를 적시면서 눈 빠지게 기다리던 낭군님이 드디어 돌아오셔서 매우 기쁘대."

요코가 손으로 얼굴을 가리고 흑흑 흐느끼기 시작했다. 방서령은 요코가 왜 그러는지는 몰랐으나 자기도 모르게 따라서 눈물을 흘렸다. 그때 기초가 술잔을 높이 들면서 말했다.

"자, 자, 다들 그만 울고 여기 주목하세요. 혁명의 성공을 위해 건배하는 사람이 없어서 제가 한 잔 들겠어요."

가평이 여동생의 어깨를 툭툭 쳤다.

"우리 막둥이 기초의 혁명 각오가 남다르구나. 나중에 여 혁명가가 되겠어."

항천취는 이때까지 한마디도 하지 않았다. 가화가 일어서서 말했다.

"아버지, 모처럼 다들 모였는데 한마디 하셔야죠."

항천취는 앉은 채로 뭔가를 잠깐 생각하는 듯했다. 이어 심록애에게 물었다.

"용정차 있어?"

"올해의 햇차는 아직 안 나왔어요. 햇차가 나오면 다연茶宴을 합시다."

심록애는 항천취에게 묵은 용정차를 끓여줬다. 항천취가 잔을 들고 말했다.

"차를 드시게, 차를 드시게."

어린 기초가 조기객을 향해 입빠르게 종알거렸다.

"양아버지, 우리 아버지는 왜 아무 말씀도 안 하시고 차를 들라는 말만 하실까요?"

조기객이 기초의 머리를 톡톡 치면서 대답했다.

"차를 들라는 말을 했잖니. 너처럼 쓸데없이 말만 많다고 다 좋은 게 아니야. 얼른 차나 마셔!"

그날 밤, 가교는 반쯤 취기가 오른 상태로 귀로에 올랐다. 그는 집에 도착할 때까지 차 안에서 하염없이 눈물을 흘렸다. 처음에는 항씨네 식구들과 함께 하는 식사자리가 긴장되고 불안했다. 또 부자연스러웠다. 그러나 술기운 덕분인지 나중에는 마음이 편안해지고 언행도 자연스러워졌다. 다만 평소에 느끼던 거리감이 있는 것은 어쩔 수 없었다. 항씨네 가족들 사이의 대화에 그가 끼어들 틈은 없었다. 그러나 다른 한편으로 말투, 손짓, 눈빛까지 항씨네와 꼭 닮은 스스로를 보면서 자신도 어쩔 수 없는 '항'씨라는 사실을 깨달았다. 항씨 가문의 일원이라는 사실이 뼛속 깊이 스며들었다. 그는 그런 사실이 너무 슬펐다. 나중에는 자신이 진정으로 망우차장 항씨네 부모형제들을 미워했었던 건지 새삼 헷갈리기 시작했다.

몇 년 만에 모처럼 항씨네 온 가족이 다 모인 가연家宴이었다. 한바탕 시끌벅적 웃고 떠들고 난 후 어슴푸레한 등불 아래에 침묵의 시간이 찾아왔다. 차분한 분위기 속에 어딘가 슬픈 느낌도 없지 않아 있었으나 어쨌든 기분 좋고 만족스러운 자리였다. 오랜 이별 끝에 찾아온 상봉을 경험한 덕분인지 모두의 눈빛은 마냥 부드럽고 순수하기만 했다. 물론 부드러움 속에 열정을 품은 사람도 더러 있었다.

고요한 침묵 속에 모두의 시선은 막내 기초가 손에 들고 있는 토호잔에 집중됐다. 두 조각으로 분리됐다가 다시 완전한 하나로 '재탄생'된 토호잔의 토끼털 같은 은빛 무늬가 등불 아래에서 보일락 말락 가물거렸다.

방서령과 요코는 토호잔을 보면서 동시에 한 남자의 이름을 떠올렸다. 가화와 가평은 재회의 기쁨 속에서도 가끔 공기 중에서 시선이 부딪

치면 어색한 웃음을 짓고는 했다. 가초와 임생 역시 남들 몰래 눈을 맞추며 서로의 마음을 나눴다. 조기객은 기쁜 나머지 저도 모르게 과음을 했다. 항천취와 심록애가 급기야 조기객을 거실로 부축해 뉘었다. 여러 사람들 중에서 가장 구김살 없이 즐거워하는 사람은 기초였다. 눈망울이 맑고 성격이 쾌활한 그녀는 일부러 혀를 굴리면서 토호잔 밑바닥에 새겨진 글자를 읽고 또 읽었다.

"공供……어御, 공……어, 공……어."

안 그래도 마음이 들뜬 가초는 이때다 싶어 부드럽게 여동생을 구슬렸다.

"기초, 심심하구나? 우리는 방으로 돌아갈까?"

"방에서 뭐할 건데?"

가초는 소심하지만 총명했다. 그리고 기회를 엿볼 줄 알았다.

"너 소림 오빠의 상처를 치료해 주겠다고 했잖아?"

"아, 맞다!"

기초는 애지중지 만지작거리던 토호잔을 내려놓고 임생의 손을 잡았다.

"가요, 우리 방에 가서 약을 갈아요."

임생은 이대로 나가도 되는지 몰라 머뭇거렸다. 그러자 가평이 말했다.

"가 보게, 약은 자꾸자꾸 갈아야 할 거네."

그러자 방서령이 기초의 팔을 잡으면서 말했다.

"기초, 이리 와. 네가 끼어들 자리가 아니야."

가초는 얼굴을 붉히면서 먼저 자리를 떴다. 임생은 바로 따라가지 않고 가평에게 조용히 말했다.

"좀 있다 직접 대대로 복귀하겠습니다."

가평이 자리에서 일어났다. 요코도 긴장한 채 따라 일어났다. 가화 역시 일어났다.

"소림, 대대장은 오늘 밤 집에서 자도 되겠나?"

"당연하죠."

소림의 얼굴이 벌게졌다.

"제가 부대로 돌아가서 말씀드리겠습니다."

소림은 정식 훈련을 받은 군인답게 걸어 나가는 발걸음이 씩씩하고 당당했다. 거동이 부드럽고 우아한 다인茶人 가족들에게서는 볼 수 없는 모습이었다. 방서령은 자신도 모르게 감탄사를 터트렸다.

"참으로 영민하고 용맹스러운 젊은이로군요!"

가평이 순간 가화의 귀에 대고 소곤거렸다.

"형은 몰랐지? 임생은 진짜 공산당원이야."

기초는 태어나서 처음으로 '공산당원'이라는 단어를 접했다. 이날 이후 그녀는 '공산당원'이라는 말만 들으면 자동으로 소림 오빠의 얼굴을 눈앞에 떠올리게 되었다.

어린 기초가 궁금증을 참지 못하고 큰 소리로 어른들에게 물었다.

"공산당이 뭐예요? 누가 공산당이에요?"

가화가 황급히 손으로 여동생의 입을 틀어막았다.

"입 다물어. 아무 말이나 하면 혼날 거야."

가평이 오늘 처음 본 여동생의 머리를 쓰다듬으면서 말했다.

"나에게 이렇게 작고 귀여운 여동생이 생길 줄은 몰랐구나."

성격이 무심한 가평은 가화가 이날 밤 몇 번이나 넋을 놓은 표정을 지었는데도 한 번도 눈치채지 못했다. 그리고 그 이유가 요코 때문이라는 것 역시 당연히 짐작하지 못했다.

가화는 요코가 항씨네 며느리 신분으로 처음 왔을 때는 그나마 마음을 차분하게 가라앉혔다. 담담하게 대할 수 있었다. 요코가 동생의 아내, 즉 제수씨가 됐다는 사실을 원치는 않았으나 인정하지 않으면 안 됐기 때문이었다. 그리고 이날 밤 그는 요코와 가평 두 사람의 다정한 모습을 보면서 비로소 그녀가 제수씨라는 사실을 실감했다. 그래서 동생과의 재회가 반갑고 기쁜 와중에도 마음 한구석이 쓰리고 아팠다.

이때까지는 그래도 참을 만했다. 그런데 요코가 연근을 담은 쟁반 두 개를 들고 다가오면서부터 그는 또다시 심란해졌다. 두 쟁반 중에 하나는 생연근과 설탕을 담은 것, 다른 하나는 찹쌀연근찜과 꿀을 담은 것이었다. 가화는 마른 침을 꿀꺽 삼켰다. 요코가 누구 앞에 어느 쟁반을 놓을지 궁금하면서도 기대돼 사뭇 긴장되고 떨렸던 것이다. 요코는 그런 가화의 생각을 아는지 모르는지 생연근과 설탕을 담은 쟁반을 공손하게 가평의 앞에 내려놓았다. 또 찹쌀연근찜과 꿀을 담은 쟁반은 가화 앞에 내려놓았다. 가화는 긴장의 끈을 늦추지 않고 자기 암시라도 하듯 속으로 거듭 되뇌었다.

'이건 우연이야. 아마 우연일 거야. 틀림없이 우연이야.'

이때 막내 기초가 가화 앞에 있는 쟁반을 쓱 잡아당기더니 찹쌀연근찜을 입에 집어넣었다. 요코가 그런 기초의 손을 가볍게 밀치면서 부드럽게 말했다.

"기초 착하지? 이건 큰오빠에게 드리는 거야. 만들어놓은 게 많으니 우리 항한이하고 같이 가서 먹자."

요코는 쟁반을 가화에게 밀어주고는 기초의 손을 잡고 나갔다.

가화는 순간 막혔던 숨구멍이 뚫린 것처럼 가슴이 후련해졌다. 이어 마음도 훈훈해지더니 주책스럽게 눈물까지 흘러나왔다. 가평이 젓가락으로 쟁반을 두드리면서 뭐라고 말했다. 그러나 가화의 귀에는 그 소리가 들리지 않았다. 가화가 되물었다.

"뭐라고?"

"나 항가평의 마누라가 어떠냐고 물었어."

가화가 웃으면서 대답했다.

"항씨네 며느리다워."

입을 꼭 다물고 있던 방서령이 갑자기 벌떡 일어나 인사도 없이 나가버렸다. 가평이 방서령의 뒷모습을 보면서 자조하듯 말했다.

"성격은 여전하시군……."

가화가 찻잔을 한쪽으로 밀었다.

"우리는 술이나 더 하지."

제31장

사람들이 떠올리는 차는 온화함, 우아함, 여유로움과 평화로움의 상징이자 산속의 하얀 눈처럼 깨끗한 절개를 가진 존재였다. 그런 차가 서서히 고유의 모습을 잃어가기 시작했다. 차를 달일 때 나오는 연기에 섬뜩한 피비린내가 섞였다.

산객과 수객들은 장사는 뒷전이고 항주성에서 벌어진 시민들의 시위행진에 온통 정신이 팔려 있었다. 그러나 망우차장의 젊은 주인장 가화만은 어수선한 시국에도 전혀 흔들림 없이 여느 때처럼 차 더미에 파묻혀 바쁜 하루하루를 보내고 있었다.

8시간 근무제 도입 이후 많이 한가해진 소촬착은 혼자 눈코 뜰 새 없이 바쁜 가화에게 나름 조언을 했다.

"주인어르신, 일 그만하고 식견도 넓힐 겸 저하고 같이 총공회에 가 봅시다. 임생도 지금 거기서 일해요. 샌님처럼 곱상하게 생긴 사람이 알고 보니 진짜 사나이더군요."

"당연하지. 공산당이라잖은가."

"공산당이 좋죠? 저도 공산당에 입당했어요."

"자네도 입당했는가?"

가화가 놀란 눈으로 소촬착을 바라봤다.

"주인어르신도 입당하고 싶으면 저에게 말씀하세요, 제가 소개해드릴게요."

소촬착이 자신의 가슴을 툭툭 쳤다. 또 곁눈으로 차장을 힐끔 보면서 덧붙였다.

"주인어르신이 입당하려면 먼저 차장을 당에 바쳐야 해요. 임생이 그러는데 혁명을 하려면 먼저 무산자無産者가 돼야 한댔어요."

가화는 화를 내지 않고 조용조용 말했다.

"소촬착, 자네들은 자네들이 좋아하는 혁명을 하고 나는 나대로 차를 팔겠네. 우리 서로 방해하지 않으면 되잖은가. 안 그런가?"

소촬착은 할 수 없이 속으로만 구시렁거렸다.

'치, 나라고 자본가하고 말을 섞고 싶어서 섞는 줄 아나?'

촬착이 그런 아들의 뒤에 대고 고함을 질렀다.

"망할 자식, 너 찻잎밥 다시는 안 먹을 거냐?"

"안 먹어요!"

소촬착의 말투는 단호했다.

"세상이 변했어요, 세상이 변했다고요!"

촬착은 항천취를 찾아가 눈물을 흘렸다.

"자식새끼가 아비고 뭐고 눈에 뵈는 게 없네요."

항천취는 촬착의 말을 듣는 둥 마는 둥 했다. 그는 둘째아들 가평에게 온통 주의를 기울이고 있었다. 집에 돌아온 뒤에도 가평은 뭐가 불만인지 미간을 잔뜩 찌푸린 채 두 주먹을 꾹 쥐고 있었다. 세상이 많이 변했다. 아들도 무슨 생각을 하는지 종잡을 수 없을 정도로 많이 변했다. 아들의 불처럼 뜨겁던 눈빛이 얼음처럼 차갑게 변했다.

'저 아이는 지금 무슨 생각을 하고 있을까?'

항천취는 궁금하면서도 불안했다. 물론 아들에게 직접 물어볼 수도 있었다. 그러나 "쓸데없이 참견하지 마라"는 핀잔을 들을까 봐 그러지도 못했다.

'내가 갑자기 왜 이러지?'

항천취는 아주 잠깐이지만 둘째아들에게 잘 보이려고 했던 자신에게 화가 났다. 그래서 성격이 온화한 맏아들에게 말을 걸었다.

"가화, 아무리 바빠도 그렇지 네가 직접 행관行官을 할 필요는 없잖니."

가화는 웃기만 할 뿐이었다. 그는 대리석 상판을 깐 화리목 탁자에 앉아 붓글씨를 쓰고 있었다. 옆에 있던 임생이 종이를 들고 궁금한 어조로 물었다.

"표어를 쓰시나 봐요?"

"표어가 아니네. 포장지에 넣을 차장 광고문구지."

종이에는 다음과 같은 시가 적혀 있었다.

첫째 잔은 목과 입술을 적셔주고,
둘째 잔은 외로운 시름 씻어주네.
셋째 잔은 굶주린 창자를 찾나니,
생각나는 글이 오천 권이나 된다네.
넷째 잔을 마셨더니 가벼운 땀이 솟아,

평생의 불평불만 땀구멍을 통해 다 흩어져 날아갔네.

다섯째 잔을 마셨더니 기골이 맑아지고,

여섯째 잔 만에 신령과 통했다네.

일곱째 잔은 채 마시지도 않았건만

두 겨드랑이에 맑은 바람 솔솔 일어나네.

임생이 시에 관심을 보였다.

"이 시는 노동盧仝(당나라 말기 시인)의 〈주필사맹간의기신다〉走筆謝孟諫議寄新茶(노동이 햇차를 보낸 맹간의에게 사례로 보낸 답시)로군요?"

"맞네. 망우차장 광고문구로 쓰면 좋을 것 같아서 베꼈다네."

"형님이 차장 홍보를 이토록 중요하게 생각할 줄 몰랐어요. 형님은 참으로 책임감이 강한 분이시군요."

임생이 가화를 잔뜩 추어올렸다.

"허허, 이거라면 내가 자네보다 조금 더 전문가일 걸."

가화가 빙긋 웃으며 설명했다.

"중국차가 국제시장에서 고배를 마신 건 광고를 잘하지 못했던 탓이 크네. 스리랑카의 경우 차 수출을 통해 벌어들인 세금을 전부 광고에 투입한다네. 25년 동안의 광고비 지출을 합치면 1천만 루피가 넘는다네. 일본도 미국 내 광고에 매년 10만 엔 이상씩 쏟아 붓는다네. 일부 서양인들은 중국차를 조롱하는 그림을 그려서 붙인다고 들었네. 변발을 한 중국인들이 맨발로 차를 밟는 그림이라지. 그런 그림을 자국민들에게 보여주면서 '이것 봐, 중국차는 이렇게 발로 밟아서 만든 거야. 이래도 계속 중국차를 마실 텐가'라고 말도 안 되는 소리를 한다고 들었네."

다인_2

임생이 찬탄했다.

"형님이야말로 애국자이십니다!"

"애국자라고 할 것까지 있나. 나는 다만 중국의 차 산업을 진흥시킬 방법을 국내에서 먼저 시도해 보려는 것뿐이라네."

"많이 힘드시죠?"

"별수 있나? 다들 규찰대에 가입하고 남은 사람은 나밖에 없다네. 자네의 당은 싸움을 참 좋아하는 것 같아."

가화가 농담 삼아 한 말에 임생이 정색을 했다.

"형님, 우리 공산당은 국민당 때문에 이 지경으로 몰렸어요. 형님이 설마 이 사실을 모르시는 건 아니겠죠? 우리는 유비무환을 기했을 뿐입니다."

"의심이 지나친 것 같네. 당파 싸움은 예부터 존재해 왔거늘 서로 칼을 겨누고 일촉즉발의 상황까지 몰고 갈 필요가 있을까?"

임생이 미소를 지으면서 반문했다.

"형님, 국민당 우파가 항주직원연합회를 결성했다는 소식 못 들으셨어요?"

"나는 좌파가 뭔지 모르네. 그러니 우파가 뭔지도 몰라."

가화가 신경질적으로 덧붙였다.

"나는 정치에 관심이 없네."

임생은 멍해져서 얼굴이 확 붉어졌다. 그는 도움을 바라는 눈빛을 가평에게 보냈다. 가평이 일어서서 두 손을 펼쳐 보이면서 말했다.

"임생, 형님의 말에 괘념치 말게. 형님은 시적 감수성이 풍부한 사람이라 은유를 좋아한다네. 형님의 말씀은 '나는 정치에 관심이 많다. 나는 좌파도, 우파도 아닌 중도파이다'라고 이해하면 되네."

"하지만 중도파라는 것은 있을 수 없습니다."

임생의 어조는 한껏 격앙됐다.

"이른바 '중도파'라는 사람들은 조만간 좌파 아니면 우파로 분화되게 마련입니다!"

가화는 신경질적으로 변한 임생을 새삼스럽게 쳐다봤다. 임생은 처음 봤을 때와는 완전히 다른 모습이었다. 웃고 있어도, 침묵할 때도 눈빛이 광적인 열망으로 가득 차 있었다. 자신의 신앙에 열광하지 않는 사람이라면 도무지 알 수 없는 눈빛이었다.

가화는 붓을 내려놓았다.

"나는 자네들을 내치기 위해 중도파가 되려는 게 아니네. 나는 중간에 서서 하나씩 자네들을 끌어당겨 화합을 이루려는 것뿐이네. 무릇 중대한 시기일수록 중화中和를 기본으로 삼아야 한다네. 그래서 혜강嵇康(삼국시대 조위曹魏 시기의 관리이자 문학가)도 '조화로운 소리는 안정된 기분을 촉발한다'고 했잖은가. 그렇다면 '화和'는 무엇이냐? '화'는 곧 노자가 말한 '대음'大音을 말하지. '대음'은 무엇인가? '대음'은 곧 '희성'稀聲(소리가 드물다, 즉 소리가 없음을 의미)을 말하지. 시끄럽게 떠들어대지 않는 상태를 말하는 거네. 예전에는 나도 많이 시끄러웠었지……. 안 그랬더라면 도주도 죽지 않았을 텐데……."

가화가 갑자기 말을 뚝 멈췄다.

'내가 지금 무슨 허튼소리를 하는 거지? 내가 왜 영예롭지 못한 내 과거사를 지금 이들 앞에서 떠벌리고 있는 거지? 내가 미쳤나?'

가화는 입을 벌린 채 더 말을 잇지 못했다. 그러나 놀란 쪽은 오히려 임생이었다. 임생은 뼛속까지 공산주의자였다. 그는 그럼에도 무슨 이유인지는 모르나 자본가인 가화를 숭배했다. 아마 나이에 맞지 않게 침착하고 내성적이면서도 절제되고 주관이 뚜렷한 가화의 성격에 끌렸는지 몰랐다. 그런데 평소 과묵한 줄만 알았던 가화가 갑자기 심오하고 냉철한 말을 잔뜩 쏟아내자 임생은 순간 적응이 되지 않았다.

반면 가평의 표정은 태연자약했다. 그가 손가락으로 차탁을 두드리면서 조롱하듯 말했다.

"형, 가교가 직원연합회에 가입했다오. 심지어 회장직도 맡았다오."

가화가 다시 붓을 잡고 대꾸했다.

"가입했으면 한 거지 뭐. 어차피 각자 갈 길이 다르잖아."

"형, 언제 기회를 봐서 그 자식에게 전해줘. 임생이 몸담고 있는 총공회와 맞서지 말라고 말이야. 임생의 털끝 하나라도 다치게 하면 내가 가만히 있지 않겠다고 전해줘. 임생은 내 친구이자 전쟁터에서 나를 구해준 구명의 은인이야. 그래서 나는 임생의 공산당원 신분을 개의치 않는 거야. 가교에게 전해줘. 임생을 건드리면 그날부터 나 가평은 그 녀석의 둘째형이 아니라고 말이야."

가화가 안락의자에 털썩 주저앉으면서 붓을 던졌다.

"독설을 들으니 마음이 후련하구나."

가평이 일어서면서 임생에게 눈짓을 했다.

"나도 어느 한쪽에도 치우치지 않고 우아하고 예의바르게 해결하고 싶어. 그러나 그건 불가능한 일이야. 우리 북벌군은 이곳까지 오면서 하루도 피비린내 나는 싸움을 하지 않은 날이 없었어. 혁명은 향긋한 차가 아닌 독한 술이야!"

가화는 가평의 말에 넋 나간 표정을 짓고 있다가 가까스로 입을 열었다.

"자네 말대로라면 우리 항씨네 집안에서도 조만간 내분이 생겨 동족상잔을 하게 될 거라는 말인가? 혁명이란 그런 것인가?"

이쯤 되면 더 이상 화제를 이어갈 수가 없었다. 입을 꾹 다물고 듣고만 있던 항천취가 일어서면서 젊은이들에게 말했다.

"앉아들 있게, 나는 차 마시러 가겠네."

항천취는 더 있어봤자 아들들의 대화에 끼어들 수 없다는 사실을 깨닫고 곧바로 자리를 떴다. 그러자 빈자리를 메우듯 가초가 왔다. 그녀는 긴 머리카락을 단발로 잘랐다. 그래서인지 늠름하고 씩씩해보였다. 사랑에 눈이 먼 그녀의 눈에 이제 임생 이외의 사람은 보이지 않았다.

"임생, 임생, 이리 와 봐요. 할말이 있어요."

임생의 하얀 얼굴이 확 붉어졌다. 광적인 열망으로 들끓던 눈이 어느새 순한 양의 그것으로 바뀌었다. 그가 머뭇거리며 일어서서는 구걸에 가까운 표정으로 가화와 가평을 바라봤다. 그 모습은 세상물정에 어두운 순진무구한 소년과도 같았다. 가화가 놀란 눈으로 임생을 바라봤다. 사람이 어떻게 이렇게 순식간에 바뀔 수 있는지 의아했다.

'이것이 아마 신앙이 있는 사람과 없는 사람의 차이일 거야.'

가화는 나름 분석을 마치고 가도 된다는 뜻으로 손을 저었다. 임생의 얼굴에 찬란한 웃음이 번졌다.

가화와 가평 두 형제는 망우차장 거실에 마주앉았다. 사실 두 형제는 이번에 다시 만난 후 단둘이서만 흉금을 털어놓고 얘기할 기회가 없었다. 어렵사리 마주앉기는 했으나 어디서부터 무엇을 말했으면 좋을지 몰라 어색하기만 했다. 결국 가화가 생각이 많아 보이는 동생을 향해 억지웃음을 지으면서 먼저 입을 열었다.

"자네는 임생을 신뢰하는 것 같더군. 자네와 가초가 좋다고 하니 좋은 사람이 틀림없겠지?"

"형은?"

"글쎄······, 마치 강 건너에 있는 사람을 보는 느낌이랄까. 나는 그의 이념을 이해하지 못하겠네. 자네는?"

가평이 천천히 몸을 일으켰다. 이어 거실의 탁자와 의자 주위를 느릿느릿 돌다가 갑자기 걸음을 멈추고 입을 열었다.

"형, 내가 형의 어떤 면에 제일 탄복하는지 알아?"

"······."

"형은 남들이 찾아내지 못하는 작은 차이도 알아차리는 재능이 있어. 마치 용정차와 모봉차의 미묘한 맛의 차이를 아는 것처럼 말이야. 형이 정치를 한다면 삼민주의와 마르크스주의의 차이점을 쉽게 찾아낼 수 있을 것 같아······."

가화, 가평 두 형제는 커다란 탁자를 사이에 두고 마주앉아 있었다. 가끔 차를 사는 손님이 들어왔기 때문에 둘은 목소리를 낮췄다. 가평은 기독교인들의 기도 자세로 두 손을 마주잡고 우울한 표정을 짓고 있었다. 항상 자신감이 넘치다 못해 거만하고 독단적인 모습만 보여주던 그 가평이 맞나 싶었다. 항씨 집안 사람들의 트레이드마크인 우울한 눈빛이 드디어 가평에게서도 발현되는 것 같았다. 가화가 물었다.

"너는 지금 상황이 좀 어려운 것 같군?"

"나는 어렵고 힘든 게 두려웠던 적은 없었어. 내가 걱정하는 건 점점 판단력을 잃어가는 거야. 아이러니하게도 보고 들은 게 많아질수록, 식견이 넓어질수록 자신의 판단을 점점 더 믿지 못하겠어. 그래서 나는 임생이 부러워."

"임생을 보면 예전의 우리를 보는 것 같네."

"사실 나는…… 기회가 되면 차장으로 돌아오고 싶었어."

"그게 정말이야?"

가화가 반색을 하면서 눈을 크게 떴다.

"너는 옛날부터 차를 싫어하지 않았나?"

"만약 형도 나처럼 프랑스와 일본에 몇 년씩 머물고 또 남방에서 이곳까지 오는 동안 쉴 새 없이 싸움만 해왔다면 예전에 당연하게 생각했던 것들이 결코 당연한 것이 아니라는 깨달음을 얻게 될 거야."

가화가 손을 비비면서 말했다.

"잘 됐네, 잘 됐어. 안 그래도 나 혼자 감당하기가 점점 더 힘들었는데. 차종茶種 개량, 차 수출, 제다기계 만들기, 농업합작사……. 아무튼 할 일이 산더미같이 많네. 네가 그런 생각을 했다니 이건 하늘이 나를 도와주는 것이 틀림없어."

"형하고 함께 일하겠다는 말은 안 했어."

가평은 잔뜩 들뜬 가화에게 찬물을 끼얹었다.

"내 사명은 따로 있어."

가화가 괜찮다는 듯 손을 저으면서 열변을 토했다.

"괜찮아, 기다리면 되지. 7년이나 기다렸는데 1, 2년을 더 못 기다릴까. 나는 네가 지금 벌인 일을 잘 마무리 짓고 내 곁으로 돌아올 것이라고 믿어. 잘 됐어, 정말 잘 됐어……."

가평은 어린아이처럼 좋아하는 형을 보자 감격스러우면서도 안쓰러웠다. 솔직히 그는 세월이 흐를수록 단순해지고 유치해지는 형에게 이렇게 말해주고 싶었다.

'형, 내 사명은 피를 흘리고 완성되는 거야. 내 희생을 대가로 새로운 세상을 건설하는 거야.'

그러나 가평은 이 말을 차마 입밖으로 내지 못했다. 진정한 다인에게 혁명가의 이념과 사상을 심어주는 일은 너무 잔인하다는 생각이 들었기 때문이었다.

이때 방서령이 대경실색한 얼굴로 문을 박차고 들어왔다. 그리고는 다짜고짜 두 형제를 망우저택 안으로 떠밀어 넣고 문을 걸어 잠갔다. 그녀의 입에서 놀라운 소식이 흘러나왔다.

"경찰이 내일 시위를 무력으로 진압한대요."

"자네는 몰랐나?"

가화가 가평에게 물었다.

"자네는 도시방위부대 소속이 아닌가?"

"그치들은 내가 기밀을 누설할까봐 나에게 비밀로 했나봐."

가평은 내일 시위에서 유혈사태가 일어날지도 모른다는 말에 마치 피비린내를 맡은 하이에나처럼 흥분했다. 방서령은 미처 예상 못했던 반응이었다.

"정보가 확실하오?"

"공안국 사람에게 들은 소식이에요."

방서령이 가평의 형형한 눈을 똑바로 보면서 대답했다.

'어쩌면 눈에 선 핏발마저 이렇게 멋있을까?'

방서령은 또 가슴이 설레는 자신이 부끄러워 얼굴을 붉혔다.

"우리 아버지와 당신네 큰외삼촌도 탄압 계획에 참가했대요."

가평이 의자를 밀어버리고 방안을 서성거렸다.

"이럴 줄 알았어. 언젠가는 이리처럼 악랄하고 시꺼먼 속셈을 드러낼 줄 알았어. 차라리 잘 됐어. 백주대낮에 민중들의 손가락질과 침 세례를 받고 역사의 수레바퀴에 깔려 보라지. 반혁명의 대가가 어떤 것인지 사람들에게 똑똑히 보여줘야 해. 차라리 잘 됐어……."

가평은 혼잣말하듯 중얼거리면서 방안을 서성거렸다. 마치 달리고 싶어 안달이 난 말을 방불케 했다. 방서령이 온몸을 부르르 떨었다.

"그래도…… 그래도…… 유혈사태는 막아야 하지 않을까요? 사람이 죽어나갈 텐데……."

"유혈사태가 뭐 어때서? 희생되는 게 뭐가 무서운가?"

가평이 윽박지르듯 말했다.

"담사동은 '중국에서 변법으로 피를 흘릴 자는 나 담사동으로부터 시작할 것이다'라는 말을 남겼소. 지금이 어느 때요? 국민혁명의 승리를 위해 피를 흘리고 희생해야 할 때요. 중국에서 국민혁명을 위해 피를 흘릴 자는 나 가평으로부터 시작할 것이오."

방서령은 의자에 못 박힌 듯 굳어졌다. 가슴속에서 뜨거운 어떤 것이 솟아올랐다. 다른 한편 무서운 생각도 없지 않았다.

'나는 이제 어떻게 해야 하지? 몸을 사리지 않고 살육의 현장으로 달려가야 하나, 아니면 꼬리를 내리고 도망가야 하나?'

방서령은 7년 전처럼 또다시 선택의 기로에 섰다. 그녀는 갈팡질팡 흔들리는 마음을 들키지 않으려고 억지웃음을 지으면서 가평의 말에 귀를 기울이는 척했다.

'나는 어떡해야 하지? 나는 정말 어떡해야 하지?'

가화는 갑자기 한껏 격앙된 동생이 그저 놀랍기만 했다. 방금 전까지만 해도 차장으로 돌아오고 싶다고 얘기하던 그 동생이 맞나 싶었다. 그로서는 도대체 어떤 것이 동생의 본심인지 알 수가 없었다.

이때 요코가 쟁반에 차 한 잔을 받쳐 들고 들어왔다. 요코가 방서령을 향해 허리를 숙여 인사하고 찻잔을 올리면서 말했다.

"형님, 차 드세요."

방서령이 일어서면서 말을 받았다.

"됐어. 늦었으니 이만 갈게. 내일은 거사가 있으니 다들 일찍 쉬세요."

요코는 방서령을 대문까지 배웅했다. 방서령은 허리 숙여 인사하는 요코에게 가볍게 고개를 까닥해보였다. 아내를 뒤따라가는 가화는 잔 뜩 수심에 잠긴 표정이었다. 그는 조만간 안 좋은 일이 생길 것 같은 불 길한 예감에 숨이 막혔다.

가평은 가화 부부를 배웅하고 돌아선 요코를 와락 끌어안았다.

"형님은 저를 싫어하시는 것 같아요."

"형수는 누구한테나 다 그래."

"형님은 당신을 좋아해요!"

요코의 말에 가평이 고리눈을 크게 떴다.

"당신 질투해?"

"아니에요."

요코가 웃으면서 말했다.

"당신은 그녀를 안 좋아해요."

가평이 요코의 머리를 툭 쳤다.

"우리 요코 똑똑하네."

그날 밤 가평은 여느 때보다 더 열심히 아내의 몸을 애무했다. 요코 가 신음을 흘리면서 말했다.

"이러…… 이러지 말아요……. 내일…… 내일 중요한 일이…… 으음……."

가평은 들은 척도 하지 않았다. 그는 침대 위에서만큼은 아내 위에 군림하는 '폭군'이었다. 그는 아내의 몸 구석구석까지 입을 맞춰주고 숨을 헐떡거리면서 띄엄띄엄 당부의 말을 했다.

"내일부터…… 집밖으로 단 한 발자국도…… 나가서는 안 돼. 어떤 일이 생겨도…… 나가지 마. 우리 아들…… 잘 보살피고…… 일이 있으면 가화 형을…… 찾아……."

요코는 눈물을 흘렸다. 항한은 침대가 삐걱거리는 소리에 눈을 떴다. 건넛방에서 아버지와 어머니의 목소리가 들려왔으나 아직 어린 그는 두 사람이 무엇을 하는지 알지 못했다.

기초는 "밖에 나가지 말고 조카들과 놀고 있어라"는 어머니의 엄명에 따라 집에 남았다. 기초는 항한보다 겨우 몇 살 위였다. 같은 또래였지만 항렬이 다른 것을 알아서 평소에는 같이 어울려 놀기를 꺼렸다. 어린 나이에도 '고모'가 조카보다 위라는 사실을 안 것이었다. 기초는 후원에서 아이들과 술래잡기를 하는 척하다가 몰래 빠져나왔다. 이어 혼자 가초 언니의 바깥방에서 작은 깃발을 흔들면서 '열강 타도'의 구호를 외치면서 놀았다.

촬착이 놀란 기색으로 엎어질 듯 뛰어 들어왔다.

"나리, 나리! 큰일났어요. 매화비梅花碑 거리에서 경찰들이 시위대들을 진압하고 있어요. 가교, 가교가 하마터면 가초를 때려죽일 뻔했어요!"

손에 염주를 쥔 항천취가 신발을 질질 끌면서 달려 나왔다.

"어디, 어디, 어디인가? 기객……, 기객!"

항천취는 떠듬거리면서 의형제 조기객의 이름을 불렀다. 두 사람은 서로 부축하면서 기초의 시야에서 멀어졌다.

매화비 거리는 아수라장이 따로 없었다. 시위하던 사람과 경찰이 한데 뒤엉켜 몸싸움을 하고 있었다. 선두에 선 사람들 중에는 항천취의 셋째아들 가교도 있었다. 가교의 쌍둥이 여동생 가초가 그가 휘두른 곤봉에 맞아 한쪽으로 나가떨어졌다. 앞에 서서 가초를 보호하던 임생이 그녀에게 달려갔다.

"가초!"

그제야 가교는 자신이 실수로 여동생을 때렸다는 사실을 알았다. 가초는 머리가 터져 피가 흐르고 있었다. 얌전하고 온순하던 가초는 손가락으로 가교를 가리키면서 악에 받친 소리를 질렀다.

"때려!"

임생은 마치 어명을 받은 장군처럼 다짜고짜 가교를 향해 몽둥이를 휘둘렀다. 눈에 시퍼렇게 멍이 든 가교도 더 이상 눈에 뵈는 게 없었다. 벌떡 일어나서 임생에게 달려드는데 그런 가교의 앞을 가초가 막아섰다.

"네가 감히 손을 대? 때리겠으면 먼저 나를 때려!"

가교의 손이 허공에 멈췄다. 그는 차마 여동생을 때리지 못하고 임생을 향해 꽥 소리를 질렀다.

"대가리 조심해, 내가 가만 안 둔다!"

항천취와 촬착도 헐레벌떡 현장에 도착했다. 이들이 도착한 지 얼마 지나지 않아 갑자기 총소리가 크게 울렸다. 놀란 사람들은 머리를 감싸쥐고 도망가기에 급급했다. 항천취는 넋이 나간 표정으로 제자리에 서서 움직이지 않았다. 늙은 하인 촬착이 그런 그의 곁을 지켰다. 픽 소리와 함께 항천취 머리 위의 모자가 휙 날아갔다. 항천취는 구멍이 뻥

뚫린 모자를 주워들면서 혼잣말로 중얼거렸다.

"대살육이 벌어졌구나!"

바닥에 널브러진 사람들이 적지 않았다. 갑자기 픽, 하고 시뻘건 피가 항천취의 옷에 튀었다. 항천취는 총질을 하면서 이쪽으로 달려오는 셋째아들 가교를 멀거니 바라봤다.

'저 녀석은 왜 저러지?'

항천취의 생각이 더 이어질 사이도 없었다. 으악! 소리와 함께 그의 옆에 서 있던 사람이 픽 쓰러졌다. 항천취는 질끈 눈을 감았다. 이렇게 아들 손에 죽는구나 싶었다. 아버지를 발견한 가교가 고함을 질렀다.

"쏘지 말아요, 쏘지 마! 내 아버지요! 아버지, 여긴 왜 나왔어요? 노인네가 징그럽게도 애를 먹이네. 얼른 집에 가요, 가!"

항천취는 눈을 감은 채 아예 그 자리에 꿇어앉았다. 발이 움직여지지 않았다. 설사 움직여진다 할지라도 사방이 총소리인 곳에서 어디로 가야 할지 알 수 없었다. 이때 누군가가 거칠게 항천취를 잡아 일으켰다. 그 사람은 헉헉대면서 항천취를 끌고 뛰어갔다.

"자네 여기 웅크리고 뭘 하는가? 빨리 뛰지 않고 뭐해?"

조기객의 목소리였다. 항천취는 그제야 눈을 떴다. 항천취의 눈에서 눈물이 줄줄 흘러내렸다.

"촬착, 촬착. 촬착이 죽었어! 촬착⋯⋯."

기초는 서로 얼싸안다시피 부축하고 방에 들어가는 소림 오빠와 가초 언니를 휘둥그레진 눈으로 쳐다봤다. 두 사람은 안색이 백지장처럼 창백했다. 얼굴과 옷은 피투성이였다. 두 사람의 표정은 마치 귀신이라도 만난 것 같았다. 둘은 기초를 보고도 눈길도 주지 않고 방으로 들어가서 문을 쾅 닫아버렸다.

'소림 오빠와 가초 언니가 서로 좋아하는 사이라는 걸 가족들이 다 아는데 왜 저러지? 갑자기 문을 닫아걸고 뭘 하려는 거지?'

궁금해진 기초가 쾅쾅 문을 두드렸다.

"언니, 문 열어요. 언니, 나 손 다쳤어요. 약 발라야 해요. 아파……."

커튼을 단단히 치고 불을 끈 방안은 칠흑처럼 어두웠다. 가초와 임생은 서로를 꼭 끌어안고 아무 소리도 내지 않았다.

임생이 기초의 목소리를 듣고 몸을 움찔거렸다. 그러나 가초가 임생의 목을 끌어안은 팔에 힘을 주자 임생은 다시 가만히 있었다. 임생이 입을 열었다.

"가초, 하마터면 가교에게 맞아죽을 뻔했어."

"가교가 당신에게 총을 겨누는 걸 저도 봤어요."

"나 곧 죽을 것 같아."

"임생, 진심으로 당신을 사랑해요."

"나 정말 곧 죽을 것 같아."

"임생, 뼛속 깊이 당신을 사랑해요."

"나도!"

임생은 으스러지게 가초를 끌어안았다. 두 사람의 몸에서 피비린내가 진동했다. 임생은 가초의 따뜻한 가슴에 손을 가져다 댔다. 두 사람은 마치 서로 끌어안고 쓰다듬기를 수백, 수천 번 해 본 사람처럼 거리낌없고 당당했다.

"머리가 아직도 아파?"

임생이 귀엣말을 했다.

"안 아파요."

"가초, 나는 당신이 정말 좋아."

"저도 당신이 좋아요. 당신의 손이 정말 좋아요."

임생과 가초 두 사람은 한 차례의 유혈사태를 겪고 뻔뻔해지고 대담해졌다. 평소라면 엄두도 내지 못했을 말을 스스럼없이 내뱉고 있었다.

임생이 두 손으로 조심스럽게 가초의 가슴을 만지기 시작했다.

"내 손을 기억해 줘. 내가 죽으면 이 손도 없어져."

가초가 몸을 떨면서 신음을 흘렸다.

"당신의…… 손은…… 정말…… 좋아요……."

문밖에 혼자 남겨진 기초가 화를 내면서 가려고 할 때였다. 갑자기 문이 벌컥 열렸다. 이어 피투성이가 된 사람 둘이 툭 튀어나왔다. 기초가 놀라서 새된 소리를 질렀다.

"무서워하지 마, 부상자들을 옮기다가 피가 튄 거야."

"그럼 옷을 갈아입어야죠. 얼굴도 씻어야죠? 어머니가 보시면 놀라 쓰러지실라."

가초가 기초의 머리를 쓰다듬었다.

"우리 기초 철이 많이 들었구나."

가초는 말을 마치고는 뜨거운 물을 떠왔다. 이어 임생과 물에 담근 손을 서로 꼭 잡고 서로의 눈을 맞췄다. 또 혼자 남겨진 기초가 뾰로통하게 말했다.

"왜 말이 없어요?"

"기초, 언니 부탁 하나 들어줄래?"

"말해 봐요, 내가 할 수 있는 일인 거예요?"

임생이 대답했다.

"그래, 네가 할 수 있는 일이야."

"말해 봐요."

"기초, 나 임생 오빠하고 결혼할 거야."

기초가 한참 멍하니 있다가 웃으면서 어른스럽게 말했다.

"아유, 알겠어요. 나더러 언니 대신 엄마에게 말해달라는 거죠?"

"아니야."

"그럼?"

"나 임생 오빠하고 결혼식을 올릴 거야. 지금 바로 할 거야."

"언니 왜 그래요?"

기초의 목소리가 두려움에 떨렸다.

"나는 아직 어려서 어른들 일은 몰라요. 잠깐만 언니, 내일 식을 올리는 게 어때요?"

"아니야, 지금 당장 할 거야."

"안 돼요. 사탕도 없고, 새 옷도 없어요. 그리고 음……, 언니는 아직 예물도 못 받았잖아요. 또 중매인은요?"

기초는 지금까지 봐왔던 결혼식 정경을 애써 떠올리면서 아는 단어들을 다 꺼냈다.

"시간이 없어. 기초, 임생 오빠가 곧 죽을 것 같대."

죽는다는 말에 기초는 비명을 지르면서 가초의 품을 파고들었다. 이어 한참 지나도 임생이 멀쩡한 것을 보고 입을 삐죽거리면서 말했다.

"결혼식을 올리고 싶으면 올려요. 죽는다는 말로 위협하지 말고요."

"기초, 우리 결혼식 증인이 돼줘. 나중에 누가 물어보면 우리가 결혼식을 올렸고 네가 증인으로 참석했다고 말해줘."

가초의 눈에서 눈물이 소리없이 흘러내렸다. 기초가 평소에 보던 언니와는 많이 다른 모습이었다.

"내가 가서 엄마에게 말할게요. 언니하고 소림 오빠가 지금 결혼식을 올린다고요. 엄마도 허락하실 거예요."

"아니야, 그분은 우리를 미쳤다고 할 거야."

아직 어린 기초는 뭐가 뭔지 잘 모르지만 결혼이 신성하고 중대한 일이라는 것은 알고 있었다. 또 언니와 소림 오빠의 비밀을 자기 혼자만 알고 있는 것도 좋을 것 같다는 생각도 했다. 결국 언니의 요구를 들어주기로 했다.

"좋아요."

'주례'를 맡은 기초는 제법 그럴듯하게 직책을 이행했다. 우선 두 사람에게 깨끗한 옷으로 갈아입으라고 명령하고 나서 방안을 뒤지기 시작했다. 신랑신부가 배례할 '보살'을 찾기 위해서였다. 기초는 그러다가 문득 예전에 찻집 부엌에서 조그마한 도자기 인형을 가지고 온 것을 떠올렸다. 그때 사람들은 그 인형을 '육홍점'陸鴻漸(육우陸羽의 자字)이라고 불렀었다.

기초는 꿇어앉아 책을 받쳐 든 자세를 취하고 있는 도자기 인형을 탁자에 놓았다. 이어 옆에 향 두 개를 꽂았다.

가초가 인형을 보고 놀라면서 말했다.

"이건 다신茶神이잖아?"

"다신도 좋지. 다신에게 절을 하면 천지신명께 절을 하는 것과 같아."

임생의 목소리는 떨렸다.

가초는 생모가 물려준 에메랄드 반지를 손가락에 꼈다. 기초가 걱정스레 말했다.

"술은요? 술 없이 어떻게 식을 올려요?"

"괜찮아. 차로 대신하면 돼. 옛날에도 그랬어."

기초는 정중하게 차를 세 잔 따라 언니와 임생 오빠에게 한 잔씩 주고 자기 앞에도 한 잔을 놓았다.

"자, 천지를 향해 일배!"

"다신茶神을 향해 이배!"

"나……, 기초를 향해 삼배!"

임생과 가초 두 어른은 기초가 시키는 대로 공손하게 절을 했다. 물론 어린 기초는 언니가 이렇게 재미있는 식을 올리면서 왜 눈물을 흘리는지 이해하지 못했다.

"건배!"

임생을 비롯한 세 사람은 다 같이 잔을 비웠다. 기초가 물었다.

"신방에 들 거예요?"

"당연하지."

"나는 그럼 뭐 해요?"

"너는 문밖에서 보초를 서 줘. 누가 물어보면 언니는 머리가 아파서 누웠다고 말해줘."

"좋아요."

기초가 문발을 걷어 올리면서 목소리를 길게 뺐다.

"신랑신부, 신방 입장……."

이날 기초는 신방 문밖에서 이상한 소리를 들었다. 웃음소리 같기도 하고 울음소리 같기도 하고, 즐거운 환성 같기도 하고 신음 같기도 한 소리였다. 어린 기초는 소리가 무엇을 의미하는지 몰랐으나 자신의 임무를 충실히 수행했다. 누가 물어보면 "언니가 머리가 아파 누웠으니 방해하지 말아요"라고 대답했다.

얼마 지나지 않아 항주에서 400리 떨어진 상해 갑북^{閘北}, 홍구^{虹口}에서도 총소리가 울려 퍼졌다. 이날 회색 장포 차림의 삼십대 남자 두 명은 보슬비가 잔잔하게 내리는 보산로^{寶山路}와 홍흥로^{鴻興路}를 지나다가 길바닥에 흐르는 핏물을 발견하고 걸음을 멈췄다. 공기 속에서 화약 냄새가 코를 찔렀다. 키 큰 남자가 핏물에 선연하게 찍힌 발자국을 보면서 나지막하게 소리를 질렀다.

"피! 피 좀 봐!"

이 남자는 오각농이었다. 오각농과 동행한 사람은 오각농의 소꿉친구 호유지^{胡愈之}였다.

이해 오각농을 비롯해 호유지, 장석침^{章錫琛}, 하개존^{夏丏尊} 등은 상해에 개명^{開明}서점을 설립했다. 그리고 4월 13일 저녁 두 사람은 장석침의 집에서 나와 집으로 돌아가던 길에 역사에 기록될 참혹한 그 사건을 목도했다.

이튿날, 다인 오각농은 삼덕리^{三德里}에 있는 서재에서 1917년에 설립된 중화농학회 전용 편지지를 꺼냈다. 30여 년 후에 중국출판총서 서장이 된 호유지는 이 편지에 최고 당국에 보내는 서면 항의서를 작성했다. 항의서의 내용은 다음과 같았다.

혈민^{孑民}, 치휘^{稚暉}, 석증^{石曾} 선생님 귀하:
북벌군이 강절^{江浙} 지역을 점령한 후 상해 시민들은 봉^奉계 군벌과 노^魯계 군벌로부터 해방됐다고 매우 기뻐했습니다. 그런데 어제 갑북 일대에서 전대미문의 참극이 벌어졌습니다. 이른바 삼민주의로 무장했다는 군대가 맨주먹인 시위 군중들을 무력으로 진압해 100명이 넘는 사상자를 낸 것입니다. '성스러운 혁명군'으로 불리는 사람들이 '3.18 사건' 때의 단기서段祺瑞 경호대, '5.30 사건' 때의 영국인 망나니들 못지않게 흉포하고 잔인한 짓을 한 것입니다. 일부 신문에 어제 사건이 실리기는 했으나 상세하게 보도된 내용은 없습니다. 갑북에 살고 있는 몇몇 아우들이 직접 목격한 바를 사실대로 선생님들에게 전해드리고자 합니다.

4월 13일 오후 1시 반, 갑북 청운로靑雲路에서 시민대회가 끝나고 군중 시위가 이어졌습니다. 시위대는 질서 있게 줄을 서서 보산로로 향했죠. 시위 군중들 중에는 부녀자와 아동 노동자들도 있었습니다. 공회 규찰대는 하루 전에 무장 해제를 했죠. 이날 시위대가 무기를 소지하지 않은 것은 확실합니다. 시위 군중이 흥흥로 길목에 이르러 막 규강로蚪江路로 향하고 있을 때였습니다. 갑자기 26군 제2사단 사령부 위병들이 앞을 가로막았습니다. 사령부 위병들은 불문곡직하고 군중들을 향해 총을 발사했습니다. 처음에는 소총, 이어 기관총으로 장장 15분 넘게 족히 500~600발의 탄알을 군중들에게 발사했습니다. 수많은 사상자가 속출하고 보산로 일대의 100장丈 거리 구간은 삽시간에 피바다로 변했습니다. 군중들이 손에 들고 있던 청천백일기靑天白日旗는 선혈로 물들어 바닥에 나뒹굴었죠. 병사들의 자술에 의하면 길에 쓰러져 죽은 군중은 50~60명인데 병사들의 경우에는 사상자가 단 한 명도 없었다고 합니다. 사건이 끝난 후 병사들은 또 건너편 의품리義品里에서 짧은 무명옷 차림을 한 노동자들을 잡아다 길옆에서 총살했습니다.

위에 서술한 것들은 아우들이 어제 보산로에서 직접 목격한 것으로 한 치의 거짓이나 과장도 없음을 인격으로 보증합니다. 군중들은 당시 사령부를 습격하려는 의도가 없었습니다. 병사들은 군중들에게 총질을 할 필요가 없었습니다. 국민혁명군은 인민의 군대로 민족의 해방과 자유를 위해 싸우는 군대입니다. 중국 혁명사의 한 페이지를 자랑스럽게 차지하고 있는 군대가 이런 황당무계한 학살을 저지를 줄은 정말 생각도 못했습니다. 이것은 혁명이니, 주의니 하는 걸 떠나서 인도주의적인 차원에서 도저히 용납할 수 없는 만행입니다. 삼민주의, 공산주의, 무정부주의 심지어 제국주의를 신봉하는 사람들 모두 이번 갑북 학살사건을 가슴아파하고 있습니다.

선생님들은 정의와 인도주의의 신봉자로 명망이 높은 분들이십니다. 또 상해정치분회 위원들로 상해 치안 최고 책임자들이십니다. 따라서 이번 사건에 대해 나 몰라라 해서는 안 된다고 생각합니다. 아우들은 선생님들이 이번 '4.12 사건'과 관련해 다음과 같은 몇 가지 조치를 신속히 취할 것을 강력히 요구합니다.

(1) 국민혁명군 최고 군사당국은 이번 사건의 주동자를 즉각 인민심판위원회에 넘겨 재판을 받게 한다.
(2) 당국은 무장하지 않은 군중들에게 총질을 하지 않고 군중의 시위를 방해하는 일이 더 이상 없도록 보장한다.
(3) 중국국민당 관할하의 무장 혁명동지들은 민중을 학살한 군대와 협력하지 않을 것임을 즉각 선언한다.

아우들은 당과 국가의 대계大計에 관여할 자격이나 능력은 없습니다. 다만 이보장李寶章과 필서징畢庶澄의 마수에서 벗어난 지 얼마 안 된 갑북의 수십만 시민들이 청천백일기 아래에서 혁명군에게 무자비한 학살을 당한 것이 너무 안타까워서 붓을 든 것입니다. 선생님들의 양해를 바라면서 혁명의 성공을 기원합니다!

4월 14일

-정진탁^{鄭振鐸}, 풍차행^{馮次行}, 장석침, 호유지, 주여동^{周予同}, 오각농, 이석잠^{李石岑} 배상

방백평은 매화비 거리에 있는 거처에서 손님맞이에 분주했다. 이 며칠 동안 찾아오는 손님이 끊이지 않았다. 방백평은 손님이 올 때마다 딸을 시켜 차를 올리게 했다. 또 손님이 묻지도 않았는데 먼저 나서서 딸을 소개했다.

"제 외동딸입니다. 요즘 시국이 불안정해 밖에 내보내지 않고 집에서 차 심부름만 시키고 있습니다. 교회에도 못 나가게 하고 있어요."

방씨네 사정을 잘 아는 사람이 차를 마시면서 물었다.

"노방^{老方}, 왜 아직도 묵은 차를 마십니까? 사위가 햇차를 가져다주지 않던가요?"

"재수 옴 붙을까봐 가져오지 말라고 했네."

사건 발생 당일, 방서령은 창문을 열고 모든 일을 처음부터 끝까지 다 목격했다. 그러나 누가 출가외인 아니랄까봐 사건 이후 뜨거운 솥 위의 개미처럼 안절부절못했다. 한사코 양패두로 돌아가겠다고 고집도 부렸다. 그녀의 어머니는 급기야 딸을 어르고 달래다 못해 문 앞에 앉아 대성통곡을 했다.

"너, 죽지 못해 환장했냐? 이 어미가 죽는 꼴을 보고 싶어? 하나밖에 없는 자식이 어쩌면 이렇게도 속을 썩일까?"

방서령도 트렁크를 든 채 울음을 터트렸다.

"어머니, 저는 가야 돼요, 허락해주세요. 저는 항씨네 사람이에요.

항씨네 차장은 문을 닫아걸고 장사도 안 한대요. 촬착 어르신이 죽었는데 항씨네 며느리인 제가 얼굴도 안 비추면 체면이 뭐가 돼요? 하나님도 저를 용서하지 않으실 거예요."

"다 내 탓이야, 내 탓. 너를 항씨네 불구덩이로 밀어 넣은 내가 죽일 년이야. 찻잎밥을 먹는 가문은 세상사에 관여하지 않고 잡음없이 본분을 지키면서 살 줄 알았는데 그렇게 불나방 같은 사람들인 줄은 몰랐어. 내가 죽일 년이야."

방백평이 두 모녀가 그렇게 대치하고 있는 와중에 살기등등한 기세로 돌아왔다.

"당신, 일어나!"

방씨 부인은 남편이 이렇게 화내는 모습을 처음 봤다. 깜짝 놀란 그녀는 남편의 말에 따라 고분고분 길을 내줬다.

방백평은 방씨 부인이 앉았던 등나무의자를 한쪽으로 휙 밀어버렸다. 이어 의자 다리가 하나 부러졌는데도 아랑곳하지 않고 손으로 대문 밖을 가리키면서 딸에게 말했다.

"갈 테면 지금 당장 가! 분명히 말하지만 집밖으로 한 발자국이라도 나가는 순간 다시 돌아오는 것은 꿈도 꾸지 마라!"

방서령은 입을 딱 벌린 채 멍한 눈으로 아버지를 쳐다봤다. 태어나서 처음 듣는 아버지의 포효였다. 너무 놀라 눈물도 나오지 않았다.

"너도 생각이라는 걸 좀 하면서 살아라. 너는 항씨네가 지금 사소한 어려움을 겪는 것 같지? 아니, 항씨네 불운은 이제부터 시작이야. 그들이 계속 찻잎밥을 먹을 수 있을지 아무도 장담 못해. 심지어 가문의 대가 끊어질지도 몰라."

"방서령, 제발 아빠 말 좀 들어. 우리는 다 늙은 몸이라 괜찮다만 너는 왜 젊은 아이가 고생을 사서 하려는 거냐?"

"고생이 문제가 아니야."

방백평이 아내의 말을 뚝 자르며 끼어들었다.

"그 인간들 때문에 우리까지 연루됐어. 자칫하면 목이 잘릴 수도 있
단 말이야."

"뭐라고요?"

방씨 부인과 방서령 두 모녀는 대경실색했다. 방서령은 트렁크를 내
던지고 주저앉았다. 방백평은 딸의 그런 모습을 보고 안도의 한숨을 쉬
면서 의자에 앉았다.

"당신들이 뭘 알아? 정치에는 손도 대지 말아야 해. 손끝이라도 닿
았다 싶으면 반드시 피를 보게 돼 있어. 나야 이미 이 바닥에 몸을 담갔
으니 어쩔 수 없지만 너는 아니야. 지금 상황을 보면 항씨네는 차장을
계속 여는 것이 문제가 아니라 가문을 부지할 수 있을지가 더 큰 문제
야. 서령, 너 불나방처럼 기어이 불구덩이로 뛰어들 거냐?"

방백평이 눈시울을 붉히면서 절절하게 딸을 꾸짖었다. 방서령은 쇠
몽둥이로 머리를 한 대 얻어맞은 것처럼 갑자기 정신이 번쩍 들었다.

'항씨네 가족들과의 인연은 여기까지구나.'

방서령이 긴 한숨을 내쉬면서 말했다.

"어머니, 울지 말고 저 대신 항씨네 집에 다녀오세요. 항분을 데려
와야 해요. 그 아이는 아직 어려서 제가 보살피지 않으면 안 돼요. 항역
은 당분간 내버려둬요."

방서령은 눈물이 나오려는 것을 억지로 참고 말을 이었다.

"저에 대해 물으면 제가 몸이 불편해 친정에 며칠 머문다고 전해줘
요."

"아니야!"

방백평이 단호하게 말했다.

"나 방백평이 딸을 집에 가뒀다고 말해. 영영 항씨네 사람들을 못 만나게 할 거라고 전해."

"아버지, 퇴로는 남겨놔야죠."

"아이고, 바보 같은 딸아."

방백평이 한심하다는 듯 덧붙였다.

"아직도 모르겠어? 우리는 더 이상 물러설 곳이 없어!"

10일 밤, 방씨네 집에 불청객이 찾아왔다. 문을 연 방서령은 웃으면서 인사하는 두 사람을 보고 깜짝 놀라 그 자리에 굳어져버렸다.

오승은 예전에 비해 아주 노련해진 모습이었다. 더 이상 풋내나는 애송이가 아니었다. 돈 많은 사업가 그 자체였다. 그는 긴장하지도, 불안해하지도 않았다. 과분한 친절을 보이지도 않았다. 다만 조심스럽게 읍을 하면서 물었다.

"방 여사님, 아버님은 계십니까? 창승차행의 사장이 뵙기를 청한다고 전해주실래요?"

방서령은 항주 상업계의 '무법자'로 불리는 오승이 갑자기 왜 찾아왔는지 궁금했다. 오승과 방백평은 평소에 왕래가 없었다. 방서령의 궁금증을 해결해주기라도 하듯 옆에서 키가 훤칠한 젊은이가 쓱 나오더니 허리를 약간 숙여 인사했다.

"형수님, 그간 무고하셨는지요?"

방서령은 너무 놀라 하마터면 비명을 지를 뻔했다. 찾아온 사람은 체형, 외모, 목소리까지 가화와 꼭 닮았다. 부드럽고 예의바르고 공손한

다인_2

행동거지는 글을 읽는 서생으로 오해하기 딱 좋았다. 이 모습만 보면 눈 하나 깜짝 않고 사람을 죽이는 잔인하고 흉포한 사람과 연결시킬 사람은 아무도 없을 것이었다. 방서령은 두 사람을 대청으로 안내했다.

방서령은 방백평과 오승의 대화를 통해 영파寧波 일대도 요 며칠 동안 태평스럽지 못했다는 사실을 알았다.

"사업가인 오 사장이 이쪽에 관심이 많군요?"

방백평은 불쾌한 기색을 노골적으로 드러내면서 소파에 몸을 묻었다. 그는 예전부터 오승의 사람됨을 별로 좋아하지 않았다. 딸이 허락도 없이 강호의 뜨내기 약장사를 집에 들인 것도 적이 못마땅했다.

"사실 요즘 영파에 보내야 할 물건이 있습니다. 새로 나온 햇차죠. 길에서 지체되면 안 되는 품목이라 그쪽이 태평하지 않으면 보내지 않으려고요."

오승의 대답은 자연스러웠다. 방백평은 오승의 기민한 임기응변에 속으로 감탄했으나 겉으로 내색하지 않고 말했다.

"천하의 태평 여부와 관계없이 영파 사람들도 차는 마셔야 할 것 아니오? 오 사장은 원래 계획했던 대로 장사를 계속하면 되지 뭐가 문제요?"

오승이 담담하게 웃었다.

"시국이 혼란해 장사를 하지 못할 것 같아서 그게 걱정입니다."

안 그래도 심란한 방백평은 오승과 더 이상 말을 섞기가 싫었다. 바로 듣기 좋게 축객령을 내렸다.

"미안하오. 나도 오 사장을 돕고 싶은 마음은 굴뚝같지만 차 장사에는 문외한이라 그럴 능력이 안 되는군. 비록 우리 딸은……."

방백평은 말끝을 흐렸다. 속으로 아차 싶었다. 오승, 오승! 이 사람은 일없이 놀러온 것이 아니다. 그렇다면 뭘 하러 왔을까? 공갈을 치러 온 것일까?

이때 오승이 입을 열었다.

"방 변호사님, 변호사님도 잘 아시겠지만 가교는 제 슬하에서 자랐다고 하나 누가 뭐래도 항씨입니다. 항가평의 이복형제이고 항가화와는 친형제간이지요. 항씨네는 어떻게 된 것이 아들이 셋인데 셋 다 가는 길이 이렇게 다를까요? 시국이 점점 더 어수선해지고 있으니 저도 걱정이 이만저만 아닙니다. 솔직히 장사와 관련된 것이라면 싸울 때 싸우고 양보할 때 양보하면서 제 선에서 해결하겠는데, 이런 시국에서는 제가 어떻게 해야 할지 도통 모르겠습니다. 나중에라도 제가 항씨네 일에 추호도 관여하지 않았다고 방 변호사님께서 증언을 해주셨으면 좋겠습니다. 방금 가교가 그러는데 내일 규찰대와 군경들이 연합행동을 개시할 거라고 합니다. 저는 어떻게 해야 할까요? 내일 가교를 보내야 할까요, 아니면 보내지 말아야 할까요? 방 변호사님의 고견을 부탁드립니다."

방백평은 적잖이 놀랐다. 그는 오승의 후각이 이토록 예민할지 몰랐다. 오승은 피비린내를 맡고 이곳으로 찾아온 것이 틀림없었다. 방백평은 오승에게 흠을 잡히고 싶지 않았다. 그가 깊은 한숨을 쉬면서 말했다.

"오 사장, 나로서는 뭐라고 할말이 없소."

오승이 한참 만에 담담하게 말했다.

"알겠습니다."

오승이 일어서서 가교를 불렀다. 몇 번 불렀으나 대답이 없었다. 가교는 방서령과 다른 방에서 얘기를 나누고 있었다.

오승과 가교는 돌아올 때도 갈 때처럼 같은 마차에 앉았다. 둘 다 묵묵히 말이 없었다. 가교는 방서령을 만난 이후 눈에 띄게 불안해하고 초조해했다.

'밉살스러운 여자 같으니라고. 당신이 뭔데 나에게 항씨네 집에 몰래 소식을 전하라 마라 하는 거야? 임생이 죽든 살든 나하고 무슨 상관인데? 나는 그 자식이 죽어버렸으면 좋겠어.'

가교는 속으로 방서령에게 욕을 퍼부었다. 그는 방금 전 분명히 거부 의사를 밝힌 바 있었다.

"나는 싫어요. 형수가 직접 가서 말해요."

"나는 지금 갇힌 몸이라 밖에 나갈 수가 없어요."

"그들은 내 말을 믿지 않을 거예요. 그들은 나를 미워해요."

"믿고 안 믿고는 그분들의 일이고 도련님은 내 말을 전해주기만 하면 돼요. 어서, 어서 가요. 도련님은 자신의 손과 마음에 피를 묻히고 싶어요? 자신의 손에 피를 묻힌 사람은 죽을 때까지……. 하나님 맙소사! 하나님, 저를 용서해주세요. 맙소사, 생각만 해도 너무 끔찍해……."

방서령은 자신이 원하는 대로 분위기를 좌지우지할 줄 아는 여자였다. 이는 그녀만의 독특한 매력이기도 했다. 그러나 이번만은 일부러 무서운 분위기를 연출한 것이 아니었다. 자기도 모르게 시커먼 어둠 속에서 시뻘건 피를 본 것처럼 섬뜩한 느낌을 받은 것이었다. 그녀는 벽에 걸린 십자가를 향해 미친 듯이 가슴에 성호를 그었다.

"하나님, 하나님, 하나님……."

……

마차가 멈춰 섰다. 오승이 살며시 발을 열었다.

"내려라."

고개를 내민 가교는 흠칫 몸을 떨었다. 파란색 '항'자가 칠해져 있는 등황색 등롱 두 개가 희미한 빛을 발하고 있는 이곳은 망우차장이었다.

"싫어요!"

"내려."

오승이 손사래를 쳤다.

"양아버지, 저는 그들이 미워요!"

"공적인 일로 사적인 원한을 풀면 안 돼."

"양아버지……. 저, 저는 이미 그렇게 했어요."

가교가 고개를 푹 숙였다.

"그건 그거고."

오승이 소리 없이 한숨을 내쉬었다.

"마음대로 해라. 싫으면 안 가도 돼. 사실 나는 이쯤 말해두면 항씨네 며느리가 오늘 밤 망우차장에 다녀갈 것이라 믿었다. 나는 내가 독한 사람인 줄 알았는데 나보다 더 독한 사람이 있구나. 사람이라는 건 참……, 뛰는 놈 위에 나는 놈이 있다는 걸 오늘 또 배웠어. 가고 안 가고는 네가 스스로 결정하거라. 나는 네가 나중에라도 후회하고 이 아비를 원망할까 봐 그게 걱정이야……."

"아니에요, 절대 그럴 일 없어요."

가교의 눈에 눈물이 고였다.

"……사람 목숨이 달린 일이야. 알겠느냐?"

오승은 가교의 코앞에 얼굴을 바짝 들이댔다. 가교는 양아버지의 흑백이 분명한 눈동자를 보면서 여느 때처럼 양아버지를 믿기로 했다.

가교는 차에서 내리면서 자기 위안을 했다.

'나하고는 상관없는 일이야. 나는 양아버지가 시키는 대로 하는 것

일 뿐이야.'

가화는 몇 년째 같은 꿈을 꾸고 있었다. 그래서 꿈속에서도 자신이 꿈을 꾸고 있다는 것을 알 정도였다.

꿈속에서 그는 저 멀리 펼쳐진 푸른 산을 향해 걷고 있었다. 그는 그곳이 교외에 있는 산이라는 것을 알고 있었다. 발밑은 사막이었다. 온통 모래라 뛰기는커녕 걸음을 옮기기도 힘들었다. 솔직히 그는 그곳으로 가고 싶지 않았다. 그곳에서 그를 기다리는 것이 무엇인지 대충 짐작할 수 있기 때문이었다. 그러나 매번 이런 생각을 하면서도 그는 어느새 자신도 모르게 그곳에 도착해 있었다. 여느 때와 마찬가지로 구계 아주머니와 도주는 밝은 햇살 아래에서 차를 따면서 노래를 부르고 있었다.

다리목에 어여쁜 처녀가 서 있네.
고운 손, 고운 발, 허리도 가늘다네.
구강九江의 다객茶客이 처녀를 보더니
매파를 보내 청혼하겠다고 하네…….

촌부들과 어울려 노래를 부르던 가화는 묻고 싶은 말이 있었다. 그런데 꿈속이었음에도 불구하고 그 말을 해서는 안 된다는 사실도 알고 있었다. 그러나 그의 의지와는 상관없이 기어이 그 말이 튀어나왔다.

"도주, 자네는 이미 죽었잖아. 그런데 어떻게 여기서 차를 따고 있을 수 있지?"

가화의 말이 떨어지기 무섭게 도주는 얼굴이 밀랍처럼 하얗게 변했다. 그리고는 비명을 지르면서 앞으로 폭 고꾸라졌다.

이어 더 이상 익숙할 수 없는 장면이 펼쳐졌다. 한두 번 본 것이 아닌데도 볼 때마다 소름 끼치게 무서운 장면이었다.

천둥소리가 크게 울렸다. 장대비가 퍼부었다. 그는 그런 시커먼 밤에 물에 빠진 생쥐 꼴로 계곡물에 반쯤 잠겨 있었다. 멀리 비바람이 몰아치는 산길로 뿌연 빗줄기를 뚫고 관을 든 사람들이 나타났다. 관은 마치 구름에 실려 오듯 천천히, 천천히 다가오고 있었다. 엉엉, 흑흑! 울음소리도 들렸다. 그는 천천히 날아오듯 다가오는 관을 보면서 놀라움, 두려움과 당혹감에 사로잡혀 스스로에게 물었다.

'누가 죽었을까? 누가 저 안에 누워 있을까?'

어느새 비가 그치고 새파란 찻잎이 관 위에 가득히 깔려 있었다. 갑자기 찻잎 사이로 노란 꽃술과 하얀 꽃잎이 피어오르기 시작했다. 희고 하늘하늘한 꽃을 높이 들어 올린 찻잎은 다음에는 등나무처럼 관 아래로 길게 덩굴을 뻗기 시작했다. 가화는 큰 소리로 울부짖었다.

"이 안에 누가 있어요? 누가 차나무 꽃을 피웠어요? 이 안에 누가 있어요?"

늘 그렇게 소리치며 가화는 잠에서 깨어났다.

하지만 이날 밤의 꿈은 여느 때와 달랐다. 꿈속에서 그는 열심히 달리고 있었다. 그러나 한 발자국도 앞으로 나아가지 못했다. 앞에서 누군가가 그를 불렀다.

"빨리, 빨리! 빨리 뛰어!"

뒤에서도 가화를 부르는 목소리가 들려왔다.

"멈춰, 거기 서! 움직이지 마!"

가화는 자신을 부르는 사람이 누구인지 알 수 없었다. 달릴 수도 없고, 그렇다고 멈추고 싶은 생각도 없었다. 그는 고개를 떨구고 죽을 둥

살 등 앞을 향해 걸었다. 그리고 어느 순간 뚝 걸음을 멈췄다. 그가 걸어
온 발자국마다 핏자국이 선연하게 찍혀 있었던 것이다. 당황한 그는 주
저앉아 주변을 다시 살펴봤다. 눈을 씻고 봐도 틀림없는 핏자국이었다.
곧이어 사방에서 핏물이 샘솟듯 올라왔다. 멀리 보이는 새파란 차밭에
서는 선녀처럼 하얀 옷을 입은 여자가 구름 위를 걷듯 사뿐사뿐 움직이
고 있었다. 그녀가 부르는 은은한 노랫소리가 들렸다.

다리목에 어여쁜 처녀가 서 있네.
고운 손, 고운 발, 허리도 가늘다네.
…………

가화는 이를 악물고 핏자국을 밟으면서 앞으로 걸어갔다. 그의 뒤
에서 명령하는 목소리는 한층 더 거칠어졌다.
"거기 서! 움직이지 마! 거기 서! 안 서면 쏜다!"
탕!
가화는 총소리에 놀라서 깨어났다.
탕탕탕탕!
누군가 그의 격자창을 두드리고 있었다.
"어서 문 열어요!"
가교의 목소리였다!

가교가 하는 말은 아닌 밤중에 홍두깨 같았다. 말을 할 때의 표정
과 몸짓은 더욱 황당했다. 가교는 이를 부득부득 갈면서 말미에 이렇게
덧붙였다.

"큰형수의 체면을 봐서 일부러 찾아와서 알려주는 거예요. 진짜 목숨을 걸고 온 거라고요. 나는 당신들을 증오해요. 양아버지가 공적인 일로 사적인 원한을 풀면 안 된다고 하시기에 왔지 안 그러면 오지도 않았어요. 내일 혹시 만나더라도 형은 형이고 나는 나예요. 형하고 엮이는 일은 두 번 다시 없을 거예요."

가화가 일어서려는 가교를 붙잡았다.

"너 때문에 아버지가 피를 토하셨어. 너 때문에 하마터면 세상을 뜰 뻔하셨어. 그건 알고 있어?"

"제가 아버지를 구했어요. 당신들은 노인네를 왜 그런 곳으로 보냈어요?"

"무력을 쓴 건 너희들이잖아. 가초는 너에게 맞아 머리가 터졌어. 촬착 어르신도 너희쪽 사람들에게 총을 맞아 죽었어. 네가 그러고도 사람이냐?"

가교가 발을 굴렀다.

"그럼 형은 사람 맞아요? 우리 어머니를 죽게 만들고 나를 쫓아낸 인간들을 두둔하는 형이야말로 내 친형 맞아요? 형은 이 집의 재산을 독식하려고 그러는 거죠? 그래서 친형제도 나 몰라라 하는 거죠? 형이야말로 사람도 아니에요. 그리고 내가 만약 사람이 아니라면 오늘 여기 오지도 않았을 거예요."

이번에는 가화가 얼떨떨해졌다.

"너는 지금 무슨 말을 하는 거냐? 누가 어머니를 죽게 만들었어? 네 양아버지라는 바로 그 인간이잖아. 가교, 네가 항씨네 집으로 돌아올 마음이 있다면 언제든지 환영해. 네가 원한다면 내 전 재산을 다 줄 수도 있어."

가화의 입에서 이런 말이 나올 줄은 몰랐던 가교는 한참 멍해 있다가 오열을 터트렸다.

"그깟 재산 다 가져서 뭐해요? 어머니는 이미 죽었어요. 다시는 살아 돌아올 수 없다고요!"

가교는 말을 마치고 바람처럼 나가버렸다.

일촉즉발의 상황에서 가화는 개인적인 일을 고려할 여유가 없었다. 그는 가교에게 들은 소식을 즉각 동생 가평에게 전했다. 가평은 펄쩍 뛰었다.

"어서, 어서 가초에게 전해야 돼요. 따로따로 나눠서 사람들에게 통지합시다. 다들 당분간 피신해야겠어요."

"자네도 떠날 건가?"

가화는 망연자실했다. 그가 다시 덧붙였다.

"자네는 어느 패거리와도 대립하지 않은 중간파이니 안 가도 되잖은가. 군복만 벗으면 아무 일 없을 텐데……."

가화가 동생의 어깨를 잡고 목소리를 높였다.

"마침 잘 됐네, 이참에 아예 군복을 벗어던지고 차장으로 돌아오게."

가평은 처음으로 형에게 어쩔 수 없다는 투의 웃음을 지어보였다.

"형, 그럴 수 없다는 걸 형도 알잖아. 내 손에도 총이 있어. 이 총으로 가교 아니면 임생을 겨눠야 해. 솔직히 마음 같아서는 가교를 한방에 요절내버렸으면 좋겠어. 하지만 그가 위험을 무릅쓰고 우리에게 소식을 전해준 걸 생각하면 차마 그럴 수도 없어. 아무도 건드릴 수 없으니 내가 떠나는 게 최선책이겠지."

그때 마침 요코가 들어왔다. 그녀는 가평이 떠날 준비를 하는 것을 보고는 달려와 그의 가슴에 안겼다. 그러더니 눈을 크게 뜨고 물었다.

"또 떠나요?"

가평이 대답했다.

"지금 바로 출발할 거야."

가평이 뭔가를 잠깐 생각하더니 요코에게 토호잔을 가져오도록 했다. 이어 토호잔을 짐 꾸러미에 넣고는 히죽 웃으면서 말했다.

"뭐니 뭐니 해도 이 호신부는 가지고 다녀야지. 예전에는 반쪽짜리였는데 형 덕분에 온전한 하나가 됐어. 갈게. 어디로 가든지 가족들을 잊지 않을 거야."

요코는 어쩔 줄 몰라 하면서 가평의 품을 파고들었다. 그리고는 일본어로 한참 뭐라고 했다. 가평이 일본어로 대답했다. 그러자 요코가 방으로 달려가 항한을 안고 나왔다. 가평은 아들을 안고 겸연쩍게 형을 보면서 말했다.

"별일 아니야. 별일 아니야. 나는 꼭 돌아올 거야."

가화는 고개를 돌려 가평의 시선을 피했다. 내일 일은 아무도 모르는 법이었다.

잠이 덜 깬 항한은 잠꼬대처럼 몇 마디 중얼거리고 다시 잠이 들었다. 아직 어린 그는 생이별이 무엇인지 알지 못했다. 가평이 요코를 가화 앞에 내세우면서 말했다.

"형, 요코와 한이 좀 잘 부탁해."

가화는 쿵쿵 세차게 뛰는 가슴을 억지로 진정시키며 일부러 아무렇지 않은 척 말했다.

"가족끼리 왜 이래?"

가화, 가평 두 형제는 가초의 방이 있는 마당으로 향했다. 그때 갑자기 문이 벌컥 열렸다. 문을 연 사람은 막내 기초였다.

"언니는?"

"자고 있어요."

가화, 가평 두 형제는 방문을 두드렸다. 안에서는 대답이 없었다. 문을 열어 보니 사람은 그림자도 보이지 않았다.

"바른대로 말해, 언니 어디 갔어?"

기초가 두 오빠의 무서운 표정에 놀라 울먹이며 대답했다.

"사실은 언니는 결혼했어요."

"장난치지 말고 바른대로 말해!"

"정말이에요. 언니는 임생 오빠하고 결혼했어요. 우리 세 사람이 축하주 대신 축하차도 마셨는 걸요."

기초가 정색을 하고 말했다.

"미쳤군, 단단히 미쳤어."

가화는 어처구니가 없다가 화가 치밀어 제자리에서 뱅뱅 돌았다.

"미친 거 아니에요."

기초가 말을 이었다.

"임생 오빠가 곧 죽을 것 같다고, 당장 결혼식을 올려야 한다고 했어요. 언니도 하마터면 가교 오빠에게 맞아 죽을 뻔했다면서 저에게 결혼식의 증인이 돼달라고 했어요."

기초는 급기야 울음을 터트렸다.

"제발 엄마에게 이르지 말아줘요. 언니는 엄마가 알면 슬퍼하실 거라고 엄마에게 말하지 말라고 했어요……."

가화, 가평 두 형제는 그제야 이 며칠 동안 가초와 임생의 눈빛이 예사롭지 않았다는 것이 생각났다.

가화는 문루^{門樓}까지 가평을 배웅했다. 가화는 몸을 돌려 떠나려는 가평의 팔을 와락 잡고 두서없이 떠듬거렸다.

"가평, 가평. 나 방금 꿈을 꿨어…… 피, 피를 봤어……."

가평이 형의 손을 힘주어 맞잡고는 말했다.

"형, 정신 차려요. 피를 본 것은 꿈이 아니라 적나라한 현실이에요."

가화는 가평의 손을 잡고 놓지 않았다. 가평이 형의 손을 툭툭 치면서 말했다.

"걱정 말아요. 나는 올해의 햇차 맛도 아직 못 봤어요."

그 말을 남기고 가평은 형의 손을 뿌리치고 칠흑 같은 어둠속으로 사라졌다.

이튿날인 1927년 4월 11일, 가교는 군경들과 함께 항주시 총공회를 급습했다. 마침 손을 꼭 잡고 총공회 건물 안으로 들어가던 가초와 임생은 살기등등한 가교와 맞닥뜨렸다. 임생을 본 가교의 눈에 불꽃이 일었다.

"제기랄, 네놈이 감히 내 동생을 꾀어내?"

가교가 눈에 쌍심지를 켜고는 손을 부들부들 떨며 임생을 가리켰다. 전날까지 남아 있던 일말의 측은지심과 동정심은 어느덧 사라지고 없었다. 그가 그예 악에 받쳐 소리를 질렀다.

"저자는 공산당이오!"

군경들이 가초에게 달려들었다. 가교가 재빨리 군경들을 막았다. 이어 힘껏 가초의 따귀를 갈기고는 군경들에게 말했다.

"이년은 공신교 교백선^{灝白船}에서 매음을 하는 갈보년이오. 내가 잘

아오."

임생은 마치 이날을 기다려왔던 사람처럼 반항하지 않고 순순히 끌려갔다. 그러면서 가초에게 말했다.

"당신과는 상관없는 일이니 이제 당신은 당신이 갈 길을 가요."

가초는 그 자리에서 굳은 듯 서서 꼼짝도 하지 못했다. 조금 전까지만 해도 끌어안고 입을 맞췄었는데, 가초의 가슴에 아직도 임생의 손길이 생생하게 느껴지는데 이렇게 끌려가다니? 이건 꿈일 거야.

임생을 실은 죄수 호송차는 어안이 벙벙한 가초를 뒤로 한 채 사이렌을 울리면서 눈 깜짝할 사이에 멀리 사라졌다. 가초는 그 자리에 그대로 주저앉았다.

기초는 몇 년이 지난 후 당시의 상황을 기억하면서 언니 가초가 그때부터 미쳐가기 시작했다고 생각했다. 가초는 유약하지만 일편단심인 여자였다. 이런 여자는 조용한 곳에서 혼자 쓸쓸히 살아야 할 사람이었다. 그녀는 힘들게 집에 안고 온 사랑하는 애완동물이 어느 날 갑자기 호랑이나 이리에게 잡아먹힌 것처럼 크나큰 상실감에 빠져 서서히 미쳐가고 있었다. 가초는 하루 종일 멍청하니 침대에 기대 기초의 손을 잡고 똑같은 말만 반복했다.

"당신의 손은 정말 좋아요……."

가초는 간혹 두 눈이 꼿꼿해지면서 다급한 소리를 지를 때도 있었다.

"곧 죽을 것 같아! 죽을 것 같아!"

어린 기초는 속이 타서 재가 될 것 같았다. 그는 언니가 임생 오빠 때문에 이 지경이 됐다는 사실을 알고 있었다. 답답해진 기초는 마당이

다섯 개나 되는 커다란 집을 한 바퀴 빙 돌았다. 그러나 마땅히 도움을 청할 사람을 찾지 못했다. 큰오빠와 둘째오빠는 어디 갔는지 보이지도 않았다. 큰올케는 친정에 가버리고 없었다. 둘째올케는 방안에 틀어박혀 아들을 끌어안고 눈물만 흘리고 있었다. 아버지는 선방에서 피를 토하고 있었다. 아버지는 촬착 할아버지가 죽은 후부터 피를 토하기 시작했다. 기초는 생각 끝에 어머니를 찾아갔다. 어머니는 가초 언니를 안고 울고 있었다. 가초 언니는 어머니의 말이 들리지 않는지 어머니의 어깨를 끌어안고 작은 소리로 중얼거렸다.

"곧 죽을 거야……. 곧 죽을 거야……."

심록애는 큰딸을 끌어안고 울면서 철부지 막내딸에게 말했다.

"기초, 우리는 이제 어떡해야 하니? 차장이 문을 닫아 차도 팔지 못해. 돈이 있어야 소림을 구해낼 텐데 우리는 이제 어떡하면 좋겠니?"

기초의 눈이 반짝 빛났다.

'그래, 양아버지를 찾아가자. 백마를 탄 양아버지의 모습은 얼마나 늠름했어? 양아버지라면 방법이 있을 거야.'

양아버지를 찾으러 가던 기초는 대문 밖에서 마침 들어서는 조기객과 맞닥뜨렸다. 조기객은 지팡이를 짚고 성큼성큼 걸어서 들어오고 있었다. 기초가 놀란 표정으로 물었다.

"양아버지, 백마는요?"

"팔았어. 소림의 목숨이 더 중요하지."

백마를 팔았다는 말에 심록애가 화를 냈다.

"너무 성급했어요. 조금만 더 기다리지 그랬어요? 제가 가화를 큰 외삼촌에게 보냈어요. 록촌 오빠가 나서면 소림도 무사히 돌아올 거예요. 그 인간들이 다른 사람은 몰라도 록촌의 체면은 봐줄 거예요."

조기객은 심록애에게 뭐라고 말하려다가 멍한 눈길의 가초를 보고 입을 다물었다. 문밖에서 낮은 기침소리가 들려왔다. 가화가 돌아온 것이었다. 조기객과 심록애는 가화와 함께 '화목심방'으로 향했다.

항천취는 부들방석에 앉아 눈을 꼭 감고 있었다. 마치 안 좋은 소식이 들려올까봐 눈과 귀를 막고 있는 것 같았다. 가화는 항천취를 보고 하려던 말을 꿀꺽 삼켜버렸다. 조급해진 심록애가 가화를 재촉했다.

"어서 말해 봐, 네 큰외삼촌이 뭐라고 하던?"

"그는 임생이 우리 항씨네 사위가 아니라고 했어요. 또 설령 우리 가문의 사위라고 해도 도와줄 수 없다고 했어요. 가초가 어머니의 친딸이 아니기 때문이라고 했어요."

"록촌 오빠가 정말 그렇게 말했어?"

심록애는 자신의 귀를 의심했다.

조기객이 말했다.

"그는 그런 소리를 하고도 남을 인간이야. 당신은 사람을 잘못 봤어."

"짐승 같은 놈!"

심록애가 욕을 퍼부었다.

항천취가 그런 심록애를 물끄러미 바라봤다. '친남매지만 참 다르다'는 생각이 들었던 것이다.

"외삼촌은 또 저에게 가평에게 이런 말도 전해주라고 했어요. 얼른 돌아와서 다시 등록하지 않으면 나중에 도와주고 싶어도 도와줄 수가 없다고요."

사람들은 모두 입을 다물었다. 이때 기초가 훌쩍거리면서 달려왔다.

"언니가 벽에 머리를 박아요. 임생 오빠하고 같이 죽겠대요."

심록애가 정신없이 가초의 방으로 달려가면서 말했다.

"빨리 다른 방법을 생각해 봐요. 돈이면 귀신도 부린다고 했어요. 어서 돈을 마련해 사람을 찾아와야 해요. 심록촌 얘기는 꺼내지도 말아요. 아예 없는 사람이라고 생각하는 게 나아요."

가화는 고개를 돌려 아버지를 쳐다봤다. 돈을 구할 방법이 아직 한 가지 남아 있었다. 단 그것은 그가 마음대로 결정할 수 있는 일이 아니었다. 항천취가 가화의 속을 들여다보기라도 한 듯 몸을 일으키면서 말했다.

"찻집으로 가자."

가화의 눈시울이 붉어졌다. 눈물이 고여 아버지의 모습이 흐릿했다. 그는 아버지가 망우찻집을 팔려고 한다는 것을 알 수 있었다.

오랜 앙숙인 항천취와 오승은 망우찻집에서 만났다. 두 원수는 똑같이 늙었다. 하나는 숨이 간당간당하고 다른 한 사람도 귀밑머리에 서리가 내려앉았다. 서호를 마주하고 나란히 앉은 두 사람의 시선은 약속이나 한 듯 비뚤비뚤한 계단을 향했다. 그 옛날 빨간 옷을 입고 계단에서 공중제비를 돌던 소녀는 이 세상에 없다. 계절이 바뀌고 세월이 흘러 모든 것이 변했다. 그러나 눈앞의 서호만은 여전히 아름다웠다. 보는 사람이 분통이 터지고 화가 날 정도로 아름다웠다. 누구는 죽고 또 누구는 미쳐버렸는데 서호의 물결은 예나 다름없이 부드러웠고 호숫가의 수양버들은 여전히 바람에 한들한들 춤을 추고 있었다.

그리고 용정차 역시 변함없이 향기로웠다.

항천취는 벽에 그대로 걸려 있는 〈금천도〉를 보면서 가슴이 찌르르

해졌다.

　　웃으면서 거문고 줄을 다듬고,
　　찻잎을 따기 전에 샘물을 저장한다네.
　　샘물은 내 마음을 씻어줄까,
　　거문고는 지기가 아니라네.
　　……

　　항천취가 손으로 벽을 가리키자 가화가 말없이 〈금천도〉를 내렸다.
　　"정말 찻집을 팔 건가?"
　　오승은 똑같은 질문을 몇 번째 하는지 몰랐다. 도무지 믿을 수 없다는 표정이었다.
　　항천취가 고개를 끄덕였다.
　　"돈은 두 배로 주겠네."
　　오승은 자랑 반, 동정심 반으로 호기를 부렸다.
　　항천취의 눈이 반짝 빛났다. 오승은 손에 땀을 쥔 채 항천취의 반응을 기다렸다.
　　'잘 생각하고 대답하게. 고개를 끄덕이는 순간 나 오승에게 영혼을 판 것이 될 테니깐. 소차…… 소차, 만약 당신이 죽지 않고 살아있었다면 얼마나 좋을까. 내가 이 자식 앞에서 떵떵거리는 모습을 보여줄 수 있었을 텐데……'
　　하지만 항천취는 오승은 쳐다 보지 않고 시선을 아래층으로 옮겼다. 아래층에서는 그의 셋째아들이자 또 다른 양숙인 가교가 '누가 도(차)를 쓰다고 했나? 그 달기가 냉이 같은데'라고 적혀 있는 대련을 뜯어내고 있었다. 그런 아들을 지켜보는 항천취의 얼굴에 미소가 번졌다. 곧이어 항천취의 고개가 천천히 끄덕여졌다. 그가 고개를 끄덕인 순간 오승의 눈에서 눈물이 왈칵 쏟아졌다.

항씨네의 갖은 노력에도 불구하고 임생은 공산당 무장폭동 주동자로 지목돼 다른 동지들과 함께 송목장松木場에서 공개 처형됐다.

처형 방식은 총살로 결정됐다. 문제는 가초였다. 경찰이 총으로 임생을 조준하기만 하면 가초가 튀어나와 꽁꽁 묶여 있는 임생을 끌어안고 놓지 않았다. 똑같은 상황이 몇 번 반복되자 경찰들도 짜증이 났다. 급기야 경찰대장이 명령을 내렸다.

"차라리 같이 죽여버려!"

그러자 옆에 있던 누군가가 귀띔했다.

"이 여자는 심록촌 특파원의 조카입니다."

경찰대장이 구시렁거렸다.

"아녀자가 어쩐지 간덩이가 크다 했어. 끌어내!"

끌어내 봤자 소용이 없었다. 심록애 혼자서는 광기를 부리는 딸을 감당할 수가 없었다. 그녀는 임생의 시체를 수습하러 사형장에 와 있었다. 이때 가화는 가평의 소식을 탐문하기 위해 외지로 나가 있었다. 항천취의 각혈은 더 심해졌고 조기객은 국민당을 욕하는 편지를 써서 연금됐다. 결국 항씨네 집에서 올 수 있는 사람은 심록애밖에 없었던 것이다.

심록애는 당초 사형장으로 가겠다고 광기를 부리는 딸을 방에 가둬 놓고 자물쇠를 채웠다. 그러자 가초는 창문으로 빠져나와 사형장으로 달려갔다. 이어 임생을 끌어안고 통곡하다가 가슴을 두드리면서 미친듯이 울부짖었다.

"쏴! 쏴란 말이야. 나도 살고 싶지 않다. 나도 같이 죽을 테니 어서 쏴!"

임생이 심록애를 향해 소리쳤다.

"어머니, 가초를 데려가요. 빨리 데리고 가요……."

형장에는 날이 시퍼런 귀두도鬼頭刀를 든 망나니들도 몇 명 있었다. 때는 민국 16년이라 사형방식이 총살로 바뀐 지 한참 된 때였다. 따라서 망나니들은 하는 일 없이 서서 거드름만 피우는 중이었다. 그런데 가초 때문에 계속해서 사형집행이 늦어지자 성미 급한 망나니 한 명이 나섰다. 이어 끌려 나간 가초가 다시 돌진해오기 전에 발로 임생을 차서 넘어뜨리고는 칼로 목을 내리쳤다. 시뻘건 피가 분수처럼 솟구쳤다. 머리와 분리된 몸통이 바닥에 털썩 쓰러졌다. 두 눈을 둥그렇게 뜬 머리통은 앞으로 튀어나가며 입에 누런 황토를 머금고 바닥을 데구루루 굴렀다.

심록애는 다행히 참혹한 광경을 보지 못했다. 그녀가 고개를 든 순간 가초가 픽 쓰러졌기 때문이었다. 여기저기서 웅성대는 소리가 들려왔다.

"죽었어, 죽었어."

"머리가 잘렸어."

가초는 완전히 인사불성이 됐다. 주변 사람들이 물을 먹이고 주무르고 한참 법석을 떨어 겨우 살려내기는 했으나 이미 죽은 목숨이나 다름없었다. 그녀는 정신을 차리자마자 휘둥그레진 눈으로 새된 소리를 질렀다.

"머리! 머리! 머리!"

가초는 아직 온기를 머금고 있는 머리통을 향해 벌벌 기어갔다. 이어 온몸이 피범벅이 되는 것도 아랑곳하지 않고 손으로 쓰다듬으면서 손수건으로 닦아주다가 갑자기 뭔가 깨달은 듯 머리통에 말을 걸었다.

"임생, 임생. 당신의 몸은 어디 있어요?"

고개를 돌린 가초의 눈에 아직 묶여 있는 임생의 몸이 보였다. 그녀는 머리통을 안고 아기 어르듯 부드럽게 말했다.

"아유 착해, 조금만 기다려요. 제가 머리를 붙여드릴게요."

가초는 임생을 묶은 밧줄을 손으로 잡아당겼다.

심록애는 자기도 당장 미쳐버릴 것 같았다. 하지만 그녀는 가초를 도와 밧줄을 풀고 임생의 오그라든 손발을 펴줬다. 가초가 임생의 머리통을 몸통에 갖다 대면서 부드럽게 말했다.

"금방 해줄게요, 조금만 기다려요, 금방 해줄게요……."

그러나 떨어진 머리통이 다시 몸에 붙을 리 만무했다. 그런 딸을 지켜보는 심록애는 애간장이 타 죽을 것만 같았다. 그녀는 주머니를 샅샅이 뒤져 바늘과 실을 찾아냈다. 그리고는 임생의 머리와 몸을 꿰매 이어붙였다. 가초는 여전히 임생의 몸을 끌어안고 어린아이 달래듯 같은 말만 반복했다.

"아유 착해, 조금만 기다려요. 금방 해줄게요……."

심록애는 가초의 손수건으로 임생의 상처 부위를 동여맸다. 그래서 언뜻 보기에 임생은 죽은 것이 아니라 깊이 잠든 사람처럼 보였다.

가초는 사형장에서 돌아온 후 완전히 정신이 나갔다. 하루 종일 연인을 품에 안은 자세를 취한 채 똑같은 말만 반복했다.

"아유 착해, 조금만 기다려요. 금방 해줄게요, 조금만 기다려요……."

심록애는 고열로 며칠 동안 자리에서 일어나지 못했다. 그나마 가족들을 돌볼 수 있는 사람은 요코뿐이었다.

항천취는 아픈 와중에도 매일 가초를 보러 왔다. 그때마다 멀찌감치 서서 침대에 누워 있는 딸을 보면서 말했다.

"착한 딸, 이 아비는 폐병 때문에 멀리서 너를 볼 수밖에 없구나. 제발 죽지 말아다오, 착한 딸. 이미 너무 많이 죽었어……."

조기객이 말했다.

"천취, 자네 핏줄이 다르기는 달라. 사형장에서 너무 울어서 갈비뼈가 두 대나 부러졌다네."

겨우 몸을 추스르고 일어난 심록애는 조기객의 말을 듣고 눈물을 흘리면서 말했다.

"임생의 시신은 아직도 사명四明 회관에 있어요. 빨리 안장해야 할 것 같아요. 안 그러면 가초의 병이 낫지 않을 거예요."

항천취도 힘없이 눈물만 흘렸다.

"그만 울게. 자네들은 이미 너무 많이 울었네. 정신을 차려야 하네. 가초가 임신했다네."

조기객이 말했다. 항천취의 두 눈이 반짝 빛을 뿜었다.

"촬착도 아직 안장하지 못했네. 둘을 차청 어르신 옆에 묻어야겠네. 우리 가족이니까."

날씨는 따뜻했다. 차나무는 무성하게 싹을 틔웠다. 계룡산으로 향하는 산길에 장례행렬이 나타났다. 그러나 관 속에 누워 있는 사람이 옹가산 다농이자 항씨네 늙은 하인 촬착이라는 사실을 아는 사람은 많지 않았다. 촬착은 가슴에 총을 맞고 죽었다. 그의 죽음은 우연처럼 예고 없이 들이닥쳤다. 심지어 촬착 본인도 자신의 죽음이 믿어지지 않는다는 듯 눈을 크게 뜨고 항천취를 보면서 마지막 말을 남겼다.

"도련님…… 쇤네가 죽으면…… 도련님은…… 누구에게…… 마음속 말을…… 털어놓겠어요……."

촬착의 퉁방울눈에서 굵은 눈물이 후두둑 떨어졌다. 항천취의 눈앞에 그 옛날 둘이 함께 연을 날리면서 봤던 높고 푸른 하늘이 펼쳐졌다.

항천취는 촬착의 마지막 가는 길을 배웅하기 위해 계룡산에 왔다. 촬착이 살아 있었을 때는 항상 그가 항천취를 수행했었다. 두 사람은 함께 계룡산을 얼마나 많이 오르내렸던가. 그 때문이었을까, 항천취는 심지어 관 속에 누워 있는 사람이 촬착이 아닌 다른 사람이고, 촬착은 여전히 말 한마디 없이 자기 옆에서 따라오고 있는 듯한 착각이 들었다.

'촬착은 기차가 괴물 같다고 많이 무서워했어. 집에 돌아가서 잘 달래줘야지…….'

두서없는 생각을 하던 항천취는 놀라서 걸음을 멈췄다. 순간 두려움과 고통 때문에 머리카락이 곤두섰다. 뒤늦게나마 촬착이 죽었다는 사실이 실감났던 것이다. 그는 장례행렬을 길게 훑어봤다. 사람이 적지 않았다. 다들 슬피 울고 있었다. 그러나 그 자신을 제외한 다른 사람들은 들러리일 뿐이고 곧 새 무덤에 묻히게 될 순박한 늙은이의 지인은 자기 혼자뿐이었다. 눈빛만 보고도 서로를 알 수 있던 사람, 그 사람의 마지막 길을 배웅하는 사람은 그 혼자였다.

항천취는 임생의 죽음도 안타까웠다. 임생을 살리기 위해 찻집을 팔았을 정도였다. 그는 여자처럼 예쁘장하게 생긴 이 젊은이를 잘 알지는 못했다. 물론 이 젊은이가 공산당원이라는 말은 들었었다. 그러나 항천취는 당파 따위에 관심을 끊은 지 이미 오래된 터였다. 정치에 일찌감치 관심을 끊은 것과 지금까지도 정치에 열정적인 관심을 보이는 것, 이것이 항천취와 조기객의 차이였다. 그는 외적인 요인이 아무리 변해도 사람의 영혼 깊숙이 자리 잡은 고통은 근본적으로 치유할 수 없다고 믿었다.

가초는 눈이 풀려 멍한 표정으로 임생의 관을 어루만지고 있었다. 항천취는 그런 가초를 보면서 생각했다.

'내 생각이 틀렸는지도 몰라. 가초는 왜 저렇게 변했을까? 누가 가초를 저렇게 변하게 만들었을까? 촬착은 총에 맞아 죽은 것이 아닐지도 몰라. 나는 왜 죽지 않고 아직도 숨이 붙어 있을까? 무엇 때문에 사람들은 나를 배웅하지 않는 걸까? 내가 이 사람들의 마지막 길을 배웅하는 것처럼 말이야.'

임생의 무덤을 팔 때 가초는 울지 않았다. 같은 말만 반복할 뿐이었다.

"아유 착해, 조금만 기다려요. 금방 해줄게요……."

하지만 가초는 임생의 관을 무덤에 내려놓자 버럭 화를 냈다.

"이렇게 작게 파면 어떡해요? 내가 누울 자리가 없잖아요. 더 파요!"

가초는 당황해하는 사람들을 뒤로 하고 구덩이에 풀쩍 뛰어들었다. 그리고는 임생의 관 옆에 꼭 붙어 누우면서 말했다.

"임생, 당신은 안쪽에 누워요. 저는 바깥쪽에 눕겠어요. 제가 당신 곁을 지키겠어요."

가화가 뒤따라 무덤에 뛰어들었다. 그리고는 여동생을 안으면서 부드럽게 달랬다.

"가초, 구덩이를 더 크게 파야 하니 일단 올라가자. 응? 착한 동생, 우리 일단 올라가자."

영리한 기초가 다신茶神 인형을 흔들면서 말했다.

"언니, 언니는 임생 오빠의 아기를 낳아야 하니 일단 올라오세요. 이 다신이 언니 대신 임생 오빠를 지켜줄 거예요."

기초는 가화를 시켜 다신 인형을 관 위에 놓게 했다.

그제야 가초는 고분고분 가화에게 안겨 올라왔다. 정신이 완전히 나가 아무것도 모르는 와중에도 임생 오빠의 아기를 낳아야 한다는 말 만큼은 용케도 알아들었던 것이다.

항씨네 선산에는 무덤이 점점 많아졌다. 무덤 앞의 차나무도 무성하게 잘 자랐다. 활착과 임생의 무덤은 오차청 무덤 근처에 자리 잡았다. 항천취는 두 사람의 무덤 앞에 직접 차나무 두 그루를 심고 나서 오차청의 무덤 옆자리를 가리키면서 말했다.

"여기는 내가 맡아 놓은 자리야."

곧이어 놀란 사람들을 더 놀라게 하는 말이 튀어나왔다.

"나는 혼자 묻어 줘. 나는 이 사람들 곁에 있겠어."

에필로그

겨울이 되자 가초의 배는 점점 불러왔다. 반면에 그녀의 아버지 항천취의 몸은 점점 더 말라갔다.

항천취는 유령처럼 기괴한 행동을 하기 시작했다. 죽은 오차청과 똑같이 염소수염을 길렀다. 그래서 그가 소리 없이 사람들 뒤에 서 있을 때면 사람들은 자기도 모르게 뒤통수가 서늘해지는 느낌을 받았다.

항천취와 소꿉친구 조기객의 관계에도 변화가 생겼다. 보이지 않게 둘의 관계 변화를 유도한 것은 날래고 용감한 조기객이 아니라 허약한 항천취일 가능성이 컸다.

그해 겨울, 항주에 큰 눈이 내렸다. 서호는 망망하고 희뿌연 세계로 변했다. 마치 하늘에서 흰 비단이 펼쳐지는 것처럼 쏟아져 내린 새하얀 눈송이는 호수에 닿아 흔적도 없이 사라져버렸다. 남방의 눈은 부드러웠다.

항천취가 조기객에게 서호로 놀러가자고 제안했다. 심록애가 놀라서 소리를 질렀다.

"미쳤어요? 아픈 사람이 이렇게 추운 날 가기는 어딜 간다고……."

심록애는 조기객의 표정을 보고 말끝을 흐렸다. 항천취가 흥에 겨워서 말했다.

"내 불부차주는 비록 많이 낡았으나 아직 살아 있다네. 겨우 숨이 붙어 있으나 정신이 아직 말짱한 나처럼 말일세. 외팔이 자네는 낭리백조를 감당할 수 있겠나?"

조기객이 웃으면서 호기를 부렸다.

"한번 붙어보겠는가?"

그날 오후, 눈발이 점점 거세지는 호수 위에 크고 작은 배 두 척이 나타났다.

조기객은 말수가 줄었다. 아무래도 팔이 두 개일 때와는 달랐던 것이다. 그는 소흥紹興 사람들이 오봉선烏篷船을 젓는 것처럼 발로 노를 젓고 남아 있는 한 손으로 키를 잡았다.

항천취는 뱃사공이 따로 있었다. 그래서 편안하게 선창 창가에 앉은 채 조기객에게 말을 걸었다. 그는 따끈하게 데운 술을 조기객에게 건넸다. 독한 술을 단숨에 쭉 들이킨 조기객은 얼마 지나지 않아 얼굴이 벌겋게 달아올랐다. 허연 입김도 내뿜었다.

항천취가 미리 생각한 듯 장종자張宗子의 글을 천천히 읊었다.

"……큰 눈이 사흘 동안 내렸으니 호수에 사람소리와 새소리가 다 사라졌네. 작은 배 한 척이 설경을 구경하러 홀로 호심정湖心亭으로 향했노라. 하늘, 구름, 산, 호수 어디라 할 것 없이 온통 하얀 세상이로구나. 호수 위의 그림자는 선을 그어놓은 듯하고 호심정은 점을 찍어놓은 것 같구나. 배 위의 사람은 조그마한 점 두세 개로 보이는구나……."

조기객이 말했다.

"천취, 이게 얼마만의 운치인가?"

항천취가 활짝 웃으면서 대답했다.

"기객, 자네는 나를 평생 가르치려고 들었네만 도대체 나에게 뭘 가르쳤는지 모르겠네. 자네는 '호수 위의 그림자는 선을 그어놓은 듯하고 호심정은 점을 찍어놓은 것 같구나. 배 위의 사람은 조그마한 점 두세 개로 보이는구나'라는 내용이 운치 있어 보이나?"

"자네 고견을 들어보세."

"'모이를 다 먹은 새 수풀로 돌아가고, 망망한 대지에 흔적도 없는 격'이 아니고 뭔가?"(고전소설《홍루몽》에서 인용한 구절)

조기객이 노 젓기를 멈추고 말했다.

"천취, 이렇게 큰 대지에 자네와 나 둘뿐이니 할말이 있으면 그냥 하게."

조기객의 말에 말문이 막힌 항천취가 한참 만에 한숨을 내쉬면서 말했다.

"내 방황하는 영혼은 불러도 돌아오지 않는다네……"(당나라 때 시인 이하李賀의 〈치주행〉致酒行에서 인용한 구절)

크고 작은 배 두 척은 호수 중심에 머물렀다. 조기객이 한숨을 쉬면서 천천히 옷을 벗기 시작했다. 나중에는 반바지 하나만 남았다. 팔이 잘린 부위가 보기 싫게 드러났다.

"자네, 뭐하는 짓인가?"

항천취는 아득한 기억 속의 어느 여름날을 떠올렸다. 그때 뇌봉탑은 무너지지 않았었다.

"나 조기객이 어릴 때부터 겨울수영을 해온 걸 몰랐나? 술을 주게."

조기객이 술 한 사발을 꿀꺽꿀꺽 들이켰다. 이어 외팔로 열이 나도록 온몸을 비볐다. 그리고는 망설임 없이 풍덩 물에 뛰어들었다.

그 시각 양아들을 데리고 망우찻집 계단을 오르는 오승은 만감이 교차했다. 찻집은 새 주인 '영접'을 앞두고 며칠 전부터 문을 닫았던 터라 책상과 의자에 먼지가 두툼하게 쌓여 있었다. 칠성조七星竈(한꺼번에 물주전자 일곱 개를 놓을 수 있게 만든 화로)는 얼음장처럼 차가웠다. 오승은 구리 다호를 집어 들었다. 굵은 눈물방울이 소리없이 주전자에 떨어졌다. 흐르는 눈물 사이로 파란 불꽃과 뿌연 수증기가 보이는 것 같았다. 또 사람들이 웃고 떠드는 소리, 장사치들의 호객 소리, 문안 소리, 악기 소리와 음악 소리가 들리는 것 같았다……. 그는 손님들이 자리를 꽉 메우고 앉아 차를 마시면서 연극을 구경하는 풍경을 얼마나 그리워했던가. 그러나 그가 드디어 모든 것을 가졌을 때 이 모든 것은 더 이상 그의 것이 아니었다…….

벽에는 액자 자국이 고스란히 남아 있었다. 항씨네가 벽에 걸려 있던 서화작품을 모두 가져갔기 때문이었다. 오승은 쓸쓸한 와중에도 스스로 위안하는 것을 잊지 않았다.

"괜찮아, 나중에 다시 사서 걸면 돼."

오승은 창문을 열었다. 겨울 호수는 시퍼렇게 얼어붙은 커다란 얼음덩어리 같았다. 들오리들이 호수 상공을 선회하며 날았다. 호수 맞은편의 끝없이 이어진 겨울 산이 한없이 처량하고 슬퍼보였다. 펑펑 눈이 내리고 있었다. 보는 사람의 입에서 탄성이 터져 나올 만큼 함박눈이 펑펑 쏟아지고 있었다.

오승이 가교에게 말했다.

"가교, 우리 국민당원 그만하면 안 될까?"

"왜요?"

가교가 눈을 크게 떴다. 안 그래도 그는 황포군관학교에 입학하려는 계획을 양아버지와 의논하려던 참이었다.

"국민당은 비열해. 틀림없이 나중에 망할 거야."

오승은 머리부터 발끝까지 가교를 찬찬히 살피면서 자신감이 가득한 어조로 말했다.

"가교, 내가 생각해 둔 게 있어. 너는 상해 양행洋行에 가서 매판買辦 일을 배우거라. 우리 차행도 외국 진출을 해야지……."

그 시각, 황포강 부두에서는 구슬픈 기적 소리가 울렸다. 가화와 가평 두 형제는 작별의 악수를 나누기 전 서로를 응시했다. 두 사람의 청춘은 만남보다 이별이 더 길었다.

가평의 눈빛은 의연하면서도 망연했다. 가화는 항씨 가문 특유의 눈빛을 보면서 두 사람이 피를 나눈 형제임을 다시금 확인했다. 예전에 그는 가평도 그와 똑같은 아픔을 가지고 있을 거라고는 생각조차 못했었다.

"형, 요코에게 잘 말해줘. 나는 떠날 수밖에 없다고 말이야. 나는 돌아가지 않으면 여전히 '자유인'이지만 돌아가면 구렁텅이에 빠져 갇히게 돼."

"네가 말하지 않아도 알겠어."

가화가 동생의 어깨를 툭툭 두드렸다.

"앞으로 어떻게 할 계획이야?"

"나만의 시간이 좀 필요해. 지금까지의 나는 생각을 적게 하고 행동만 많이 했어. 형도 그렇게 생각하지?"

가화는 뜻밖의 말에 울컥해 자기도 모르게 눈시울이 붉어졌다. 그러나 애써 괜찮은 척 말했다.

"결혼을 하더니 달라졌네, 말에 무게가 있어."

"형, 형도 그렇게 생각한 거 맞지?"

가평은 끈질기게 물고 늘어졌다. 가화가 들고 있는 모자를 만지작거리면서 보일 듯 말 듯 웃었다.

"달리 말하면 나는 너와 반대라는 얘기지? 사람은 생각보다 행동이 중요해. 나는 생각이 너무 많아……."

탑승을 재촉하는 기적 소리가 또 울렸다. 가평이 몸을 돌리다 말고 겸연쩍게 웃으면서 말했다.

"요코와 한이를 잘 부탁해. 어떤 일이 생기더라도 꼭……."

가평은 목이 메는지 말을 잇지 못했다. 형에게 똑같은 부탁을 벌써 몇 번째 하는지 몰랐다. 그는 갑자기 형에게 너무 미안했다.

"미안해……."

가화는 동생의 갑작스런 사과에 적이 놀랐다. 하지만 아무렇지 않은 듯 자연스럽게 화제를 돌렸다.

"형제 사이에 그런 말이 어디 있어?"

"나는…… 나는 방서령을 말하는 거야. 내가 갖기 싫은 걸 형에게 줘서 미안해……."

방서령은 방씨네 집으로 왔다 가라는 말을 인편으로 가화에게 전했다. 방서령은 찾아온 가화에게 말했다.

"왜 억이를 데려오지 않았어요? 많이 보고 싶어요."

가화가 한참 침묵을 지키다 대답했다.

"그렇게 보고 싶으면 보러 오면 되지 않소?"

할말을 잃은 방서령은 가만히 남편을 살펴봤다. 남편은 그 사이에 많이 늙었다. 또 태도나 말투도 냉랭하니 차가워졌다.

"가평은 여태 소식이 없어요?"

가화는 고개를 저었다. 물론 소식이 있어도 알려주지 않을 거라는 걸 방서령은 알고 있었다.

"가게는 잘 되고 있어요?"

"그런대로 괜찮소."

방서령이 드디어 본론을 끄집어냈다.

"가화, 당신도 제 탓이 아닌 걸 알죠? 아버지가 저를 집에 가둬놓았어요."

"알고 있소."

"아버지는 어제 또 저를 불러놓고 말씀하셨어요. 저에게…… 영영 망우저택으로는 돌아가지 말라고 하셨어요."

"음."

가화가 무표정한 얼굴로 기계적으로 대답했다.

"당신의 생각은 어때요?"

방서령이 가화의 마음을 떠보려는 듯 물었다.

"당신이 알아서 할 일이오."

"저는 돌아가고 싶어요. 제가 항씨 가문에 시집을 간 지 7년이 지났어요. 아이도 둘이나 있는데……"

가화가 벌떡 일어나면서 말했다.

"돌아오지 않는 게 좋을 거요."

"당신……?"

방서령의 놀라움은 이만저만이 아니었다. 그녀는 가화가 이런 말을 할 수 있는 사람이라고는 한 번도 생각지 못했었다. 아내인 자신이 자존심을 내려놓고 져주는 척하면 가화가 당장이라도 받아들여 줄 것이라고 믿어마지 않았었다.

"당신, 어떻게 그런 말을 할 수 있어요? 그날 밤에 가교를 통해 소식을 전한 사람은 저예요. 제가 위험을 무릅쓰고 당신들을 살려냈어요."

"그건 그거고, 이건 이거야."

가화가 창밖으로 시선을 옮겼다.

"우리 둘 사이에는 정이라는 것이 없어. 무정하고 말고를 따질 사이가 아니라는 말이지. 이 말을 꼭 하고 싶었어."

방서령이 울음을 터트렸다.

"가화, 저는 당신을 사랑해요. 당신이 이렇게 냉혹한 사람인 줄은 몰랐어요. 아버지가 반대하시지만 저는 그래도 당신을 따라 돌아가고 싶었어요. 앞으로는 혼자 집을 나오는 일이 절대 없을 테니 제발……."

가화는 일순간 약해지려는 마음을 꽉 다잡았다. 그는 방서령의 사람됨을 누구보다 잘 알고 있었다. 방서령은 이 세상에 정복해야 할 남자가 한 사람이라도 남아 있는 한 갈대처럼 흔들리는 마음을 영원히 다잡지 않을 그런 여자였다. 그런 그녀가 판단에 실수를 한 것이다. 그녀는 지금까지 두 형제 중에서 가평을 정복할 수 없는 상대로 여겨왔다. 이제서야 그녀의 판단이 틀렸음을 깨달았지만 이미 너무 늦었다.

가평의 말에 정곡을 찔린 가화는 머릿속이 새하얘졌다. 가평과 꼭 맞잡은 손이 심하게 떨렸다. 눈물이 쏟아질 것 같았다. 펑펑 쏟아지는 눈 속에서 소리 내어 엉엉 울고 싶었다. 가화는 주변 사람들을 의식해 눈물을 참아보려고 했으나 소용없었다. 가평도 따라서 눈물을 흘리면서 말했다.

"형이 좋아하는 사람이 누구인지 알아……."

"그만해!"

가화가 버럭 소리를 지르고 몸을 돌렸다. 가평이 형을 붙잡았다. 두 사람은 잠깐 말없이 서로를 바라보고 서 있다가 거의 동시에 몸을 돌렸다. 마구 쏟아지는 눈 사이로 두 형제의 뒷모습은 축축하게, 어렴풋하게 멀어져갔다…….

하늘 가득 흩날리는 눈 속에 홀로 배에 앉은 항천취는 전에도 똑같은 풍경을 본 것 같은 느낌이 들었다. 그때도 주변은 고요하고 눈에 보이는 모든 것이 은백색으로 반짝반짝 빛났었다…….

여기는 어디일까? 항천취는 눈을 가늘게 뜨고 북산北山 쪽을 바라봤다. 겹겹이 줄 지어선 산 뒤에 절이 있었다. 절 뒤에는 삼생석이 있었다. 그곳에서 그는 머리카락까지 반짝반짝 빛나는 그와 조기객을 봤다…….

전생, 내생의 일은 아득해 알 수 없는데,
인연을 말하고자 하니 애간장이 타는구나.
오吳와 월越의 강산이야 이미 돌아봤으니
안개 낀 강 배를 돌려 구당으로 가려네…….

항천취가 호수를 향해 소리를 질렀다.

"기객, 올라오게."

조기객이 물 위로 머리를 내밀고 큰 소리로 대답했다.

"자네가 올라오라면 올라와야지."

그해 설을 쇠고 가초는 진통을 시작했다. 그러나 이틀 낮 이틀 밤이 지났는데도 아이는 나오지 않았다. 아이가 나오기 전, 항천취는 화목심방에 몸져누웠다. 사람들은 난산으로 힘들어하는 가초에게 온통 정신이 팔려 골골대는 항천취에게는 별로 관심을 주지 않았다. 심록애 역시 항천취가 침대에 누워 얼굴에 발그레 홍조를 띠면서 자신을 부를 때까지도 대수롭지 않게 생각했다. 그녀가 약을 달이는 기초에게 명령을 내렸다.

"기초, 가서 양아버지를 모셔오너라. 네 아빠가 찾으신다고 전하거라."

항천취는 기초더러 조기객에게 절을 하도록 했다.

"기초, 조 선생은 슬하에 자식이 없으니 이제부터는 네가 친딸이다."

나이는 어리지만 그간 많은 일을 겪으며 철이 일찍 들어버린 기초가 눈물을 흘리면서 조기객에게 절을 했다. 이어 "아버지!" 하고 한마디 부르고는 엉엉 울었다.

항천취가 기초에게 만생호를 가져와 거기에 새겨진 글자를 읽도록 했다.

"안으로 청명하고 밖으로 직방하니, 너와 더불어 공존하리라."

다 읽고 난 기초가 놀라워하면서 물었다.

"아버지, 이건 조 선생님이 아버지에게 선물한 거잖아요. 이걸로 뭘 하시려고요? 차 드실래요?"

항천취가 심록애를 가리켰다.

"네…… 어머니에게…… 주거라……"

항천취의 뜻을 알아차린 심록애가 그의 손을 잡고 털썩 무릎을 꿇었다. 조기객이 황급히 말했다.

"천취, 내 말 좀 들어보게……"

항천취가 힘겹게 고개를 저었다. 그리고 잔뜩 두려움에 찬 목소리로 말했다.

"말하지 말게, 말하지 마……"

조기객이 뒷걸음질치며 나가려고 했다. 그러자 항천취가 다급하게 소리를 질렀다.

"가지 말게, 가지 마……. 거기 문 앞에 서 있게. 나는 자네 둘이 나란히 서 있는 모습을 보고 싶네……"

말없이 옆에 서 있던 가화의 눈에서 눈물이 주르륵 흘러내렸다. 그는 이 순간 아버지의 마음을 누구보다도 잘 이해할 것 같았다. 지난 몇 년 동안 아버지는 피고름이 흐르는 가슴을 안고 자기 자신을 포기한 삶을 살아왔다. 아버지의 영혼을 구원해주러 오는 사람은 아무도 없었다……

가화가 아버지의 귓가에 입을 대고 살며시 속삭였다.

"가평이 인편에 편지를 보내왔어요. 안전하게 잘 있대요. 여전히 무서운 것 없이 씩씩하게 잘 지내나 봐요. 아버지, 아들 하나는 남자답게 잘 키우셨어요……"

항천취의 눈이 광채를 발했다. 예전에 가평의 눈에서만 볼 수 있던 그런 광채였다. 가화는 순간 아버지가 임종을 앞두고 둘째아들을 인정했다는 사실을 알 수 있었다.

가화의 눈물이 항천취의 이마에 떨어졌다. 항천취가 힘겹게 입을 열었다.

"너희들만…… 믿는다……."

항천취는 아스라이 먼 곳에서 고양이 울음소리처럼 미약한 소리가 들려오는 것을 들었다…….

이제 됐어, 이제는 거칠 것이 없어. 항천취는 눈을 감았다. 이제는 한 치 앞도 내다볼 수 없던 이 세상을 시름을 내려놓고 떠날 수 있을 것 같았다. 그래, 길지도 짧지도 않은 인생, 그냥 덧없는 꿈을 꿨던 거야. 항천취는 온몸에서 힘이 빠져나가는 것을 느꼈다. 갑자기 목이 타들어가는 것처럼 말랐다. 내가 지옥에 도착한 걸까? 지금 지옥불이 나를 태우고 있는 걸까? 아니면 천당인가? 천당에도 이렇게 큰불이 있었구나. 항천취는 눈앞에 어렴풋이 보이는 익숙한 그림자를 따라 아무것도 보이지 않는 심연을 향해 걸어갔다……. 항천취의 귀에 환호성이 들려왔다.

"나왔어요, 나왔어요. 아들이에요. 천취, 어서 눈을 떠요. 눈을 뜨고 당신의 외손자를 봐요……."

항천취는 번쩍 눈을 떴다. 그의 눈앞에 고깃덩이처럼 생긴 붉은색 형체가 어렴풋이 보였다. 누군가의 목소리가 들려왔다.

"봤어, 봤어!"

이어 아들 가화의 목소리도 들렸다.

"아버지, 아버지. 이름, 이름을 지어주세요……."

항천취를 인도하던 그림자의 등에서 갑자기 붉은 화염이 솟구쳤다. 항천취는 또다시 목이 타들어가는 갈증을 느꼈다. 찝찔한 피비린내가 느껴졌다. 사람들의 귀에 항천취의 마지막 한마디가 들려왔다.

"망우忘憂……."

항천취는 핏덩이와 함께 마지막 한마디를 토해내고 아기 몸 위에 엎어졌다. '망우'라는 이름을 가진 아기가 울음을 터트렸다. 아기는 온몸이 눈처럼 새하얀 색깔이었다. 배냇머리와 속눈썹까지도 흰색이었다. 아기 울음소리는 가늘고 부드럽게 계속 이어졌다. 참으로 기이한 아기였다.

아기 몸 위에 반쯤 엎어진 사람의 몸이 차갑게 식어갔다.

때는 중화민국 17년, 이른 봄이 오기 전이었다. 큰 눈이 내려 오래된 나뭇가지가 부러지고 새들의 울음소리도 얼어붙었다.

항주 교외의 끝도 없이 펼쳐진 차밭은 장엄하고 엄숙했다. 줄지어서 있는 차나무들은 녹슨 철갑모를 쓰고 열병식을 치르는 군사들 같았다.

싹을 틔운 차나무는 아직 없었다.

여린 싹들은 어느 눈송이에 깔려 있는 걸까…….

〈제1부 끝. 2부 ③권에 이어집니다〉

더봄 중국문학 05

다인 ②

제1판 1쇄 인쇄   2018년 9월 13일
제1판 1쇄 발행   2018년 9월 18일

지은이   왕쉬펑
옮긴이   홍순도
펴낸이   김덕문

책임편집   손미정
디자인   블랙페퍼디자인
마케팅   이종률
제작   백상종

「더봄 중국문학전집」 기획위원
심규호   중국학연구회 회장, 제주국제대 중국언어통상학과 석좌교수(현)
홍순도   매일경제·문화일보 베이징특파원, 아시아투데이 중국본부장(현)
노만수   경향신문 문화부 기자, 출판기획자 겸 번역가(현)

펴낸곳   **더봄**
등록번호   제399-2016-000012호(2015.04.20)
            12088 경기도 남양주시 별내면 청학로중앙길 71, 502호(상록수오피스텔)
대표전화   031-848-8007 ‖ 팩스 031-848-8006
전자우편   thebom21@naver.com
블로그   blog.naver.com/thebom21

한국어 출판권 ⓒ 더봄, 2018

ISBN 979-11-88522-17-0 04820
ISBN 979-11-88522-15-6 (세트)